La séptima función del lenguaje

Novela

Laurent Binet
La séptima función del lenguaje

Traducción del francés por
Adolfo García Ortega

Seix Barral

Título original: *La septième fonction du langage*

Seix Barral, un sello editorial de Editorial Planeta, S. A.
Avda. Diagonal, 662-664, 08034 Barcelona (España)
www.seix-barral.es
www.planetadelibros.com

Adaptación de la cubierta: Booket / Área Editorial Grupo Planeta
Imagen de la cubierta: © Ostill / Getty Images
Primera edición en Colección Booket: abril de 2024

Depósito legal: B. 4.298-2024
ISBN: 978-84-322-4334-9
Impresión y encuadernación: QP Print
Printed in Spain - Impreso en España

Biografía

Laurent Binet nació en París en 1972. Hizo el servicio militar en Eslovaquia y ha vivido en Praga. Es profesor en la Universidad de París III. Su primera novela, *HHhH* (Seix Barral, 2011), fue galardonada con el Premio Goncourt de Primera Novela, el Premio de los lectores de Livre de Poche y le valió el Premio al autor revelación de Lire, además de ser publicada en más de treinta y cinco países y adaptada al cine. *La séptima función del lenguaje* (Seix Barral, 2016) también fue reconocida en 2015 con el Premio Interallié, el Premio de Novela FNAC y el Premio de los lectores de *L'Express*, además de ser seleccionada para el Premio Renaudot, el Premio Femina, el Premio de Flore y el Premio literario de *Le Monde*. Por *Civilizaciones* (Seix Barral, 2020) recibió el Gran Premio de Novela de la Academia Francesa, y con *Perspectivas* (Seix Barral, 2024) ha revalidado su éxito con el reconocimiento tanto de la crítica como de miles de lectores.

Intérpretes hay por todas partes. Cada uno habla su lengua aunque conozca un poco la del otro. Las argucias del intérprete son muy amplias y nunca prescinde de sus intereses.

Derrida

PRIMERA PARTE

París

1

La vida no es una novela. Al menos eso es lo que a ustedes les gustaría creer. Roland Barthes sube una vez más por la rue de Bièvre. El mayor crítico literario del siglo XX tiene sobrados motivos para estar angustiado en grado sumo. Su madre, con quien mantenía unas relaciones muy proustianas, ha muerto. Y su curso en el Collège de France, titulado «La preparación de la novela», ha resultado un fracaso del que difícilmente puede sustraerse: durante todo el año ha estado hablándoles a sus alumnos de haikus japoneses, de fotografía, de significantes y significados, de divertimentos pascalianos, de camareros de café, de batas guateadas o del número de asientos en el anfiteatro, de todo menos de novela. Y va para tres años así. Sabe irremediablemente que el propio curso no es más que una maniobra dilatoria para aplazar el momento de empezar una obra verdaderamente literaria, es decir, una que haga justicia al escritor hipersensible que está aletargado en él y que, en opinión de todo el mundo, ha empezado a dar brotes con su *Fragmentos de un discurso amoroso*, considerada ya la biblia de los menores de veinticinco años. De Sainte-Beuve a Proust, ya toca cambiar y ocupar el sitio que le corresponde en el panteón de los escritores. Mamá ha muerto: se ha cerrado el círculo que se abrió con *El grado cero de la escritura*. La hora ha llegado.

La política, sí, sí, ya se verá. No se puede decir que sea muy maoísta, después de su viaje a China. Por otra parte, no es eso lo que se espera de él.

Chateaubriand, La Rochefoucauld, Brecht, Racine, Robbe-Grillet, Michelet, Mamá. El amor de un chico.

Me pregunto si ya habría entonces algún «Vieux Campeur»[1] en el barrio.

Dentro de un cuarto de hora estará muerto.

Estoy seguro de que el papeo era bueno en la rue des Blancs-Manteaux. Imagino que se come bien en casa de esa gente. En *Mitologías*, Roland Barthes descifra los mitos contemporáneos erigidos por la burguesía a la mayor gloria de sí misma y, gracias a ese libro, él se convirtió en alguien verdaderamente famoso; así que, de alguna manera y en resumidas cuentas, es a la burguesía a la que deberá su fortuna. Pero se trataba de la pequeña burguesía. La gran burguesía que se pone al servicio del pueblo es un caso muy particular que merece ser analizado. Habrá que escribir un artículo al respecto. ¿Esta noche? ¿Por qué no ahora mismo? No, antes tiene que seleccionar sus diapos.

Roland Barthes aprieta el paso sin percatarse de nada de cuanto lo rodea, y eso que es un observador nato, cuyo oficio consiste en observar y analizar y cuya vida se la ha

1. Irónico. Au Vieux Campeur es una cadena de tiendas de ropa deportiva y de montaña. *(Todas las notas son del traductor.)*

pasado por entero rastreando signos. No hay duda de que no ve ni los árboles, ni las aceras, ni los escaparates, ni los coches del boulevard Saint-Germain, que se conoce de memoria. Ya no está en Japón. No siente la mordedura del frío. Apenas si oye los ruidos de la calle. Aquello parece la alegoría de la caverna pero al revés: el mundo de las ideas en que él está encerrado oscurece su percepción del mundo sensorial. A su alrededor, no ve más que sombras.

Las razones que acabo de evocar para explicar la actitud desasosegada de Roland Barthes están todas refrendadas por la Historia, pero tengo ganas de contarles lo que realmente sucedió. Aquel día, si él tiene la cabeza en la Luna, no solo es debido a su madre muerta, ni a su incapacidad de escribir una novela, ni incluso a la desafección creciente y, a su juicio, irremediable por parte de los chicos. No digo que no piense en todo esto, no tengo ninguna duda sobre la calidad de sus neurosis obsesivas. Pero hoy hay otra cosa añadida. En la mirada ausente del hombre inmerso en sus pensamientos, un transeúnte atento sabría reconocer ese estado que Barthes creía no volver a experimentar nunca más: la excitación. No es por su madre, ni por los chicos, ni por su novela fantasma. Es la *libido sciendi*, la sed de saber, y con ella, reactivada, la orgullosa perspectiva de revolucionar el conocimiento humano y, quizá, cambiar el mundo. ¿Acaso cuando cruza la rue des Écoles, Barthes se siente como Einstein cuando pensaba en su teoría? Lo único cierto es que él no camina muy atento. Le quedan unas decenas de metros hasta llegar a su despacho cuando de pronto rebota contra una camioneta. Su cuerpo produce el sonido sordo, característico, horrible, de la carne que choca contra la chapa y rueda por la calzada como una muñeca de trapo. Los transeúntes se sobresaltan. Esa tarde del 25 de febrero de 1980 no pueden saber lo que acaba de ocurrir delante de sus ojos, y no es de extrañar, pues hasta el día de hoy la gente todavía lo desconoce.

2

La semiología es una cosa muy extraña. El primero que lo intuyó fue Ferdinand de Saussure, el fundador de la lingüística. En su *Curso de lingüística general* propone «concebir una ciencia que estudie la vida de los signos en el seno de la vida social». Ni más ni menos. Y añade, a modo de pista para quienes quieran aplicarse a la tarea: «Sería parte de la psicología social y, en consecuencia, de la psicología general. La denominaremos *semiología* (del griego *sēmeîon*, "signo"). Nos enseñaría en qué consisten los signos y cuáles son las leyes que los rigen. Puesto que no existe todavía, no se puede decir aún lo que será; pero tiene derecho a existir y su lugar está determinado de antemano. La lingüística no es más que una parte de esta ciencia general. Las leyes que la semiología descubra serán aplicables a la lingüística, y esta se encontrará así ligada a un dominio claramente definido en el conjunto de los hechos humanos». Me encantaría que Fabrice Luchini nos releyera este pasaje, recalcando las palabras como solo él sabe hacer, para que el mundo entero pudiera percibir, si no el sentido, al menos toda la belleza. Esta intuición genial, casi incomprensible para sus contemporáneos (el curso se dictó en 1906), no ha perdido, cien años más tarde, un ápice de su fuerza ni de su oscuridad. Posteriormente, numerosos semiólogos trataron de proporcionar definiciones a la vez más claras y más detalladas, pero se contradecían unos a otros (a veces sin darse cuenta ni ellos mismos), lo embrollaban todo y finalmente no conseguían más que alargar (y aun así apenas) la lista de sistemas de signos que escapan a la lengua: el código de circulación, el código marítimo internacional, la numeración de los autobuses, la numeración de las habitaciones de hotel, que han venido a completar la graduación militar, el alfabeto de los sordomudos... y poco más.

Un poco escaso con respecto a la ambición inicial.

Vista así, la semiología, lejos de ser una extensión del dominio de la lingüística, parece reducirse al estudio de protolenguajes toscos, mucho menos complejos y por tanto más limitados que cualquier lengua.

Pero, de hecho, no es así.

No es casual que Umberto Eco, el sabio de Bolonia, uno de los últimos semiólogos todavía vivos, se refiera con tanta frecuencia a los grandes inventos decisivos en la historia de la humanidad: la rueda, la cuchara, el libro..., según él, útiles perfectos de insuperable eficacia. Todo deja suponer, en efecto, que la semiología es en realidad una de las invenciones capitales de la historia de la humanidad y una de las herramientas más poderosas jamás forjadas por el hombre, pero sucede como con el fuego o con el átomo: al principio, no siempre se sabe para qué sirven ni cómo servirse de ellos.

3

En realidad, un cuarto de hora después aún no ha muerto. Roland Barthes yace en la cuneta, inerte, pero su cuerpo emite un silbido rauco y, mientras su espíritu se hunde en la inconsciencia, probablemente surcada por haikus turbulentos, alejandrinos racinianos y aforismos pascalianos, oye —y se dice a sí mismo (seguramente se lo dice) que quizá sea lo último que oiga— los gritos de un hombre enloquecido: «¡Se lanzó bajo mis rrruedas! ¡Se lanzó bajo mis rrruedas!». ¿De dónde procede ese acento? En torno a él, los transeúntes, recuperados de su estupor, se han agolpado e, inclinados sobre el futuro cadáver, discuten, analizan, evalúan:

—¡Hay que llamar a una ambulancia!

—No vale la pena, está pedo.

—¡Se lanzó bajo mis rrruedas, ustedes son testigos!

—Tiene aspecto de estar malherido.

—Pobre hombre...

—Hay que buscar una cabina telefónica. ¿Alguien tiene monedas?

—¡No he tenido ni tiempo de frrrenar!

—No lo toquen, hay que esperar a la ambulancia.

—¡Apártense! Soy médico.

—¡No lo mueva!

—Soy médico. Aún vive.

—Hay que avisar a su familia.

—Pobre hombre...

—¡Yo lo conozco!

—¿Es un suicidio?

—Habría que saber su grupo sanguíneo.

—Es un cliente. Cada mañana viene a mi bar a beberse un chato.

—Pues ya no irá más...

—¿Está borracho?

—Huele a alcohol.

—Un vinito blanco en el mostrador, cada mañana, desde hace años.

—Eso no nos dice su grupo sanguíneo...

—¡Ha crrruzado sin mirrrarr!

—El conductor tiene que dominar su vehículo ante cualquier circunstancia, es la ley, aquí.

—Bastará con que tenga un buen seguro, amigo.

—Pero esto va a suponer un gran recargo por siniestralidad.

—¡No lo toquen!

—¡Que soy médico!

—Y yo también.

—Entonces, ocúpese de él. Voy a buscar una ambulancia.

—Tengo que entrrregarr mi merrrcancía...

La mayoría de las lenguas que hay en el mundo emplean la *r* apicoalveolar, que se llama *r* vibrante, al contrario que el francés, que ha adoptado la *R* dorsovelar desde hace unos trescientos años. Ni el alemán ni el inglés hacen vibrar la *r*. Lo que no sucede en el italiano ni en el español. ¿En el portugués quizá? Es un poco gutural, en efecto, pero el fraseo de ese hombre no es ni lo suficientemente nasal ni lo suficientemente melódico, en realidad es incluso bastante monocorde, hasta el punto de que en él se distinguen mal las inflexiones de pánico.

Diríase ruso.

4

¿Cómo es posible que la semiología, nacida de la lingüística, que ha estado a punto de ser un engendro destinado al estudio de los más pobres y limitados lenguajes, haya podido transformarse *in extremis* en una bomba de neutrones?

Pues por una operación a la que Barthes no es ajeno.

Al principio, la semiología se consagraba al estudio de los sistemas de comunicación no lingüísticos. Saussure en persona dijo a sus estudiantes: «La lengua es un sistema de signos que expresan ideas, y por tanto comparable a la escritura, al alfabeto de los sordomudos, a los ritos simbólicos, a las formas de cortesía, a las señales militares, etcétera. Con la salvedad de que es el más importante de esos sistemas». Es verdad, no cabe duda, pero solo a condición de limitar la definición de los sistemas de signos a aquellos que tienen vocación de comunicar explícita e intencionadamente. Buyssens definió la semiología como «el estudio de los procesos de comunicación, es decir, de los medios empleados para influir en los demás, medios reconocidos como tales por aquellos a quienes se quiere influir».

La genialidad de Barthes consiste en no contentarse con los sistemas de comunicación, sino en ampliar su campo de estudio a los sistemas de significación. Cuando se ha disfrutado de la lengua, uno se aburre bastante rápido con cualquier otra forma de lenguaje: estudiar la señalización viaria o los códigos militares es casi tan apasionante para un lingüista como jugar al tarot o al rami para un jugador de ajedrez o de póker. Como podría decir Umberto Eco, para comunicar, la lengua es perfecta, no se puede crear nada mejor. Y, sin embargo, la lengua no es la única que lo dice todo. El cuerpo habla, los objetos hablan, la Historia habla, los destinos individuales o colectivos hablan, la vida y la muerte nos hablan sin parar de mil maneras distintas. El hombre es una máquina de interpretar y, por poca imaginación que uno tenga, ve signos por todas partes: en el color del abrigo de su mujer, en la rayadura sobre la portezuela de su coche, en los hábitos alimenticios de los vecinos de su rellano, en las cifras mensuales del paro en Francia, en el sabor a plátano del Beaujolais joven (siempre es a plátano y, más raramente, a frambuesa. ¿Por qué? Nadie lo sabe, pero forzosamente hay una explicación y esta es semiológica), en los andares orgullosos y combados de la mujer negra que camina delante de él a paso firme por los pasillos del metro, en la costumbre que su compañero de oficina tiene de no abrocharse los dos últimos botones de la camisa, en el ritual de tal futbolista cuando celebra un gol, en el modo de gritar de su pareja para indicar un orgasmo, en el diseño de ciertos muebles escandinavos, en el logo del patrocinador principal de tal torneo de tenis, en la música de los títulos de crédito de tal película, en la arquitectura, en la pintura, en la cocina, en la moda, en los anuncios, en la decoración de interiores, en la representación occidental de la mujer y del hombre, del amor y de la muerte, del cielo y de la tierra, etcétera. Con Barthes, los signos no tienen ya necesidad de ser señales: se han convertido en indicios. Mutación decisiva. Están por todas partes. En adelante, la semiología está lista para conquistar el vasto mundo.

5

El comisario Bayard se presenta en el servicio de urgencias de la Pitié-Salpêtrière, donde le indican el número de la habitación de Roland Barthes. Los elementos del dosier de que dispone son los siguientes: un hombre, sesenta y cuatro años, atropellado por una camioneta de lavandería, rue des Écoles, lunes por la tarde, al cruzar un paso de peatones. El conductor de la camioneta, un tal Yvan Delahov, de nacionalidad búlgara, había consumido algo de alcohol, sin llegar a la infracción: 0,6 g, por debajo de los 0,8 autorizados. Ha reconocido que iba con retraso para entregar sus camisas. Ha declarado, no obstante, que su velocidad no sobrepasaba los 60 kilómetros por hora. El hombre accidentado estaba inconsciente y no llevaba ninguna documentación cuando llegó la ambulancia, pero fue identificado por uno de sus colegas, un tal Michel Foucault, profesor en el Collège de France y escritor. Se ha comprobado que se trataba de Roland Barthes, también profesor en el Collège de France y escritor.

Hasta ahí, nada en el dosier justifica que se envíe a un investigador, y menos aún a un comisario de los Servicios Secretos de la policía. La presencia de Jacques Bayard no se explica, en realidad, más que por un solo detalle: cuando Roland Barthes fue atropellado, el 25 de febrero de 1980, regresaba de un almuerzo con François Mitterrand en la rue des Blancs-Manteaux.

A priori, no hay conexión entre la comida y el accidente, ni entre el candidato socialista a las elecciones presidenciales que tendrán lugar el año siguiente y el conductor búlgaro empleado en una compañía de lavanderías, pero está en la naturaleza misma de los Servicios Secretos informarse de todo, y, en esos tiempos de precampaña electoral, especialmente de lo que haga François Mitterrand. Michel Rocard, sin embargo, es mucho más popular para la opinión pública (sondeo Sofres, enero de 1980: «¿Quién es el mejor candidato socialista?». Mitterrand, 20 %; Rocard, 55 %), pero en las altas esferas se considera que sin duda no se atreverá a cruzar el Rubicón: los socialistas son legitimistas y a Mitterrand lo han reelegido como cabeza del partido. En su momento, hace seis años, llegó a alcanzar el 49,19 % de los votos contra el 50,81 % de Giscard, siendo este el margen más estrecho habido en unas elecciones presidenciales desde que se instauró el sufragio universal directo. La razón por la que los Servicios Secretos han enviado a un investigador es porque no se puede descartar el riesgo de que, por primera vez en la historia de la V.ª República, sea elegido un presidente de izquierdas. La misión de Jacques Bayard, en principio, consiste en verificar si Barthes bebió demasiado en casa de Mitterrand, o si, por azar, se hubiera visto inmerso en una orgía sadomaso con perros. Pocos escándalos han afectado al dirigente socialista en los últimos años, parece que se anda con mucho cuidado al respecto. Ya está olvidado el falso secuestro en los jardines del Observatorio. Son tabú su *francisca*[2] y su paso por Vichy. Supondrían un alto precio. Jacques Bayard está encargado oficialmente de comprobar las circunstancias del accidente, pero no hace falta que se le explique lo que se espera de él: averiguar si hay algo rebuscado y sucio que, llegado el caso, pudiera lesionar la credibilidad del candidato socialista.

Cuando Jacques Bayard llega a la puerta de la habitación, descubre una larga cola de personas en el pasillo. Todos esperan para visitar al accidentado. Hay viejos bien vestidos, jóvenes mal vestidos, viejos mal vestidos, jóvenes bien vestidos, estilos muy variados, pelo largo y pelo corto, individuos con aire magrebí, y más hombres que mujeres. Mientras esperan su turno, discuten entre ellos, hablan alto, riñen, leen un libro, fuman un cigarrillo. Bayard, que aún no es consciente de la celebridad de Barthes, se pregunta qué es todo ese burdel. Usando sus prerrogativas, pasa por delante de la cola, dice «Policía» y entra en la habitación.

Jacques Bayard toma nota de inmediato: cama sorprendentemente alta, entubado, hematomas en el rostro, mi-

2. Hacha grande de dos hojas que figura en el emblema del mariscal Pétain cuando fue jefe del Estado.

rada triste. Hay otras cuatro personas en la habitación: el hermano pequeño, el editor, el discípulo y una especie de joven príncipe árabe, muy elegante. El príncipe árabe es Youssef, un amigo común del maestro y del discípulo, Jean-Louis, a quien el maestro considera el más brillante de sus alumnos y por quien, en cualquier caso, mayor afecto siente. Jean-Louis y Youssef comparten apartamento en el distrito XIII, donde organizan veladas que animan la vida de Barthes. En ellas se encuentra con un montón de gente, estudiantes, actrices, personalidades diversas, a menudo con André Téchiné, a veces con Isabelle Adjani, y siempre con multitud de jóvenes intelectualoides. Por ahora, estos detalles no son del interés del comisario Bayard, que solo está allí para reconstruir las circunstancias del accidente. Barthes había recobrado la consciencia al llegar al hospital. A los allegados que habían acudido les decía: «¡Qué idiotez! ¡Qué idiotez!». Pese a las múltiples contusiones y a algunas costillas rotas, su estado no producía demasiada inquietud. Pero Barthes, como dijo su hermano menor, «tiene un talón de Aquiles: los pulmones». Contrajo la tuberculosis en su juventud y es un gran fumador de puros, lo que da como resultado una debilidad respiratoria crónica que, esa misma noche, ha vuelto a cebarse en él: se ahoga, han de entubarlo. Cuando llega Bayard, Barthes está despierto pero ya no puede hablar.

El comisario se dirige en voz baja a Barthes. Le hará algunas preguntas, bastará con que mueva la cabeza para responder sí o no. Barthes mira a Bayard con ojos de cocker triste. Menea la cabeza débilmente.

«Usted volvía a su lugar de trabajo cuando el vehículo chocó contra usted, ¿no es así?» Barthes dice que sí. «¿Circulaba el vehículo a una velocidad excesiva?» Barthes mueve la cabeza de un lado a otro, lentamente, y Bayard comprende que quiere decir que no sabe. «¿Iba usted distraído?» Sí. «¿Su distracción tenía algo que ver con su almuerzo?» No. «¿Con la preparación del curso?» Lapso de tiempo. Sí. «¿Se vio con François Mitterrand en ese almuerzo?» Sí. «¿Sucedió algo especial o extraño durante la comida?» Lapso de tiempo. No. «¿Bebió usted alcohol?» Sí. «¿Mucho?» No. «¿Un vaso?» Sí. «¿Dos vasos?» Sí. «¿Tres vasos?» Lapso de tiempo. Sí. «¿Cuatro vasos?» No. «No llevaba su documentación consigo cuando el accidente tuvo lugar. ¿Es posible que la haya olvidado, en su casa o en otra parte?» Lapso de tiempo prolongado. La mirada de Barthes parece llenarse de pronto de una intensidad nueva. Dice que no con la cabeza. «¿Recuerda usted si alguien lo estuvo manipulando durante el tiempo que estuvo en el suelo, antes de la llegada de la ambulancia?» Barthes parece no comprender o no oír la pregunta. Dice que no. «¿No es que no se acuerda?» Nuevo lapso de tiempo, pero esta vez Bayard cree identificar la expresión del rostro: es incredulidad. Barthes dice no. «¿Había dinero en su cartera?» Los ojos de Barthes se clavan en su interlocutor. «Señor Barthes, ¿me oye? ¿Llevaba usted dinero consigo?» No. «¿Llevaba consigo alguna cosa de valor?» No hay respuesta. La fijeza de la mirada es tal que, de no ser por una luz extraña en el fondo del ojo, podría creerse que Barthes ha muerto. «¿Señor Barthes? ¿Estaba en posesión de alguna cosa de valor? ¿Cree que habrían podido robarle algo?» El silencio que reina en el cuarto se rompe solo por el hálito ronco de Barthes que emite el tubo del respirador. Transcurren todavía unos largos segundos. Lentamente, Barthes dice no y luego desvía la cabeza.

6

Al abandonar el hospital, el comisario Bayard piensa que hay un problema; que lo que no debía ser más que una investigación rutinaria quizá no sea tan superflua, después de todo; que la desaparición de la documentación es una curiosa zona de sombra en lo que, sin embargo, parece un accidente trivial; que va a haber que esclarecer todo esto interrogando a más gente de la que se había imaginado; que su pista arranca en la rue des Écoles, delante del Collège de France (institución cuya existencia ignoraba hasta hoy y cuya naturaleza no ha comprendido muy bien); que empezará por ir a ver a ese señor Foucault, «profesor de historia de los sistemas de pensamiento» (sic); que a continuación tendrá que interrogar a montones de estudiantes melenudos, a los que habrá que añadir a los testigos del accidente y a los amigos de la víctima. Está tan perplejo como fastidiado por este aumento del trabajo. Pero cuenta con lo que ha visto en la habitación del hospital. En los ojos de Barthes lo que había era miedo.

El comisario Bayard, absorto en estas reflexiones, no presta atención al Citroën DS negro aparcado al otro lado del bulevar. Sube a su 504 oficial y parte en dirección al Collège de France.

7

En el vestíbulo, se fija en la lista de asignaturas que se imparten allí: Magnetismo nuclear, Neuropsicología del desarrollo, Sociografía del Sudeste Asiático, Cristianismo y gnosis en el Oriente preislámico... Confuso, entra en la sala de profesores e indica que desea ver a Michel

Foucault. Le dicen que está dando clase en ese preciso momento.

El anfiteatro está abarrotado. Bayard no puede ni entrar en la sala. Se lo impide un muro compacto de oyentes, que se indignan cuando trata de abrirse paso. Un estudiante indulgente le susurra ciertas instrucciones: si desea un asiento, tiene que llegar dos horas antes del comienzo de la clase; cuando el anfiteatro está lleno, hay que conformarse con ir al anfiteatro de enfrente, donde la clase se retransmite por radio. A Foucault no se le ve, pero al menos se le oye. Bayard se dirige pues al anfiteatro B, también lleno a rebosar, pero aún puede encontrar algún asiento libre. La asamblea es muy variopinta, hay jóvenes, viejos, hippies, yuppies, punkies, góticos, ingleses con chalecos de tweed, italianas escotadas, iraníes con chador, abuelitas con perrito... Se sienta junto a dos jóvenes gemelos disfrazados de astronautas (sin casco, obviamente). Hay un clima de estudio, la gente toma notas en sus cuadernos o escucha con recogimiento. De vez en cuando, alguien tose, como en el teatro, pero aquí no hay nadie en el escenario. Los altavoces difunden una voz nasal, un poco años cuarenta sin llegar a lo Chaban-Delmas, más bien digamos a lo Jean Marais mezclado con Jean Poiret, pero algo más aguda.

«El problema que yo querría plantear —dice la voz— es este: qué puede significar, en el seno de cierta concepción de la salvación, es decir, en el seno de cierta concepción de la iluminación, de cierta concepción de la redención obtenida por los hombres al ser bautizados por primera vez, qué puede significar la repetición de la penitencia, si no la repetición misma del pecado.»

Bayard percibe el tono profesoral. Intenta captar algo de lo que habla pero, para su desgracia, el mayor esfuerzo lo hace cuando Foucault dice: «De tal suerte que el individuo que va hacia la verdad, atraído por el amor, manifiesta, en sus propias palabras, una verdad que no es otra cosa que la manifestación en él de la verdadera presencia de un Dios, quien, por sí mismo, no puede decir más que la verdad, pues nunca miente y siempre es verídico».

Si ese día Foucault hubiera hablado de cárcel, de control, de arqueología, de biopoder o de genealogía, quién sabe... Pero la voz implacable continúa abriéndose camino: «Incluso si, para determinados filósofos o determinadas cosmologías, el mundo podía efectivamente girar en un sentido o en otro, en la vida de los individuos el tiempo no tiene más que un solo sentido». Bayard escucha sin comprender nada, tan solo se deja mecer por el tono a la vez didáctico e intencionado, melodioso a su modo, sostenido por un magistral sentido de la medida, de los silencios y de la puntuación.

¿Y este individuo gana más que él?

«Entre este sistema de la ley que se basa en las acciones y afecta a la voluntad del individuo, y en consecuencia a la repetición indefinida de la culpa, y el esquema de la salvación y de la perfección que se basa en los individuos e implica una escansión temporal y una irreversibilidad, no hay, creo yo, ninguna integración posible...»

Sí, sin ninguna duda. Bayard no consigue refrenar el rencor instintivo que le lleva a detestar a priori una voz como esa. Con gente así es con la que la policía tiene que disputarse los impuestos del contribuyente. Son funcionarios como él, con la salvedad de que él sí se merece que la sociedad le retribuya por su trabajo. Pero ¿qué coño es este Collège de France? De acuerdo, fue fundado por Francisco I, eso ya lo ha leído en la entrada. ¿Y qué más? Cursos abiertos para todo el mundo que solo interesan a parados de izquierdas, a jubilados, a iluminados o a profes que fuman en pipa; asignaturas imposibles de las que jamás ha oído hablar... Sin diplomas, sin exámenes. Gente como Barthes y Foucault, pagados para hacer juegos malabares con humo. Si de algo está convencido Bayard es de que no es aquí donde se aprende un oficio. *Epistemé*, los cojones.

Cuando la voz da cita para la semana próxima, Bayard regresa al anfiteatro A, va a contracorriente del flujo de público que sale por las puertas abiertas de par en par, penetra por fin en la sala, ve abajo a un calvo con gafas que lleva un jersey de cuello alto debajo de su chaqueta. Tiene un aire recio a la par que longilíneo, la mandíbula prominente, ligeramente prognata, el porte altanero de los que saben que el mundo ha reconocido su valía y el cráneo impecablemente rasurado. Bayard llega hasta la tarima donde él se encuentra. «¿Señor Foucault?» El gran calvo está recogiendo sus notas con la relajación característica del docente que ha terminado su clase. Se vuelve hacia Bayard con benevolencia, consciente de la timidez que sus admiradores han de superar a veces para dirigirle la palabra. Bayard saca su placa. Él también conoce de sobra el efecto que esto produce. Foucault se para un segundo, mira la placa, se encara al policía y luego vuelve a sumirse en sus notas. Teatral, como si se lo dedicara al público que se está marchando, dice: «Me niego a ser identificado por el poder». Bayard hace como si no lo hubiera oído: «Es por lo del accidente».

El gran calvo mete sus notas en la cartera y abandona la tarima sin decir ni una palabra. Bayard corre tras él: «¿Adónde va, señor Foucault? ¡Tengo que hacerle algunas preguntas!». Foucault trepa por los peldaños del anfiteatro a grandes zancadas. Sin darse la vuelta, hablando para todo el mundo, de manera que los oyentes que aún quedan allí puedan oírlo, responde: «¡Me niego a ser localizado por el poder!». La sala ríe. Bayard lo agarra del brazo: «Tan solo quiero que me dé su versión de los hechos». Foucault se queda inmóvil y se calla. Todo su cuerpo se ha puesto tenso. Mira la mano aferrada a su brazo como si eso fuera el mayor atentado a los derechos humanos desde el genocidio de Camboya. Bayard retiene a su presa. A su alrededor crecen los murmullos. Al cabo de un largo minuto, Foucault consiente en hablar: «Mi versión es que lo han matado». Bayard no está seguro de haber comprendido bien:

—¿Matado? Pero ¿a quién?

—A mi amigo Roland.

—Pero ¡si no ha muerto!

—Ya está muerto.

Foucault clava en su interlocutor la mirada intensa de los miopes, al otro lado de sus gafas, y lentamente, alargando las sílabas, enuncia, como si formulase la conclusión de un extenso desarrollo cuya lógica secreta nadie más que él conociera:

—Roland Barthes está muerto.

—¿Y quién lo ha matado?

—El sistema, por supuesto.

El uso de la palabra «sistema» confirma al policía sus temores: ha caído en terreno izquierdista. Sabe por experiencia que siempre tienen eso en la boca: la sociedad podrida, la lucha de clases, el «sistema»... Espera lo que sigue sin impaciencia. Foucault, magnánimo, acepta explicarse:

—Se han burlado salvajemente de Roland en estos últimos años. Y todo porque tenía el paradójico poder de comprender las cosas tal como son y de inventarlas con una frescura jamás vista hasta ahora. Le han reprochado su argot, le han plagiado, parodiado, caricaturizado, satirizado...

—¿Sabía usted si tenía enemigos?

—¡Claro! Desde que entró en el Collège de France (fui yo el que lo metí), los celos no dejaron de aumentar. No tenía más que enemigos: los reaccionarios, los burgueses, los fascistas, los estalinistas y, sobre todo, la vieja crítica rancia que jamás le ha perdonado.

—¿Perdonado el qué?

—¡Haberse atrevido a pensar! ¡Haberse atrevido a cuestionar sus viejos esquemas burgueses, haber sacado a la luz su infecta función normativa, haber mostrado lo que de verdad era: una vieja puta mancillada por la burrez y los apaños!

—Pero ¿quién, en concreto?

—¿Nombres? ¿Por quién me toma usted? ¡Los Picard, los Pommier, los Rambaud, los Burnier! Lo habrían fusilado ellos mismos si hubieran podido, doce balas en el patio de la Sorbona bajo la estatua de Victor Hugo...

De repente, Foucault vuelve a marcharse y deja unos metros atrás a Bayard, que no se lo esperaba. Sale del anfiteatro y sube pitando por las escaleras; Bayard corre tras él, le pisa los talones, sus pasos resuenan sobre la piedra, le da una voz: «¡Señor Foucault! ¿Quién es toda esa gente de la que me habla?». Foucault, sin volverse: «Unos perros, unos chacales, unos burros ignorantes, unos gilipollas, unos inútiles, pero sobre todo, sobre todo, sobre todo, los criados serviles del orden establecido, los escribas del viejo mundo, los macarras de un pensamiento muerto que, con su obscena risa sarcástica, pretenden imponer eternamente su pestilencia a cadáver». Bayard, sujeto a la barandilla de la escalera: «¿Qué cadáver?». Foucault, trepando por los peldaños de cuatro en cuatro: «¡Pues el del pensamiento muerto!». A continuación estalla en una risa sardónica. Buscando una pluma en los bolsillos de su impermeable sin detenerse, Bayard le pregunta: «¿Puede deletrearme Rambaud?».

8

El comisario entra en una librería para comprar unos libros, pero, como no tiene costumbre, le cuesta trabajo orientarse en las estanterías. No encuentra ninguna obra de Raymond Picard. El librero, que no le ve muy al corriente, le indica de pasada que Raymond Picard está muerto, lo que Foucault no había creído oportuno señalarle, pero si lo desea puede encargar *Nueva crítica o nueva impostura*. En cambio, sí tiene *Assez décodé!*, de René Pommier, un discípulo de Raymond Picard que se la tiene jurada a la crítica estructuralista (así es como el librero le vende la obra, lo que no le aclara mucho), y, especialmente, *El Roland-Barthes sin esfuerzo*, de Rambaud y Burnier. Es un libro verde, bastante delgado, con una foto de Barthes que hace gala de un aire severo dentro un marco ovalado de color naranja. Un personajillo dibujado sale del marco y dice «ji, ji» tronchándose de risa y llevándose la mano a la boca, con pinta burlona, al estilo de un dibujo de Crumb. Es más, se podría verificar que es un Crumb. Pero Bayard nunca ha oído hablar de *El gato Fritz*, el dibujo animado progre del 68 en el que los negros son unos cuervos que tocan el saxo y el héroe es un gato con cuello vuelto que fuma porros y folla con todo lo que se le pone por delante dentro de un Cadillac a lo Kerouac, sobre un fondo de disturbios urbanos y de cubos de basura ardiendo. Crumb es célebre, no obstante, por su manera de dibujar a las mujeres, con sus gruesos muslos potentes, sus hombros de leñador, sus pechos como obuses y su culo de yegua. Bayard, poco familiarizado con la estética de los cómics, no entiende la relación. Sin embargo, compra el libro y añade el de Pommier. No encarga el de Picard, ya que en esta fase de la investigación no le interesan los autores muertos.

El comisario se acomoda en un café, pide una cerveza, enciende un gitanes y abre *El Roland-Barthes sin esfuerzo*. (¿Cómo se llama el café? Esos pequeños detalles... Es importante reconstruir el ambiente, ¿verdad? Yo lo veo más bien en el Sorbon, el bar frente al Champo, el pequeño cine de arte y ensayo que hay al final de la rue des Écoles, aunque, a decir verdad, yo qué sé, pueden ustedes ubicarlo donde les plazca). Lee:

«El R. B. (en *Roland-Barthes*, Roland Barthes es nombrado como R. B.) apareció bajo su forma arcaica hace veinticinco años, en la obra titulada *El grado cero de la escritura*. Después, poco a poco se fue apartando del francés del que parcialmente provenía, constituyéndose como lenguaje autónomo, con su gramática y su vocabulario propios».

Bayard aspira su gitanes, traga una bocanada, pasa las páginas. En el bar, oye que el camarero le explica a un cliente por qué Francia va a hundirse en la guerra civil si Mitterrand sale elegido.

«Primera lección: Algunos elementos de conversación.

»1 – ¿Cómo te enuncias a ti mismo?

»Francés: ¿Cuál es su nombre?

»2 – Yo me enuncio L.

»Francés: Yo me llamo William.»

Bayard comprende aproximadamente la intención satírica y también que a priori debería sentirse en sintonía con los autores del pastiche, pero en realidad desconfía. ¿Por qué en «R. B.» «William» se dice «L.»? No está nada claro. Cosas de maricones intelectualoides.

El camarero al cliente: «¡Cuando los comunistas estén en el poder, todos los que tienen pasta se van a pirar de Francia para ir a ponerla en otra parte, donde no paguen impuestos y donde estén seguros de que no los van a trincar!».

Rambaud y Burnier:

«3 – ¿Qué "estipulación" encierra, cerca, organiza, dispone la economía de tu pragmatismo como ocultación y/o explotación de tu ek-sistencia?

»Francés: ¿Qué haces en la vida?

»4 – (Yo) expelo pequeñas porciones de código.

»Francés: Soy mecanógrafa».

Aunque esto le hace cierta gracia, en realidad detesta lo que percibe intuitivamente como un principio de intimidación verbal hacia personas de su estilo. Sin embargo, bien sabe que este tipo de libros no va dirigido a él, que se trata de un libro para intelectualoides, para que esos parásitos de intelectuales de mierda puedan reírse entre ellos. Burlarse de sí mismos: suprema distinción. Bayard, que no es un imbécil, está ejerciendo ya un poco de Bourdieu sin saberlo.

En el mostrador, la conferencia continúa: «Una vez que todo el dinero esté en Suiza, no habrá capital para pagar los salarios y entonces eso supondrá la guerra civil. ¡Es lo que pasará si ganan los social-comunistas!». El camarero hace una pausa para ir a atender. Bayard prosigue con su lectura:

«5 – Mi discurso se encuentra con/desemboca en su propia textualidad mediante el R. B. en un juego (¿ego?) de espejos.

»Francés: Hablo con soltura el Roland-Barthes».

Bayard pilló la idea principal: el lenguaje de Roland Barthes es infollable.[3] Pero, entonces, ¿por qué perder el tiempo en leerlo, y, para más inri, en escribir un libro sobre él?

«6 – La "sublimación" (la integración) de este como (mi) código constituye la "prueba definitiva" de un aumento del cupido, mi deseo.

»Francés: Querría también aprender esta lengua.

»7 – El R. B., en tanto que macrología, ¿no se da como "alambradismo", campo (canto) cerrado a la interpretación galicista?

»Francés: ¿No es el Roland-Barthes demasiado difícil para un francés?

»8 – La bufanda del estilo barthesiano se ciñe "en torno" al código en la medida en que el acto se ciñe a su repetición/redundancia.

»Francés: No, es bastante fácil. Pero hace falta trabajar.»

La perplejidad del comisario aumenta. No sabe a quién detesta más, si a Barthes o a los dos cómicos que han tenido ganas de parodiarlo. Deja el libro sobre la mesa, aplasta su cigarrillo. El camarero vuelve detrás del mostrador. El cliente, con su vaso de tinto en la mano, objeta: «Sí, pero Mitterrand los detendrá en la frontera. Y el dinero les será confiscado». El camarero frunce el ceño y regaña al cliente: «¡Usted cree que los ricos son gilipollas! Alquilarán los servicios de contrabandistas profesionales. Organizarán redes para sacar el dinero en metálico. ¡Cruzarán los Alpes y los Pirineos como Aníbal! ¡Como durante

3. El término francés *imbitable* tiene el doble sentido de «incomprensible» y, en lenguaje vulgar, el peyorativo de «infollable».

la guerra! Si se pudo hacer pasar a judíos, se podrá hacer pasar unos cuantos talegos, ¿no?». El cliente no parece estar muy seguro, pero como evidentemente no se le ocurre nada que responder, se contenta con asentir, acaba su vaso y pide otro. El camarero se pavonea al sacar una botella de tinto empezada: «¡Pues claro, hombre, pues claro! Si ganan los rojos, yo paso. Me largo y me voy a currar a Ginebra. No se quedarán con mi pasta, eso sí que no, jamás en la vida. Ya se habrá dado cuenta usted de que yo no trabajo para los rojos, ¡faltaría más! ¡Yo no trabajo para nadie! ¡Soy libre! ¡Como De Gaulle...!».

Bayard trata de recordar quién es Aníbal y se fija maquinalmente en que al camarero le falta una falange en el meñique izquierdo. Interrumpe al orador para pedirle otra cerveza, abre el libro de René Pommier, cuenta diecisiete veces la palabra «pamplina» en cuatro páginas y lo vuelve a cerrar. Entretanto, el camarero ha iniciado un nuevo tema: «¡Ninguna sociedad civilizada puede prescindir de la pena de muerte...!». Bayard paga y se marcha dejando el cambio.

Pasa por delante de la estatua de Montaigne sin verla, cruza la rue des Écoles y entra en la Sorbona. El comisario Bayard comprende que no comprende nada, o muy poca cosa, de todas esas gilipolleces. Necesitaría a alguien que lo iluminase, un especialista, un traductor, un transmisor, un formador. Un profesor, ¿no? En la Sorbona, pregunta dónde se encuentra el departamento de Semiología. La persona de recepción le contesta con tono afectado que no hay ninguno. En el patio, aborda a unos estudiantes con chaquetón azul marino y zapatos náuticos para que le indiquen dónde podría asistir a un curso de semiología. La mayoría no tiene ni idea de lo que es o muy vagamente han oído hablar de ello. Pero finalmente un joven melenudo que fuma un porro bajo la estatua de Louis Pasteur le dice que, para «semio», hay que ir a Vincennes. Bayard no es un especialista en el ámbito universitario, pero sabe que Vincennes es una facultad de izquierdistas por la que pululan agitadores profesionales que no quieren dar un palo al agua. Por curiosidad le pregunta al joven por qué él no se ha matriculado allí. El joven viste un largo jersey de cuello alto, un pantalón negro arremangado como si fuera a pescar mejillones y unas Doc Martens violetas. Se quita el porro de la boca y responde: «Lo estaba hasta mi segundo segundo año. Pero formaba parte de un grupo trotskista». La explicación le parece suficiente, pero como ve que no lo es en la mirada interrogativa de Bayard, añade: «Bueno, en fin, hubo ciertos problemas».

Bayard no insiste. Vuelve a su 504 y parte hacia Vincennes. En un semáforo en rojo, observa un DS negro y piensa: «¡Ese sí que era un buen cacharro!».

9

El 504 confluye en el periférico por la Porte de Bercy, sale por la Porte de Vincennes, sube la larguísima avenida de París, pasa por delante del hospital militar, no cede el paso a un flamante Fuego azul conducido por unos japoneses, rodea el castillo, deja atrás el Parque Floral, se mete en el bosque y finalmente aparca delante de una especie de barracas que parecen uno de esos colegios mamotréticos de las afueras de los años setenta, prácticamente lo peor que la humanidad puede construir a nivel arquitectónico. Bayard, que recuerda sus lejanos años de Derecho en Assas, descubre un lugar absolutamente desconcertante: para acceder a las aulas, tiene que atravesar algo parecido a un zoco repleto de africanos, pasar por encima de drogados comatosos tirados por el suelo, caminar junto a un estanque sin agua lleno de detritus, bordear unos muros infectos cubiertos de carteles y de grafitis en los que puede leer: «Profesores, estudiantes, rectores, personal no docente: ¡reventad, so cabrones!»; «No al cierre del zoco alimentario»; «No al traslado de Vincennes a Nogent»; «No al traslado de Vincennes a Marne-la-Vallée»; «No al traslado de Vincennes a Savigny-sur-Orge»; «No al traslado de Vincennes a Saint-Denis»; «Viva la revolución proletaria»; «Viva la revolución iraní»; «maos = fachas»; «trotskistas = estalinistas»; «Lacan = poli»; «Badiou = nazi»; «Althusser = asesino»; «Deleuze = fóllate a tu madre»; «Cixous = fóllame»; «Foucault = puta de Jomeini»; «Barthes = social-traidor prochino»; «Callielès = SS»; «Se prohíbe prohibir prohibir»; «Unión de la izquierda = en tu culo»; «Ven a mi casa a leer *El Capital*, firmado: Balibar»... Unos alumnos que apestan a marihuana lo acosan con agresividad y le colocan toneladas de octavillas: «Camarada, ¿sabes lo que está pasando en Chile? ¿En El Salvador? ¿Te sientes concernido por lo de Argentina? ¿Y por lo de Mozambique? ¿Te importa un rábano Mozambique? ¿Sabes dónde está? ¿Quieres que te hable de Timor? O mejor hacemos una colecta para la alfabetización en Nicaragua. ¿Me invitas a un café?». En esto se siente menos desorientado. Cuando tenía su carné de Jeune Nation,[4] hostió a algunas de esas jetas de izquierdistas mugrientos. Finalmente arroja las octavillas en el estanque sin agua que hace las veces de cubo de basura.

4. Jeune Nation era un movimiento nacionalista francés fundado en 1949.

Bayard aterriza, sin saber muy bien cómo, en la Unidad de Formación e Investigación de *Cultura y comunicación*. Repasa la lista de las u. v. («unidades de valor») que está colgada sobre un corcho en el pasillo y acaba por encontrar más o menos lo que ha ido a buscar: *Semiología de la imagen*, un número de aula, un horario semanal y un nombre de profesor, un tal Simon Herzog.

10

«Hoy vamos a estudiar las cifras y las letras en James Bond. Si piensan ustedes en James Bond, ¿cuál es la letra que les viene a la mente?» Silencio en la sala, los alumnos reflexionan. Jacques Bayard, que está sentado al fondo de la clase, por lo menos a James Bond lo conoce. «¿Cómo se llama el jefe de James Bond?» ¡Eso Bayard lo sabe! Le sorprenden las ganas que tiene de decirlo en voz alta, pero se le adelantan varios estudiantes que dan simultáneamente la respuesta: M. «¿Quién es M y por qué M? ¿Qué significa esa M?» Lapso de tiempo. Nadie responde. «M es un viejo, pero es una figura femenina, es la M de *Mother*, es la madre nutricia, la que alimenta y protege, la que se enoja cuando Bond hace algo descabellado, pero siempre da muestras de una gran indulgencia con su comportamiento, y es a quien Bond quiere complacer llevando a cabo las misiones que le encarga. James Bond es un hombre de acción, pero no es un francotirador, no está solo, no es huérfano (lo es biográficamente, aunque no simbólicamente: su madre es Inglaterra; no está casado con su patria, sino que es su hijo bienamado). Está sostenido por una jerarquía, por una logística, por todo un país que le asigna misiones imposibles de cuyo cumplimiento está orgulloso (M, la representación metonímica de Inglaterra, el representante de la reina, repite con frecuencia que Bond es su mejor agente: es el hijo preferido), pero que le suministra todo tipo de medios materiales para cumplirlas. James Bond, en efecto, es a la vez el oro y el moro, y por eso es un fantasma tan popular, un mito contemporáneo tan potente: James Bond es el aventurero funcionario. Acción Y seguridad. Comete infracciones, delitos, incluso crímenes, pero está cubierto, tiene autorización, no le regañarán por ello, de ahí la famosa *license to kill*, el permiso para matar significado en su número, lo que nos lleva a los tres dígitos mágicos: 007.

»Doble cero es el código que da derecho al asesinato, y aquí vemos una aplicación genial del simbolismo de las cifras. ¿Qué única cifra podía representar el permiso para matar? ¿10? ¿20? ¿100? ¿Un millón? La muerte no es cuantificable. La muerte es la nada, y la nada es cero. Pero el asesinato es más que la simple muerte, es la muerte infligida al prójimo. Es dos veces la muerte, la suya, inevitable, y cuya probabilidad se acrecienta con la peligrosidad del oficio (la esperanza de vida de los agentes doble cero es muy baja, se repite a menudo), y la del otro. Doble cero supone el derecho a matar y a ser matado. En cuanto al 7, evidentemente ha sido escogido porque en todas las tradiciones, de todos los números, es uno de los más elegantes, un número mágico cargado de historia y de símbolos, si bien en este caso, además, responde a dos criterios: es irremediablemente impar como el número de rosas que se le regala a una mujer, y primo (un número primo es divisible solo por el uno y por sí mismo), lo que expresa una singularidad, una unicidad, una individualidad que contrarresta la impresión de intercambiabilidad y de impersonalidad inducida por el recurso a la matrícula. Recuerden ustedes la serie *El prisionero*, cuyo protagonista "Número 6" repite, desesperado y sublevado: "¡No soy un número!". James Bond, en cambio, se adecúa perfectamente a su número, con tanta más facilidad en cuanto que ese número le confiere privilegios inauditos y hace de él un aristócrata (al servicio de Su Majestad, como corresponde). 007 es el anti-Número 6: satisfecho del lugar ultraprivilegiado que le otorga la sociedad, trabaja denodadamente por preservar el orden establecido, sin cuestionarse jamás la naturaleza ni las motivaciones del enemigo. Mientras que Número 6 es un revolucionario, 007 es un conservador. El 7 reaccionario se opone aquí al 6 revolucionario, y como el sentido de la palabra *reaccionario* lleva implícita la idea de posteridad (los conservadores *reaccionan* contra la revolución obrando para que regrese el antiguo régimen, es decir, el orden establecido), es lógico que la cifra reaccionaria suceda a la cifra revolucionaria (vamos, que James Bond no puede ser 005). La función de 007, es, por tanto, garantizar el regreso al orden establecido, perturbado por una amenaza que desestabiliza el orden mundial. Al final de cada episodio todo vuelve siempre a una "normalidad", a saber: "el orden antiguo". Umberto Eco afirma que James Bond es fascista. De hecho, podemos ver que es eminentemente reaccionario...»

Un alumno levanta la mano: «Pero también está Q, el responsable de los chismes. ¿No cree que hay también alguna significación en esa letra?».

Con una inmediatez que sorprende a Bayard, el profesor prosigue:

«Q es una figura paternal, porque es quien suministra las armas a James Bond y quien le enseña cómo utilizarlas. Le transmite una destreza. En este sentido, debería haberse llamado F, como *Father*... No obstante, si se fijan atentamente en las escenas con Q, ¿qué ven ustedes? A un James Bond distraído, impertinente, juguetón, que no escucha (o pone cara de que no escucha). Al final, Q siempre le dice: "¿Alguna pregunta?" (o variantes del tipo: "¿Has entendido?"). Pero James Bond nunca hace preguntas; bajo su apariencia de calamidad, ha asimilado perfectamente lo que se le ha explicado porque posee una capacidad de comprensión fuera de lo común. Q, entonces, es la Q de *questions*, de preguntas que Q anhela con toda su alma y que Bond no hace jamás, o a lo sumo mediante bromas que nunca son las que Q se esperaría».

Otro alumno toma entonces la palabra: «Y, además, Q, en inglés, se pronuncia "kiu", lo que quiere decir "cola". Es como cuando vas de compras: haces cola en la tienda de aparatos y chismes, esperas a que te atiendan, es un tiempo muerto divertido entre dos escenas de acción».

El joven profesor hace un movimiento entusiasta con el brazo: «¡Perfecto! ¡Muy bien visto! ¡Buena idea! Recuerden que una interpretación no agota jamás el signo, y que la polisemia es un pozo sin fondo de donde nos llegan ecos infinitos: una palabra no se agota del todo jamás. Ni siquiera una letra, como pueden ver».

El profesor mira su reloj: «Gracias por su atención. El próximo martes estudiaremos la ropa en James Bond. Señores, los espero de esmoquin, naturalmente (risas en la sala). Y, señoritas, en bikini a lo Ursula Andress (silbidos y protestas de las chicas). ¡Hasta la semana que viene!».

Mientras los estudiantes abandonan el aula, Bayard aborda al joven docente con un rictus discreto que este no puede comprender pero que viene a decir: «Tú vas a pagar por el calvo».

11

—Que le quede claro, comisario, que yo no soy un especialista en Barthes, ni un semiólogo propiamente dicho. Tengo un Master de letras modernas sobre la novela histórica, preparo una tesis de lingüística sobre los actos de lenguaje y también soy encargado de Trabajos Tutelados. Este semestre doy un curso especializado en la semiología de la imagen y, el año pasado, me encargaron un curso de introducción a la semiología. Era un TT de iniciación para estudiantes de primer año; les expuse las bases de la lingüística porque está en el fundamento de la semiología, les hablé de Saussure y de Jakobson, un poco de Austin, un poco de Searle, trabajamos esencialmente sobre Barthes porque es el de más fácil acceso y porque a menudo él ha elegido objetos de estudio extraídos de la cultura de masas, por tanto más susceptibles de despertar la curiosidad de los estudiantes que, pongamos, sus críticas sobre Racine o Chateaubriand, ya que son estudiantes de comunicación, no de literatura. Con Barthes se podía pasar mucho tiempo hablando de *steak-frites*, del último Citroën, de James Bond; es un enfoque mucho más lúdico del análisis y, por otra parte, lo que viene a ser la propia definición de la semiología: una disciplina que aplica los procedimientos de la crítica literaria a unos objetos no literarios.

—No está muerto.

—¿Perdone?

—Usted ha dicho «se podía», ha hablado de ello en pasado, como si ya no fuera posible.

—Pues, no, no es eso lo que yo quería decir...

Simon Herzog y Jacques Bayard caminan uno junto al otro por los pasillos de la facultad. El joven docente lleva su cartera en una mano y en la otra un montón de fotocopias que casi se le caen. Dice que no con la cabeza cuando un estudiante le va a dar una octavilla; el estudiante lo trata de fascista y él le contesta con una sonrisa culpable que rectifica ante Bayard:

—Aunque se muriera, se podría seguir aplicando perfectamente sus métodos críticos, ya me entiende...

—¿Qué le hace creer que se puede morir? No he mencionado delante de usted la gravedad de sus heridas.

—Bueno, esto..., me figuro que no se manda a un comisario a investigar todos los accidentes de tráfico, así que deduzco que es algo serio, y que la naturaleza del accidente es más bien turbia.

—La naturaleza del accidente está clara, y el estado de la víctima casi no inspira ninguna inquietud.

—¿Sí? Bueno, esto..., pues encantado, comisario...

—Yo no le he dicho que sea comisario.

—¿Ah, no? He pensado que Barthes era lo suficientemente célebre como para que envíen a un comisario...

—Nunca jamás había oído hablar de ese individuo hasta ayer.

El joven doctorando se calla, está desconcertado, Bayard, en cambio, satisfecho. Una alumna en sandalias y calcetines le tiende una octavilla en la que puede leer: *Esperando a Godard, obra de un acto*. Mete la octavilla en su bolsillo y pregunta a Simon Herzog:

—¿Qué sabe usted de la semiología?

—Pues... que es el estudio de la vida de los signos en el seno de la vida social, ¿no?

A Bayard le recuerda a su *Roland-Barthes sin esfuerzo*. Aprieta los dientes.

—¿Y en francés?

—Pero ¿cómo...? Es la definición de Saussure...

—¿Ese Chaussure conoce a Barthes?

—Esto..., no, está muerto, es el inventor de la semiología.

—Humm, ya veo.

Pero Bayard no ve nada en absoluto. Ambos hombres atraviesan la cafetería. Es una especie de hangar devastado saturado de olores a salchicha *merguez*, a crêpes y a hierba. Un tipo alto y desgarbado con botas de piel de lagarto malvas se pone de pie encima de una mesa. Con un pitillo en una boquilla y una cerveza en la mano, arenga a los jóvenes que lo escuchan con los ojos brillantes. Ya que Simon Herzog no tiene despacho, invita a Bayard a sentarse y, maquinalmente, le ofrece un cigarrillo. Bayard rehúsa, saca un gitanes y prosigue:

—Concretamente, ¿para qué sirve... esa ciencia?

—Bueno, esto..., para comprender lo real, ¿no?

Bayard gesticula imperceptiblemente.

—¿Es decir...?

El joven doctorando se toma unos segundos para reflexionar. Valora la capacidad de abstracción de su interlocutor, manifiestamente limitada, para adaptar su respuesta y no estar dándole vueltas a las cosas durante horas.

—Verá, es muy simple, hay montones de cosas en nuestro entorno que tienen, digamos, una función de uso. ¿Me sigue?

Silencio hostil de su interlocutor. En la otra punta de la sala, el tipo de las botas de piel de lagarto malvas relata a sus jóvenes discípulos la gran gesta del 68, que, en su boca, parece una mezcla de *Mad Max* y de Woodstock. Simon Herzog trata de simplificar al máximo:

—Una silla sirve para sentarse, una mesa para comer sobre ella, un escritorio para trabajar, un vestido para mantener el calor, etcétera. ¿De acuerdo?

Silencio glacial. Continúa:

—Más allá de su función de uso..., de su utilidad, esos objetos están dotados igualmente de un valor simbólico..., como si estuvieran dotados de habla, si usted prefiere: nos dicen cosas. Por ejemplo, esta silla en la que usted está sentado, con su grado cero de diseño, su mala madera barnizada y su armazón oxidado, nos dice que estamos en un colectivo que carece de interés por el confort y por la estética y que además no tiene dinero. Añadida a esto, la mezcla de olores a comedor barato y a cannabis nos confirma que estamos en un lugar universitario. Del mismo modo, su manera de vestir señala su profesión: usted lleva traje, lo que delata un empleo de ejecutivo, pero es un traje barato, lo que implica un salario modesto y/o una falta de interés por su apariencia, por tanto se dedica a un oficio en el que la presencia formal no cuenta o cuenta poco. Sus zapatos están muy gastados, pero como ha venido en coche, eso significa que no suele quedarse mucho tiempo sentado en su despacho, si no que desempeña su trabajo sobre el terreno. Un ejecutivo que está poco en su oficina tiene todas las papeletas para estar destinado a un trabajo de inspección.

—Humm, ya veo —dice Bayard. Largo silencio durante el cual Simon Herzog puede oír al hombre de las botas de piel de lagarto malvas contar a su fascinado auditorio cómo, en la época en que él estaba al mando de la Fracción Armada Spinozista, llegó a vencer a los Jóvenes Hegelianos—. Ahora bien, yo sé dónde estoy, está escrito «UNIVERSIDAD DE VINCENNES-PARÍS 8» en la entrada. Y hay un notorio «POLICÍA» escrito bien grande en la placa tricolor que le he mostrado cuando me dirigí a usted al término de su clase, así que no termino de comprender muy bien adónde quiere ir a parar.

Simon Herzog empieza a sudar. Esta conversación le trae dolorosas reminiscencias de los exámenes orales. No aterrorizarse, concentrarse, no contar los segundos que se desgranan en el silencio, ignorar el aire falsamente bonachón del examinador sádico que disfruta en su interior de su superioridad institucional y del sufrimiento que inflige porque él también lo ha sufrido en el pasado. El joven doctorando reflexiona rápido, observa con atención al hombre que está frente a él, procede metódicamente, etapa por etapa, como le han enseñado, y, aunque ya se siente capaz, deja todavía que transcurran unos segundos más antes de decir:

—Usted ha hecho la guerra de Argelia, ha estado casado dos veces, se ha separado de su segunda mujer, tiene una hija de menos de veinte años con la que las relaciones son difíciles, ha votado a Giscard las dos vueltas de las últimas elecciones presidenciales y lo volverá a hacer el año que viene, ha perdido a su compañero de equipo en el ejercicio de sus funciones, quizá por su culpa, en cualquier caso se lo reprocha a usted mismo o no se siente cómodo con ese asunto, pero su superior ha considerado que su responsabilidad no se ha visto comprometida. Y ha ido al cine a ver la última de James Bond, aunque usted prefiere un buen Maigret en la tele o las pelis de Lino Ventura.

Muy muy largo silencio. En la otra punta de la sala, el Spinoza reencarnado, entre las aclamaciones de la concurrencia, cuenta cómo él y su banda acabaron siendo unos Fourier rosas. Bayard musita con voz neutra:

—¿Quién le ha dicho todo eso?

—¡Bueno, es muy sencillo! —Crece un nuevo silencio, pero esta vez administrado por el joven profesor. Bayard ni rechista, solo los dedos de la mano derecha delatan un ligero estremecimiento. El hombre de las botas de piel de lagarto malvas acomete *a capella* una canción de los Rolling Stones—. Poco después de que se me acercara al acabar la clase, usted mismo, espontáneamente, se colocó en el aula de un modo que no daba la espalda ni a la puerta ni a la ventana. Eso no se aprende en la escuela de policía, sino en el ejército. Que se le haya quedado ese acto reflejo indica que su experiencia militar no se limitó a cumplir el servicio, sino que le marcó lo bastante como para conservarlo en sus hábitos inconscientes. Por tanto, es muy probable que haya combatido; y como no es tan viejo como para haber luchado en Indochina, deduzco que habrá sido enviado a Argelia. Está usted en la policía, luego forzosamente es de derechas, como confirma su apriorística hostilidad a los estudiantes y a los intelectuales (manifiesta desde el inicio de nuestra conversación), pero en tanto que veterano de Argelia, usted vivió la independencia concedida por De Gaulle como una traición, así que en consecuencia usted se niega a votar por Chaban, el candidato gaullista, y es demasiado racional (cualidad requerida para su profesión) como para dar su voto a un candidato como Le Pen, carente de peso y sin la menor posibilidad de figurar jamás en la segunda vuelta, por lo que su voto se ha deslizado de manera natural hacia Giscard. Usted ha venido solo, lo que está en contra de todas las reglas de la policía francesa, cuyos agentes siempre se desplazan al menos de dos en dos; por consiguiente, usted goza de algún régimen especial, concesión que solo ha podido ser otorgada por un motivo grave, quizá la pérdida de un compañero. El trauma ha debido de ser tal que usted no soporta la idea de que le adscriban uno nuevo y sus superiores le han autorizado a trabajar en solitario. Así, puede dárselas de un Maigret, quien, a juzgar por su gabardina, constituye una referencia para usted, inconsciente o no (el comisario Moulin, con su cazadora de cuero, sin duda es demasiado joven para que pueda identificarse con él, y, la verdad, no cuenta con medios como para vestirse a lo James Bond). Lleva una alianza en la mano derecha pero aún conserva la marca de un anillo en el anular izquierdo. Es indudable que, al cambiar de mano para conjurar la suerte, por así decir, ha querido usted evitar una sensación de repetición en su segundo matrimonio. Pero, al parecer, eso no ha sido suficiente, porque una camisa tan arrugada a estas horas de la mañana demuestra que nadie se ocupa de planchar en su casa; de otro modo, siguiendo el patrón pequeño-burgués que le corresponde a su medio sociocultural, su esposa, si es que ella viviera todavía con usted, jamás le habría dejado salir de casa con una ropa tan arrugada.

Cualquiera diría que el silencio que sigue llevará camino de durar veinticuatro horas.

—¿Y en cuanto a mi hija?

El doctorando, falsamente modesto, barre el aire con un gesto de la mano:

—Eso sería demasiado largo de explicar.

En realidad, se había dejado llevar por su impulso. Le pareció que añadir una hija quedaba bien en el conjunto del retrato.

—De acuerdo, sígame.

—¿Perdón? ¿Adónde? ¿Estoy detenido?

—Queda reclutado. Usted tiene pinta de ser un poco menos cazurro que los melenudos habituales y necesito un traductor para todas esas gilipolleces.

—Pero..., no, lo lamento, es totalmente imposible. Tengo que preparar mi clase de mañana y he de redactar mi tesis, además de devolver un libro a la biblioteca...

—Escúchame, gilipollas: te vienes conmigo, ¿te enteras?

—Pero... ¿adónde?

—A interrogar a los sospechosos.

—¿A los sospechosos? Pero ¡si yo creía que era un accidente!

—Quería decir a los testigos. Vamos.

La banda de los jóvenes fans reunidos en torno al hombre de las botas de piel de lagarto malvas grita rítmicamente «¡Spinoza... porculiza a Hegel! ¡Spinoza... porculiza a Hegel! ¡Abajo la dialéctica!». Al salir, Bayard y su nuevo ayudante ceden el paso a un grupo de maos aparentemente decidido a darse de hostias con el espinosista al grito de «¡Badiou con nosotros!».

12

Roland Barthes vivía en la rue Servandoni, al lado de la iglesia Saint-Sulpice, a dos pasos del jardín de Luxemburgo. Voy a aparcar ahí donde supongo que Bayard aparcó su 504, delante del portal del número 11. Les ahorro a ustedes el corta-y-pega, hoy tan habitual, de la entrada en Wikipedia: palacete diseñado por tal arquitecto italiano a cuenta de tal obispo de Bretaña, etcétera.

Es un bonito edificio burgués, de piedra blanca de buena calidad y un ancho portal de hierro forjado. A un lado del portal, un empleado de la sociedad Vinci se afana en instalar un *digicode*.[5] (Vinci no se llama todavía Vinci en esa época y pertenece a la CGE, la Compañía General

5. Cerradura electrónica de código secreto que sustituye al interfono en los portales de los inmuebles.

de Electricidad, futura Alcatel, pero esto Simon Herzog no puede saberlo.) Hay que cruzar el patio y coger la escalera B, a la derecha, inmediatamente después de la portería. Barthes y su familia tenían dos apartamentos, uno en el segundo piso y otro en el quinto, así como dos buhardillas contiguas que le servían a Barthes de despacho en el sexto. Bayard pide las llaves a la portera. Simon Herzog le pregunta a Bayard qué han ido a buscar allí, pero Bayard no tiene ni idea; suben por la escalera porque no hay ascensor.

En el apartamento del segundo piso, la decoración es anticuada; hay relojes de madera, todo está muy bien ordenado, muy limpio, incluida la habitación que sirve de despacho; junto a la cama hay un transistor y un ejemplar de las *Memorias de ultratumba*, aunque Barthes trabajaba sobre todo en su buhardilla, en el sexto.

En el apartamento del quinto, los dos hombres son recibidos por el hermano pequeño de Barthes y por su mujer, una árabe, advierte Bayard, guapa, advierte Simon, que los invita seguramente a tomar un té. El hermano les cuenta que los dos apartamentos, el del segundo y el del quinto, son idénticos. Durante un tiempo, Barthes, su madre y su hermano vivieron en el quinto, pero cuando su madre enfermó, esta se encontró demasiado débil para subir los cinco pisos; entonces, al quedarse libre el apartamento del segundo, Barthes lo compró y se instaló allí con ella. Roland Barthes veía a mucha gente, salía mucho, sobre todo después de la muerte de su madre, pero el hermano dice que no sabe nada de sus relaciones. Solo sabe que iba a menudo al Flore, donde recibía a sus citas profesionales y también se reunía con sus amigos.

Lo del sexto, en efecto, son dos buhardillas contiguas que han sido unidas para que resulte un pisito de dos habitaciones. Hay una mesa puesta sobre unos caballetes que sirve de escritorio, una cama metálica, una cocina en un rincón con té japonés encima del frigo, libros por todas partes, tazas de café junto a ceniceros medio llenos; es más viejo, más sucio y más desordenado, pero hay un piano, un plato de tocadiscos, discos de música clásica (Schumann, Schubert) y cajas de zapatos con fichas, llaves, guantes, tarjetas, recortes de prensa...

Una trampilla permite comunicarse con el apartamento del quinto sin pasar por el rellano.

Sobre la pared, Simon Herzog reconoce las extrañas fotos de *La cámara lúcida*, el último libro de Barthes que acaba de salir, y, entre ellas, la foto amarillenta de una niña en un invernadero, su adorada madre.

Bayard le pide a Simon Herzog que eche un vistazo a las fichas y a la biblioteca. Simon Herzog, como hacen todos los literatos del mundo cuando llegan a casa de alguien, incluso aunque no hayan ido expresamente para eso, examina con curiosidad los libros de la biblioteca: Proust, Pascal, Sade, una vez más Chateaubriand, pocos contemporáneos, aparte de algunas obras de Sollers, Kristeva y Robbe-Grillet, diccionarios, libros críticos, Todorov, Genette, obras de lingüística, Saussure, Austin, Searle... Sobre el escritorio, una hoja metida en el rodillo de la máquina de escribir. Simon Herzog lee el título: «Fracasamos siempre al hablar de lo que amamos». Ojea el texto rápidamente, es sobre Stendhal. A Simon le emociona imaginar a Barthes sentado en ese escritorio, pensando en Stendhal, en el amor, en Italia, sin sospechar siquiera que cada hora pasada mecanografiando ese artículo lo acercaba al momento en que iba a ser atropellado por la camioneta de una lavandería.

Junto a la máquina de escribir están los *Ensayos de lingüística general* de Jakobson, con un marcapáginas que a Simon Herzog le da la impresión de ser un reloj parado hallado en la muñeca de la víctima: indica en qué estaba ocupada su mente cuando Barthes fue atropellado por la camioneta. Estaba a punto de releer, precisamente, el capítulo sobre las funciones del lenguaje. A modo de marcapáginas, Barthes utilizó un folio doblado en cuatro. Simon Herzog despliega el folio, en el que hay tomadas unas notas con una escritura apretada que no intenta descifrar, vuelve a doblarlo sin leerlo y lo coloca de nuevo en su sitio escrupulosamente para que Barthes lo encuentre en su página cuando regrese a casa.

En el borde del escritorio, algo de correo abierto, mucho correo cerrado, más hojas garabateadas con la misma letra apretada, algunos números de *Le Nouvel Observateur*, artículos de periódico y fotos recortadas de algunas revistas. Hay cigarrillos apilados como estéreos de madera. Simon Herzog siente que le invade la tristeza. Mientras Bayard revuelve debajo del camastro metálico, él se inclina para mirar por la ventana. Ve en la calle un DS negro parado en doble fila y sonríe por lo simbólico del momento: el DS era el emblema de las *Mitologías* de Barthes, y el más célebre de ellos, por ser el elegido para figurar en la cubierta de su famosa recopilación de artículos. Oye cómo asciende el eco de los golpes del cincel que el empleado de Vinci da sobre la piedra para abrir el hueco que ha de acoger el teclado del *digicode*. El cielo se ha vuelto blanco. Por el horizonte, más allá de los edificios, se adivinan los árboles del Luxemburgo.

Bayard lo saca de su ensoñación depositando sobre el escritorio una pila de revistas que ha encontrado debajo de la cama, y no son números atrasados del *Nouvel Obs*. Con aire de desabrida satisfacción, le suelta a Simon: «¡Le gustaban las pollas, al intelectual este!». Ante sus narices,

Simon Herzog ve portadas de hombres desnudos, jóvenes y musculosos, que posan con mirada insolente. No sé si en aquella época era pública y notoria la homosexualidad de Barthes. Cuando escribió *Fragmentos de un discurso amoroso*, su *best seller*, tuvo mucho cuidado en no especificar nunca el género del objeto amoroso, ingeniándoselas para que quedara dentro de expresiones neutras como «el compañero» o «el otro» (que remiten gramaticalmente, como quien no quiere la cosa, a duplicaciones pronominales en «el», ya que en francés lo neutro es masculino). Sé que, al contrario que Foucault, quien hacía alarde de una homosexualidad más reivindicativa, Barthes era muy discreto, tal vez vergonzoso, pero siempre muy precavido a la hora de mantener las apariencias, al menos hasta la muerte de su madre. Foucault se lo reprochaba y lo despreciaba un poco por eso, creo yo. Pero ignoro si, entre el gran público o en los círculos universitarios, circulaban rumores o incluso si el asunto era conocido por todos. En cualquier caso, si Simon Herzog estaba al corriente de la homosexualidad de Barthes, no había creído necesario, hasta este momento de la investigación, informar de ello al comisario Bayard.

En el preciso instante en que este, con risa sarcástica, despliega la página central de una revista llamada *Gai Pied*, suena el teléfono. Bayard deja de reír. Deja la revista sobre el escritorio sin tomarse la molestia de replegar la página central y permanece inmóvil. Mira a Simon Herzog, que le mira también, a la vez que el bello efebo de la foto que se agarra la polla los mira a los dos y el teléfono sigue sonando. Bayard deja pasar aún unos cuantos timbrazos más y descuelga sin decir ni una palabra. Simon observa cómo se queda callado durante varios segundos. Escucha el silencio que también hay al otro extremo del hilo e, instintivamente, contiene la respiración. Cuando Bayard acaba por decir «dígame», se oye un clic al otro lado, seguido del «bip-bip» que indica el final de la comunicación. Bayard cuelga, perplejo. Simon Herzog pregunta estúpidamente: «¿Una equivocación?». En la calle, por la ventana abierta, se oye el motor de un coche que arranca. Bayard hace un paquete con las revistas porno y los dos hombres dejan la habitación. Simon Herzog piensa: «Tendría que haber cerrado la ventana. Va a llover». Jacques Bayard piensa: «Maricones intelectuales pedófilos de mierda...».

Tocan el timbre de la portería para devolver las llaves, pero nadie responde. El obrero encargado de la instalación del *digicode* les sugiere que se las entreguen a él y luego se las dará a la portera cuando vuelva, pero Bayard prefiere subir a dárselas al hermano menor.

Cuando baja de nuevo, Simon Herzog está fumando un cigarrillo con el obrero, que ha hecho una pausa. Una vez en la calle, Bayard no coge el 504. «¿Adónde vamos?», le pregunta Simon Herzog. «Al Café de Flore», contesta Bayard. «¿Se ha fijado en el instalador del *digicode*?», le dice Simon. Bayard gruñe: «Tanto como si fuera un carretero, me la sopla». «Tenía acento eslavo, ¿no?» Al atravesar la plaza Saint-Sulpice, los dos hombres se cruzan con un Fuego azul y Bayard se las da de listillo ante Simon Herzog: «Es el nuevo Renault, acaban de sacarlo al mercado». Simon Herzog piensa maquinalmente que los obreros que han fabricado ese coche no podrían comprarlo ni entre diez y, perdido en sus consideraciones marxistas, no se fija en los dos japoneses que van dentro.

13

En el Flore, al lado de una pequeña y madura rubia, ven a un hombre estrábico con unas gruesas gafas, aspecto delicado y cabeza de rana que a Bayard le recuerda vagamente a alguien, pero no están allí por él. Bayard localiza a los hombres de menos de treinta años y se dirige a ellos directamente. La mayor parte son gigolós que ligan en ese distrito. Todos conocían a Barthes. Bayard los interroga uno por uno mientras Simon Herzog observa a Sartre por el rabillo del ojo: no tiene buen aspecto, no deja de toser sin soltar su cigarrillo. Françoise Sagan le da golpecitos en la espalda con solicitud. El último en haber visto a Barthes es un joven marroquí: el eminente crítico estaba iniciando tratos con uno nuevo, no sabe cómo se llama, ese día se marcharon juntos, no sabe lo que hicieron, ni adónde fueron ni dónde vive, pero sabe dónde se le puede encontrar esta noche: en los Baños Diderot, una sauna, por la Estación de Lyon. «¿Una sauna?», se sorprende Simon Herzog, cuando aparece un energúmeno con bufanda que le espeta a la concurrencia allí reunida: «¡Mirad qué pinta tenéis! ¡No os queda mucho tiempo! ¡En verdad os digo: un burgués debe reinar o morir! ¡Bebed! ¡Bebed vuestro Fernet a la salud de vuestra sociedad! ¡Aprovechad, aprovechad! ¡Rapiñad! ¡Fracasad! ¡Viva Bokassa!». Algunas conversaciones se interrumpen, los habituales observan con mirada mustia al recién llegado, los turistas intentan disfrutar del espectáculo sin comprender en absoluto de qué se trata, pero los camareros siguen atendiendo como si nada. Su brazo recorre la sala con un exagerado gesto teatral y, dirigiéndose a un interlocutor imaginario, el profeta de la bufanda exclama con tono victorioso: «¡No busques más, camarada, el viejo mundo está ante ti!».

Bayard pregunta quién es ese hombre; el gigoló le responde que es Jean-Edern Hallier, una especie de escritor aristócrata que alborota de vez en cuando y que dice que va a ser ministro si Mitterrand gana el año que viene. Bayard se fija en la boca con forma de V invertida, en los ojos azules brillantes y en ese típico acento de los aristócratas o de los grandes burgueses que linda con un defecto de pronunciación. Enseguida prosigue con su interrogatorio. ¿Y cómo es, ese nuevo? El joven marroquí le describe a un árabe con acento del sur, que lleva un pequeño pendiente y el cabello le cae sobre la cara. Jean-Edern alaba sin orden ni concierto, siempre a voz en grito, las virtudes de la ecología, de la eutanasia, de las radios piratas y de las *Metamorfosis* de Ovidio. Simon Herzog mira a Sartre, que mira a Jean-Edern. Cuando este se percata de que Sartre está allí, se estremece. Sartre lo mira fijamente con aire meditabundo. Françoise Sagan le habla al oído, como una traductora simultánea. Jean-Edern aguza la vista, lo que acentúa su gesto husmeante bajo su espesa cabellera rizada, se calla unos segundos haciendo como que reflexiona y luego vuelve de nuevo a declamar: «¡El existencialismo es un botulismo! ¡Viva el tercer sexo! ¡Viva el cuarto! ¡Que La Coupole no desespere!». Bayard le cuenta a Simon Herzog que debe acompañarlo a los Baños Diderot para ayudarlo a encontrar a ese gigoló desconocido. Jean-Edern Hallier se planta delante de Sartre, extiende el brazo en alto con la palma de la mano abierta y grita haciendo chocar los tacones de los mocasines: «¡*Heil*, Althusser!». Simon Herzog protesta que su presencia no es absolutamente indispensable. Sartre tose y enciende otro gitanes. Bayard dice que, al contrario, un intelectualillo pedófilo como él le será muy útil para dar con el sospechoso. Jean-Edern se pone a cantar obscenidades con la música de la Internacional. Simon Herzog dice que es demasiado tarde para comprar un traje de baño. Bayard se ríe burlonamente y le dice que no será necesario. Sartre abre *Le Monde* y empieza a hacer el crucigrama. (Como está casi ciego, Françoise Sagan le lee las casillas.) Jean-Edern repara en algo que sucede en la calle y se precipita fuera gritando: «¡Modernidad! ¡Me cago en tu nombre!». Son ya las siete, la noche ha caído. El comisario Bayard y Simon Herzog regresan en busca del 504 aparcado delante de la casa de Barthes; Bayard quita del parabrisas tres o cuatro multas y ambos se dirigen hacia République, seguidos por un DS negro y por un Fuego azul.

14

Jacques Bayard y Simon Herzog deambulan entre los vapores de la sauna con una pequeña toalla blanca ceñida a la cintura, en medio de siluetas sudorosas que se rozan furtivamente. El comisario ha dejado su placa en el vestuario, van de incógnito, ya que se trata de no asustar al gigoló del pendiente, si lo localizan.

Lo cierto es que forman una pareja bastante creíble: el viejo cachas de torso velludo que mira de reojo con pinta de inquisidor y el joven flacucho, lampiño, que lanza miradas a hurtadillas. Simon Herzog, con su aspecto de antropólogo asustadizo, excita la concupiscencia, los hombres con los que se cruza no le quitan ojo y se vuelven hacia él cuando pasa, pero también Bayard tiene su éxito. Dos o tres jóvenes le echan miradas provocativas y un gordo lo traspasa desde lejos, con el puño apretado sobre su sexo: por lo visto, el estilo Lino Ventura tiene sus adeptos. Por mucho que le cabree que esa pandilla de maricones pueda tomarlo por uno de ellos, es lo bastante profesional como para disimularlo; a lo sumo, ostenta un aire ligeramente hostil con el único fin de desanimar toda tentativa de aproximación.

El local se compone de diferentes espacios: sauna propiamente dicha, *hammam*, piscina y reservados de tamaños y configuraciones diversas. La fauna es igualmente bastante variada; están representadas todas las edades, todas las tallas y todas las corpulencias. Pero por lo que respecta al tipo que el comisario y su ayudante han venido a buscar hay un problema: la mitad de los hombres que hay allí lleva un pendiente en la oreja, y la cifra alcanza el cien por cien de los menores de treinta años, casi todos magrebíes. Por desgracia, el indicio de los cabellos tampoco es utilizable: aquellos que, entre los jóvenes, son susceptibles de tener un mechón que les caiga sobre el rostro son imposibles de detectar en ese contexto, pues como llevan el pelo mojado, maquinalmente se lo aplastan hacia atrás.

Queda el último indicio: el acento del sur. Pero esto implica tener que establecer, tarde o temprano, un contacto verbal.

En un rincón de la sauna, sobre un banco de cerámica, dos jóvenes efebos se besan mientras se masturban mutuamente. Con discreción, Bayard se inclina por encima de ellos para comprobar si alguno lleva un pendiente. En efecto, los dos lo llevan. Pero, si fueran gigolós, ¿perderían el tiempo uno con el otro? Es posible, Bayard nunca ha trabajado en la Mondaine[6] y no es un especialista en

6. Brigada de la policía francesa especializada en antivicio y buenas costumbres. Desapareció en 1975.

buen comportamiento. Tira de Simon para dar una vueltecita por allí. Se ve bastante mal, la luz es poco intensa, el vapor crea una espesa niebla y algunos se aíslan en los reservados, cuyo interior solo es visible a través de unas ventanas con celosías. Se cruzan con un árabe de aire atolondrado que trata de tocarle el sexo a todo el mundo, con dos japoneses, con dos bigotudos de cabello grasiento, con gordos tatuados, con viejos lascivos y con jóvenes de mirada de terciopelo. Todos van con su toalla alrededor de la cintura o sobre los hombros, en la piscina todo el mundo está desnudo, algunos se empalman, otros no. De eso también hay de todas las tallas y de todas las formas. Bayard trata de seleccionar a los que llevan pendiente y cuando ha localizado a cuatro o cinco, le indica uno a Simon y le ordena que vaya a hablar con él.

Simon Herzog sabe muy bien que lo más lógico sería que fuese el propio Bayard quien se dirigiera al gigoló y no él, pero, ante su pétreo rostro de poli, comprende que es inútil discutir. Torpemente, se acerca al gigoló y lo saluda. Su voz tiembla. El otro sonríe pero no responde. Fuera de su aula, Simon Herzog es de carácter más bien tímido y nunca ha sido muy ligón. Consigue articular una o dos trivialidades que enseguida le parecen fuera de lugar o ridículas. Sin decir ni una palabra, el otro le coge la mano y lo lleva hacia los reservados. Simon, sin oponer resistencia, lo sigue. Sabe que tiene que reaccionar rápido. Pregunta con voz inexpresiva: «¿Cómo te llamas?». El otro contesta: «Patrick». Ni un *sh* ni un *ss* para detectar el acento del sur. Simon entra en una pequeña celda después del joven, quien lo agarra por las caderas y se arrodilla frente a él. Simon se atropella al tratar de hacerle pronunciar una frase completa: «¿No prefieres que sea yo quien empiece, más bien?». El otro dice que no y pasa su mano por la toalla de Simon, que se estremece. La toalla cae. Simon comprueba con asombro que su polla, entre los dedos del joven, no está del todo en reposo. Decide entonces jugarse el resto: «¡Espera, espera! ¿Sabes lo que me apetece?». El otro pregunta: «¿Qué?». Nunca suficientes sílabas como para detectar el acento. «Me apetece cagarte encima». El otro lo mira, sorprendido. «¿Puedo?» Entonces por fin el tal Patrick responde sin ningún acento meridional: «De acuerdo, pero eso será más caro». Simon Herzog recoge su toalla y se larga dejando caer: «¡Lástima! Para otra ocasión». Si tiene que hacer esto mismo con la docena de gigolós potenciales que gravitan por allí, la velada corre el riesgo de ser muy larga. Vuelve a cruzarse con el árabe atolondrado que intenta tocarle la polla al pasar, con los dos bigotudos, con los dos japoneses, con los gordos tatuados, con los jóvenes efebos y se reúne con Bayard en el momento en que resuena una voz fuerte, profesoral y gangosa: «¿Un servidor del orden exhibiendo sus músculos represivos en un lugar de biopoder? ¡Nada más normal!».

Detrás de Bayard, un calvo con cuerpo enjuto y mandíbula cuadrada está sentado, desnudo, con los brazos en cruz apoyados en el respaldo de un banco de madera y las piernas muy separadas, mientras se la chupa un joven filiforme que lleva un pendiente, pero con el pelo corto. «¿Ha encontrado usted algo interesante, comisario?», pregunta Michel Foucault sin dejar de mirar con insistencia a Simon Herzog.

Bayard contiene su sorpresa pero no sabe qué responder. Simon Herzog tiene los ojos como platos. El eco de los reservados rellena el silencio de gritos y gemidos. En la sombra, los bigotudos, cogidos de la mano, observan de reojo a Bayard, Herzog y Foucault. El árabe tocador de pollas da vueltas. Los japoneses hacen como si fueran a bañarse en la piscina con su toalla en la cabeza. Los tatuados abordan a los efebos o viceversa. Michel Foucault interroga a Bayard: «¿Qué le parece este lugar, comisario?». Bayard no contesta, solo se oye el eco de los reservados: «¡Ah! ¡Ah!». Foucault: «Usted ha venido a buscar a alguien y ya lo ha encontrado, por lo que parece». Señala a Simon Herzog sonriendo: «¡Su Alcibíades!». Los reservados: «¡Ah! ¡Ah!». Bayard: «Busco a alguien que estuvo con Roland Barthes poco antes de su accidente». Foucault, acariciando la cabeza del joven que se afana entre sus piernas: «Roland tenía un secreto, sabe usted...». Bayard pregunta cuál. Los reservados jadean cada vez más fuerte. Foucault explica a Bayard que Barthes concebía el sexo a la manera occidental, es decir, como algo secreto y a la vez como algo cuyo secreto hay que desvelar. «Roland Barthes —añade— es la oveja que querría ser pastor. ¡Y bien que lo ha sido! ¡Con la máxima brillantez! Pero para todo lo demás, menos para el sexo. Para el sexo, siempre se quedó en oveja.» Los reservados braman: «¡Ah! ¡Ah! ¡Ah! ¡Ah!». El árabe tocador intenta meter la mano bajo la toalla de Simon, pero este se la rechaza suavemente y entonces se va hacia los bigotudos. «En el fondo —dice Foucault—, Roland tenía un temperamento cristiano. Venía aquí como los primeros cristianos iban a misa: sin comprender nada, pero con fervor. Creía sin saber por qué.» (En los reservados: «¡Sí! ¡Sí!».) «La homosexualidad le asquea, ¿no es verdad, comisario? ("¡Más fuerte! ¡Más fuerte!") Sin embargo, son ustedes los que nos han creado. La noción de homosexualidad masculina no existía en la Grecia antigua: Sócrates podía tirarse a Alcibíades sin ser considerado un pederasta, los griegos tenían una idea más elevada de lo que podía ser la corrupción de la juventud...»

Foucault vuelve la cabeza hacia atrás con los ojos cerrados, sin que Bayard ni Herzog puedan discernir si se está dejando llevar por el placer o por la reflexión. Y el coro que asciende de los reservados no para: «¡Oh! ¡Oh!».

Foucault abre los ojos de nuevo, como si acabara de recordar una cosa: «Y, sin embargo, los griegos también tenían sus limitaciones. Negaban al muchacho su parte de placer. No podían prohibirlo, por supuesto, pero no lo concebían y, al final, procedían como nosotros: se contentaban con excluirlo por decoro. (Los reservados: "¡No! ¡No! ¡No!".) El decoro es siempre el medio de coerción más eficaz, al fin y al cabo...». Se señala la entrepierna: «¡Esto no es una pipa, como diría Magritte, ja, ja, ja!». Luego le endereza la cabeza al joven, que no ha dejado de succionar concienzudamente: «Pero a ti te encanta chupármela, ¿verdad, Hamed?». El joven asiente lentamente con la cabeza. Foucault le mira con ternura y dice, acariciándole la mejilla: «Definitivamente, te favorece el pelo corto». El joven responde con una sonrisa: «¡Mussha grassia!».

Bayard y Herzog han aguzado el oído, no están seguros de haber entendido bien, pero él añade: «Eresh muy amable, Michel, y tienes una pressiosa poia, ¡coño!».

15

Sí, ha visto a Roland Barthes, hace unos días. No, no tuvieron verdaderamente una relación sexual. Barthes llamaba a eso «pasearse en barca». Pero él no era muy activo. Más bien sentimental. Le pagó una tortilla en La Coupole y luego insistió en llevarlo a su buhardilla. Bebieron té. No hablaron de nada en particular, Barthes no estaba muy parlanchín. Estaba meditabundo. Antes de irse, le preguntó: «¿Qué harías tú si fueras el amo del mundo?». El gigoló había respondido que aboliría todas las leyes. Barthes había dicho: «¿Incluida la gramática?».

16

Reina una calma relativa en el vestíbulo de la Pitié-Salpêtrière. Los amigos, admiradores, conocidos o curiosos de Roland Barthes hacen turnos día tras día en la cabecera de tan relevante figura, pueblan el vestíbulo del hospital charlando en voz baja, con un cigarrillo, un sándwich, un periódico, un libro de Guy Debord o una novela de Kundera en la mano, cuando de repente surgen tres apariciones, una mujer muy baja, de pelo corto, enérgica, flanqueada por dos hombres, uno con camisa blanca, despechugado, largo abrigo negro, melena negra al viento, y el otro, con cara de pájaro, boquilla en los labios y cabello beis.

La escuadrilla se abre paso entre la gente sin miramientos, es obvio que va a ocurrir algo, se masca una especie de operación Overlord en el aire; penetran precipitadamente en el pabellón de comatosos. Los que están allí por Barthes se interrogan entre sí con la mirada, las demás visitas también. No han pasado ni cinco minutos cuando se escuchan las primeras exclamaciones: «¡Lo están dejando morir! ¡Lo están dejando morir!».

Los tres ángeles vengadores regresan desatados del reino de los muertos: «¡Es un moridero! ¡Es un escándalo! ¿Es que no se lo toman en serio? ¿Por qué nadie nos ha avisado? ¡Si nosotros hubiéramos estado allí!». Qué lástima que no hubiera habido ningún fotógrafo en la sala para inmortalizar ese gran momento de la historia de los intelectuales franceses: Kristeva, Sollers y BHL abroncando al personal del hospital para denunciar las indignas condiciones en las que es tratado un paciente tan prestigioso como su gran amigo Roland Barthes.

El lector quizá se sorprenda por la presencia de BHL, pero ya en esa época está metido en los fregados más gordos. Barthes lo ha apoyado como «nuevo filósofo» en unos términos un tanto opacos, aunque relativamente oficiales, y encima ha sido objeto de los reproches de Deleuze por ello. Barthes siempre ha sido débil, no sabía decir no, según sus amigos. Cuando BHL le envía un ejemplar de *La barbarie con rostro humano* con motivo de su publicación en 1977, Barthes le responde con mucha educación pero, lejos de entrar en el contenido, se limita tan solo a elogiar el estilo. Pues por eso que no quede: BHL hace publicar la carta en *Les Nouvelles Littéraires*, se conchaba con Sollers y he aquí que tres años más tarde vocifera en la Salpêtrière para testimoniar una sonora preocupación por su amigo el gran crítico.

Sin embargo, mientras él y sus dos acólitos siguen con su escandalera ladrándole al desdichado personal médico («¡Hay que trasladarlo inmediatamente al Hospital Americano! ¡Llamen a Neuilly!»), dos siluetas mal trajeadas se cuelan por el pasillo sin que nadie se fije en ellas. Jacques Bayard, allí presente, observa, perplejo, ligeramente aturdido, los aspavientos del individuo castaño del abrigo negro y los griteríos de los otros dos. Junto a él, Simon Herzog, cumpliendo la tarea para la que ha sido reclutado, le explica quién es toda esa gente, pegado a su oído a la manera de un traductor simultáneo y caminando por el vestíbulo del hospital siguiendo una cuadrícula aparentemente errática, aunque no me sorprendería nada que obedeciese a alguna oscura coreografía táctica.

Los ladridos continúan («¿Sabe usted quién es? ¿Y sigue poniendo esa cara de creer que se puede tratar a Roland Barthes como a cualquier otro paciente?» Una vez más, como es habitual entre ellos, la búsqueda de privilegios como distintivo de selección...) cuando las dos siluetas mal vestidas reaparecen en el vestíbulo antes de escabullirse discretamente. Pero siguen todavía ahí en el momento en que surge una enfermera toda alborotada, una rubia de piernas largas, corriendo hacia el doctor para murmurarle algo al oído. Como resultado, se produce un movimiento general: se atropellan, penetran velozmente por el pasillo y se precipitan en la habitación de Barthes. El gran crítico yace en el suelo, desentubado, con todos los cables arrancados y con su bata de hospital, fina como el papel, mostrando sus blandas nalgas al aire. Entre estertores, mientras le dan la vuelta, extravía su enloquecida mirada hasta posarla en el comisario Jacques Bayard, que ha llegado a la vez que los médicos; se dirige a él haciendo un esfuerzo sobrehumano, lo agarra de la chaqueta para que se acuclille y pronuncia clara pero débilmente, con esa famosa voz de contrabajo que tanto se parece a la de Philippe Noiret, aunque más quebrada y con hipo:

—¡Sophia! Ella sabe...

En el marco de la puerta ve a Kristeva, al lado de la enfermera rubia, y sus ojos se clavan en ella durante prolongados segundos; en la habitación todo el mundo se queda helado, doctores, enfermeras, amigos, policías, paralizados por la intensidad de su mirada de loco, y a continuación pierde el conocimiento.

Fuera, un DS negro arranca haciendo chirriar sus neumáticos. Simon Herzog, que ha permanecido en el vestíbulo, no se ha percatado de ello.

Bayard le pregunta a Kristeva: «¿Es usted Sophia?». Kristeva responde que no. Pero como espera la siguiente pregunta, acaba por añadir, pronunciando a la francesa, con la *j* y la *u* palatalizadas: «Me llamo Julia». Bayard detecta vagamente su acento extranjero y piensa que debe de ser italiana, o alemana, o quizá griega, o brasileña o rusa. Tiene el semblante duro, no le gusta la mirada penetrante que ella le lanza, percibe que esos pequeños ojos negros quieren indicarle que es una mujer inteligente, más inteligente que él, y que lo desprecia por ser un tosco poli gilipollas. De manera automática, él le pregunta: «¿Profesión?». Cuando ella adopta un gesto desdeñoso para contestar «psicoanalista», a él, instintivamente, le dan ganas de abofetearla, pero se contiene. Todavía tiene que interrogar a los otros dos.

La enfermera rubia vuelve a acostar en la cama a Barthes, que sigue inconsciente. Bayard manda colocar a dos policías de guardia delante de la habitación y prohíbe las visitas hasta nueva orden. Luego se dirige hacia los dos tipejos.

Apellido, nombre, edad, profesión.

Joyaux, Philippe, alias Sollers, cuarenta y cuatro años, escritor, casado con Julia Joyaux, de soltera Kristeva.

Lévy, Bernard-Henri, treinta y dos años, filósofo, antiguo alumno de la École Normale Supérieure.

Ninguno de los dos estaba en París cuando ocurrieron los hechos. Barthes y Sollers eran muy próximos... Barthes ha colaborado en la revista *Tel Quel* de Philippe Joyaux alias Sollers, y fueron a China juntos con Julia, hace unos años... ¿Para hacer qué? Un viaje de estudios... Sucios comunistas, piensa Bayard. Barthes ha escrito varios artículos elogiosos sobre el trabajo de Sollers... Barthes es como un padre para Sollers, aunque a veces cualquiera diría que Barthes es como un crío... ¿Y Kristeva? Barthes declaró un día que si le gustaran las mujeres, se enamoraría de Julia... La adoraba... ¿Y no está celoso, señor Joyaux? Ja, ja, ja... No tenemos ese tipo de relación con Julia... Además, el pobre Roland ya no era muy feliz con los hombres... ¿Por qué? No sabía apañárselas... Se dejaba engañar... Ya veo. ¿Y usted, señor Lévy? Lo admiro mucho, es un gran hombre. ¿También usted ha viajado con él? Tenía varios proyectos que someter a su juicio. ¿Qué tipo de proyectos? Un proyecto de película sobre la vida de Charles Baudelaire, en el que contaba con proponerle el papel principal, un proyecto de entrevista cruzada con Solzhenitsyn, y un proyecto de petición para que la OTAN vaya a liberar Cuba. ¿Puede usted aportar elementos que acrediten tales proyectos? Claro, por supuesto, he hablado de ellos con André Glucksmann, que podrá atestiguarlo. ¿Barthes tenía enemigos? Sí, muchos, responde Sollers. Todo el mundo sabe que es amigo nuestro y nosotros tenemos muchos enemigos. ¿Quiénes? ¡Los estalinistas! ¡Los fascistas! ¡Alain Badiou! ¡Gilles Deleuze! ¡Pierre Bourdieu! ¡Cornelius Castoriadis! ¡Pierre Vidal-Naquet! ¡Hasta Hélène Cixous! (BHL: «¿Es que ha reñido con Julia?». Sollers: «Sí... Esto..., no..., tiene celos de Julia por culpa de Marguerite...».)

¿Marguerite qué? Duras. Bayard toma nota de todos los nombres. ¿Conoce el señor Joyaux a un tal Michel Foucault? Sollers se pone a dar vueltas sobre sí mismo como un derviche, cada vez más rápido, con su boquilla siempre empotrada en los labios; la punta encendida traza gráciles curvas anaranjadas en el pasillo del hospital: «¿La verdad, señor comisario...? ¿Toda la verdad y nada más que la verdad...? Foucault estaba celoso de la notoriedad de Barthes... pero sobre todo celoso de que yo amara a Barthes..., porque, señor comisario, Foucault es un tirano de la peor especie: un tirano doméstico... Figúrese, señor representante del orden público, cof, cof, ¡Foucault me había lanzado un ultimátum...!: "¡Hay que elegir entre Barthes y yo!"... Como elegir entre Montaigne y La Boétie... Entre Racine y Shakespeare... Entre Hugo y Balzac... Entre Goethe y Schiller... Entre Marx y Engels... Entre Merckx y Poulidor... Entre Mao y Lenin... Entre Breton y Aragon... Entre Laurel y Hardy... Entre Sartre y Camus (bueno, no, entre estos no)... Entre De Gaulle y Tixier-Vignancour... Entre el Plan y el Mercado... Entre Rocard y Mitterrand... Entre Giscard y Chirac». Sollers disminuye el ritmo de sus vueltas, tose incluso con la boquilla. «Entre Pascal y Descartes... Cof, cof... Entre Trésor y Platini... Entre Renault y Peugeot... Entre Mazarino y Richelieu... Sssss...» Pero cuando ya parece que va a acabar, recobra un nuevo aliento. «Entre la Rive gauche y la Rive droite... Entre París y Pekín... Entre Venecia y Roma... Entre Mussolini y Hitler... Entre la morcilla y el puré...»

De repente, se oye un ruido en la habitación. Bayard abre la puerta y ve a un Barthes espasmódico que habla semiinconsciente mientras la enfermera trata de arroparlo con las sábanas. Habla de «texto estrellado» como si fuese un «seísmo menudo» de «módulos de significación» cuya lectura, en la superficie lisa e imperceptiblemente soldada por la cadencia de las frases del discurso vertido por la narración, solo atrapa la gran naturalidad del lenguaje corriente.

Bayard manda venir enseguida a Simon Herzog para que se lo traduzca. Barthes se agita en su lecho cada vez más. Bayard se inclina sobre él y le pregunta: «Señor Barthes, ¿ha visto usted a su agresor?». Barthes abre unos ojos de loco, sujeta a Bayard por la nuca y declara entrecortadamente, consumido por la angustia: «El significante tutor será despiezado en una serie de cortos fragmentos contiguos, que llamaremos aquí *lexías*, puesto que son unidades de lectura. Hay que decir que este despiezo será de lo más arbitrario; no implicará ninguna responsabilidad metodológica, ya que se apoyará en el significante, mientras que el análisis propuesto se apoya únicamente en el significado...». Bayard interroga con la mirada a Herzog, que se encoge de hombros. Barthes silba entre dientes, con aire amenazador. Bayard le pregunta: «Señor Barthes, ¿quién es Sophia? ¿Qué sabe ella?». Barthes lo mira sin comprender o comprendiéndolo demasiado bien y se pone a canturrear con una voz ronca: «El texto, en su masa, es comparable a un cielo, llano y profundo a la vez, liso, sin bordes y sin puntos de referencia; así como el adivino recorta con un palo un rectángulo ficticio en él para, según ciertos principios, interpretar en su interior el vuelo de los pájaros, así el analista traza a lo largo del texto unas zonas de lectura, con el fin de observar en ellas la migración de los sentidos, el afloramiento de los códigos, el tránsito de las citas». Bayard fulmina a Herzog, cuyo rostro perplejo le manifiesta inequívocamente que es incapaz de traducirle ese galimatías, pero Barthes llega al borde de la histeria cuando empieza a gritar, como si su vida dependiera de ello: «¡Todo está en el texto! ¿No comprenden? ¡Hay que encontrar el texto! ¡La función! ¡Ah, es tan elemental!». Luego, vuelve a caer sobre la almohada y murmura, como salmodiando: «La lexía no es más que el envoltorio de un volumen semántico, el trazado que perfila el texto plural, dispuesto como un bancal de sentidos posible (pero reglados, comprobados por una lectura sistemática) bajo el flujo del discurso: la lexía y sus unidades formarán así una especie de facetas de un mismo cubo, cubierto por la palabra, por el grupo de palabras, por la frase o por el párrafo, dicho de otro modo, por el lenguaje, que es su excipiente "natural"». Entonces, se desmaya. Bayard lo zarandea para reanimarlo, pero la enfermera rubia le obliga a que deje descansar al paciente y una vez más manda evacuar la habitación.

Bayard cede el paso a Simon Herzog para salir cuando este va a decirle que no hay que darles demasiada importancia a Sollers ni BHL, pero en ese momento el doctorando ve una oportunidad para él, así que dice con delectación: «Deberíamos empezar por interrogar a Deleuze».

Al abandonar el hospital, Simon Herzog choca con la enfermera rubia que está atendiendo a Barthes: «¡Perdón, señorita!». Ella le sonríe con una sonrisa zalamera: «Faltarrría más, señor».

17

Hamed se despierta pronto. Los vapores y las sustancias de la víspera, de los que su cuerpo sigue aún ampliamente impregnado, lo sacan de un mal sueño. Aturdido y adormilado, desorientado, sin referencias en esa habitación desconocida, necesita unos segundos para recordar cómo ha llegado hasta allí y qué ha hecho. Se levanta de la cama procurando no despertar al hombre que está junto a él, se pone su camiseta sin mangas, se embute en sus vaqueros Lee Cooper, se prepara un café en la cocina apurando de paso el porro de ayer que hay tirado en un cenicero con forma de jacuzzi, agarra su cazadora, una Teddy Smith negra y blanca con una gran F roja en el lugar del corazón, y se larga dando un portazo.

Fuera hace bueno y un DS negro aparca delante de un vado en la calle desierta. Hamed disfruta del aire fresco escuchando a Blondie en su walkman y no ve el DS negro que arranca y circula a su paso detrás de él. Cruza el Sena, bordea el Jardín de las Plantas, piensa que con un poco de suerte habrá alguien en el Flore que le pague un café auténtico, pero en el Flore solo están sus colegas gigolós y dos o tres viejos que no consumen, más Sartre, que ya está allí también, tosiendo y fumando en pipa ante un pequeño grupo de estudiantes con jersey, así que Hamed pide un cigarrillo a un transeúnte con gabardina que pasea un beagle con ojos tristes y, a la puerta del pub Saint-Germain, que aún no está abierto, se pone a fumar con otros jóvenes gigolós que como él tienen pinta de haber dormido poco, bebido demasiado y fumado más, la mayoría de los cuales se ha olvidado de comer el día anterior. Entre ellos está Saïd, que le pregunta si pasó ayer por la Ballena Azul; Harold, que le dice que tuvo que tirarse a Amanda Lear en el Palace, y Slimane, que se ha liado a hostias pero no sabe por qué. Los tres se han puesto de acuerdo para dar el coñazo, aunque Harold de buena gana iría a ver *El rey del timo* en el Montparnasse o en el Odeón, pero no hay sesión hasta las dos de la tarde. En la acera de enfrente, los dos bigotudos han aparcado el DS y se toman un café en la cervecería Lipp. Sus trajes están arrugados como si hubieran dormido en el coche y van siempre con sus paraguas. Hamed piensa que lo mejor que podría hacer es meterse en la cama, pero no le apetece subir los seis pisos, así que le sablea otro cigarrillo a un negro que sale del metro y le da vueltas en la sesera a si debe o no pasarse por el hospital. Saïd le cuenta que «Babar» está en coma pero que tal vez se pondría contento de oír su voz; al parecer, los comatosos oyen, como las plantas cuando se les pone música clásica. Harold les enseña su *bomber* reversible negra con forro naranja. Slimane dice que ayer vio pasar a un poeta ruso que él conoce con una cicatriz y que así estaba incluso más guapo, lo que le hace reír a carcajadas. Hamed decide mandarlos a todos a hacer puñetas y va a La Coupole por la rue de Rennes. Los dos bigotudos salen tras él olvidando sus paraguas, pero el camarero los alcanza al grito de «¡Señores! ¡Señores!», mientras blande los paraguas como si fueran espadas, si bien nadie les presta demasiada atención ya que el día se pronostica soleado. Los dos hombres recuperan sus paraguas y prosiguen con su persecución. Se detienen delante del Cosmos, donde ponen *Stalker*, de Tarkovski, y una película de guerra soviética, arriesgándose a que Hamed les cobre un poco de ventaja, pero como él también se solaza en los escaparates de las tiendas de trapos, no hay peligro de que lo pierdan de vista.

Sin embargo, uno de ellos se da la vuelta y regresa en busca del DS.

18

En la rue de Bizerte, entre la de La Fourche y la place de Clichy, Gilles Deleuze recibe a los dos investigadores. Simon Herzog está encantado de encontrarse con el gran filósofo en su propia casa, entre sus libros, en un piso que huele a filosofía y a tabaco rancio. La tele está encendida, dan un partido de tenis, Simon distingue una gran cantidad de obras sobre Leibniz esparcidas por todas partes, se oye el poc-poc del peloteo, se trata de un Connors-Nastase.

Oficialmente, ambos están ahí porque Deleuze ha sido acusado por BHL. El interrogatorio empieza, pues, con la A de Acusación.

«Señor Deleuze, se nos ha hecho partícipes de un contencioso entre usted y Roland Barthes. ¿Cuál era el contenido del mismo?» Poc-poc. Deleuze lleva en los labios un cigarrillo apagado por la mitad. Bayard se fija en las uñas, extravagantemente largas. «¿Cómo? No. No tengo ningún contencioso con Roland, aparte del hecho de que él haya apoyado a ese inútil, el gran gilipollas de camisa blanca.»

Simon repara en el sombrero que hay metido en un portasombreros. Si se añade este al que está colgado en el perchero de la entrada y al que está sobre la cómoda, suman muchos sombreros, de todos los colores, estilo Alain Delon en *El silencio de un hombre*. Poc-poc.

Deleuze se arrellana en su sillón: «Fíjense en ese estadounidense. Es el anti-Borg. Bueno, no, el anti-Borg es McEnroe: servicio egipcio, alma rusa, ¿no? Ejem, ejem. (Tose.) Pero Connors (él pronuncia "Connorz"), con ese juego plano, ese riesgo permanente, esas bolas rasas..., es muy aristocrático también. Borg juega en el fondo de la pista, devuelve la bola, muy por encima de la red gracias al *liftage*. Cualquier obrero puede comprender eso. Borg inventa el tenis del proletariado. McEnroe y Connors, evidentemente, juegan como unos príncipes».

Bayard se sienta en el sofá, presiente que va a tener que escuchar un montón de idioteces.

Simon se permite objetar: «No obstante, Connors es el arquetipo del pueblo, ¿no? Es el *bad boy*, el chico malo, el travieso, hace trampas, protesta, se queja por todo, es mal jugador, camorrista, peleón, insoportablemente atractivo...».

Deleuze reprime un gesto de impaciencia: «¿Sí? Ejem, ejem... Es interesante como objeción».

Bayard pregunta: «Es posible que hayan intentado robarle algo al señor Barthes. Un documento. ¿Sabría usted de qué se trata, señor Deleuze?».

Deleuze se vuelve hacia Simon: «No está claro que la pregunta "sabría usted" sea una buena pregunta. Posiblemente preguntas como *quién*, *cuánto*, *cómo*, *dónde* o *cuándo* sean mejores».

Bayard enciende un cigarrillo y con paciencia, casi resignado, pregunta: «¿Qué quiere usted decir?».

«Pues que es evidente que, si usted viene a buscarme una semana y pico después de los hechos para arrojarme a la cara las miserables insinuaciones de un filósofo de mierda, será porque el accidente de Roland sin duda no es tal. Por lo tanto, usted está buscando un culpable. Es decir, un móvil. Pero el camino hasta el *porqué* es largo, ¿verdad? Supongo que la pista del conductor no ha dado ningún resultado. He oído que Roland ha recuperado la consciencia. ¿No ha querido hablar? Entonces, cámbiese el *porqué*.»

En la tele se oye a Connors, que resuella con cada raquetazo. Simon echa una mirada por la ventana. Ve que hay un Fuego azul aparcado justo debajo.

Bayard pregunta por qué Barthes, según Deleuze, no desea revelar lo que sabe. Deleuze responde que sobre eso no sabe nada, pero, en cambio, sabe esto: «Sea lo que sea lo que haya pasado o sucedido, hay pretendientes. Es decir, gente que dice: para ese asunto, el mejor soy yo».

Bayard se acerca el cenicero con forma de búho que reposa sobre la mesa baja: «¿Y usted, señor Deleuze, exactamente qué pretende?».

Deleuze emite un ligero ruido entre la sorna y la tosidura: «Se pretende siempre lo que no se puede ser o lo que se ha sido una vez y nunca más se ha vuelto a ser, señor comisario. Pero no creo que esta sea la cuestión, ¿verdad?».

Bayard pregunta cuál es la cuestión.

Deleuze prende de nuevo su cigarrillo: «Cómo seleccionar a los pretendientes».

En el edificio, se oye el eco de una mujer que grita. No se sabe si de placer o por un acceso de ira. Deleuze señala con el dedo hacia la puerta: «Las mujeres, señor comisario, sin que sirva de precedente, no son mujeres por naturaleza. Las mujeres lo son por un convertirse-en-mujeres». Se levanta con cierto resuello y se sirve un vaso de vino tinto. «Con nosotros sucede algo parecido.»

Bayard, desconfiado, pregunta: «¿Usted cree que todos nos parecemos? ¿Está seguro de que usted y yo nos parecemos?».

Deleuze sonríe: «Sí..., en fin, en cierto sentido».

Bayard, tratando de demostrar buena voluntad, pero dejando entrever cierta reticencia: «¿También usted busca la verdad?».

«¡Hala! La verdad... Dónde empieza y dónde acaba... Siempre está en el punto medio de las cosas, ya sabe.»

Connors gana el primer set 6-2.

«¿Cómo determinar entre los pretendientes cuál es el bueno? Si usted tiene el *cómo*, tendrá el *porqué*. Mire a los sofistas, *por ejemplo*: el problema, si tenemos en cuenta a Platón, es que ellos pretenden algo a lo que no tienen derecho... Y, claro, hacen trampas, los muy cabrones...» Se frota las manos. «Se procesa siempre a los pretendientes...»

Se sopla el vaso de un trago y añade, mirando a Simon: «Es tan divertido como una novela».

Simon le devuelve la mirada.

19

«¡No, es absolutamente imposible, me niego categóricamente! ¡No iré! ¡Ya basta! ¡Ni se le ocurra pensar que voy a poner los pies allí, en la sede de su palacio! ¡No me necesita para descifrar el habla de esa basura! Y como no tengo necesidad de oírlo, se lo resumo: ¡soy el criado servil del gran capital! Soy el enemigo de la clase obrera. Detento todos los medios de información. Cuando no estoy cazando elefantes en África, me dedico a cazar radios independientes. Amordazo la libertad de expresión. Planto centrales nucleares donde me viene en gana. Soy un chulo demagogo que se invita en casa de los pobres. Soy un perista de diamantes. Me gusta dármelas de proletario en el metro. Me gustan los negros cuando son emperadores o basureros. Cuando oigo la palabra *humanitario*, mando a los paracaidistas. Utilizo los antros de la extrema derecha para arreglar mis asuntos personales. Me cago en la Asamblea Nacional. Soy... soy... ¡un GRAN FASCISTA!»

Simon enciende un cigarrillo aún temblando. Bayard espera a que se le pase la crisis. En este punto de la investigación, a la vista de los elementos de que dispone, ha elevado un primer informe temiéndose mucho que todo esto fuera a cobrar importancia, pero no hasta el punto de ser convocado allá. Con el joven.

«Que quede claro que no iré no iré no iré», dice el joven.

20

«El señor presidente los va a recibir.»

Jacques Bayard y Simon Herzog entran en un despacho amplio bien iluminado con paredes enteladas en seda verde. Simon está pálido, pero se fija instintivamente en los dos butacones que hay frente al escritorio, detrás del cual se halla Giscard, y en otros sillones con un sofá dispuestos en torno a una mesita baja, al otro lado de la habitación. El estudiante comprende de inmediato los términos de la alternativa: según el presidente desee marcar distancias con sus visitas o, por el contrario, darle al encuentro un tono más amistoso, los recibe detrás de su escritorio, que utiliza como un parapeto, o los instala alrededor de la mesita baja sobre la que todo el mundo suele inclinarse para comer unos pastelitos. Simon Herzog se percata también de un libro sobre Kennedy, puesto de modo muy visible encima de una escribanía para sugerir la imagen de jefe de Estado joven y moderno que también Giscard pretende encarnar; dos cajas, una roja y otra azul, colocadas sobre un secreter cilíndrico; bronces aquí y allá; pilas de dosieres de una altura sabiamente calculada: demasiado baja, darían la impresión de que el presidente no da un palo al agua; demasiado alta, que está desbordado. Varios cuadros de maestros adornan las paredes. Giscard, de pie detrás de su imponente escritorio, señala uno de ellos, que representa a una bella y severa mujer con los brazos separados, vestida con un delicado vestido blanco abierto hasta el vientre que apenas cubre sus senos abundantes y lechosos: «Tengo la suerte de haber obtenido del Museo de Burdeos el préstamo de una de las más hermosas obras de la pintura francesa: *Grecia sobre las ruinas de Missolonghi*, de Eugène Delacroix. Magnífica, ¿verdad? Conocerán Missolonghi, por supuesto: es la ciudad donde murió Lord Byron durante la guerra de independencia contra los turcos. En 1824, creo. (A Simon no le pasa desapercibida la coquetería de ese "creo".) Una guerra espantosa. Los otomanos eran extremadamente feroces».

Sin moverse de su escritorio, sin esbozar ni un gesto para estrecharles la mano, los invita a sentarse. Para ellos nada de sofá ni de pastelitos. Siempre de pie, el presidente prosigue: «¿Saben ustedes lo que Malraux dijo de mí? Que yo carecía del sentido trágico de la Historia». Con el rabillo del ojo, Simon observa a Bayard, que aguarda, silencioso, embutido en su gabardina.

Giscard vuelve sobre el cuadro, lo que obliga a los dos visitantes a darse la vuelta para demostrar su atención: «Tal vez yo carezca del sentido trágico de la Historia, pero al menos siento la emoción de la belleza trágica delante de esta mujer joven, herida en un costado, que lleva la esperanza de la liberación de su pueblo». Al no saber cómo subrayar los comentarios presidenciales, ambos hombres se callan, lo que no parece importunar a Giscard, acostumbrado a los indicios silenciosos de educado asentimiento. Cuando aquel hombre de hablar silbante se gira para mirar por la ventana, Simon comprende que esa pausa sirve de transición y que ahora se va a ceñir a los hechos.

Sin volverse hacia ellos, ofreciendo a sus interlocutores el espectáculo de su cráneo calvo, el presidente continúa: «Una vez me encontré con Roland Barthes. Lo había invitado al Elíseo. Un hombre absolutamente encantador. Analizó el menú durante un cuarto de hora y expuso una demostración muy brillante del valor simbólico de cada plato. Era absolutamente apasionante. ¡Pobre! Me han dicho que no se había recuperado del fallecimiento de su madre, ¿no?».

Sentándose finalmente, Giscard se dirige a Bayard:

«Comisario, el día de su accidente, el señor Barthes estaba en posesión de un documento que le ha sido robado. Deseo que encuentre ese documento. Se trata de un asunto de seguridad nacional».

Bayard pregunta: «¿Cuál es la naturaleza exacta de ese documento, señor presidente?».

Giscard se inclina hacia delante y, con los dos puños sobre el escritorio, pronuncia con gesto grave: «Es un documento vital que compromete la seguridad nacional. Utilizado de manera incorrecta, podría causar daños incalculables y poner en peligro los cimientos mismos de la democracia. Desgraciadamente, no puedo decirle más. Ha de proceder con total discreción. Tiene usted carta blanca».

Luego pone los ojos en Simon: «Joven, me han dicho que usted sirve de... ¿guía del comisario? Conocerá bien, por tanto, el medio de la lingüística en el que se desenvolvía el señor Barthes, ¿no?».

Simon no se hace de rogar para responder: «No, en realidad no».

Giscard dirige una mirada interrogativa a Bayard, que se explica: «El señor Herzog tiene conocimientos que pueden ser útiles para la investigación. Comprende cómo funciona esa gente y, bueno, sabe a qué atenerse. Puede ver cosas que a la policía se le escaparían».

Giscard sonríe: «Entonces, joven, ¿es usted vidente, como Arthur Rimbaud?».

Simon murmura tímidamente: «No, de ninguna manera».

Giscard le señala con el dedo las dos cajas, roja y azul, puestas sobre el secreter cilíndrico, tras ellos, bajo la Grecia de Delacroix: «¿Qué creen ustedes que hay ahí dentro?».

Simon comprende que es una prueba y, antes de considerar si le interesa pasarla, responde por un acto reflejo: «Supongo que medallas de la Legión de Honor».

La sonrisa de Giscard se alarga. Se levanta para ir a abrir una de las cajas y saca una medalla: «¿Puedo preguntarle cómo lo ha adivinado?».

«Bueno, esto... Toda la habitación está saturada de símbolos: los cuadros, las cortinas, las molduras del techo... Cada objeto, cada detalle tiene vocación de expresar el fasto y la majestad del poder republicano. La elección de Delacroix, la foto de Kennedy en la portada del libro que hay sobre el escritorio, todo es enormemente significante. Pero el símbolo no tiene valor si no es exhibido. Un símbolo oculto dentro de una caja no sirve de nada, y aún diría más: no existe. Por otra parte, supongo que no será en esta habitación donde guarde usted las bombillas y los destornilladores, así que me parece poco probable que esas dos cajas sean de herramientas. Y si sirvieran para guardar los clips y la grapadora, estarían en su mesa de trabajo, más a mano. Por tanto, el contenido no es ni simbólico ni funcional. Pero, sin embargo, tiene que ser una cosa o la otra. Podría usted guardar ahí sus llaves, pero imagino que en el Elíseo no es el presidente quien se ocupa de abrir o cerrar las puertas, y tampoco necesita llaves del coche porque tiene un chófer. Entonces, no queda otra solución más que esta: un símbolo durmiente, que aquí no significaría nada en sí mismo, pero que se activaría en otra parte, fuera de esta habitación: el símbolo en miniatura y portátil de lo que simboliza este lugar, a saber, el esplendor republicano. Una medalla, es decir, probablemente, visto el lugar, la Legión de Honor. En fin.»

Giscard intercambia una mirada cómplice con Bayard: «Creo que ya sé lo que quiere usted decir, comisario».

21

Hamed bebe a sorbitos un Malibú con naranja mientras relata su vida marsellesa, pero su interlocutor se bebe sus palabras sin escucharlo demasiado. Hamed conoce esa mirada de cocker: es el amo de ese hombre, porque suscita en él el deseo ardiente de poseerlo. Se entregará, tal vez, o no, e incluso quizá él obtenga también un poco de placer, pero ese placer será probablemente menor que el sentimiento de poderío que le proporciona su posición de objeto de deseo; es el lado bueno de ser pobre, joven y guapo: puede despreciar tranquilamente, sin remordimientos, a los que están dispuestos a pagar, de un modo u otro, por tenerlo.

La velada está en su apogeo y, como siempre, la sensación de desubicación, en ese gran apartamento burgués, en el corazón de la capital, este invierno que acaba, lo embriaga de una alegría malévola. Lo que se roba vale dos veces más que lo que se gana con el sudor de la frente, así que en el bufé vuelve a servirse tostadas con olivada porque le recuerdan vagamente el sur y luego se abre paso entre el gentío que se menea con el *Gaby oh Gaby*, de Bashung. Encuentra a Slimane, que engulle bocados de caracoles mientras finge reírle las gracias a un editor barrigón que le manosea el culo discretamente. Junto a ellos, una chica se descojona inclinando exageradamente hacia atrás la cabeza: «¡Entonces se para... y recula!». En la ventana, Saïd fuma un porro en compañía de un negro con cabeza de diplomático. Los bafles exhalan los primeros compases de *One Step Beyond* y un escalofrío histérico parece recorrer toda la estancia, la gente grita como si la música la transportara, como si una ola de placer recorriera su cuerpo, como si la locura fuera un perro fiel que hubieran extraviado y que vuelve a ellos moviendo la colita, como si pudieran dejar de pensar lo que llena un instrumento con el ritmo de un saxofón rugiente. Luego vendrán algunas canciones discotequeras para mantener el buen rollo. Hamed se sirve un plato de tabule con trufa e identifica a los invitados susceptibles de ofrecerle una raya de coca o, en su defecto, un poco de *speed*. Ambas le dan ganas de follar pero el *speed* no se la pone tan dura, lo que, en su opinión, no tiene tanta importancia. Resistir el mayor tiempo posible antes de volver a casa. Hamed se junta con Saïd en la ventana. Un foco ilumina el cartel publicitario que hay en la esquina del boulevard Henri IV con la imagen de Serge Gainsbourg con traje y corbata y en el que puede leerse: UN BAYARD CAMBIA A UN HOMBRE. ¿NO ES ASÍ, SEÑOR GAINSBOURG? Hamed no logra recordar por qué le es tan familiar ese apellido y, como es un poco hipocondriaco, va a buscar otro vaso repasando en voz alta su calendario del año anterior. Slimane contempla una serie de litografías colgadas de la pared que representan un degradado arco iris de perros comiendo en unas escudillas rebosantes de billetes de un dólar y finge ignorar al editor barrigón, que ahora se frota contra su cadera y le echa el aliento en la nuca. La voz de Chrissie Hynde sale de los altavoces para conminar de modo efectivo a los invitados a que dejen de lloriquear. Dos melenudos discuten sobre la muerte de Bon Scott y de su posible sustitución en el grupo AC/DC por un motero con gorra. Un joven con traje, raya a un lado y corbata aflojada repite a quien quiera oírlo, muy excitado, que sabe de buena tinta que en *La guerra de los policías* se le ven las tetas a Marlène Jobert. También hablan de que Lennon prepara un *single* con McCartney. Un gigoló del que Hamed ha olvidado el nombre se acerca a preguntarle si tiene un poco de hierba, para, de paso, criticar la velada por considerarla demasiado «marca Rive gauche» e indicarle por la ventana el genio de la

Bastilla:[7] «El problema, colega, es que acepto que sean jacobinos, pero, sin embargo, hay unos límites». Alguien vierte un vaso de curasao azul en la moqueta. Hamed duda si marcharse para volver a Saint-Germain, pero Saïd le hace una seña en dirección al cuarto de baño: dos chicas y un viejo acaban de entrar ahí. Como saben que no es para follar sino para esnifar (lo que el viejo, por el decir de su cara, parece ignorar, ya que, si le fallan esas dos presas, poseerá al menos su sombra durante cinco minutos), deducen que, maniobrando hábilmente, podrán negociar una raya, tal vez dos. Alguien le pregunta a un bigotudo calvorota si es Patrick Dewaere. Para escapar del editor barrigón, Slimane agarra a una rubia con jeans elásticos y se pone a bailar con ella un rock mientras suena *Sultans of Swing*, de Dire Straits. El editor barrigón, sorprendido, mira las piruetas de la pareja tratando de que su mirada sea a la vez irónica y benévola para disimular un sentimiento que no engaña a nadie. Está solo, como todos los demás, pero él no puede ocultarlo, y nadie le presta atención salvo para constatar que lleva muy mal esa soledad. Slimane sigue con su pareja en la siguiente canción, *Upside Down*, de Diana Ross. Foucault llega de improviso a la velada con Hervé Guibert, en el instante del *riff* que introduce *Killing an Arab* de The Cure. Lleva puesta una gruesa cazadora de cuero negro con cadenas y se ha cortado al rasurarse la cabeza. Guibert es joven y guapo, de una belleza tan exagerada que, al menos para los parisinos, es imposible tomarlo en serio como escritor. Saïd y Hamed tamborilean en la puerta del cuarto de baño tratando de engatusar a los ocupantes con

7. El «Genio de la Libertad» es la estatua de bronce dorado que corona la columna que hay en la plaza de la Bastilla.

palabras zalameras y pretextos descabellados, pero la puerta permanece desesperadamente cerrada, detrás de la cual les llegan solo unos ruidos furtivos de metal, de loza y de aspiración... *Standing on a beach, with a gun in my hand...* Como siempre que llega a algún sitio, Foucault provoca una especie de excitación temerosa, salvo en los que ya están demasiado colocados de *speed* y van de aquí para allá dando saltitos y escuchando lo que creen que es una canción playera: *Staring at the see, staring at the sand...* La puerta del cuarto de baño se abre, las dos chicas salen con el viejo mirando con desprecio a Saïd y a Hamed y sorbiendo por la nariz ostensiblemente, con esa arrogancia característica del drogadicto mundano que todavía no ha sido poseído por los litros de serotonina diseminados por su cerebro y cuya sedimentación, prolongada durante meses y años, hará que tarde cada vez más en recuperarse. *I'm alive, I'm dead...* En medio del círculo que se ha formado a su alrededor, como si no hubiera notado la efervescencia que su presencia suscita, Foucault le cuenta al joven Guibert una historia, prosiguiendo la conversación empezada antes de llegar: «Cuando yo era pequeño, quería ser un pez rojo. Mi madre me decía: "Pero, cariño, eso no es posible, tú odias el agua fría"». La voz de Robert Smith dice: *I'm the stranger!* Foucault: «Eso me sumía en un abismo de perplejidad y yo le decía: "Solo un segundito..., ¡me gustaría tanto saber en qué piensa...!"». Robert Smith: *... Killing an Arab!* Saïd y Hamed deciden darse un garbeo por ahí, tal vez ir a La Noche. Slimane regresa junto al editor barrigón porque lo necesita para comer. *Staring at myself, reflected in the eyes...* Foucault: «Alguien tendrá que confesar. Siempre hay uno que acaba por confesar...». Robert Smith: *... of the dead man on the beach...* Guibert: «Estaba desnudo sobre el sofá, imposible encontrar una cabina que funcionase...». *The dead man on the beach*... «Y cuando finalmente encuentra una, se da cuenta de que no tiene fichas...» Hamed mira de nuevo afuera, por los visillos ve un DS negro aparcado en la calle y dice: «Me voy a quedar todavía un poco más». Saïd prende un cigarrillo y sus dos siluetas se recortan perfectamente en el marco de la ventana iluminada por la fiesta.

22

«¡Georges Marchais nos importa un bledo, que se sepa de una vez!»

Daniel Balavoine por fin ha logrado tomar la palabra, sabe que se la van a retirar por las buenas o por las malas en menos de tres minutos, así que, nervioso, suelta a toda velocidad su monólogo para decir que los políticos son viejos, corruptos y no se enteran absolutamente de nada.

«No me refiero a usted, señor Mitterrand...»

Pese a todo.

«Lo que yo querría saber, lo que me interesaría, es a quién están pagando los alquileres que pagan los trabajadores inmigrantes... Querría..., bueno, a ver, ¿quién es capaz, todos los meses, de pedir setecientos francos mensuales a unos trabajadores inmigrantes por vivir en esos cubos de basura y en esas pocilgas?...» Embarullada, poco estructurada, llena de errores en francés, la fluidez es demasiado rápida pero magnífica.

Cuando Balavoine les reprocha a los periodistas que nunca inviten a jóvenes, estos, que no entienden nada como de costumbre, refunfuñan (con el inevitable sarcasmo retórico: a ver, gilipollas, la prueba de que sí lo hacemos es que tú estás aquí, ¿no?).

Pero Mitterrand ha comprendido perfectamente lo que ocurre. Este joven mequetrefe está poniendo en evidencia a los periodistas que están en torno a la mesa y al resto de sus colegas: un hatajo de viejos estúpidos que se pudren en su endogamia desde hace tanto tiempo que están muertos en vida y no se habían dado ni cuenta. Procura abundar en las palabras del colérico joven, pero cada intento por apoyarlo suena a paternalismo inoportuno.

«Trato de leer rápidamente mis notas... Lo que puedo darles, en todo caso, es un consejo...» Mitterrand manosea sus gafas mientras se muerde los labios, están grabando, es en directo, es una catástrofe. «Lo que puedo decirles es que la desesperación es un revulsivo y que cuando es un revulsivo, es peligrosa.»

El periodista, con un punto de ironía sádica: «Señor Mitterrand, ¿no quería usted dialogar con un joven? Bien, lo ha escuchado usted con mucha atención...». Pues arréglatelas ahora, tío.

Y Mitterrand empieza a remar: «Lo que me interesa mucho es esa manera de pensar, de reaccionar... ¡y de expresarse, también!, porque Daniel Balavoine también se expresa por escrito y por la música..., puede que su música tenga reconocimiento..., puede que sea escuchada y, por tanto, comprendida». Rema, rema. «¡Él lo dice a su manera! Es responsable de sus palabras. Es un ciudadano. Como cualquier otro.»

Es el 19 de marzo de 1980, en el plató del telediario de Antenne 2, son las 13.30 horas y Mitterrand tiene mil años.

23

¿En qué puede pensar un Barthes moribundo? En su madre, dicen. Es su madre quien lo ha matado. Claro, por supuesto, una vez más el asuntillo privado, el sucio secretillo. Como dice Deleuze, no todo el mundo tiene una abuela a la que le hayan ocurrido cosas increíbles, ¿no? «De pena.» Sí, señor, va a morir de pena y solo de pena. Pobres insignificantes pensadores franceses encerrados en vuestra visión de un mundo que se reduce a la más mezquina esfera de lo íntimo, la más convencional, la más anodinamente egocéntrica. Sin enigma, sin misterio, la madre, madre de todas las respuestas. El siglo XX nos ha librado de Dios y nosotros hemos puesto en su lugar a la madre. Asunto capital. Pero Barthes no es en su madre en quien piensa.

Si ustedes pudieran coger el hilo de su ensoñación algodonosa, sabrían que el hombre que va a morir piensa en lo que ha sido, pero sobre todo en lo que habría podido ser, ¿en qué si no? No vuelve a ver toda su vida, solo el accidente. ¿Quién está detrás de la operación? Recuerda que lo han manipulado. Y también que el documento ha desaparecido. Quienquiera que sea el promotor, estamos probablemente a las puertas de una catástrofe sin par. Aunque él, el Roland de mamá, habría sabido hacer un buen uso de ello: un poco para sí, el resto para los demás. Su timidez al fin vencida. Qué desperdicio. Aunque sobreviva, ya será demasiado tarde para celebraciones.

Roland no piensa en su mamá. No estamos en *Psicosis*.

Entonces, ¿en qué piensa? Quizá vea pasar tal o cual recuerdo, cosas íntimas, o insignificantes, o conocidas solo por él. Como cierta noche —¿o aún era de día?— en que compartía un taxi con su traductor estadounidense de paso por París y con Foucault. Los tres van sentados en la parte de atrás, el traductor en medio, y Foucault, como es su costumbre, monopoliza la conversación, habla con su voz parlanchina, segura de sí misma, nasal como las voces antiguas, es él quien lleva el control, como siempre, improvisa una pequeña conferencia para explicar hasta qué punto detesta a Picasso, hasta qué punto Picasso carece de valor, y se ríe, evidentemente, y el joven traductor escucha con prudencia, en su país es un escritor y un poeta pero aquí escucha con deferencia las palabras de estos dos brillantes intelectuales franceses y Barthes sabe ya que él no da la talla en comparación con la elocuencia de Foucault pero se ve en la obligación de decir algo para no quedarse atrás y gana tiempo riéndose, también él, aunque sabe que su risa suena a falsa, está incómodo porque además parece incómodo, es un círculo vicioso, siempre ha sido así toda su vida, le gustaría tanto tener la seguridad que tiene Foucault, incluso cuando habla delante de sus alumnos y ellos lo escuchan religiosamente protege su timidez detrás de un tono profesoral, si bien solo al escribir se siente seguro de sí mismo, está seguro de sí mismo, solo, refugiado detrás de su folio, y de todos sus libros, su Proust, su Chateaubriand, y Foucault continúa despachándose sobre Picasso y entonces Barthes, para no ser menos, dice que él también, él también detesta a Picasso, y al decirlo, se detesta a sí mismo, porque ve muy bien lo que está pasando, al fin y al cabo su oficio es ver lo que está pasando, se envilece ante Foucault y no cabe duda de que el joven y guapo traductor se ha dado cuenta de ello, escupe contra Picasso pero con timidez, un escupitajo pequeño, y mientras Foucault ríe a mandíbula batiente, también él dice que Picasso está sobrevalorado, que nunca ha entendido lo que han visto en él y yo no puedo garantizar que no fuera eso lo que pensaba en realidad, ya que en resumidas cuentas es cierto que Barthes era ante todo un clásico, que en el fondo no apreciaba la modernidad, hasta cierto punto, pero eso no importa, porque aunque detestara a Picasso, sabe muy bien que no se trata de eso, sino precisamente de no ser menos en el cara a cara con Foucault, y de que desde el momento en que Foucault proclama un aserto tan iconoclasta, él quedará como un viejo cascarrabias imbécil por mucho que a él tampoco le guste realmente Picasso, así que lo denigra y lo escarnece ahora, en el taxi que lo lleva sabe Dios dónde, por motivos totalmente despreciables.

Y quizá es así como muere Barthes, pensando en aquel viaje en taxi; cierra los ojos y se queda dormido, triste, con esa tristeza que siempre lo ha poseído, con madre o sin madre, y puede que también tenga un pequeño pensamiento para Hamed. ¿Qué será de él ahora? ¿Y del secreto del que es depositario? Se hunde lentamente, suavemente, en su último sueño y estoy convencido de que no es desagradable, porque mientras sus funciones corporales se extinguen una por una, su mente continúa divagando. ¿Adónde lo lleva esa última ensoñación?

¡Vaya, tendría que haber dicho que a él no le gustaba Racine! «Los franceses se orgullecen sin descanso de haber tenido un Racine (el hombre de las dos mil palabras) y no se lamentan nunca de no haber tenido un Shakespeare.» Esto sí que le habría impresionado al joven traductor. Pero Barthes lo escribió más tarde. Ah, si ya entonces hubiera tenido la función en su poder...

La puerta de la habitación se abre lentamente, pero Barthes, en su sueño comatoso, no lo oye.

No es verdad que él sea un «clásico»: en el fondo, no le gusta la austeridad del XVII, esos alejandrinos cortados a cuchillo, esos aforismos cincelados, esas pasiones intelectualizadas...

No oye los pasos que se acercan a su cama.

Por supuesto, eran unos retóricos sin parangón, pero a él no le gusta su frialdad, su falta de chicha. Las pasiones racinianas, bah, menudo chollo. Fedra sí, bueno, la escena de la confesión en pluscuamperfecto de subjuntivo con valor condicional pasado, de acuerdo, vale, era genial, la Fedra que reescribe la historia ocupando el lugar de Ariadna e Hipólito el de Teseo...

No sabe que alguien se inclina sobre su electrocardiograma.

Pero ¿Berenice? Tito no la amaba, eso salta a la vista. Es tan obvio que parecería de Corneille...

No ve la silueta que está hurgando entre sus cosas.

¡Y La Bruyère, tan escolar! Por lo menos Pascal dialoga con Montaigne, Racine con Voltaire, La Fontaine con Valéry... Pero ¿quién tiene ganas de dialogar con La Bruyère?

No siente la mano que gira cuidadosamente la válvula del oxígeno.

La Rochefoucauld, sí, con reparos. Al fin y al cabo, Barthes le debe mucho a sus *Máximas*. Era un semiólogo prematuro, en tanto que sabía descifrar el alma humana en los signos de nuestro comportamiento... El gran señor de la literatura francesa, ahí es nada... Barthes ve al príncipe de Marcillac cabalgar valientemente al lado del Grand Condé entre las zanjas del suburbio de Saint-Antoine, bajo el fuego de las tropas de Turenne, diciéndose mutuamente que es un buen día para morir...

¿Qué ocurre? No puede respirar. Su garganta se ha cerrado de repente.

Pero la Grande Mademoiselle abrirá las puertas de la ciudad para dejar entrar a las tropas de Condé, y La Rochefoucauld, herido en los ojos, ciego temporalmente, no morirá esa vez y se curará...

Abre los ojos. Y ahí está, la ve recortada dentro de un halo de luz cegadora, como en una visión mariana. Se asfixia, quiere pedir socorro pero no sale ningún sonido de su boca.

Se curará, ¿verdad? ¿Verdad?

Ella le sonríe con dulzura y le posa la cabeza sobre la almohada para impedir que se enderece, pero de todos modos él no tiene fuerzas para ello. Esta vez va en serio, lo sabe de sobra, querría dejarse ir pero su cuerpo se convulsiona a su pesar, su cuerpo aún desea vivir, su cerebro busca desesperadamente el oxígeno que ya no está llegando a la sangre, su corazón se desboca bajo el efecto de un definitivo golpe de adrenalina y luego decae.

«Siempre amar, siempre doler, siempre morir.» Finalmente, su último pensamiento es un alejandrino de Corneille.

24

Telediario, 26 de marzo de 1980, 20.00 horas, PPDA:[8]

«Buenas noches, señoras y señores, diariamente muchas informaciones concretas... (PPDA hace una pausa) nos interesan para nuestra propia vida. Unas son de color de rosa, otras menos, clasifíquenlas ustedes como quieran». (Desde su piso, junto a la place de Clichy, Deleuze,

8. Siglas por las que se conoce al popular presentador de televisión y escritor Patrick Poivre d'Arvor.

que no se pierde jamás un telediario, le responde en voz alta, arrellanado en su sillón: «¡Gracias!»).

20.01 horas. «En primer lugar, el alza del coste de la vida durante el mes de febrero ha sido del 1,1 %. "No es muy buen índice", ha dicho René Monory, ministro de Economía, aunque es mejor (era difícil que fuera peor, dice PPDA, y delante de su televisor, en la rue de Bièvre, Mitterrand dice lo mismo) que el del mes de enero: 1,9 %. Mejor también que el de Estados Unidos y el de Gran Bretaña... e igual al de los alemanes occidentales.» (Al mencionar al rival alemán, Giscard, que está rubricando unos documentos en su despacho del Elíseo, emite una risita automática sin levantar la mirada. En su buhardilla, Hamed se prepara para salir pero no encuentra su segundo calcetín.)

20.09 horas. «Las huelgas de la enseñanza continuarán mañana un día más. El SIN hace un llamamiento al profesorado de París y del Essonne para protestar por la suspensión de clases el curso que viene.» (Sollers, con una cerveza china en la mano y su boquilla vacía en la otra, maldice desde su sofá: «¡País de funcionarios...!». Kristeva, desde la cocina, le contesta: «He hecho un salteado de ternera».)

20.10 horas. «Por fin una información un poco "oxigenante", por así decir (Simon alza los ojos al cielo): la enorme disminución de la contaminación atmosférica en Francia en los últimos siete años, un 30 % menos de emisiones de azufre, ha dicho Michel d'Ornano, ministro de Medio Ambiente, y un 46 % menos de óxido de carbono.» (Mitterrand intenta hacer una mueca de desagrado, pero cuando la hace no cambia nada su expresión habitual.)

20.11 horas. «Vamos con el extranjero, con lo que sucede hoy en Chad... Afganistán... Colombia...» (Los países desfilan, nadie presta atención, salvo Foucault. Hamed encuentra su calcetín.)

20.12 horas. «Victoria bastante sorprendente de Edward Kennedy en las primarias del estado de Nueva York...» (Deleuze coge el teléfono para llamar a Guattari. En su casa, Bayard se plancha sus camisas delante de la tele encendida.)

20.13 horas. «El número de accidentes de tráfico aumentó el año pasado, nos informa hoy la gendarmería nacional: 12.480 muertos en 250.000 accidentes en el 79..., lo que es lo mismo que decir que toda la población de Salon-de-Provence ha desaparecido el año pasado en esos accidentes. (Hamed se pregunta por qué Salon-de-Provence.) Cifras que dan que pensar en vísperas de las vacaciones de Semana Santa...» (Sollers levanta un dedo y exclama: «¡Pensar!... ¡Pensar! ¿Lo oyes, Julia?... ¿No es maravilloso?... ¡Cifras que dan que pensar, ja, ja, ja!...». Kristeva contesta: «¡A la mesa!».)

20.15 horas. «Un accidente de tráfico que habría podido tener graves consecuencias: ayer, un camión que transportaba material radiactivo ha chocado contra otro de gran tonelaje antes de volcar en la cuneta. No ha habido fuga radiactiva gracias a la eficacia de los sistemas de seguridad.» (Mitterrand, Foucault, Deleuze, Althusser, Simon y Lacan se descojonan delante de sus respectivas teles. Bayard enciende un cigarrillo y prosigue con su planchado.)

20.23 horas. «Y para terminar, la entrevista de François Mitterrand en *La Croix* con citas como estas que harán época (sonrisa de regocijo de Mitterrand): "Giscard va a quedar como miembro de un clan, de una clase, de una casta. Su balance son seis años de inmovilidad, la danza del vientre ante el Becerro de oro. *Mierdra*, que decía Ubú".

("Pero hoy es François Mitterrand quien lo dice", matiza PPDA. Giscard alza los ojos al cielo.) Esto en cuanto al presidente. Para Georges Marchais y su banda de tres, esto otro: "Cuando quiere, dice una vez más François Mitterrand, Marchais es un cómico irresistible". (Encogimiento de hombros de Althusser en su casa de la rue d'Ulm. Grita a su mujer, que está en la cocina: "¿Has oído, Hélène?". No hay respuesta.) Por último, preguntado por un posible *ticket* Mitterrand-Rocard en el seno del PS, François Mitterrand se ha contensado... (la lengua de PPDA se traba, pero enseguida se recupera, impasible), se ha contentado con responder que esa expresión estadounidense no tenía traducción francesa en nuestras instituciones.»

20.24 horas. «Roland Barthes ha... (pausa de PPDA) muerto esta tarde en el hospital de la Pitié-Salpêtrière, en París. (Giscard deja de rubricar, Mitterrand deja de gesticular, Sollers deja de hurgarse en los calzoncillos con su boquilla, Kristeva deja de remover su salteado de ternera y sale corriendo de la cocina, Hamed deja de ponerse su calcetín, Althusser deja de intentar no cabrearse con su mujer, Bayard deja de planchar sus camisas, Deleuze le dice a Guattari: "¡Ahora te llamo!", Foucault deja de pensar en el biopoder y Lacan continúa chupando su puro.) El escritor y filósofo había sido víctima de un accidente de circulación hace apenas un mes. Tenía... (pausa de PPDA) sesenta y cuatro años. Se había distinguido por sus obras sobre la escritura moderna y sobre la comunicación. Bernard Pivot lo invitó a "Apostrophes" con motivo de la presentación de su libro *Fragmentos de un discurso amoroso*, un libro que ha conocido un enorme éxito (Foucault alza los ojos al cielo); en el corte que ustedes van a ver, explicaba desde un punto de vista sociológico (Simon alza los ojos al cielo) las relaciones entre sentimentalidad... (pausa de PPDA) y sexualidad. (Foucault alza los ojos al cielo.) Lo escuchamos.» (Lacan alza los ojos al cielo.)

Roland Barthes (voz de Philippe Noiret): «Yo afirmo que a un sujeto —y digo bien un sujeto para no decantarme con antelación por, digamos, el sexo de ese sujeto, ¿no?—, a un sujeto enamorado, ¿no?, le costará mucho en realidad, digamos..., vencer esa... esa... esa especie de tabú de lo sentimental, mientras que en cambio el tabú de la sexualidad hoy en día se transgrede muy fácilmente».

Bernard Pivot: «¿Porque estar enamorado es estar como idiotizado?». (Deleuze alza los ojos al cielo. Mitterrand recuerda que tiene que llamar a Mazarine.)[9]

Roland Barthes: «Pues... sí, en un sentido sí, es lo que la gente cree. La gente atribuye al sujeto enamorado dos cualidades, o dos malas cualidades: la primera, a menudo, es la de ser idiota, en efecto —hay una idiotez de enamorado, de la que uno mismo es consciente, además—, y también hay una locura de enamorado —expresada abundantemente en el discurso popular—, pero es una locura sensata, por así decir, ¿no?, es una locura que carece de la gloria de la gran locura transgresora». (Foucault baja los ojos sonriendo.)

Fin del corte. PPDA prosigue: «Entonces, Jean-François Kahn, vemos pues que a Roland Barthes le apasionaba todo, hablaba de todo, ¿no?, lo hemos visto, ¿no?, en el cine..., en algunos papeles..., recientemente, ¿no? ¿Se puede decir, por tanto, que era un metomentodo?». (En efecto, hizo de Thackeray en *Las hermanas Brontë*, de Techiné, un pequeño papel que no da la medida de su talento, recuerda Simon.)

9. La hija secreta de François Mitterrand y Anne Pingeot.

J.-F. Kahn (muy exaltado): «¡Vamos a ver, aparentemente sí es un metomentodo! Porque se ha ocupado, en fin, ha escrito sobre la moda, las corbatas y no sé qué más, ¡ha escrito sobre la lucha libre...! Ha escrito sobre Racine, sobre Michelet, sobre la fotografía, sobre el cine, ha escrito sobre el Japón, así que en efecto es un metomentodo. (Sollers se burla. Kristeva se lo reprocha con la mirada.) Pero en realidad hay una unidad en todo. Como, por ejemplo, en su último libro. Sobre el discurso amoroso..., sobre el lenguaje del amor, aunque es verdad que Roland Barthes siempre ha escrito sobre el lenguaje... Pero es que... su corbata... nuestra corbata... es una manera de hablar. (Sollers, ligeramente indignado: "¡Qué va a ser una manera de hablar!...") La moda es una manera de expresarse. La moto también es una manera que tiene la sociedad de expresarse. ¡Y el cine, evidentemente! También la fotografía. Es decir, en el fondo Roland Barthes es un hombre que ha invertido su tiempo ¡en rastrear los signos!... Los signos mediante los cuales una sociedad, una colectividad, se expresa. Expresa sentimientos difusos, confusos, aunque no sea consciente de ello. En este sentido, era un gran periodista. Además, era el maestro de una ciencia que se llama semiología, es decir, la ciencia de los signos.

»Y, evidentemente, ha sido un enorme crítico literario. Porque se da el mismo fenómeno: ¿qué es una obra? Una obra es aquello mediante lo cual un escritor se expresa. Y lo que ha demostrado Roland Barthes es que en el fondo de una obra literaria hay tres niveles: está la lengua —Racine escribe en francés, Shakespeare escribe en inglés, eso es la lengua—. Está el estilo: que es el resultado de su técnica y de su talento respectivos. Y entre el estilo —voluntario, eh, es algo controlado— y la lengua, hay un tercer nivel que es la escritura. Y él decía que la escritura es el lugar... de lo político, en un sentido amplio, es decir, la escritura es el medio de expresión, aunque el escritor no sea consciente de ello, de todo lo que él es socialmente, su cultura, su origen, su clase social, la sociedad que lo rodea... incluso cuando a veces escribe cosas obvias —no sé..., tipo, en una obra de Racine: "Retirémonos a nuestros aposentos" o frases por el estilo—, pues bien, ¡no!, no es algo obvio, dice Barthes. Aunque se diga como obvio, es sospechoso, hay algo que se expresa por debajo».

PPDA (con aire grave, pese a no haber escuchado nada o no haber entendido ni torta o importarle un pito): «¡Porque cada palabra está disecada!».

J.-F. Kahn (que no hace ni caso): «Y encima eso, además..., lo admirable en Barthes es que es un hombre que ha escrito cosas muy... matemáticas, muy frías sobre el estilo, y al mismo tiempo ha hecho auténticos himnos a la belleza del estilo. En resumen, para concluir, es un hombre muy importante. Que expresa, creo yo, el genio de nuestra época. Y le diré por qué. Hay épocas que se expresan mediante el teatro, ¿verdad? (Aquí Kahn emite un gorjeo intranscribible.) Otras mediante la novela: por ejemplo, los años cincuenta, con Mauriac, humm, Camus, etcétera. Pero pienso que en los años sesenta..., en Francia..., el genio cultural de Francia se ha expresado por el discurso sobre el discurso. Sobre el discurso MARGINAL. Es evidente que no se han producido grandes novelas..., tal vez, ni grandes piezas; lo mejor que se ha producido ha sido una manera de explicar lo que otros habían dicho o habían hecho, y al explicarlo se les ha hecho decir más y mejor, se ha dinamizado un discurso antiguo».

PPDA: «Fútbol en unos instantes, en el Parque de los Príncipes, el equipo de Francia va a enfrentarse al de Holanda (Hamed sale de su casa, da un portazo y baja las escaleras): un partido amistoso mucho más importante de lo que parece en un principio (Simon apaga su aparato), ya que los holandeses han sido los desafortunados finalistas, como saben ustedes, de las dos últimas Copas del Mundo (Foucault apaga su aparato) consecutivas, y sobre todo porque Francia y Holanda figuran en el mismo grupo clasificatorio para el próximo Mundial del 82 en España. (Giscard vuelve otra vez a rubricar documentos. Mitterrand descuelga el teléfono para llamar a Jack Lang.) Pueden seguir este partido en diferido después del último telediario presentado por Hervé Claude, en torno a las 22.50». (Sollers y Kristeva pasan a la mesa. Kristeva hace el gesto en enjugarse una lágrima y dice: «La vida prrrosige su curso». En un par de horas, Bayard y Deleuze se pondrán a ver el partido.)

25

Es el jueves 27 de marzo de 1980 y Simon Herzog lee el periódico en un bar lleno de jóvenes sentados a la mesa con un café acabado hace horas, que yo sitúo en la rue de la Montagne-Sainte-Geneviève, pero pueden ustedes ubicarlo donde les plazca, eso carece de importancia en realidad. Es más práctico y más lógico que esté en el Barrio Latino para explicar la presencia de los jóvenes. Hay un pequeño *pool* inglés y el entrechocar de las bolas marca como una pulsación en la algarabía de las conversaciones de última hora de la tarde. Simon Herzog bebe también un café porque todavía, según sus propias representaciones psicosociales, es demasiado pronto para pedir una cerveza.

Le Monde con fecha del viernes 28 de marzo de 1980 (pues con *Le Monde* siempre es mañana ya), que trae en portada el presupuesto «antiinflacionista» de Thatcher (quien prevé, oh, sorpresa, «una reducción del gasto público») y la guerra civil en el Chad, menciona la muerte de Barthes también en primera página, abajo, a la derecha. El homenaje del célebre periodista literario Bertrand Poirot-Delpech comienza con esta frase: «Desde hace justamente veinte años que Camus entregó su alma en una guantera, la literatura no había pagado a la diosa cromada un tributo tan duro». Simon relee la frase varias veces y echa un vistazo a la sala.

En torno al billar, dos chicos de unos veinte años compiten bajo la mirada de una joven probablemente algo mayor. Simon identifica automáticamente la configuración de la escena: el chico mejor vestido ambiciona a la chica que ambiciona el otro muchacho, más desaliñado, pelo largo un poco sucio, cuya frialdad ligeramente arrogante no permite aún afirmar si también él se interesa por la chica y está simulando una indiferencia táctica que concibe como una señal de superioridad, indiferencia estatuaria ligada a su condición de macho dominante que sabe sobradamente que la chica le corresponde por derecho, o tan solo está esperando a otra más guapa, mucho más guapa, menos tímida, más conforme a su clase (las dos hipótesis, evidentemente, no son incompatibles).

Poirot-Delpech continúa: «Barthes pasa por ser, junto con Bachelard, uno de los que más han fertilizado la crítica en estos últimos treinta años, pero no como teórico de una semiología que se mantiene imprecisa, sino como campeón de un nuevo placer de leer». El semiólogo que es Simon Herzog refunfuña. Placer de leer, ñañaña.

Semiología que permanece imprecisa, será imbécil el muy gilipollas. Aunque, bueno. «Más que un nuevo Saussure, ha sido un nuevo Gide.» Simon deja su taza de golpe sobre el platillo y el café salpica el periódico. El ruido seco se confunde con el de las bolas de billar, aunque nadie presta atención, salvo la joven, que se da la vuelta. Simon cruza su mirada con ella.

Los dos chicos juegan notoriamente mal, lo cual no les impide utilizar el billar para hacer sus alardes, con fruncimientos de cejas, meneos de cabeza, mentón agachado en línea con las bolas, fases de intensa reflexión materializada en innumerables vueltas a la mesa, cálculos técnico-tácticos del punto de impacto de la blanca sobre la bola de color (escogida esta según criterios sinuosos), repetición del toque en vacío (el momento conocido como «limadura», piensa Simon) con enérgicos amagos refrenados y rápidos que evocan a la vez el envite erótico de la partida y la falta de experiencia de los jugadores, para a continuación dar un golpe seco cuya impetuosidad no logra disimular la torpeza. Simon vuelve a sumergirse en *Le Monde*.

Jean-Philippe Lecat, ministro de Cultura y Comunicación, ha declarado: «Todas sus investigaciones en materia de escritura y de pensamiento tendían a la profundización del hombre para ayudarlo a conocerse mejor y así vivir mejor en sociedad». Nuevo golpeteo de platillo, esta vez más controlado. Simon comprueba si la joven se da la vuelta (y sí, se da la vuelta). Por lo visto, a nadie en el Ministerio de Cultura le ha importado un carajo hacer algo más elaborado con semejante simpleza. Simon se pregunta si no se tratará de una fórmula estándar que se aplica a granel a cualquier escritor, filósofo, historiador, sociólogo o biólogo... La profundización del hombre, pues sí, bravo, tío, te habrás herniado. Te valdrá igual para Sartre, Foucault, Lacan, Lévi-Strauss y Bourdieu.

Simon oye que el chico mejor vestido discute una de las reglas: «No, no, los dos golpes seguidos en caso de fallo del adversario no son acumulables si metes una de tus propias bolas con el primer golpe». Estudiante de derecho, segundo curso (es probable que haya repetido primero). A la luz de la ropa que lleva, chaqueta, camisa, Simon diría que en Assas. El otro le contesta, remachando las palabras: «Ok, no hay problema, *cool*, lo que tú digas. Me trae sin cuidado. Me da lo mismo». Psicología, segundo curso (o repitiendo primero), en Censier o Jussieu (ya se ve que juega fuera de casa). La joven lanza una risita falsamente discreta pero con la pretensión de que se la oiga. Calza unas Kickers de dos colores, un vaquero con vuelta azul eléctrico, cola de caballo atada con una goma de pelo y fuma Dunhill light: letras modernas, primer curso, Sorbona o Nueva Sorbona, probablemente un año adelantada.

«Para toda una generación, abrió un campo de análisis de los medios de comunicación, las mitologías y los lenguajes. La obra de Roland Barthes permanecerá en el corazón de todos nosotros como una vibrante llamada a la libertad y a la felicidad.» Mitterrand no está más inspirado, pero por lo menos evoca vagamente los campos de conocimiento de Barthes.

Después de un final de partida interminable, Assas consigue una victoria elaborada con ahínco gracias a un golpe incierto (la negra en banda, como debe ser, según la regla imaginaria inventada por unos bretones borrachos para prolongar el placer) y alza los brazos imitando a Borg, Censier trata de mantener una compostura irónica, la Sorbona se acerca a consolar a Censier frotándole el brazo y todo el mundo adquiere un aire risueño, como si esto no fuese más que un juego.

El PC también se ha sumado a hacer una declaración: «Es al intelectual que consagró lo esencial de su trabajo a hacer una nueva reflexión sobre el imaginario y la comunicación, el placer del texto y la materialidad de la escritura, a quien rendimos hoy homenaje». Simon aísla inmediatamente el elemento importante de la frase: «Es a» ese intelectual a quien se rinde homenaje, se sobrentiende que no al otro, al hombre neutral, poco comprometido, que almuerza con Giscard o viaja a China con sus amigos maoístas.

Otra joven entra en el bar, pelo largo rizado, cazadora de cuero, Doc Martens, pendientes, vaqueros rotos. Simon piensa: historia del arte, primer curso. Va hasta el chico desaliñado y lo besa en la boca. Simon observa con atención a la otra joven, la de la cola de caballo. Lee en su perfil el despecho, la cólera contenida, el irreprimible sentimiento de inferioridad que crece en ella (evidentemente infundado) y evidencia en las arrugas de su boca, sin error posible, las huellas de lucha interior que la amargura está librando contra el menosprecio. De nuevo sus miradas se cruzan. Los ojos de la joven brillan durante un segundo con un destello indefinible. Se levanta, se dirige hacia él, se inclina sobre la mesa, lo mira fijamente a los ojos y le dice: «¿Y tú qué coño miras, mamón? ¿Quieres que te dé una foto?». Simon, confuso, farfulla algo ininteligible y se concentra en un artículo sobre Michel Rocard.

26

La noble ciudad de Urt no había visto jamás tantos parisinos. Han tomado el tren hasta Bayona para acudir al entierro. Un viento helado sopla por el cementerio, llueve a cántaros y todo el mundo se apretuja en pequeños grupos porque a nadie se le ha ocurrido traer un paraguas. También Bayard ha hecho el viaje, ha vuelto a confiscar los servicios de Simon Herzog y ambos observan la fauna destemplada de Saint-Germain. Están a 785 km del Flore, y al ver a Sollers mordisquear nerviosamente su boquilla o a BHL abotonarse la camisa, cualquiera diría que sería de agradecer una ceremonia corta. Simon Herzog y Jacques Bayard logran identificar a casi todo el mundo: está el grupo Sollers, Kristeva y BHL; el grupo Youssef, Paul y Jean-Louis; el grupo Foucault con Daniel Defert, Mathieu Lindon, Hervé Guibert, Didier Eribon; el grupo de la fácul: Todorov, Genette; el grupo Vincennes: Deleuze, Cixous, Althusser, Châtelet; el hermano Michel y su esposa Rachel; su editor y varios alumnos, Eric Marty, Antoine Compagnon, Renaud Camus, antiguos amantes así como un grupo de gigolós, Hamed, Saïd, Harold, Slimane; gente del cine: Téchiné, Adjani, Marie-France Pisier, Isabelle Huppert, Pascal Greggory; dos gemelos con traje de astronauta negro (se trata de unos vecinos que trabajan para la tele, al parecer) y demás lugareños...

Todo el mundo lo quería en Urt. A la entrada del cementerio, dos hombres se bajan de un DS negro y abren un paraguas. Alguien entre los asistentes repara en el coche y exclama: «¡Mirad: un DS!». Un murmullo de fascinación se extiende entre el público, que ve en ello una especie de homenaje, ya que Barthes publicó sus *Mitologías* al amparo del célebre Citroën. Simon le susurra a Bayard: «¿Cree usted que el asesino está entre esta gente?». Bayard no contesta, se limita a observar a cada persona allí presente y a todos les ve cara de culpable. Sabe que para poder hacer avanzar la investigación, necesita entender qué es lo que está buscando. ¿Qué poseía Barthes que valiera tan caro como para no solo robárselo, sino además querer matarlo?

27

En casa de Fabius, en su espléndido piso del Panthéon, decorado, me imagino yo, con molduras decorativas por todas partes y parqué en puntas de Hungría. Están reunidos allí Jack Lang, Robert Badinter, Régis Debray, Jacques Attali y Serge Moati para hacer un listado de fuerzas y debilidades de su candidato, en términos de imagen y de —en esa época la palabra todavía es un poco vulgar— «comunicación».

La primera columna está casi vacía. Solo está escrito: *ha llevado al General a la segunda vuelta*. Y Fabius subraya que eso se remonta a quince años atrás.

La segunda columna está más nutrida. Por orden creciente en importancia:

Madagascar
Observatorio
guerra de Argelia
demasiado viejo (demasiado IV.ª República)
colmillos demasiado largos (cínico)
siempre pierde

Es extraño que en esa época nadie saque a colación ni su francisca, recibida de las propias manos de Pétain, ni sus funciones, en realidad muy modestas, en Vichy; no lo hacen los medios (amnésicos, como siempre) ni lo hacen sus enemigos políticos (que tal vez no deseen mosquear a su propio electorado con recuerdos desagradables). Apenas la extrema derecha, entonces grupuscular, difunde lo que la nueva generación considera una calumnia.

Y, pese a todo, ¿qué es lo que motiva a esta panda de jóvenes socialistas, brillantes, ambiciosos y, quizá en algunos casos, todavía idealistas, que sueñan moderadamente con un futuro promisorio, para sostener a este arqueo-SFIO, este resto de la FDGS, este vestigio de la IV.ª República, este molletista[10] colonialista guillotinador (cuarenta y cinco ejecuciones en Argelia mientras fue ministro del Interior y luego ministro de Justicia), antes que a Rocard, que era del agrado de Mauroy y de Chevènement, que cuenta con el apoyo de un europeísta como Delors y de un sindicalista como Edmond Maire? Rocard, dirá Moati, «era el socialismo "autogestionario" más la inspección de Hacienda que venía a nuestro encuentro». Pero ese mismo Moati se había unido a Mitterrand cuando este, levantando acta del caos del 68, desvió su discurso hacia una línea claramente más de izquierda y declaró: «Creo en la socialización de los medios de producción, de la inversión y del intercambio. Creo en la necesidad de un sector público importante capaz de tirar del conjunto de la economía».

Empieza la reunión de trabajo. Fabius ha puesto bebidas calientes, galletas y zumos de frutas en una mesa de madera barnizada. Para medir bien la magnitud de la tarea, Moati saca un antiguo editorial de Jean Daniel sobre Mitterrand que ha recortado de un *Nouvel Obs* de 1966: «No es solo que este hombre dé la impresión de no creer en nada, es que delante de él uno se siente culpable de creer en algo. Insinúa, casi a su pesar, que nada es puro,

10. Partidario de Guy Mollet, notable político socialista francés de la posguerra.

que todo es sórdido y que no se puede permitir ninguna ilusión».

En torno a la mesa, todos están de acuerdo en que hay mucho curro por hacer.

Moati come unos palmitos.

Badinter aboga por Mitterrand: el cinismo, en política, es un hándicap relativo, más bien vinculado a la sagacidad y al pragmatismo. Después de todo, *maquiavelino* no es lo mismo que *maquiavélico*. *Comprometido* no significa obligatoriamente *compromiso*. La esencia misma de la democracia es la que necesita flexibilidad y ajustes. Diógenes el perro era un filósofo particularmente lúcido.

«De acuerdo, ¿y en cuanto a lo del Observatorio?», pregunta Fabius.

Lang protesta: nunca se ha esclarecido el oscuro asunto del falso atentado[11] y todo se basa en el dudoso testimonio de un exgaullista pasado a la extrema derecha que encima ha modificado varias veces su versión de los hechos. ¡¡¡Y eso que se halló el coche de Mitterrand acribillado a balazos!!! No hay duda de que Lang está realmente indignado.

«Bien», dice Fabius. Adelante con lo de la conspiración. Aunque eso no quita que, hasta el momento, haya mantenido una postura poco simpática y no excesivamente socialista.

Jack Lang recuerda que Jean Cau dijo que era un cura, y que su socialismo era «el guante del cristianismo dado la vuelta».

Debray suspira: «Cualquier cosa».

11. Se refiere al controvertido «atentado del Observatorio», llevado a cabo contra Mitterrand el 15 de octubre de 1959 en la avenida de l'Observatoire. Se dijo que lo había organizado él mismo.

Badinter enciende un cigarrillo.

Moati come unos Chokinis.

Attali: «Ha decidido abrirse a la izquierda. Piensa que es algo necesario para tratar de contener al PC. Pero así se espanta a los izquierdistas moderados».

Debray: «No, lo que tú llamas izquierdista moderado yo lo llamo centrista. O, para ser más precisos, un radical valoisien. Esa gente acaba votando a la derecha. Son giscardianos».

Fabius: «¿Incluyes ahí a los radicales de izquierda?».

Debray: «Naturalmente».

Lang: «Bueno, ¿y lo de los colmillos?».

Moati: «Ya se ha pedido cita con un dentista del Marais. Le va a dejar la sonrisa de Paul Newman».

Fabius: «¿Y lo de la edad?».

Attali: «Es experiencia».

Debray: «¿Y Madagascar?».

Fabius: «No importa, todo el mundo lo ha olvidado».

Attali matiza: «Era ministro de las Colonias en el 51, las masacres tuvieron lugar en el 47. Es cierto que dijo cosas desafortunadas, pero no tiene las manos manchadas de sangre».

Badinter no dice nada. Debray tampoco. Moati toma una taza de chocolate caliente.

Lang: «Pero está esa película en la que se le ve con un casco colonial delante de unos africanos en taparrabos...».

Moati: «La tele no emitirá esas imágenes».

Fabius: «El tema del colonialismo no es bueno para la derecha, no desea hacer de eso un asunto».

Attali: «Esto vale también para la guerra de Argelia. Argelia es en primer lugar la traición de De Gaulle. Algo demasiado sensible. Giscard no correrá riesgos con el voto *pied-noir*».

Debray: «¿Y los comunistas?».

Fabius: «Si Marchais nos saca lo de Argelia, nosotros le sacaremos lo de Messerschmitt. En política, como en cualquier parte, nadie tiene nunca demasiado interés en que se remueva el pasado».

Attali: «¡Y si insiste, se le arroja a la cara el pacto germano-soviético!».

Fabius: «Humm, bueno, ¿y los puntos positivos?».

Silencio.

Todos vuelven a servirse un café.

Fabius enciende un cigarrillo.

Jack Lang: «Tiene, sin embargo, una imagen de hombre de letras».

Attali: «Nos la pela. Los franceses votan por Badinguet, no por Victor Hugo».

Lang: «Es un gran orador».

Debray: «Sí».

Moati: «No».

Fabius: «¿Robert?».

Badinter: «Sí y no».

Debray: «Levanta a las masas en los mítines».

Badinter: «Es bueno cuando tiene tiempo de desarrollar sus ideas y está tranquilo para hacerlo».

Moati: «Pero no da bien en la tele».

Lang: «Es bueno en las distancias cortas».

Attali: «En cambio, no lo es en el cara a cara».

Badinter: «No está cómodo cuando se le opone resistencia o se le contradice. Sabe defenderse, pero no quiere que lo interrumpan. Lo mismo que puede ser muy lírico en el mitin, transportado por la muchedumbre, puede ser muy abstruso y tedioso con los periodistas».

Fabius: «Es porque en la tele, en general, menosprecia a su interlocutor».

Lang: «Le gusta tomarse su tiempo, calentar motores, hacer estiramientos. En la tribuna, ejercita la voz, ensaya posibles efectos, se adapta al auditorio. En la tele todo eso es imposible».

Moati: «Pero la tele no va a cambiar por él».

Attali: «En todo caso, no lo hará el año que viene. Cuando estemos en el poder...».

Todos: «¡... echaremos a Elkabbach!»[12] (risas).

Lang: «Es necesario que conciba la tele como una especie de mitin gigante. Que se convenza de que la muchedumbre es toda esa masa que está detrás de la cámara».

Moati: «Ojo, el lirismo del mitin es una cosa, pero un estudio es algo muy distinto».

Attali: «Debe aprender a ser más conciso y más directo».

Moati: «Tiene que mejorar. Tiene que entrenarse. Hemos de insistirle en ello».

Fabius: «Humm, me temo que esto le va a encantar».

28

Después de cuatro o cinco días fuera, Hamed decide por fin volver a su casa, aunque solo sea para comprobar si le queda una camiseta limpia por alguna parte, así que sube, exhausto, los peldaños de los seis o siete pisos que hay hasta su buhardilla donde no podrá darse una ducha porque no tiene cuarto de baño, pero por lo menos se tumbará en su cama para purgarse durante unas horas de la fatiga física y psíquica y de la vanidad del mundo y de

12. Jean-Pierre Elkabbach, periodista francés famoso por sus entrevistas televisivas.

la existencia, pero cuando gira la llave en la cerradura, siente que algo no funciona como de costumbre y constata que la puerta ha sido forzada, por lo que empuja lentamente la hoja, que chirría un poco, y descubre el espectáculo de su habitación saqueada, la cama dada la vuelta, los cajones sacados de sus huecos, los rodapiés arrancados, toda su ropa esparcida por el suelo, el frigorífico abierto con una botella de Banga intacta en la puerta, el espejo de encima del lavabo hecho añicos, los botellines de Gini y de Seven-Up dispersos por todos los rincones del cuarto, su colección de *Yacht Magazine* destrozada página a página al igual que su historia de Francia en cómic (el volumen sobre la Revolución francesa y el de Napoleón parecen haber desaparecido), su Petit Larousse y demás libros dispersos, las cintas de casete meticulosamente desenrolladas y su equipo de música parcialmente desmontado.

Hamed rebobina una casete de Supertramp, la mete en la grabadora y le da al *play* para ver si todavía funciona. Luego se deja caer sobre su colchón volteado y se duerme vestido y con la puerta abierta en cuanto suenan los primeros acordes de *Logical Song*, pensando que también él, cuando era joven, creía que la vida era bella, milagrosa y mágica, pero aunque ahora las cosas han cambiado tanto, sigue sin sentirse ni muy responsable ni muy radical.

29

Una cola de diez metros se ha formado delante de la entrada de Gratte-Ciel, custodiada por un portero muy estricto, negro y cachas. Hamed ve a Saïd y a Slimane con un chico alto y huesudo que se hace llamar «el Sargento». Juntos, se saltan la cola, saludan al portero por su nombre y le dicen que Roland, no, Michel, los espera dentro. Las puertas de Gratte-Ciel se abren para ellos. En el interior, los asalta un olor extraño, mezcla de cuadra, canela con vainilla y puerto pesquero. Se cruzan con Jean-Paul Goude, que deja su cinturón en el guardarropa, y por su comportamiento ven inmediatamente que ya está colocado. Saïd se inclina sobre Hamed para decirle que sí, que la vida es demasiado cara en la época de Giscard, pero que él necesita meterse algo. Slimane repara en el joven Bono Vox al fondo del bar. Sobre el escenario, un grupo de reggae gótico garantiza un ambiente vaporoso y ramplón. El Sargento se contonea con indolencia al ritmo desfasado de la caja de ritmos, bajo la mirada curiosa y mohína de Bono. Yves Mourousi le habla al vientre de Grace Jones. Unos bailarines brasileños zigzaguean entre los clientes ejecutando finos movimientos de capoeira. Un antiguo ministro bastante importante en la IV.ª República trata de tocarle los senos a una joven actriz que empieza a ser conocida. Y siempre está ese cortejo de chicos y chicas que llevan bogavantes vivos encima de sus cabezas o los pasean con correa, ya que el bogavante, por razones que se desconocen, es el animal de moda en el París de 1980.

En la entrada, dos bigotudos vestidos con mal gusto le pasan un billete de quinientos francos al guardia de seguridad para que les permita pasar. Dejan sus paraguas en el guardarropa.

Saïd presiona a Hamed por la droga. Hamed le indica que se relaje y enrolla un canuto en una mesa baja con forma de mujer desnuda a cuatro patas, como en el Moloko Bar de *La naranja mecánica*. Al lado de Hamed, en un sofá en ángulo, Alice Sapritch fuma de su boquilla con una sonrisa imperial, una boa alrededor del cuello (una boa de verdad, piensa Hamed, pero enseguida se da cuenta de que se trata de un jodido muñeco mecánico). Se inclina sobre ellos y les grita: «Vaya, se presenta una buena noche, ¿no, mis amores?». Hamed sonríe prendiendo el canuto, pero Saïd responde: «¿Para qué?».

En el bar, el Sargento ha conseguido que Bono le convide a una copa y Slimane se pregunta en qué idioma se comunican, aunque no parece que se digan nada. Los dos bigotudos se han puesto en un rincón y han pedido una botella de vodka polaco, la que tiene hierba de bisonte dentro, lo cual atrae a su mesa a bellos jóvenes de diversos sexos y, en su estela, a una o dos vedettes de segunda fila. Cerca del bar, Victor Pecci, moreno, camisa abierta, diamante en la oreja, discute con Vitas Gerulaitis, rubio, camisa abierta, arete cerrado en la oreja. Slimane saluda desde lejos a una joven anoréxica que discute con el cantante de Taxi Girl. Justo a su lado, pegado a un pilar de cemento que imita una columna dórica cuadrada, la bajista de Téléphone, impasible, se deja lamer la mejilla por una amiga que intenta explicarle cómo se bebe tequila en Orlando. El Sargento y Bono han desaparecido. Slimane recibe las proposiciones de Yves Mourousi. Foucault sale del retrete e inicia una discusión apasionada con la cantante de ABBA. Saïd increpa a Hamed: «¡Quiero farlopa, caballo, jaco, nieve, chocolate, *sugar*, éxtasis, rhino, cualquier cosa, pero consígueme algo, joder!». Hamed le tiende el canuto y él lo coge con rabia, como diciendo «mira lo que hago con tu porro», y se lo lleva a la boca aspirando a fondo con asco y avidez. En su rincón, los dos bigotudos simpatizan con sus nuevos amigos y exclaman al brindar: «*Na zdravé!*». Jane Birkin trata de decir algo a un joven que se le parece como un hermano, pero este se lo hace repetir cinco veces antes de encogerse de hombros en señal de incomprensión. Saïd grita a Hamed: «¿Qué nos queda? ¿La PAC? ¿Ese es el plan?». Hamed es consciente de que Saïd se pondrá insoportable en adelante hasta que no tenga farlopa, así que lo coge por los hombros y le dice «escucha» mirándole fijamente a los ojos como haría con cualquiera en estado de shock o muy colocado y saca del bolsillo trasero de su pantalón una cuartilla doblada en dos. Es una invitación para Adamantium, la discoteca que acaban de abrir frente al Rex, y precisamente esa noche un camello que él conoce debe ir allí para animar, tal como figura en la invitación debajo de una gruesa cabeza dibujada que recuerda vagamente a Lou Reed, una velada especial estilo años setenta. Pide un boli a Alice Sapritch, escribe cuidadosamente en letras mayúsculas el nombre del camello en el dorso de la invitación y se la entrega solemnemente a Saïd, quien se la guarda delicadamente en el bolsillo interior de su chaqueta y se las pira de inmediato. En su rincón, los dos bigotudos mal vestidos parecen divertirse con sus nuevos amigos, han inventado un nuevo cóctel a base de pastis-vodka-Suze e incluso Inès de La Fressange ha venido hasta su mesa, pero cuando ven a Saïd dirigirse a la salida, dejan de reír, declinan educadamente las solicitudes del batería de Trust para darles un beso al grito de «*Brat! Brat!*» y se retiran al unísono.

Saïd camina por los Grands Boulevards con resolución, sin darse cuenta de que esos dos hombres, armados con sus paraguas, le siguen a cierta distancia. Calcula el número de clientes que tendrá que cepillarse en los cagaderos de Adamantium para pagarse su gramo de coca. Quizá debería pasarse a las anfetaminas, no son tan buenas pero son menos caras. Aunque duran más tiempo. Pero no te la ponen tan dura. Aunque te dan ganas de follar. Resumiendo.

Cinco minutos para levantarse un cliente, cinco minutos para encontrar una cabina libre, cinco minutos la sesión, en total un cuarto de hora, tres sesiones deberían bastar, quizá dos si los tíos están forrados y en celo, cree saber incluso que en Adamantium quieren atraer por igual lo elegante y lo sórdido, pero sin abusar del tipo yonquis lésbicas baratas. Si lo hace bien, en una hora tendrá su farlopa. Pero los dos hombres que lo siguen se le han acercado demasiado y aunque él acelera para cruzar el boulevard Poissonnière, el primero dirige su paraguas hacia abajo y le pincha en la pierna traspasando el vaquero *stone washed*, a la par que el segundo, mientras Saïd se sobresalta y lanza un grito, le mete la mano en la chaqueta y le sustrae la invitación ubicada en su bolsillo interior. Cuando se da la vuelta, los dos hombres ya han cruzado el paso de peatones y Saïd ha sentido que le falla una pierna y que una mano furtiva ha rozado su torso; a la vez que piensa que tendrá que vérselas con dos carteristas comprueba que aún conserva la cartera (no contiene dinero), pero pierde la cabeza cuando comprende que le han robado su invitación, los persigue gritando «¡Mi invitación, mi invitación!», y entonces un vértigo se apodera de él, sus fuerzas lo abandonan, la vista se le nubla, las piernas no le responden, se para en medio de la calzada, se pasa la mano por los ojos y se desploma entre los coches que tocan el claxon.

Mañana, en *Le Parisien Libéré*, se informará del deceso de dos personas: un joven argelino de veinte años víctima de una sobredosis en plena calle y un vendedor de droga torturado hasta la muerte en los lavabos de Adamantium, un night-club abierto recientemente y cuyo cierre administrativo ha sido decidido de inmediato por la Prefectura.

30

«Esos tipos buscan algo. La única cuestión, Hamed, es por qué no lo han encontrado.»

Bayard mordisquea su cigarrillo, Simon juega con unos clips.

Con Barthes atropellado, Saïd envenenado, su camello masacrado, su piso destrozado, Hamed consideró que había llegado el momento de acudir a la policía, porque no lo ha contado todo sobre Roland Barthes: la última vez que se vieron, Barthes le dejó un papel. El traqueteo de las máquinas de escribir resuena sobre los escritorios, el Quai des Orfèvres es un hervidero de actividad policial y administrativa.

No, los que han registrado su piso no lo han encontrado. No, no está en su poder.

¿Y cómo puede estar tan seguro de que no se han hecho con ello? Porque no estaba escondido en su habitación, ya que él mismo lo ha quemado.

Pues muy bien.

¿Lo ha leído? Sí. ¿Puede decir de qué trata? En cierto modo. ¿Y de qué trata? Silencio.

Barthes le pidió que se aprendiera de memoria el documento y que lo destruyera enseguida. Al parecer, consideraba que el acento del Sur era un medio mnemotécnico que facilitaba la memorización. Hamed lo hizo porque en el fondo, aunque fuese viejo y feo con aquella barriga y su doble papada, lo quería, quería a ese viejo que hablaba de su madre como un chiquillo triste, y además le halagaba que ese gran profesor le confiara una misión que no fuese, por una vez, de naturaleza bucogenital, y también porque Barthes le había prometido tres mil francos.

Bayard pregunta: «¿Puede recitarnos ese texto?». Silencio. Simon ha dejado la elaboración de un collar de clips unidos. Fuera, el canto de las máquinas de escribir no cesa.

Bayard le ofrece un cigarrillo al gigoló, que lo acepta por reflejo de gigoló, porque él no fuma negro.

Hamed fuma y guarda silencio.

Bayard hace hincapié en que está en franca posesión de una información importante que ha provocado la muerte de al menos tres personas y que, mientras esa información no se haga pública, su vida corre peligro. Hamed objeta que, al contrario, mientras su cerebro sea el único depositario de esa información no le podrán matar. Su secreto es su seguro de vida. Bayard le muestra las fotos del camello que ha sido torturado en los lavabos de Adamantium. Hamed contempla detenidamente las fotos. Luego regresa a su asiento y empieza a recitar: «¡Feliz quien, como Ulises, ha hecho un largo viaje, / igual que aquel que conquistó el toisón...!». Bayard lanza una mirada interrogadora a Simon, que le explica que es un poema de Du Bellay: «¿Cuándo volveré a ver, ay, de mi pequeño pueblo / humear la chimenea, y qué estación será...». Hamed dice que lo aprendió en la escuela y que todavía lo recuerda perfectamente, puede confiar en su memoria. Bayard indica a Hamed que puede retenerlo veinticuatro horas bajo arresto. Hamed responde que por él de acuerdo. Bayard enciende otro gitanes con la colilla del anterior mientras reajusta mentalmente su táctica. Hamed no puede regresar a su casa. ¿Tiene un sitio seguro donde dormir? Sí, Hamed puede dormir en casa de su amigo Slimane, en Barbès. Necesita un tiempo para que se olviden de él, no debe dejarse ver por los lugares que frecuenta habitualmente, no debe abrir la puerta a desconocidos ni llamar la atención cuando salga, debe darse la vuelta con frecuencia cuando esté en la calle, en resumen, tiene que esconderse. Bayard le pide a Simon que lo acompañe en un coche. Su intuición le dice que el gigoló se confiará más fácilmente a un joven que no es poli que a un viejo poli como él. Además, al contrario que los polis de las novelas y de las películas, tiene otros asuntos pendientes, no puede dedicarle el cien por cien de su tiempo a este caso, por mucho que Giscard lo haya decretado como prioritario y eso que él mismo ha votado por él.

Da las órdenes necesarias para que se ponga un vehículo a su disposición. Antes de dejarlos partir, le pregunta a Hamed si el nombre de Sophia le dice algo, pero Hamed dice que no conoce a ninguna Sophia. Un funcionario uniformado al que le falta un dedo los lleva hasta el garaje y les entrega las llaves de un R16 camuflado. Simon firma el formulario, Hamed sube en el asiento del pasajero y salen del Quai des Orfèvres en dirección a Châtelet. El DS negro, que esperaba pacientemente en doble fila sin que ningún policía de servicio lo amonestase, arranca detrás de ellos. En el cruce, Hamed le dice a Simon (con su toque de acento sureño): «¡Eh! Mira, un Fuego». Y es azul.

Simon cruza la Île de la Cité, pasa por delante del Palacio de Justicia y llega a Châtelet. Pregunta a Hamed por qué ha venido a París. Hamed le explica que Marsella no es buena para los maricones, que París es mejor, aunque tampoco es que sea la panacea (Simon toma nota del uso del término «panacea»), pero los maricones están mejor considerados aquí, porque ser maricón en provincias es peor que ser árabe. Y además París está llena de maricones con pasta y es más divertida. Simon pasa en ámbar a la altura de la rue de Rivoli y el DS que va detrás cruza en rojo para poder seguirlos de cerca; en cambio, el Fuego azul se para en seco. Simon le cuenta a Hamed que él enseña a Barthes en la facultad y le pregunta comedidamente: «¿Y de qué habla ese texto?». Hamed pide un cigarrillo y le dice: «La verdad es que no lo sé».

Simon se pregunta si no les habrá tomado el pelo, pero Hamed le dice que se aprendió el texto de memoria sin tratar de comprenderlo. Las consignas eran que, si alguna vez ocurría algo, él tenía que ir a un sitio y recitárselo a una persona en concreto, a nadie más. Simon pregunta por qué no lo ha hecho ya. Hamed pregunta qué le hace pensar que no lo ha hecho ya. Simon le dice que cree que no habría acudido a la policía si lo hubiera hecho ya. Hamed confiesa que no, que aún no lo ha hecho porque es demasiado lejos, la persona en cuestión no vive en Francia y él no tenía suficiente dinero. Ha preferido darle otro uso a los tres mil francos que le dio Barthes.

Simon observa por el retrovisor que el DS permanece todo el tiempo detrás de ellos. A la altura de Strasbourg-Saint-Denis, cruza el semáforo en rojo y el DS lo cruza también. Ralentiza y el otro ralentiza. Se detiene en doble fila para cerciorarse. El DS se detiene también detrás. Siente que su corazón empieza a latir con más fuerza. Le pregunta a Hamed qué piensa hacer más adelante, cuando tenga suficiente dinero, si es que un día llega a tenerlo. Hamed no comprende por qué Simon se ha detenido, pero no pregunta, se limita a decir que le gustaría comprarse un barco y organizar travesías para turistas, porque le gusta mucho el mar, porque iba con su padre a pescar a las calas cuando era pequeño (aunque eso era antes de que su padre le pusiera de patitas en la calle). Simon arranca de nuevo bruscamente haciendo chirriar los neumáticos y ve en su retrovisor cómo las suspensiones hidráulicas elevan el gran Citroën negro y lo sacan del asfalto. Hamed se gira, ve el DS y entonces se acuerda del coche que había debajo de su casa, el mismo que el de la velada en la Bastilla, y comprende que vienen siguiéndolo desde hace semanas y que habrían podido matarlo diez veces, de haber querido, lo cual no significa que no lo maten a la undécima, así que se agarra al asa de la ventanilla y no dice nada más salvo: «Tira a la derecha».

Simon gira sin pensárselo y se mete por una pequeña calle paralela al boulevard Magenta; lo que más le acojona ahora es comprobar que el coche perseguidor no evita disimular su presencia, así que, como se le acerca cada vez más, movido por un impulso imprevisible, frena en seco y el DS se traga el R16.

Durante unos segundos, ambos coches permanecen inmóviles, uno pegado al otro, como si en los dos hubieran perdido el conocimiento, igual de petrificados que los transeúntes, estupefactos por el accidente. Luego, Simon ve un brazo que sale del DS y un objeto metálico que brilla, y piensa que es un arma de fuego mientras embraga sin que le entre la primera, lo que produce un crujido horrible y el R16 da un brinco hacia delante. El brazo desaparece y el DS arranca de nuevo a su vez.

Simon cruza todos los semáforos al mismo tiempo que va tocando el claxon sin parar, lo que da la impresión de que la alarma de una sirena desgarra el distrito X como si anunciase un bombardeo inminente o el primer miércoles de mes, y detrás, el DS se pega a él como un caza que hubiera puesto a un avión enemigo en el punto de mira de su visor. Simon choca contra un 505, rebota sobre una camioneta, derrapa en la acera, está a punto de atropellar a dos o tres transeúntes y se mete en la place de la République. Detrás de él, el DS se cuela entre los obstáculos como una serpiente. Simon zigzaguea en el tráfico evitando a los peatones y le grita a Hamed: «¡El texto! ¡Recita el texto!». Pero Hamed no logra concentrarse, su mano está crispada en el asa de la ventanilla y ninguna palabra sale de su boca.

Simon da la vuelta a la plaza tratando de reflexionar. No sabe dónde están las comisarías del barrio pero recuerda un baile del 14 de julio en el parque de bomberos que hay cerca de la Bastilla, en el Marais, así que se lanza por el boulevard de las Filles-du-Calvaire y le grita a Hamed: «¿De qué habla? ¿Cuál es el título?». Y Hamed, lívido, articula: «La séptima función del lenguaje». Pero en el momento en que va a empezar a recitar, el DS se planta a la misma altura que el R16, la ventanilla se baja del lado del pasajero y Simon ve a un bigotudo que lo encañona con una pistola. Justo antes de que la detonación estalle, Simon frena con todas sus fuerzas y el DS los adelanta cuando el disparo se produce, pero a su espalda un 404 se les echa encima y el choque proyecta el R16 hacia delante de tal modo que vuelve a encontrarse a la altura del DS, por lo que Simon da un fuerte volantazo a la izquierda y envía al DS al carril contrario, donde, de milagro, evita a un Fuego azul que llega en el otro sentido y se escapa por un lateral a la altura del Circo de Invierno para desaparecer por la rue Amelot, paralela al boulevard Beaumarchais, prolongación de las Filles-du-Calvaire.

Simon y Hamed creen entonces que se han librado de sus perseguidores, pero Simon se dirige otra vez hacia la Bastilla para no perderse por las callejuelas del Marais, de modo que cuando Hamed empieza a recitar mecánicamente: «Existe una función que escapa a los diferentes factores inalienables de la comunicación verbal… y que de alguna manera los engloba a todos. A esa función la llamaremos...», en ese preciso instante el DS surge de una perpendicular y arremete por el flanco contra el R16, que va a estrellarse contra un árbol en medio de un estruendo de acero y de vidrios.

Simon y Hamed están todavía noqueados cuando uno de los bigotudos, armado con una pistola y un paraguas, sale del DS humeante, se precipita sobre el R16 y tira de la portezuela que oscila por el lado del pasajero. Apunta su pistola con el brazo tendido hacia la cara de Hamed y aprieta el gatillo, pero no ocurre nada, la pistola se ha encasquillado, lo intenta de nuevo, clic, clic, no funciona, a continuación blande como una lanza su paraguas cerrado y pretende clavarlo en las costillas de Hamed pero Hamed se protege con el brazo y desvía la punta sin evitar que le pinche en el hombro, el dolor le arranca un grito estridente y luego, mudando su miedo en rabia, arrebata el paraguas de las manos del bigotudo, se desprende del cinturón de seguridad en el mismo movimiento, se abalanza sobre su agresor y le incrusta el paraguas en el pecho.

Durante ese tiempo, el otro bigotudo se ha acercado por el lado del conductor. Simon ha recuperado la consciencia y trata de salir del R16, pero su portezuela está bloqueada, está atrapado en el habitáculo, el segundo bigotudo apunta su arma hacia él y él está paralizado de terror, mira el agujero negro del que va brotar la bala que le perforará la cabeza y apenas tiene el tiempo de pensar «un relámpago, luego la noche»,[13] cuando de repente un zumbido desgarra el aire y un Fuego azul choca contra el bigotudo, que sale volando y se estampa contra la calzada. Dos japoneses se bajan del coche.

13. Famoso verso de Charles Baudelaire.

Simon sale por fin del vehículo reptando por el lado del pasajero y corre a cuatro patas hacia Hamed, echado sobre el cuerpo del primer bigotudo, le da la vuelta y comprueba con alivio que aún se mueve. Uno de los dos japoneses acude a sostener la cabeza del joven gigoló herido, le toma el pulso y dice: «Veneno», pero Simon entiende primero «pescado»[14] y piensa en los análisis de Barthes sobre la comida japonesa antes de caer en la cuenta de su error al ver la tez amarilla y los ojos también amarillos de Hamed, con el cuerpo agitado por espasmos, y grita que alguien llame a una ambulancia y Hamed quiere decirle algo, se incorpora a duras penas, Simon se inclina y le pregunta por la función pero Hamed es ya totalmente incapaz de recitar el texto y todo se mezcla en su cabeza, su pobre infancia en Marsella y su vida en París, los colegas, los clientes, las saunas, Saïd, Barthes, Slimane, el cine, los cruasanes en La Coupole y los brillos satinados de los cuerpos oleosos con los que ha estado, pero justo antes de morir, mientras las sirenas resuenan en la lejanía, tiene tiempo de murmurar: «Eco».

31

Cuando llega Jacques Bayard, la policía ha precintado el perímetro pero los japoneses han desaparecido y el segundo bigotudo, al que ellos han atropellado con el Fuego, también. El cuerpo de Hamed está todavía tendido sobre la calzada, al igual que el de su agresor, que tiene el paraguas plantado en el pecho. Simon Herzog fuma

14. Juego de palabras entre *poison* («veneno») y *poisson* («pescado»).

un cigarrillo y le han puesto una manta sobre la espalda. No, no tiene nada. No, no sabe quiénes son esos japoneses. No han dicho nada, le han salvado la vida y se han largado. En el Fuego. Sí, el segundo bigotudo probablemente esté herido. Tiene que ser muy fuerte para recuperarse de semejante golpe. Jacques Bayard, perplejo, contempla las dos chatarras empotradas. ¿Por qué un DS? Dejó de fabricarse en 1975. Por otra parte, el Fuego es un modelo que acaba de salir al mercado y apenas se comercializa todavía. Trazan con tiza un dibujo del contorno del cadáver de Hamed. Bayard enciende un gitanes. El gigoló había fallado en sus cálculos: la información que se guardaba no lo ha protegido. Bayard saca la conclusión de que quienes lo han matado no querían que hablara, sino que callara. ¿Por qué? Simon le refiere las últimas palabras de Hamed. Bayard le pregunta qué sabe acerca de esa séptima función del lenguaje. Dolorido pero profesoral por automatismo, Simon le explica: «Las funciones del lenguaje son unas categorías lingüísticas que hace tiempo fueron teorizadas por un gran lingüista ruso llamado...».

Roman Jakobson.

Simon no prosigue la exposición que se disponía a empezar. Le ha venido a la memoria el libro que había sobre el escritorio de Barthes, los *Ensayos de lingüística general*, de Roman Jakobson, abierto en la página de las funciones del lenguaje, y el folio doblado con anotaciones que servía de marcapáginas.

Le explica a Bayard que el documento por el que ya se ha matado a cuatro personas quizá estuviera ante sus ojos cuando registraron el apartamento de la rue Servandoni, y no presta atención al agente de policía que ha permanecido detrás de ellos y que se aleja para ir a llamar por teléfono una vez que ha oído lo suficiente. Tampoco puede ver que a ese agente de policía le falta un dedo de la mano izquierda.

Por su parte, también Bayard considera que ya sabe bastante, aunque no ha entendido ni papa de esa historia de Jakobson; mete a Simon en su 504 y le da caña en dirección al Barrio Latino, escoltado por una furgoneta llena de policías de uniforme, entre los que está el del dedo cortado. Llegan a la plaza Saint-Sulpice con la sirena ululando a todo meter, lo que sin duda es un error.

Hay un *digicode* en el pesado portón de entrada y han de repiquetear en la ventana de la portera, que les abre, estupefacta.

No, nadie ha pedido ver la buhardilla. No hay nada especial que señalar desde la instalación del *digicode* por el técnico de la empresa Vinci, el mes pasado. Sí, ese con acento ruso, o yugoslavo, o quizá más bien griego. Precisamente, es curioso, ha pasado por aquí hoy. Ha dicho que quería hacer un presupuesto para poner unos interfonos. No, no ha pedido la llave de la habitación del sexto, ¿por qué? Miren, ahí está colgada del tablero, con las demás llaves. Sí, ha subido por los pisos, no hace ni cinco minutos.

Bayard coge la llave y trepa por las escaleras de cuatro en cuatro, seguido de media docena de policías. Simon se queda abajo con la portera. En el sexto, la puerta de la buhardilla está cerrada. Bayard mete la llave en la cerradura, pero esta está obturada por algo: hay otra llave *dentro*. La llave que no se le encontró a Barthes, piensa Bayard, que golpea la puerta gritando «¡Policía!». En el interior se oye un ruido. Bayard manda derribar la puerta. El escritorio parece intacto pero el libro no está, ni tampoco está el folio doblado con las anotaciones, ni hay nadie en la habitación. Las ventanas, además, están cerradas.

Pero la trampilla que comunica con el piso del quinto está abierta.

Bayard apremia a sus hombres para que bajen, pero en el tiempo que invierten en dar media vuelta, el individuo está ya en la escalera y ellos se dan de bruces con el hermano de Barthes, Michel, que sale en ese instante de su casa, aterrado porque un intruso ha irrumpido por el techo, lo que permite al técnico de la empresa Vinci sacarles dos pisos de ventaja, y abajo, evidentemente, Simon, que no sabe nada de lo que ha ocurrido, es apartado por el hombre que huye a toda velocidad y que, al cerrar el portón de entrada, activa el mecanismo que él mismo ha instalado y que bloquea la cerradura.

Bayard corre hacia la portería y se apodera del teléfono. Quiere pedir refuerzos pero es un teléfono de disco y se eterniza marcando los números, tiempo más que suficiente para que el hombre llegue a la Porte d'Orléans o incluso a Orléans mismo.

Pero el hombre no toma esa dirección. Querría huir en coche, pero dos policías puestos allí de guardia le impiden acercarse a su coche, aparcado al final de la calle, por lo cual corre hacia el Luxemburgo mientras que esos dos agentes le lanzan sus primeras advertencias. A través del portón de entrada, Bayard grita «¡No disparéis!». Lo quiere vivo, por supuesto. Cuando sus hombres consiguen finalmente desbloquear el mecanismo apretando el botón incrustado en la pared, el fugitivo ya ha desaparecido pero Bayard ha dado la alerta, sabe que el barrio pronto estará acordonado y no irá demasiado lejos.

El hombre atraviesa los jardines de Luxemburgo a la carrera y se oyen los silbatos de los policías detrás de él, pero los transeúntes, acostumbrados a los que hacen *jogging* y a los silbatos de los guardas del parque, no prestan atención hasta que se da de narices contra un agente de policía que quiere hacerle un placaje y él lo tapona como en el rugby, lo tumba, le pasa por encima y continúa su carrera. ¿Adónde va? ¿Lo sabe? Cambia de dirección. Lo único que tiene claro es que debe salir del jardín antes de que cierren todas las salidas.

Bayard está ahora en la furgoneta y da órdenes por radio. Las fuerzas de policía se despliegan por todo el Barrio Latino, está rodeado, está jodido.

Sin embargo, el hombre tiene recursos, se le localiza cuando desciende rápidamente por la rue Monsieur-le-Prince, una calle estrecha, de sentido único, lo que impide perseguirlo en coche. Por alguna razón que solo él conoce, ha de pasar a la Rive droite. Al desembocar en la rue Bonaparte, se mete por el Pont-Neuf, pero aquí acaba su camino, pues en el otro extremo del puente hay unos vehículos de la policía y, si se da la vuelta, ve la furgoneta de Bayard, que ha bloqueado su retirada. Está atrapado como una rata, incluso si le da por saltar al agua tampoco llegaría muy lejos, pero piensa que quizá pueda jugar una última carta.

Se sube al pretil y agita el brazo con un papel en la mano que acaba de sacar de su chaqueta. Bayard se aproxima, solo. El hombre le dice que si da un paso más arrojará el papel al Sena. Bayard se para en seco como ante un muro invisible.

—Tranquilo.

—¡Atrrrás!

—¿Qué quieres?

—Un coche con el depósito rrrebosante. Si no, arrojo el documento.

—Pues arrójalo.

El hombre hace un amago con el brazo. Bayard no puede evitar un estremecimiento. «¡Espera!» Sabe que ese trozo de papel le puede permitir aclarar la muerte de al menos cuatro personas. «Hablemos, ¿de acuerdo? ¿Cómo te llamas?» Simon ha llegado hasta él. Desde los dos extremos del puente, los policías tienen al hombre a tiro. Sofocado, desencajado por el esfuerzo, mete su otra mano en su bolsillo. En ese preciso instante suena una detonación. El hombre gira sobre sí mismo. Bayard grita: «¡No disparéis!». El hombre cae como una piedra pero el papel revolotea hacia el agua y Bayard y Simon, que se han precipitado tras él, contemplan, inclinados sobre la barandilla como hipnotizados, las gráciles curvas de su descenso errático. Finalmente, el papel se posa delicadamente sobre el agua. Y flota. Bayard, Simon, los policías que instintivamente han comprendido que ese documento era su auténtico objetivo, todos observan, petrificados y conteniendo la respiración, esa hoja de papel abandonada a merced de la corriente.

Enseguida Bayard sale de ese torpor contemplativo y, decidido a no perder la esperanza, se quita la americana, la camisa, los pantalones, pasa por encima del antepecho y duda unos segundos. Salta. Desaparece en un haz de salpicaduras.

Cuando vuelve a salir a la superficie, se halla a unos veinte metros de la hoja y, desde lo alto del puente, Simon y los policías se ponen a gritar todos juntos para indicarle la dirección como unos hinchas chillones. Bayard nada con todas sus fuerzas, intenta acercarse pero el papel se aleja, llevado por la corriente; pese a todo, la distancia se reduce, lo tiene ya a pocos metros, ambos desaparecen debajo del puente, Simon y los policías corren al otro lado y esperan que reaparezcan de nuevo y cuando lo hacen, vuelven los gritos, ya está apenas a un metro de tocarlo, pero un *bateau-mouche* pasa en ese momento por ahí y crea pequeñas olas que sumergen el papel y, justo cuando Bayard lo tenía a mano, el papel se hunde, así que Bayard se sumerge también, durante unos instantes no se ven más que sus calzoncillos que sobresalen y, cuando sube otra vez, tiene el papel desleído en la mano y con mucho esfuerzo gana la orilla entre hurras y vivas.

Pero mientras lo izan hasta la orilla, abre el puño y comprueba que la hoja no es más que una pasta informe y que la escritura se ha borrado, ya que Barthes escribía a pluma. Y como aún no existe *CSI*, no tendrá ningún medio de hacer que el texto reaparezca, nada de escáner mágico, nada de luz ultravioleta, por tanto el documento se ha perdido irremediablemente.

El poli que ha disparado acude a explicarse, ha visto que el hombre iba a sacar un arma de su bolsillo, no ha tenido tiempo de reflexionar y ha disparado. Bayard nota que le falta una falange de la mano derecha. Le pregunta qué le ha pasado a su dedo. El agente responde que se lo rebanó cortando madera en casa de sus padres, en el campo.

Cuando los buceadores de la policía saquen del agua el cadáver, no hallarán un arma en el bolsillo de su chaqueta, sino el ejemplar de Barthes de los *Ensayos de lingüística general* y Bayard, aún mojado, preguntará a Simon: «¡Joder!, pero ¿quién coño es ese Jakobson?». Entonces, por fin, Simon podrá proseguir con su explicación.

32

Roman Jakobson es un lingüista ruso, nacido a finales del siglo XIX, que está en el origen de un movimiento llamado «Estructuralismo». Después de Saussure (1857-1913) y de Peirce (1839-1914) y junto con Hjelmslev (1899-1965), es sin duda el teórico más importante entre los fundadores de la lingüística.

A partir de dos recursos estilísticos provenientes de la retórica antigua como son la metáfora (reemplazar una palabra por otra con la que mantiene una relación de cierto parecido, por ejemplo «pájaro metálico» para el Concorde o «toro salvaje» para el boxeador Jake La Motta) y la metonimia (reemplazar una palabra por otra con la que mantiene una relación de contigüidad, por ejemplo «un filo sutil» para designar a un esgrimista o «beber un vaso» para decir que se bebe el líquido de dentro de un vaso —el continente por el contenido—), él logró explicar el funcionamiento del lenguaje según dos ejes, el eje paradigmático y el eje sintagmático.

Simplificando, el eje paradigmático es vertical y concierne a la elección de vocabulario: siempre que usted pronuncia una palabra, está escogiéndola entre una lista de palabras que tiene en la cabeza y que repasa cada vez. Por ejemplo, «la cabra», «la economía», «la muerte», «el pantalón», «yo-tú-él», qué sé yo.

Luego la encadena con otras palabras, «del señor Seguin», «enferma», «con su guadaña», «arrugado», «abajo firmante», para formar una frase: esta cadena es el eje horizontal, el orden de las palabras que va a permitirle a usted construir una frase, y luego varias frases, hasta llegar a un discurso. Este es el eje sintagmático.

Después del nombre, usted tiene que decidir si le encadena un adjetivo, un adverbio, un verbo, una conjunción coordinativa, una preposición..., y debe escoger qué adjetivo o qué adverbio o qué verbo concretos: renueva, así, la operación paradigmática en cada fase sintagmática.

El eje paradigmático le hace escoger entre una lista de palabras de equivalente clase gramatical, un nombre o un pronombre, un adjetivo o una proposición relativa, un adverbio, un verbo, etcétera.

El eje sintagmático le hace elegir el orden de las palabras: sujeto-verbo-predicado o verbo-sujeto o predicado-sujeto-verbo...

Vocabulario y sintaxis.

Cada vez que usted formula una frase, está practicando estas dos operaciones sin darse cuenta. En resumen, el eje paradigmático moviliza su disco duro y el sintagmático actualiza su procesador. (Dudo, sin embargo, que Bayard tenga nociones de informática.)

Pero no es esto lo que nos interesa, en nuestro caso. (Bayard gruñe.)

Jakobson, por otro lado, sintetizó el proceso de comunicación bajo la forma de un esquema que comprende los hitos siguientes: el emisor, el receptor, el mensaje, el contexto, el canal y el código. A partir de este esquema, despejó las funciones del lenguaje.

Jacques Bayard no tiene ganas de saber más, pero dados los requisitos de la investigación, es necesario que comprenda por lo menos las líneas generales. He aquí, por tanto, las funciones:

— la función «referencial» es la primera función del lenguaje y la más evidente. Se utiliza el lenguaje para hablar de algo. Las palabras utilizadas remiten a cierto contexto, a cierta realidad, al asunto acerca del cual trata de dar alguna información.

— la función llamada «emotiva» o «expresiva» pretende manifestar la presencia y la posición del emisor con relación a su mensaje: interjecciones, adverbios de modo, matices de opinión, recursos irónicos... La manera como el emisor expresa una información referida a un asunto exterior da ella misma informaciones sobre el emisor. Es la función del «Yo».

— la función «conativa» es la función del «Tú». Va dirigida al receptor. Se ejerce, principalmente, con el imperativo o el vocativo, es decir, interpelando a aquel o a aquellos a quienes uno se dirige: «¡Soldados, estoy satisfecho de vosotros!», por ejemplo. (Y, de paso, se dará usted cuenta de que una frase no se reduce casi nunca a una sola función, sino que combina, por lo general, varias. Cuando se dirige a sus tropas después de Austerlitz, Napoleón casa la función emotiva —«estoy satisfecho»— con la conativa —«¡Soldados... / ... de vosotros!».)

— la función «fática» es la más divertida, es la función que encara la comunicación como un fin en sí misma. Cuando usted dice «dígame» por teléfono, lo que está diciendo es «le escucho», es decir, «estoy preparado para la comunicación». Cuando se pasa usted horas discutiendo con sus amigos en el bar, cuando habla del tiempo que hace o del partido de fútbol del día anterior, en realidad usted no está interesado del todo por la información en sí, sino que habla por el hecho de hablar, sin otro objeto que mantener la conversación. Es como si dijéramos que esta función está en el origen de la mayoría de veces que tomamos la palabra.

— la función «metalingüística» pretende verificar que el emisor y el receptor se comprenden, es decir, que utilizan adecuadamente el mismo código. «¿Comprendes?» «¿Ves lo que te quiero decir?» «¿Sabes?» «Déjame explicarte...»; o bien, por la parte del receptor: «¿Qué quieres decir?»; «¿Qué significa eso?», etcétera. Todo cuanto concierne a la definición de una palabra o a la explicación de un desarrollo, todo cuanto guarda relación con el proceso de aprendizaje del lenguaje, toda frase sobre el lenguaje, todo metalenguaje, reenvía a la función metalingüística. Un diccionario no tiene otra función que la metalingüística.

— y finalmente, la última función es la función «poética». Aborda el lenguaje en su dimensión estética. Los juegos con la sonoridad de las palabras, las aliteraciones, asonancias, repeticiones, efectos de eco o de ritmo responden a esta función. Se la puede encontrar en los poemas, evidentemente, pero también en las canciones, en los titulares de periódico, en los discursos oratorios, en los eslóganes publicitarios o políticos... Por ejemplo, «CRS = SS» utiliza la función poética del lenguaje.

Jacques Bayard enciende un cigarrillo y dice:

—Con esta son seis.

—¿Perdón?

—Que son seis funciones.

—Ah, sí, claro.

—¿No hay una séptima función?

—Bueno..., esto..., en fin, al parecer sí...

Simon sonríe estúpidamente.

Bayard se pregunta en voz alta para qué se le está pagando a este individuo. Simon le recuerda que él no ha pedido nada y que está ahí contra su voluntad, por orden expresa de un presidente fascista a la cabeza de un Estado policial.

No obstante, después de reflexionar al respecto, o más bien después de revisar a Jakobson, Simon Herzog halla el leve rastro de una potencial séptima función, designada bajo el nombre de «función mágica o encantadora», cuyo mecanismo está descrito como «la conversión de una tercera persona, ausente o inanimada, en destinataria de un mensaje conativo». Y Jakobson pone como ejemplo una fórmula mágica lituana: «¡Sécate, orzuelo, fu, fu, fu!». Sí, sí, sí, piensa Simon.

Menciona también este encantamiento del norte de Rusia: «¡Agua, reina de los ríos, aurora! Llévate la pena al fondo del mar azul, que nunca la pena constriña el corazón sereno del servidor de Dios...». Y para decirlo en toda su dimensión, cita la Biblia: «Sol, detente sobre Gabaón, y tú, Luna, sobre el valle de Ayalón. Y el Sol se detuvo y se paró la Luna» (Josué, 10:20).

De acuerdo, pero todo esto parece anecdótico, no se puede hablar verdaderamente de una función en toda regla, a lo sumo de una utilización ligeramente delirante de la función conativa, para un uso esencialmente catártico, o mejor dicho poético, pero absolutamente ineficaz: por definición, la invocación mágica no funciona más que en los cuentos. Simon está convencido de que esta no es la séptima función del lenguaje, además Jakobson solo la evoca para mayor tranquilidad, por exceso de exhaustividad, antes de proseguir con el decurso serio de su análisis. ¿Una «función mágica o encantadora»? Como mucho una curiosidad insignificante. Una chuminada mencionada de paso. De ninguna manera se mata por algo así.

33

«¡Por los manes de Cicerón os digo, amigos míos, que esta noche van a llover entimemas! Veo que habéis repasado vuestro Aristóteles, sé que os sabéis vuestro Quintiliano, pero ¿bastaráaa con eso para superar las trampas del léxico entre los recovecos sinuosos de la sintaxis? ¡Croa croa! Os habla el espíritu de Córax. ¡Gloria a los padres fundadores!

El vencedor, esta noche, ganará una estancia en Siracusa. En cuanto a los vencidos..., se pillarán los dedos en la puerta. Siempre será mejor que pillarse la lengua... No olvidéis que los oradores de hoy en día son los tribunos de mañana. ¡Gloria al logos! ¡Viva el Logos Club!»

34

Simon y Bayard están en una habitación a medias laboratorio y a medias armería. Delante de ellos, un hombre con bata examina la pistola del bigotudo destinada a reventar la cabeza de Simon. («Es como Q», piensa Simon.) El experto en balística, manipulando el arma de fuego, comenta en voz alta: «9 mm; 8 disparos; doble acción; acero, acabado en bronce, culata de nogal; peso: 730 gramos sin cargador». Por las características, parece una Walther PPK, pero tiene el seguro al revés: es una Makarov PM, una pistola soviética. Salvo que...

Las armas de fuego, explica el experto, son como las guitarras eléctricas. Fender, por ejemplo, es una firma estadounidense que produce la Telecaster utilizada por Keith Richards o la Stratocaster de Jimi Hendrix, pero existen también modelos mexicanos o japoneses producidos bajo franquicia y que son réplicas de la versión US original, menos caras y en general peor acabadas, aunque a menudo de aspecto honorable.

Esta Makarov no es un modelo ruso sino búlgaro. No hay duda de que esa es la razón de que se haya encasquillado: los modelos rusos son muy fiables, las copias búlgaras lo son menos.

«Sin embargo, señor comisario, se va usted a reír», dice el experto mostrando el paraguas que han extraído del pecho del bigotudo. «¿Ve usted este agujero? La punta está hueca. Funciona como una jeringuilla que se abastece por el mango. Basta con presionar este gatillo instalado en la empuñadura y se abre una válvula que libera el líquido con la ayuda de un émbolo de aire comprimido. El mecanismo es de una espantosa simplicidad. Es idéntico al que se utilizó para eliminar a Georgi Markov, el disidente búlgaro, hace dos años, en Londres, ¿se acuerda?» En efecto, el comisario Bayard se acuerda perfectamente de que el asesinato fue atribuido a los servicios secretos búlgaros. Entonces utilizaron ricina, pero ahora han recurrido a un veneno más fuerte, la toxina botulínica, que actúa bloqueando la transmisión neuromuscular, provocando así la parálisis de los músculos y causando la muerte en unos pocos minutos, ya sea por asfixia, ya sea por paro cardiaco.

Bayard, pensativo, juguetea con el mecanismo del paraguas.

¿No conocerá casualmente Simon Herzog a algún búlgaro en el medio universitario? Simon reflexiona.

Sí, conoce a uno.

35

Los dos Michel, Poniatowski y D'Ornano, han acudido al despacho del presidente para dar su informe. Giscard, inquieto, está de pie delante de la ventana del primer piso que da a los jardines del Elíseo. Como ve a D'Ornano fumando, Giscard le pide un cigarrillo. Poniatowski, sentado en uno de los amplios sillones de la esquinada sala, se ha servido un whisky que ha puesto delante de él, sobre la mesa baja. Es el primero en tomar la palabra: «He sondeado a mis contactos vinculados a Andrópov». Giscard no dice nada porque, como todo hombre poderoso llegado a su nivel, espera que sus colaboradores le dispensen de tener que formular las preguntas importantes. Poniatowski, por tanto, responde a la pregunta no dicha: «Según ellos, el KGB no está implicado».

Giscard: «¿Qué te hace pensar que podemos dar crédito a esa opinión?».

Ponia: «Varios elementos. El más concluyente es que ellos no harían uso inmediato de un documento así. En un plano político».

Giscard: «La propaganda es un factor decisivo en esos países. El documento podría serles muy útil».

Ponia: «Lo dudo. No se puede decir que Brézhnev haya favorecido tanto la libertad de expresión desde que sucedió a Jruschov. No hay debates en la URSS, y si los hay, son en el seno del Partido, que no los pone en conocimiento del público. El criterio no es, pues, la fuerza de persuasión sino la relación de fuerzas políticas».

Ornano: «Es factible imaginar que Brézhnev u otro miembro del Partido deseen darle un uso interno, precisamente. El Comité Central es un nido de víboras. El triunfo no sería nada despreciable».

Ponia: «No me imagino a Brézhnev deseoso de afirmar su preeminencia de esa manera. No lo necesita. La oposición es inexistente. El sistema está cerrado a cal y canto. Y ningún otro miembro del Comité Central podría ordenar una operación así para su propio beneficio sin que el aparato esté informado».

Ornano: «Salvo Andrópov».

Ponia (irritado): «Andrópov es un hombre en la sombra. Tiene más poder como jefe del KGB que en ningún otro puesto. No lo veo lanzándose a una aventura política».

Ornano (irónico): «Es verdad, no es propio de hombres en la sombra. Talleyrand o Fouché carecían de ambición política, como todo el mundo sabe».

Ponia: «En cualquier caso, no la llevaron a cabo».

Ornano: «Eso es discutible. En el congreso de Viena...».

Giscard: «¡Venga! ¿Y qué más?».

Ponia: «Parece altamente improbable que la operación haya sido montada por los servicios búlgaros sin el aval del gran hermano. En cambio, se puede considerar que unos agentes búlgaros hayan vendido sus servicios a intereses privados, cuya naturaleza es lo que habría que determinar».

Ornano: «¿Tan mal pagan a los suyos en los servicios búlgaros?».

Ponia: «La corrupción es algo generalizado y no se libra de ella ningún sector de la sociedad, y menos aún, si cabe, los servicios de información».

Ornano: «¿Agentes que se sacan un sobresueldo en su tiempo libre? Francamente...».

Ponia: «¿Ahora te parece raro que haya agentes que trabajen para varios patrones?». (Vacía su vaso de un trago.)

Giscard (aplastando su cigarrillo en un pequeño cenicero de marfil con forma de hipopótamo): «Vale. ¿Algo más?».

Ponia (echándose hacia atrás en el sillón con las manos en la nuca): «Pues sí, parece que el hermano de Carter es un agente a sueldo de los libios».

Giscard (sorprendido): «¿Quién? ¿Billy?».

Ponia: «Por lo visto, Andrópov tenía en su poder esta información de la CIA. Según dicen, se tronchaba de risa».

Ornano (centrando el debate): «¿Qué hacemos, entonces? ¿Echamos el cierre, ante la duda?».

Ponia: «El presidente no necesita el documento, le basta con saber que la parte contraria no lo tiene».

Nadie, hasta donde yo sé, ha reparado nunca en que el famoso siseo silbante de Giscard se incrementaba en las situaciones de malestar o de placer. Dice: «Shí, shí... Pero shi pudiéramos encontrarlo..., al menos localizarlo, y shi fuera posible recuperarlo, yo me quedaría másh tranquilo. Por Francia. Imaginad que ese documento cayera, en fin, cayera en malash manosh... No es que..., pero, en fin».

Ponia: «Por eso hay que explicarle con exactitud su misión a Bayard: recuperar el documento sin que previamente lo haya leído nadie. No olvidemos que el joven lingüista cuyos servicios hemos contratado es capaz de descifrarlo, y, por tanto, de utilizarlo. En el peor de los casos, tiene que asegurarse de que se destruya hasta la última copia. (Se levanta y se dirige al bar, mascullando.) Izquierdista. Seguro que es izquierdista...».

Ornano: «Pero ¿cómo saber si el documento no ha sido ya utilizado?».

Ponia: «Según mis informaciones, si alguien lo utiliza, nos daríamos cuenta enseguida...».

Ornano: «¿Y si es discreto? ¿Si es de perfil bajo?».

Giscard (apoyado en el secreter, bajo el cuadro de Delacroix, y manoseando los estuches con las medallas de la Legión de Honor): «Eso parece poco plausible. Un poder, sea el que sea, aspira a ejercerse».

Ornano (curioso): «¿Esto es válido para la bomba atómica?».

Giscard (profesoral): «Sobre todo para la bomba atómica».

La evocación de un posible fin del mundo sume al presidente por unos instantes en una ligera ensoñación. Piensa en la A71 que cruza Auvernia, en la alcaldía de Chamalières, en la Francia que tiene a su cargo. Sus dos colaboradores aguardan respetuosamente a que tome de nuevo la palabra: «Mientras tanto, un solo objetivo debe gobernar todos nuestros actos: impedir que la izquierda llegue al poder».

Ponia (olisqueando una botella de vodka): «Mientras yo viva, no habrá ministros comunistas en Francia».

Ornano (encendiendo un cigarrillo): «Pues deberías moderarte un poco si quieres pasar las presidenciales».

Ponia (alzando su vaso): «*Na zdrowie!*».

36

«Camarada Kristov, supongo que sabes, naturalmente, quién es el político más grande del siglo XX, ¿no?»

Emil Kristov no ha sido convocado a la Lubyanka, pero lo habría preferido.

«Naturalmente, Yuri Vladimirovich. Es Georgi Dimitrov.»

El carácter falsamente informal de su cita con Yuri Andrópov, el director del KGB, en un viejo bar en un sótano, donde suelen estar casi todos los bares de Moscú, no es muy tranquilizador y el hecho de se encuentren en un lugar público no cambia nada el asunto. Cualquiera puede ser detenido en un lugar público. Pueden incluso matar en un lugar público. Por su posición debería saberlo.

«Un búlgaro.» Andrópov ríe. «¡Quién lo hubiera creído!»

El camarero ha puesto sobre la mesa dos vasitos de vodka y dos vasos grandes de zumo de naranja, más dos gruesos pepinillos en un plato, y Kristov se pregunta si eso querrá significar algo. A su alrededor, la gente fuma, bebe y habla en alto, es la regla básica de cuando se quiere estar seguro de que una conversación no va a ser escuchada: tenerla en un lugar ruidoso, con ruidos aleatorios, de modo que un eventual micrófono no pueda aislar ninguna voz en concreto. Si se está en un piso, lo más conveniente es dejar correr el agua del baño. Pero lo más sencillo sigue siendo ir a un bar a echar un trago. Kristov mira las caras de los clientes e identifica por lo menos a dos agentes en la sala, aunque supone que habrá más.

Andrópov insiste sobre Dimitrov: «Hay que ver cómo, desde 1933, durante el proceso del Reichstag, todo está escrito. El enfrentamiento entre Goering, citado como testigo, y Dimitrov, este en el banco de los acusados, anuncia y representa la agresión fascista que iba a llegar, la resistencia heroica de los comunistas y nuestra victoria final. Ese proceso es extremadamente simbólico de la superioridad comunista desde todo punto de vista, político y moral. Dimitrov, majestuoso y burlón, dominando perfectamente la dialéctica histórica aun a riesgo de su cabeza, planta cara a un Goering que eructa y enseña el puño... ¡Qué espectáculo! Goering, presidente del Reichstag, primer ministro y ministro del Interior de Prusia, ni más ni menos. Pero Dimitrov invierte los papeles y es Goering quien se ve respondiendo a sus preguntas. Dimitrov lo destroza completamente. Goering está loco de rabia, patalea, parece un niño al que le han dejado sin postre. Frente a él, majestuoso en el banco de los acusados, Dimitrov expone a los ojos de todos la locura nazi. El propio presidente del Tribunal ha tomado conciencia. Y es hilarante porque cualquiera diría que le pide a Dimitrov que disculpe el comportamiento del tosco Goering. Le dice, lo recuerdo como si fuera ayer: "Ya que está usted haciendo propaganda comunista, no debería sorprenderle que el testigo esté también excitado". ¡Excitado! Y Dimitrov va y le contesta que está plenamente satisfecho de la respuesta del primer ministro. ¡Ja, ja, ja! ¡Qué hombre! ¡Qué talento!».

Kristov ve alusiones y sobreentendidos por todas partes, pero trata de relativizar al máximo porque sabe que su grado de paranoia le impide evaluar correctamente las frases del jefe del KGB. Sin embargo, haber sido convocado a Moscú es en sí mismo, qué duda cabe, un indicio irrefutable. No se pregunta si Andrópov sabe algo. Se pregunta si él mismo sabe algo. Es una cuestión mucho más complicada de tratar.

«En esa época, en todo el mundo se decía: "Solo hay un verdadero hombre en Alemania, y ese hombre es búlgaro". Yo lo conocí, ¿sabes, Emil? Un orador nato. Un maestro.»

Mientras escucha a Andrópov exaltar al gran Dimitrov, el camarada Kristov evalúa su propia situación. No hay nada más incómodo para alguien que se dispone a mentir que ignorar el nivel de información de su interlocutor. Sabe que de un momento a otro tendrá que jugársela.

Y ese momento llega: Andrópov, cerrando el capítulo Dimitrov, le pide a su homólogo búlgaro ciertas aclaraciones sobre los últimos informes que han llegado a su despacho en la Lubyanka. ¿Qué es exactamente esa operación en París?

Ya llegó el meollo del asunto. Kristov siente cómo su corazón se acelera pero se domina para no aumentar la respiración. Andrópov muerde un pepinillo. Tiene que decidir ahora. O asume la operación o dice que no está al corriente de nada, aunque esta segunda opción tiene el problema de hacerle pasar por incompetente, lo que, en el medio de la información, nunca es un cálculo aconsejable. Kristov sabe perfectamente cómo funciona una buena mentira: debe diluirse en un océano de verdades. Confesar un 90 % permite, por una parte, dar credibilidad al 10 % restante que se pretende disimular, y por otra parte reduce mucho los riesgos de contradecirse. Se gana tiempo y se evitan los enredos. Cuando se miente, hay que mentir sobre un punto y solo sobre ese punto, y ser absolutamente honesto con todo lo demás. Emil Kristov se inclina hacia Andrópov y le dice: «Camarada Yuri, ¿tú sabes quién es Roman Jakobson? Es un compatriota tuyo. Ha escrito cosas muy bellas sobre Baudelaire».

37

Julenka mía,

Regresé ayer de Moscú, mi visita fue bien, al menos eso creo yo. En todo caso, he vuelto. Bebimos ampliamente con el viejo. Estuvo amable y al acabar la velada tenía pinta de borrachín, pero no creo que lo estuviera realmente. A veces yo también ponía cara de estar bebido para ganarme la confianza de esa gente o hacerles bajar la guardia. Pero yo, como puedes figurarte, no bajé la mía. Le he contado todo lo que quería saber, y, evidentemente, no le he hablado nada de ti. He dicho que no creía en el poder del manuscrito y que esa es la razón por la que no le había informado de la misión en París, porque quería primero estar seguro. Pero como en mis servicios había gente que sí creía en ese poder, envié a algunos agentes por si acaso, y le he contado que actuaron con exceso de celo. Por lo visto, los servicios franceses están investigando en estos momentos, pero aparentemente Giscard hace como si no estuviera al corriente. ¿Crees que podrías utilizar las relaciones de tu marido para informarte al respecto? En cualquier caso, debes estar muy atenta, porque ahora que el viejo me ha echado el ojo, no podré enviarte más hombres adicionales.

El conductor de la camioneta ha llegado a salvo, el falso doctor que te ha remitido el documento también. Los franceses nunca podrán dar con ellos, están de vacaciones en las orillas del mar Negro, y son los únicos que podrían permitir que se llegara hasta ti, junto con los otros dos agentes que han muerto y el que queda para vigilar la marcha de la investigación. Sé que lo han herido, pero es muy resistente, puedes contar con él. Si la policía encuentra algo, sabrá lo que tiene que hacer.

Déjame darte un consejo. Lo mejor sería que archivaras ese documento. Nosotros estamos acostumbrados a conservar y a ocultar los documentos valiosos que no nos podemos permitir perder y menos aún divulgar el contenido bajo ningún concepto. Tienes que hacer una copia, y solo una, y dársela para que la guarde a alguien de total confianza, el cual ignorará de qué se trata. El original debes mantenerlo en tu poder.

Una cosa más, desconfía de los japoneses.

Aquí tienes estos cuantos consejos, mi Julechka. Haz buen uso de ellos. Espero que todo vaya bien y suceda como está previsto, aunque yo sé, por experiencia, que nunca nada sucede como está previsto.

Tu viejo padre que vigila por ti,

Tatko

P. D.: Respóndeme en francés, es más seguro y me permite practicar.

38

Hay unas viviendas oficiales en la École Normale Supérieure, detrás del Panteón. Es un piso grande y el hombre de pelo cano, con bolsas bajo los ojos y aspecto cansado, dice:

—Estoy solo.

—¿Dónde está Hélène?

—No sé. Seguimos cabreados. Ha montado un escándalo horrible por un motivo absurdo. O quizá sea yo.

—Te necesitamos. ¿Podrías guardar este documento? No debes abrirlo, ni debes leerlo, ni debes hablar de él con nadie, ni siquiera con Hélène.

—De acuerdo.

39

Difícil imaginar lo que piensa Kristeva de Sollers en 1980. Es admisible que su dandismo histriónico, su libertinaje *so French*, su jactancia patológica, su estilo de panfletario adolescente y su cultura escandaliza-burgueses hayan podido seducir en los años sesenta a la pequeña búlgara despachada fríamente desde Europa oriental. También es posible suponer que quince años más tarde ella esté menos encandilada de él, pero quién sabe. Lo que resulta evidente es que su unión es sólida, que ha funcionado perfectamente desde el principio y que sigue funcionando todavía: un equipo amalgamado en el que los papeles están muy bien repartidos. Él, la fanfarronería, la mundanidad y todo lo payasístico. Ella, el encanto eslavo venenoso, glacial, estructuralista, los arcanos del mundo universitario, la gestión de los intelectuales, los aspectos técnicos, institucionales y, como debe ser, burocráticos de su irresistible camino ascendente. (Dice la leyenda que él no sabe ni «rellenar un giro postal».) Los dos juntos, una máquina de guerra política en marcha hacia lo que será, en el siglo siguiente, la apoteosis de una carrera ejemplar: cuando Kristeva acepte recibir la Legión de Honor de manos de Nicolas Sarkozy, Sollers, presente en la ceremonia, no dejará pasar la ocasión de burlarse del presidente cuando este pronuncie «Barthès» en lugar de «Barthes». *Good cop, bad cop*, la mantequilla de los honores y el dinero por la mantequilla de la insolencia. (Más tarde, François Hollande elevará a Kristeva al rango de Comendador. Los presidentes pasan, los condecorados se repiten.)

Dúo infernal, pareja política: mantengamos estos conceptos en la memoria por ahora.

Cuando Kristeva abre la puerta y se da cuenta de que Althusser ha venido con su mujer, no puede o no quiere reprimir un gesto de desagrado, a la vez que, por su parte, Hélène, la mujer de Althusser, perfectamente al tanto de cómo es considerada por esa gente en cuya casa se planta esa noche, exhibe una malvada sonrisa, lo que hace que el odio instintivo y recíproco de ambas mujeres delimite de golpe una especie de complicidad. Althusser luce un aspecto de niño culpable mientras le tiende un pequeño ramo. Kristeva se apresura en ir a poner las flores en el lavabo. Sollers, ya visiblemente tocado por el aperitivo, recibe a los recién llegados con exclamaciones afectadas: «Qué tal, queridos amigos... Os estábamos esperando... para pasar a la mesa... Querido Louis, ¿un martini... como siempre?... ¡Rojo!..., ayayay... Hélène..., ¿qué te gustaría más?... Ya sé... ¡Un bloody mary!... Ji, ji... Julia..., ¿traes el apio... cariño?... ¡Louis!... ¿Cómo van las cosas por el Partido?...».

Hélène observa a los demás invitados como un viejo gato temeroso y no reconoce a nadie salvo a BHL, al que ha visto en la tele, y a Lacan, que ha venido con una joven alta vestida de cuero negro. Sollers hace las presentaciones mientras les va asignando un sitio en la mesa, pero Hélène no se toma la molestia de retener los nombres: hay una joven pareja neoyorquina con ropa deportiva, una china agregada de embajada o trapecista del Circo de Pekín, un editor parisino, una feminista canadiense y un lingüista búlgaro. «Vaya, la vanguardia del proletariado», sonríe para sí Hélène sarcásticamente.

Una vez sentados todos los invitados, Sollers, empalagoso, empieza un debate sobre Polonia: «¡Un tema que no pasa de moda, ya lo creo!... Solidarnosc, Jaruzelski, sí, sí..., de Mickiewicz y Slovacki a Walesa y Wojtyla... Se hablará de ella dentro de cien años, dentro de mil años, de que todavía sigue sometida bajo el yugo de Rusia... Es práctico..., permite conversaciones inmortales... Y cuando no es el de Rusia, es el de Alemania, evidentemente... Caramba, venga, venga..., camaradas... Morir por Gdansk..., morir por Danzig... ¡Qué delicioso trabalenguas!... ¿Cómo decís vosotros? ¡Ah, sí: lo mismo me da que me da lo mismo!...».

La provocación va dirigida a Althusser, pero el viejo filósofo de mirada apagada moja lentamente sus labios en el martini como si fuese a ahogarse dentro, mientras Hélène, con la audacia de los animalillos salvajes, responde en su lugar: «Comprendo vuestra consideración por el pueblo polaco, que yo sepa no han enviado a ningún miembro de vuestra familia a Auschwitz». Y como Sollers duda un segundo (uno solo) en enzarzarse en una provocación sobre los judíos, ella decide sacarle ventaja: «Pero ¿de verdad os gusta este nuevo papa? (Mete la nariz en su plato.) Nunca lo habría creído». (Enfatiza la entonación vulgar.)

Sollers separa los brazos como si batiera unas alas y declara con entusiasmo: «¡Este papa es totalmente de mi gusto! (Mastica un espárrago.) ¿No es sublime cuando baja del avión y besa el suelo que lo acoge?... Sea cual sea el país, el papa se arrodilla, como una prostituta magnífica que se dispone a recibirte en su boca, y besa[15] el suelo... (Blande el espárrago a medio morder.) Este papa es un salido, qué queréis que os diga... ¿Cómo no amar a alguien así?».

La pareja neoyorquina se ríe al unísono. Lacan emite un pequeño graznido levantando la mano, pero renuncia a tomar la palabra. Hélène, consecuente con sus ideas, como todo buen comunista, pregunta: «¿Y creéis que a él le gustan los libertinos? Según las últimas noticias, no es muy abierto en cuestiones de sexualidad. (Lanza una mirada a Kristeva.) Políticamente, quiero decir».

Sollers suelta una carcajada que anuncia su habitual estrategia, consistente en lanzarse a hablar sin transición a partir de un tema cualquiera, no importa cuál: «Es porque está mal aconsejado... Por otra parte, estoy seguro de que está rodeado de homosexuales... Los homosexuales son los nuevos jesuitas..., pero sobre cosas como esas, no son precisamente buenos consejeros... Por lo visto... parece que hay una nueva enfermedad que está diezmándolos... Dios ha dicho: creced y multiplicaos... El preservativo... ¡Qué abominación!... El sexo aséptico... Los cuerpos encallecidos que no se tocan... ¡Puaj!... Jamás he utilizado uno de esos preservativos ingleses en mi vida...

15. Aquí hay un juego de palabras entre *baiser* como «besar» y *baiser* como «follar».

Y eso que ya conocéis mi anglofilia... Envolver mi polla como un bistec... ¡Jamás!...».

En ese instante, Althusser se despierta:

—Si la URSS atacó Polonia, fue por razones altamente estratégicas. Había que impedir a toda costa que Hitler se acercara a la frontera rusa. Stalin se sirvió de Polonia como de un tapón: posicionarse sobre suelo polaco era una garantía contra la invasión que se veía venir...

—... y esa estrategia, como todos sabemos, funcionó de maravilla —dice Kristeva.

—Después de Múnich, el Pacto germano-soviético se convirtió en una necesidad, qué digo yo, en una evidencia —ponderó aún más Althusser.

Lacan emite un chucheo de búho, Sollers vuelve a servirse otro trago. Hélène y Kristeva se miran con insistencia, todavía no se sabe si la china habla francés, ni si lo hablan el lingüista búlgaro o la feminista canadiense, o incluso la pareja neoyorquina, hasta que Kristeva les pregunta, en francés, si han jugado al tenis últimamente (entonces informa que se trata de sus compañeros de dobles y hace hincapié en la última vez que jugaron juntos, en la que ella dio muestras de una combatividad deslumbrante hasta para su propia sorpresa, pues cree útil precisar que ella solo sabe jugar muy básicamente). Pero Sollers no les deja contestar, siempre feliz por cambiar de tema:

—¡Ah, Borg!... El mesías que vino del frío... Cuando cae de rodillas sobre la hierba de Wimbledon..., los brazos en cruz..., el cabello rubio... Su cinta... Su barba... Es Jesucristo sobre el césped... Si Borg gana Wimbledon, es por la redención de humanidad... Como hay mucho que hacer al respecto, gana cada año... ¿Cuántas victorias se necesitan para limpiar todos nuestros pecados?... Cinco... Diez... Veinte... Cincuenta... Cien... Mil...

—*Yo pensaba que usted prefería a McEnroe* —dice el joven neoyorquino con acento neoyorquino.

—Ah, McEnroe..., *the man you love to hate*..., un bailarín... de gracia endiablada... Pero por mucho que vuele sobre la pista... McEnroe es Lucifer..., el más bello de todos los ángeles... Lucifer cae siempre al final...

Mientras se embarca en una exégesis bíblica en la que compara a san Juan con McEnroe *(Saint... John)*, Kristeva, con el pretexto de recoger los primeros platos, desaparece en la cocina con la china. La joven amante de Lacan se descalza bajo la mesa, la feminista canadiense y el lingüista búlgaro se lanzan miradas interrogadoras y Althusser juguetea con la aceituna de su martini. BHL da un golpe con el puño sobre la mesa y dice: «¡Hay que intervenir en Afganistán!».

Hélène vigila a todo el mundo.

Dice ella: «¿Y en Irán no?». El lingüista búlgaro añade misteriosamente: «La duda es la madre de lo fantástico». La feminista canadiense sonríe. Kristeva vuelve con la pierna de cordero y con la china. Althusser dice: «El Partido se ha equivocado al apoyar la invasión en Afganistán. No se puede invadir un país con un comunicado de prensa. Los soviéticos son más astutos y se van a retirar». Sollers pregunta con guasa: «¿Cuántas divisiones tiene el Partido?». El editor mira su reloj y dice: «Francia atrasa». Sollers sonríe mirando a Hélène y dice: «No se es serio cuando se tienen setenta años». La amante de Lacan acaricia con su pie descalzo la bragueta de BHL, que se empalma sin rechistar.

La conversación deriva hacia Barthes. El editor le hace un elogio fúnebre ambiguo. Sollers explica: «Muchos homosexuales, en un momento u otro, me han dado siempre la misma extraña impresión de estar carcomidos por dentro...». Kristeva matiza de cara al conjunto de los once invitados: «Debéis saber que estábamos muy unidos. Roland adoraba a Philippe y... (adopta un aire modesto y un tanto misterioso) a mí me quería mucho». BHL se empeña en añadir: «Él JAMÁS pudo soportar el marxismo-leninismo». El editor: «Sin embargo, adoraba a Brecht». Hélène, venenosa: «¿Y China, qué le pareció?». Althusser frunce el ceño. La china levanta la cabeza. Sollers responde, distendido: «Aburrida, pero no más que cualquier otro lugar del mundo». El lingüista búlgaro, que lo conocía bien: «A excepción de Japón». La feminista canadiense, que hizo la licenciatura bajo su dirección, lo recuerda: «Era muy indulgente y estaba muy solo». El editor, con aire de complicidad: «Sí y no. Sabía estar bien acompañado... cuando quería. Tenía sus recursos, pese a todo». La amante de Lacan se hunde en su silla cada vez más para masajear los huevos de BHL con la punta del pie.

BHL, imperturbable: «Está muy bien tener un maestro. Lo que hay que saber es desprenderse de él. Yo, por ejemplo, en la École Normale...». Kristeva le corta, riendo con una risa seca: «¿Por qué los franceses están tan apegados a su educación? Cualquiera diría que no pueden estar dos horas sin hablar de ella. Supongo que eso hacen los excombatientes, claro». El editor confirma: «Es verdad, en Francia, todos tenemos nostalgia de la escuela». Sollers, socarrón: «Incluso algunos siguen en ella el resto de su vida». Pero Althusser no se da por aludido. Hélène refunfuña interiormente contra esa manía tan burguesa de generalizar a partir de su caso particular. A ella nunca le había gustado la escuela, y encima no había pasado mucho tiempo allí.

Llaman a la puerta. Kristeva se levanta para ir a abrir. Se la ve en el vestíbulo hablando con un bigotudo mal trajeado. La conversación dura menos de un minuto. Luego regresa a sentarse como si no hubiera pasado nada y dice simplemente (a la vez que por un segundo reaparece su acento): «Perrrdonadme, asuntos tediosos de la oficina». El editor prosigue: «En Francia, el peso de nuestros éxitos escolares pesa demasiado en nuestro éxito social». El lingüista búlgaro mira fijamente a Kristeva: «Pero desgraciadamente no es el único factor, ¿verdad, Julia?». Kristeva le contesta algo en búlgaro. Los dos se ponen a hablar en su lengua natal, con réplicas cortas, dichas a media voz. Si acaso flota en el ambiente alguna hostilidad entre ellos, los demás invitados no están en disposición de detectarla. Sollers interviene: «Venga, chicos, nada de rezos por lo bajo, ja, ja, ja...». Luego se dirige a la feminista canadiense: «¿Y cómo va su novela, querida? Estoy con Aragon cuando dice, ya sabe... La mujer es el futuro del hombre..., por tanto, de la literatura..., porque la mujer es la muerte... y la literatura siempre está del lado de la muerte...». Mientras imagina con toda nitidez a la canadiense a punto de darle un guantazo, le pregunta a Kristeva si es tan amable de ir a buscar el postre. Kristeva se levanta y empieza a recoger, ayudada por la china; cuando ambas mujeres desaparecen otra vez hacia la cocina, el editor saca un puro y recorta la punta con el cuchillo del pan. La amante de Lacan continúa contorsionándose en su silla. La pareja neoyorquina se coge dócilmente de la mano sonriendo con educación. Sollers imagina un partido de dobles con la canadiense y unas raquetas de tenis. BHL, que tiene una erección digna de un ciervo, dice que la próxima vez habría que invitar a Solzhenitsyn. Hélène regaña a Althusser: «¡Qué cerdo eres! ¡Mira cómo te has puesto!». Le restriega la camisa con una servilleta mojada con un poco de agua con gas. Lacan canturrea en voz baja una especie de nana judía. Pone cara de no enterarse de nada. En la cocina, Kristeva coge a la china por la cintura. BHL dice a Sollers: «Bien pensado, Philippe, tú eres superior a Sartre: estalinista, maoísta, papista... Dicen que él se ha equivocado siempre, pero ¡anda que tú!... Cambias de opinión tan rápido que no te da tiempo a equivocarte». Sollers mete un cigarrillo en su boquilla. Lacan balbuce: «Sartre no existe». BHL prosigue: «Yo, en mi próximo libro...». Sollers le corta: «Sartre decía que todo anticomunista es un perro... Yo digo que todo anticatólico es un perro... Además, está claro, no hay ningún judío válido que no haya estado tentado de convertirse al catolicismo... ¿No es así?... Querida, ¿nos traes ya el postre?...». Desde la cocina, la voz sofocada de Kristeva responde que ya va.

El editor dice a Sollers que quizá publique a Hélène Cixous. Sollers responde: «Ese pobre Derrida... No es precisamente Cixous quien va a animarlo... Ja, ja, ja». BHL, en un nuevo intento de precisión: «Siento mucho afecto por Derrida. Ha sido mi maestro en la École. Como tú, querido Louis. Pero no es un filósofo. Filósofos franceses que estén aún vivos solo conozco a tres: Sartre, Levinas y Althusser». Althusser tampoco se da por aludido ante el pequeño halago. Hélène disimula su irritación. El estadounidense pregunta: «¿Y Pierre Bowrdieu, no es un buen filósofo?». BHL contesta que es de la Normale, en efecto, pero que seguro que no es un filósofo. El editor matiza, en atención al estadounidense, que es un sociólogo que trabaja mucho sobre las desigualdades invisibles, el capital cultural, social, simbólico... Sollers bosteza ostensiblemente: «Lo que es sobre todo es un perfecto coñazo... Sus *habitus*... ¡Sí, no somos todos iguales, menuda noticia! Pues bien, os diré un secreto... Schss... Acercaos...

Eso ha sido así siempre y no cambiará nunca... Increíble, ¿verdad?».

Sollers se altera cada vez más: «¡Altura! ¡Altura! ¡Abstracción, rápido!... ¡No somos unos Elsa y Aragon, ni tampoco unos Sartre y Beauvoir de pacotilla!... El adulterio es una conversación criminal... Sí... Sí... Hay tanto que hacer... El Espíritu, eso es lo que siempre olvidamos... Aquí. Ahora. Auténticamente aquí... Auténticamente ahora... La moda a menudo es auténtica...». Su mirada va y viene de la canadiense a Hélène. «¿La cosa maoísta? Era la diversión de la época... China... Romanticismo... Ha debido de ocurrírseme escribir cosas incendiarias, es verdad... Soy un gran abucheador... El mejor del país...»

Lacan está en otra parte. El pie de su amante sigue acariciando la entrepierna de BHL. El editor espera que acabe. La canadiense y el búlgaro se sienten unidos por una solidaridad muda. Hélène aguanta con una rabia silenciosa el monólogo del gran escritor francés. Althusser siente crecer en su interior algo peligroso.

Kristeva y la china vuelven finalmente con una tarta de albaricoques y un pastel de cerezas; su rojo de labios retocado resalta como un fuego ardiente. La canadiense pregunta cómo ven los franceses las elecciones del año que viene. Sollers se troncha de risa: «Mitterrand tiene un destino: la derrota... Lo cumplirá hasta el final...». Hélène, siempre impertinente, le pregunta:

—¿Y cómo es Giscard, dinos, tú que has comido con él?

—¿Quién, Giscard D'Estaing?... ¡Bah, un falso decadente...! ¿Sabéis que su partícula proviene de su mujer, no?... Nuestro querido Roland tenía razón... Espécimen de burgués muy logrado, lo llamaba... Ay, no es que estemos a salvo de un nuevo Mayo del 68..., es que estamos todavía en el 68...

—Las estructuras... en la calle... —murmura Lacan, apenas sin fuerzas.

—Para nosotros, su imagen es la de un patricio brillante, dinámico y ambicioso —dice el estadounidense—. Pero hasta ahora no ha dejado una huella profunda en el plano internacional.

—No ha bombardeado Vietnam, eso seguro —gruñe Althusser secándose la boca.

—Aunque ha intervenido en Zaire —dice BHL—, y encima ama Europa.

—Lo que nos vuelve a llevar a Polonia —dice Kristeva.

—Ah, no, no, lo de Polonia se acabó por hoy —dice Sollers aspirando de su boquilla.

—Sí, podríamos hablar de Timor Oriental, por ejemplo —dice Hélène—, para variar. No he oído al gobierno francés condenar las masacres cometidas por Indonesia.

—Lo creéis —dice Althusser, que parece emerger de nuevo—, ¿no? Ciento treinta millones de habitantes, un enorme mercado y el valioso aliado de Estados Unidos en una región del mundo donde estos no tenían ninguno.

—Estaba delicioso —dice el estadounidense al acabar el pastel de cerezas.

—¿Otro coñac, señores? —pregunta Sollers.

La joven, que sigue haciendo piececitos con los huevos de BHL, pregunta de repente quién es ese Charlus del que todos hablan en Saint-Germain. Sollers sonríe: «Es el judío más interesante del mundo, querida... Un invertido, por lo demás...».

La canadiense dice que ella también con mucho gusto se bebería un coñac. El búlgaro le ofrece un cigarrillo que ella enciende con una vela. El gato de la casa viene a frotarse en las piernas de la china. Alguien trae a colación a Simone Veil, Hélène la detesta, inesperadamente Sollers la defiende. La pareja de estadounidenses piensa que Carter va a ganar otra vez. Althusser se pone a coquetear con la china. Lacan enciende uno de sus famosos puros. Hablan un poco de fútbol y del joven Platini, sobre quien todo el mundo coincide en ver una promesa.

La velada toca a su fin. La amante de Lacan regresará con BHL. El lingüista búlgaro acompañará de nuevo a la feminista canadiense. La china volverá sola a su delegación. Sollers se dormirá soñando con la orgía que no pudo ser. Lacan, de pronto, suelta este comentario con un tono de fatiga infinita: «Es curioso cómo una mujer, cuando deja de ser una mujer, puede aplastar al hombre que tiene bajo su mano... Aplastar, sí, por su bien, evidentemente». Silencio embarazoso de los demás invitados. Sollers declara: «El rey es aquel que soporta la experiencia de la castración con mayor entereza».

40

Hay que aclarar esa historia de los dedos cortados y por eso Bayard decide hacer seguir al agente de policía que abatió al búlgaro en el Pont-Neuf. Pero como tiene la desagradable sensación de que la policía está infiltrada por un enemigo cuya identidad ignora, y a decir verdad incluso su naturaleza, no acude a la IGS, sino que le pide a Simon que se encargue de esa vigilancia. Como de costumbre, Simon protesta, pero esta vez cree tener una objeción válida: el policía del que se trata se cruzó con él en el Pont-Neuf, Simon estaba con los demás cuando Bayard se lanzó al agua y más tarde fueron vistos juntos, en plena discusión, cuando salió del río.

Si es por eso, que se disfrace.

¿De qué?

Que se corte el pelo y se vista como un estudiante pardillo.

Es demasiado, ha sido bastante conciliador hasta la fecha, pero para Simon esto es el colmo: está absolutamente fuera de lugar.

Bayard, que conoce la función pública, evoca el espinoso asunto de los traslados. ¿Qué piensa hacer el joven Simon (tampoco tan joven, ¿qué edad tiene?) cuando haya acabado su tesis? Se le podría encontrar una plaza en un colegio de Bobigny. O tal vez se le podría facilitar una titularidad en Vincennes.

Simon cree que las cosas no funcionan así en el sistema educativo nacional y que un enchufe de Giscard en persona (¡sobre todo de Giscard!) no serviría de nada para conseguir una plaza en Vincennes (¡la facultad de Deleuze, de Balibar!), pero no está completamente seguro. En cambio, de lo que no cabe duda es de que un traslado disciplinario sería más que probable. Así que se mete en una peluquería, manda que le corten el pelo y, de lo corto que está, casi se desmaya al ver el resultado, como si hasta entonces hubiera sido un extraño para sí mismo, alguien del que solo reconociera la cara pero no la identidad que se había construido sin darse cuenta, año tras año; además, deja que le compren traje y corbata a expensas del Ministerio del Interior. El traje, pese a su razonable precio, es bastante corriente, inevitablemente demasiado ancho en los hombros y demasiado corto en los tobillos, y Simon tiene que aprender a hacerse el nudo de la corbata y a procurar que la parte ancha y la parte estrecha se superpongan. Sin embargo, una vez acabada su metamorfosis, le sorprende experimentar delante del espejo, aparte del típico sentimiento de extrañeza mezclada con repulsión, una especie de curiosidad, de interés por su nueva imagen, la de él sin ser él, un él de otra vida, el que habría decidido trabajar en un banco o en una compañía de seguros, o en un organismo oficial, o en la diplomacia. Simon, instintivamente, se ajusta el nudo de la corbata y, por dentro de la chaqueta, tira de las mangas de la camisa. Está listo para cumplir con su misión: una parte de él, más sensible a las propuestas lúdicas de la existencia, elige disfrutar de esta pequeña aventura.

Espera delante del Quai des Orfèvres hasta que el policía de ausente falange termine su servicio mientras se fuma un Lucky Strike pagado por Francia, pues el lado bueno de este tipo de servicios obligatorios es el derecho a un justificante de gastos, razón por la que se ha guardado el recibo del estanco (tres francos).

Por fin el policía aparece, va de civil; empieza la vigilancia a pie. Simon sigue al hombre, que cruza el puente Saint-Michel y sube por el bulevar hasta el cruce con Saint-Germain, donde coge el autobús. Simon para un taxi y, pronunciando la extraña frase de «Siga a ese autobús», experimenta un sentimiento confuso, la sensación de estar en una película de género incierto. El conductor obedece sin hacer preguntas y, en cada parada, Simon se cerciora de que el policía de civil no se haya bajado. El hombre, de edad mediana, físico corriente, talla media, no se distingue particularmente entre la multitud, lo que obliga a Simon a estar atento. El autobús asciende por la rue Monge y el hombre se baja en Censier. Simon para el taxi. El hombre entra en un bar. Simon aguarda un minuto antes de seguirlo. En el interior, el hombre está sentado a una mesa al fondo del local. Simon se sienta cerca de la puerta y enseguida se da cuenta de que es un error, porque el hombre no deja de mirar en esa dirección. No lo hace porque se haya fijado en él, sino porque está esperando a alguien. Para no llamar la atención, Simon mira por la ventana. Contempla el baile de estudiantes que entran y salen del metro, se quedan parados fumando un cigarrillo o se agrupan, indecisos aún por lo que vaya a suceder, felices de estar juntos, impacientes por el futuro.

Pero, de pronto, no es a un estudiante a quien ve salir del metro, sino al búlgaro que trató de matarlo durante la persecución con el DS. Lleva el mismo traje arrugado y no ha considerado práctico afeitarse el bigote. Echa un vistazo alrededor en la plaza y luego se dirige hacia el bar. Cojea. Simon hunde las narices en el menú. El búlgaro empuja la puerta del café. Simon hace un movimiento instintivo hacia atrás pero el búlgaro pasa delante de él sin verlo y va hacia el fondo de la sala, donde se reúne con el policía.

Los dos hombres empiezan una conversación en voz baja. En ese inoportuno momento, el camarero va a ver a Simon. El aprendiz de detective pide un martini sin pensar. El búlgaro enciende un cigarrillo de una marca extranjera que Simon no reconoce. Simon también enciende un Lucky Strike, da una calada para calmar los nervios, convencido de que el búlgaro no lo ha visto ni nadie lo ha reconocido debajo del disfraz que lo protege. ¿O es al contrario y todo el café se ha fijado en su dobladillo demasiado corto, su chaqueta demasiado holgada y su sospechosa pinta de detective aficionado? No es nada difícil, piensa él, ver la dicotomía entre el envoltorio del que está ridículamente cubierto y la realidad profunda de su ser. Simon se siente asaltado por la atroz sensación, no desconocida pero ahora más intensa, de ser un impostor a punto de ser desenmascarado. Los dos hombres han pedido unas cervezas. En realidad, parece que ni ellos ni ninguno de los demás clientes se han percatado de la presencia de Simon, para su sorpresa. Entonces Simon se reestructura. Intenta escuchar la conversación concentrándose en las voces de los dos hombres, aislándolas del conjunto de las de los otros clientes, como un ingeniero de sonido aislaría una pista entre diversos instrumentos de música. Cree oír «papel»..., «guion»..., «contacto»..., «estudiante»..., «serrrvicio»..., «coche»... ¿No estará siendo víctima de un mecanismo de autosugestión, no estará oyendo lo que quiere oír, no estará reconstruyendo él mismo los elementos de su propio diálogo? Cree entender: «Sophia». Cree entender: «Logos Club».

En ese momento, siente una presencia, una forma que se ha deslizado delante de él, quizá la corriente de aire provocada por la puerta del café y de la que no se ha resguardado, pero oye el ruido de una silla que se mueve, gira la cabeza y ve a una joven que se sienta en su mesa.

Sonriente, rubia, pómulos altos y ceño fruncido. Ella le dice: «Usted estaba con el policía en la Salpêtrière, ¿no?». Simon siente de nuevo una náusea. Echa un vistazo furtivo al fondo del local, donde los dos hombres, absortos en su conversación, no han podido oírla. Causando otro estremecimiento en él, ella añade: «Ese pobrrre señor Barthes». Entonces la reconoce, es la enfermera de las piernas largas, la que halló a Barthes desentubado el día en que Sollers, BHL y Kristeva fueron a montar su particular escándalo. Lo que más le sorprende es que lo haya reconocido, lo que rebaja otra vez su optimismo en lo tocante a la calidad de su disfraz. «Tenía tanta pena...»

El acento casi es imperceptible, pero Simon lo ha captado. «¿Es usted búlgara?» La joven adopta un aire de sorpresa. Posee unos grandes ojos marrones. No tiene aún veintidós años. «Pues no, ¿por qué? Soy rrrusa.» Simon cree haber oído una risita burlona desde el fondo. Se arriesga a echar otro vistazo. Los dos hombres brindan. «Me llamo Anastasia.»

Simon tiene las ideas un tanto confusas pero se pregunta qué hace una enfermera rusa en un hospital francés, en 1980, en una época en la que los soviéticos empiezan a distenderse pero no hasta el punto de abrir tanto sus fronteras. No sabía tampoco que los hospitales franceses contrataran en el Este.

Anastasia le cuenta su historia. Llegó a París cuando tenía ocho años. Su padre dirigía la agencia de Aeroflot en los Campos Elíseos. Lo habían autorizado a venir con su familia, y cuando Moscú lo reclamó para la sede central, pidió asilo político y se quedaron todos, incluida su madre y su hermano pequeño. Anastasia se ha convertido en enfermera, su hermano sigue todavía en el instituto.

Pide un té. Simon sigue sin saber qué es lo que pretende. Trata de calcular su edad a partir de la fecha de su llegada a Francia. Ella le dirige una sonrisa juvenil. «Le he visto por la ventana. He pensado que debía hablar con usted.» Ruido de sillas al fondo de la sala. El búlgaro se levanta para ir a mear o a llamar por teléfono. Simon inclina la cabeza y se lleva la mano a la sien para ocultar su perfil. Anastasia moja su bolsita de té y Simon piensa automáticamente que hay algo grácil en el movimiento de muñeca de la joven. En el mostrador, se oye a un cliente comentar en voz alta la situación en Polonia, y a otro el partido de Platini contra Holanda, y a otro la imbatibilidad de Borg en Roland Garros. Simon es consciente de que está perdiendo la concentración, la aparición de la joven le turba, su nerviosismo aumenta al cabo de unos minutos y ahora, sin saber por qué, tiene el himno soviético en la cabeza, con sus ruidosos platillos y sus coros del Ejército Rojo. El búlgaro sale del váter y regresa a su sitio.

«Soïouz nerouchymyï respoublik svobodnykh...»

Unos estudiantes entran y se juntan con unos amigos en una mesa animada. Anastasia le pregunta a Simon si es de la policía. Al principio, Simon protesta: ¡por supuesto que no es un poli! Pero, por alguna razón desconocida para él, explica que está ejerciendo un papel de, digamos, asesor del comisario Bayard.

«Splotila naveki Velikaïa Rous'...»

En la mesa del fondo, el agente de policía dice «esta noche». Simon cree oír que el búlgaro le contesta con una frase corta en la que está la palabra «Cristo» dentro. Contempla la sonrisa de la joven y piensa que más allá de la tormenta está el sol radiante y la libertad.

Anastasia le pide que le hable de Barthes. Simon dice que era un hombre que amaba mucho a su madre y a Proust. Anastasia sabe quién es Proust, naturalmente. *Y el gran Lenin ha iluminado nuestro camino.* Anastasia dice que la familia de Barthes estaba inquieta porque habían desaparecido las llaves que llevaba consigo y querían cambiar las cerraduras, lo cual supondría más gastos. *Stalin nos ha inculcado, nos ha inspirado la fe en el pueblo.* Simon recita esa estrofa a Anastasia, pero esta le indica que después del informe de Jruschov, el himno fue modificado para suprimir la referencia a Stalin. (Aunque hubo que esperar a 1977 para hacerlo.) Qué importa, piensa Simon, *nuestro ejército ha salido fortalecido de los combates...* El búlgaro se levanta y se pone la chaqueta, se va a marchar. Simon duda si seguirlo. Pero, prudentemente, elige continuar con su misión. *Nuestras batallas decidirán el futuro del pueblo.* El búlgaro cruzó con él la mirada cuando quiso matarlo. El policía, no. Es menos peligroso, no cabe duda, y además ya sabe que ese poli está mezclado en el asunto. Al salir, el búlgaro mira a Anastasia, que le ofrece su mejor sonrisa. Simon siente como si la muerte lo rozara, su cuerpo se tensa, baja la cabeza. A continuación, sale el policía. Anastasia le sonríe también. Simon piensa que es una mujer habituada a que la miren. Ve al policía subir de nuevo por la calle Monge y sabe que tiene que reaccionar rápido si no quiere perderlo; saca un billete de veinte francos para pagar el té y el martini y, sin esperar la vuelta (pero cogiendo el recibo), se lleva consigo a la enfermera agarrándola por el brazo. Ella parece un poco sorprendida, pero no se resiste. «*Partiia Lenina, sila narodnaïa...*» Simon le sonríe a su vez, tiene ganas de tomar el aire y tiene un poco de prisa, ¿sería tan amable de acompañarlo? En su cabeza, acaba la estrofa: «*... Nas k torjestvou kommounizma vediot!*». El padre de Simon es comunista, pero no cree necesario revelárselo a la joven, que parece divertirse, menos mal, con su comportamiento ligeramente excéntrico.

Caminan a una decena de metros detrás del policía. Ya se ha hecho de noche y refresca. Simon sigue agarrando a la enfermera por el brazo. Anastasia no da muestras de que eso le parezca ni extraño ni insolente. Le dice que a Barthes siempre lo rodeaba alguien, demasiados, según ella, siempre había gente que pretendía entrar en la habitación a toda costa. El policía tuerce hacia Mutualité. Le dice que el día del incidente, cuando se lo encontró en el suelo, las tres personas que fueron a montar todo aquel escándalo no dejaron de insultarla. El policía se mete por una pequeña calle a la altura del atrio de Notre-Dame. A Simon no se le va de la cabeza eso de la amistad de los pueblos. Le explica a Anastasia que Barthes era muy bueno para detectar los códigos simbólicos que rigen nuestros comportamientos. Anastasia asiente frunciendo el ceño. El policía se detiene delante de un gran pórtico de madera, más bajo que el nivel de la calzada. Cuando Simon y Anastasia llegan al lugar, él ha desaparecido en el interior. Simon se para. En ningún momento ha soltado el brazo de Anastasia. Como si se hubiera percatado de que la tensión va en aumento, la joven no dice nada. Los dos miran dentro del portal, ven una escalera de piedra, una puerta de madera. Anastasia frunce el ceño.

Una pareja a la que Simon no ha oído llegar los sortea, entra en el portal, baja unos peldaños y llama al timbre. La puerta se entreabre, un hombre sin edad, con tez muy pálida, cigarrillo en la boca y bufanda de lana al cuello, los mira y los deja pasar.

Simon se pregunta: «¿Qué haría yo si estuviera dentro de una novela?». Tocaría el timbre, evidentemente, y entraría con Anastasia del brazo.

Dentro habría un garito de juego clandestino, a cuya mesa estaría sentado el policía y lo desafiaría al póker mientras Anastasia, a su lado, daría sorbitos a un bloody mary. Se dirigiría al hombre con complicidad para preguntarle qué fue lo que le sucedió a su dedo. Y el hombre, con menos complicidad, le respondería, amenazador: «Un accidente de caza». En ese momento, Simon ganaría la partida con un *full* de ases y damas.

Pero la vida no es una novela y los dos siguen su camino como si nada. Al llegar al final de la calle, cuando se da la vuelta, ve a tres personas más que llaman a la puerta y entran. En cambio, no ve el Fuego abollado aparcado en la acera de enfrente. Anastasia vuelve otra vez a hablarle de Barthes: cuando estaba consciente, preguntó varias veces por su chaqueta, parecía rebuscar algo en su interior.

¿Tenía Simon alguna idea de qué podría tratarse? Simon, asumiendo que su misión ha terminado por esa noche, tiene la sensación de despertar de un sueño en ese momento. Se halla desconcertado frente a la joven enfermera. Balbucea que, tal vez, si ella está libre, podrían tomar un trago juntos. Anastasia sonríe (y Simon no alcanza a interpretar la verdad de esa sonrisa): ¿no es eso lo que acaban de hacer? Simon, lastimosamente, le propone tomar otro, en otra ocasión. Anastasia clava su mirada en la de él, sonríe otra vez pero como si quisiera superar su sonrisa habitual, y le dice simplemente: «Puede ser». Simon lo toma como una negativa y con razón, porque la joven lo abandona allí mismo repitiendo «puede serrr» sin darle su número de teléfono.

En la calle, a su espalda, los faros del Fuego se encienden.

41

«*¡Acercaos, picos de oro, refinados oradores, retóricos de largo aliento! ¡Aposentaos en el antro de la locura y de la razón, en el teatro del pensamiento, en la academia de los sueños, en el liceo de la lógica! ¡Venid a escuchar el estrépito de las palabras, a admirar el entrelazado de los verbos y los adverbios, a saborear los circunloquios viperinos de los domadores de discursos! Hoy, en esta nueva sesión, el Logos Club os ofrece no uno ni dos combates digitales, ¡sino tres, sí, tres combates digitales, amigos míos! Y para aguzar vuestro apetito, sin más dilación, la primera justa enfrentará a dos oradores por la espinosa cuestión siguiente, categoría geopolítica: ¿será Afganistán el Vietnam de los soviéticos?*

»¡Gloria al logos, queridos amigos! ¡Viva la dialéctica! ¡Que empiece la fiesta! ¡Que el verbo sea con vosotros!»

42

Tzvetan Todorov es un tipo flacucho y gafotas, vestido torpemente, que tiene una gran mata de pelo rizado. Es también un investigador de lingüística que vive en Francia desde hace veinte años, un discípulo de Barthes que ha trabajado sobre los géneros literarios (especialmente el fantástico) y un especialista en retórica y semiología.

Bayard ha venido a interrogarlo, por sugerencia de Simon, ya que es natural de Bulgaria.

Que haya crecido en un país totalitario parece haber desarrollado en él una fuerte conciencia humanista que se expresa incluso en sus teorías lingüísticas. Por ejemplo, él piensa que la retórica, en realidad, no puede realizarse más que en democracia, porque necesita un espacio de debate del que, por definición, las monarquías o las dictaduras carecen. Prueba de ello es que en la Roma imperial, y luego en la Europa feudal, la ciencia del discurso abandonó su finalidad persuasiva y dejó de focalizarse en la recepción del interlocutor para centrarse en el verbo en sí. Ya no se espera que el discurso sea eficaz sino sencillamente bello. Las cuestiones políticas han sido sustituidas por cuestiones puramente estéticas. Dicho de otro modo, la retórica se ha convertido en poética. (Es lo que se ha dado en llamar la *segunda retórica*.)

En un francés inmaculado pero con un acento aún muy pronunciado, le explica a Bayard que los servicios secretos búlgaros (el KDC), hasta donde él sabe, son muy activos y peligrosos. Se benefician del apoyo del KGB y están en condiciones de montar operaciones sofisticadas. Tal vez no la de asesinar al papa, pero como mínimo sí las de eliminar a individuos molestos, sin ninguna duda. Dicho esto, no acaba de entender por qué habrían de estar implicados en el accidente de Barthes. ¿Cómo podría interesarles un crítico literario francés? Barthes no estaba en política y nunca tuvo nada que ver con Bulgaria. Es cierto que había viajado a China, pero no se puede decir que hubiera vuelto hecho un maoísta, ni siquiera un antimaoísta. Ni Gide, ni Aragon. La cólera de Barthes, a su regreso de China, estaba dirigida esencialmente, como Todorov bien recuerda todavía, contra la calidad de la comida de Air France: había pensado hasta escribir un artículo al respecto.

Bayard sabe que Todorov está señalando la dificultad principal con la que se topa su investigación: el móvil. Pero también sabe que, a falta de informaciones adicionales, debe proceder con los elementos objetivos de que dispone —una pistola, un paraguas— y, aunque a priori no ve ninguna complejidad geopolítica en el asesinato de Barthes, continúa interrogando al crítico búlgaro acerca de los servicios de su país de origen.

¿Quién los dirige? Cierto coronel Emil Kristov. ¿Cuál es su reputación? No especialmente liberal, y menos aún la de estar versado en semiología. Bayard tiene la desagradable sensación de haberse metido en un callejón sin salida. Después de todo, si los dos asesinos hubieran sido marselleses, yugoslavos o marroquíes, ¿qué habría deducido de ello? Sin saberlo, Bayard ya piensa de manera estructuralista: se pregunta si la variable búlgara es un criterio pertinente. Hace inventario mentalmente de los otros indicios de que dispone y que todavía no ha explotado. Para mayor tranquilidad, pregunta:

—¿El nombre de Sophia le dice algo?

—Sí, es la ciudad donde he nacido.

Sofía.

Hay, por consiguiente, una pista búlgara.

En ese instante, aparece una bella joven pelirroja vestida con bata y cruza la habitación saludando discretamente a la visita. Bayard cree distinguir un acento inglés. Piensa que este gafotas intelectualoide es de los que saben cómo divertirse. Percibe maquinalmente la callada connivencia erótica que une a la aparición anglófona con el crítico búlgaro, signo de una relación que él, más como un reflejo profesional que como algo preocupante, estima incipiente, adúltera, o las dos cosas.

Seguidamente, le pregunta a Todorov si «eco», la última palabra que pronunció Hamed, le evoca alguna cosa. Entonces el búlgaro le responde: «Claro, ¿tiene usted noticias suyas?».

Bayard no comprende.

—Umberto. ¿Está bien?

43

Louis Althusser sostiene en la mano la valiosa hoja de papel. La disciplina del Partido en la que ha sido formado, su temperamento de buen alumno y sus años de dócil prisionero de guerra lo conminan a no leer el misterioso documento. Al mismo tiempo, su individualismo poco comunista, su debilidad por los tapujos y su propensión histórica a hacer trampas lo empujan a desdoblar la hoja. Si lo hiciera, él, que ignora pero sospecha lo que contiene, inscribiría ese gesto en su ya larga cadena de engaños, inaugurada por un 17/20 deshonestamente adquirido en una disertación filosófica en el curso preparatorio de estudios superiores (episodio lo suficientemente fundacional en su mitología personal de impostor como para que lo tenga siempre presente). Pero tiene miedo. Sabe de lo que los otros son capaces. Prudentemente (cobardemente, según él) decide no leer la hoja.

Entonces ¿dónde esconderla? Mira la acumulación caótica que se amontona en su escritorio y piensa en Poe: mete el documento en un sobre abierto que contenía una publicidad cualquiera, pongamos de una pizzería del barrio, o tal vez de un banco, no recuerdo qué tipo de publicidad se metía en los buzones en aquella época, el caso es que deja ese sobre bien visible encima de su escritorio, en medio de todo un revoltijo de manuscritos, de estudios en marcha y de borradores más o menos consagrados a Marx, al marxismo y, especialmente, con el fin de sacar las consecuencias «prácticas» de su reciente «autocrítica antiteórica», a la relación material aleatoria entre, por una parte, los «movimientos populares» y, por otra, las ideologías que se han atribuido o de las que se han investido. Aquí, su carta estará en lugar seguro. Hay también algunos libros, Maquiavelo, Spinoza, Raymond Aron, André Glucksmann... Estos parecen haber sido leídos, lo que no es el caso (como corresponde al cuadro de su neurosis de impostor pacientemente construido estante por estante) de la mayor parte de los miles de libros que adornan sus estanterías: Platón (leído, qué menos), Kant (no leído), Hegel (hojeado), Heidegger (recorrido), Marx (leído el tomo I de *El Capital* pero no el tomo II), etcétera.

Oye la llave en la puerta. Es Hélène, que vuelve.

44

«¿De qué se trata?»

El guardia de seguridad se parece a todos los guardias de seguridad del mundo, salvo en que lleva una bufanda de lana gruesa y es blanco, sin edad definida, piel grisácea, colilla en la boca y una mirada, no ya de esas inexpresivas que te traspasan como si tú no estuvieras delante de él, sino malévola y como procurando leer dentro de tu alma. Bayard sabe que no puede mostrarle su placa porque ha de mantener el incógnito para poder asistir a lo que está teniendo lugar detrás de esa puerta, así que se dispone a inventar una mentira piadosa, pero Simon, movido por una súbita inspiración, se le adelanta y dice: «Ella sabe».

La madera rechina, la puerta se abre, el guardia de seguridad se aparta y, con un gesto ambiguo, los invita a entrar. Penetran en una cava abovedada que huele a piedra húmeda, a sudor y a humo de cigarrillo. La sala está llena como en los conciertos, pero la gente no ha venido a escuchar a Boris Vian y las paredes no guardan memoria de los acordes de jazz que hicieron rebotar antaño. En su lugar, por encima de la algarabía difusa de las conversaciones previas al espectáculo, una voz declama con tono de titiritero:

«*¡Bienvenidos al Logos Club, queridos amigos, venid a argumentar, venid a deliberar, venid a celebrar y sancionar la belleza del Verbo! ¡Oh, verbo que arrebatas los corazones y ordenas el universo! ¡Venid a asistir al espectáculo de los litigantes que van a disputarse la supremacía oratoria para vuestro mayor deleite!*».

Bayard interroga a Simon con la mirada. Simon le sopla al oído que ese no era el comienzo de la frase que había murmurado Barthes, pero sí las iniciales: «LC», es decir, «Logos Club». Bayard pone cara de estar impresionado. Simon se encoge de hombros modestamente. La voz continúa calentando la sala:

«*¡Qué bonito es mi zeugma! ¡Qué bella mi asíndeton! Pero hay que pagar un precio. Esta noche, encima, vais a conocer el precio del lenguaje. Pues tal es nuestra divisa, así debería ser la ley sobre la tierra: ¡Nadie habla impunemente! En el Logos Club tenemos pelos en la lengua, ¿a que sí, queridos míos?*».

Bayard aborda a un viejo con cabello blanco al que le faltan dos falanges de la mano derecha. Con un tono de voz lo menos profesional posible, pero tampoco turístico, le pregunta: «¿Qué ocurre aquí?». El viejo lo mira sin hostilidad.

—¿Es la primera vez? Entonces le aconsejo que se limite a observar. No se precipite en inscribirse. Tómese el tiempo que quiera para aprender. Escuche, aprenda, progrese.

—¿Inscribirme?

—Siempre puede entablar un combate amistoso, claro está, eso no compromete a nada, pero si nunca ha visto una sesión, más vale que se quede como espectador. La impresión que deje usted en su primer combate pondrá las bases de su reputación, y la reputación es un elemento importante: es su *ethos*.

Da una calada a su cigarrillo cogido entre los dedos mutilados mientras el maestro de ceremonias, invisible, oculto en algún rincón sombrío bajo las bóvedas de piedra, continúa hasta desgañitarse: «*¡Gloria al gran Protágoras! ¡Gloria a Cicerón! ¡Gloria al Águila de Meaux!*». Bayard le pregunta a Simon quiénes son esos nombres. Simon le dice que el Águila de Meaux es Bossuet. Bayard vuelve a tener ganas de abofetearlo.

«¡Masticad guijarros como Demóstenes! ¡Viva Pericles! ¡Viva Churchill! ¡Viva De Gaulle! ¡Viva Jesús! ¡Viva Danton y Robespierre! ¿Por qué mataron a Jaurès?» Salvo a los dos primeros, Bayard los conoce a todos.

Simon pregunta al viejo en qué consisten las reglas del juego. Este se las explica: todos los combates son duelos, se saca un tema, siempre a partir de una pregunta cerrada a la que se puede responder sí o no, o bien una cuestión del tipo «a favor o en contra», de modo que los dos adversarios puedan defender posiciones antagónicas.

«¡Tertuliano, Agustín, Maximiliano con nosotros!», grita la voz.

La primera parte de la velada está integrada por diversos combates amistosos. Los verdaderos combates vienen al final. Por lo general, siempre hay uno, a veces dos, tres es bastante raro pero puede ocurrir. En teoría, no hay un límite para el número de combates oficiales, ya que, por razones aparentemente evidentes que el viejo cree innecesario precisar, los voluntarios no abundan.

«¡Disputatio in utramque partem! *¡Que el debate comience! Y aquí tenemos a dos espléndidos parladores, que van a enfrentarse sobre esta reconfortante pregunta: ¿es fascista Giscard?»*

Gritos y silbidos en la sala. *«¡Que los dioses de la antítesis os asistan!»*.

Un hombre y una mujer ocupan su lugar en el estrado, cada uno detrás de un atril, cara al público, y se ponen a tomar unas notas. El viejo les explica a Bayard y a Herzog lo que sucede: «Tienen cinco minutos para prepararse, luego hacen una presentación en la que exponen su punto de vista y las grandes líneas de su argumentario, a continuación entablan la disputa. La duración del encuentro es variable y, como en el boxeo, los jueces pueden tocar la campana y dar por acabado el combate en cualquier momento. El que hable primero tiene una ventaja porque elige la posición que va a defender. El otro se ve obligado a adaptarse y a defender la posición contraria. En los combates amistosos en los que se enfrentan adversarios del mismo nivel, se saca a suertes quién será el primero en comenzar. Pero en los combates homologados, que ponen frente a frente a adversarios de niveles diferentes, empieza el que tenga el grado menor. Como han podido ver ustedes, ya ha salido el tema de este de hoy, y es un encuentro de nivel 1. Los dos son *parladores*. Es el grado más bajo en la jerarquía del Logos Club. Soldados rasos, en definitiva. Por encima están los *retóricos*, y luego los *oradores*, los *dialécticos*, los *peripatéticos*, los *tribunos* y, en lo más alto, los *sofistas*. Pero aquí, raramente se pasa del nivel 3. Dicen que los sofistas apenas son una decena y que tienen nombres en clave. A partir del nivel 5 todo está muy compartimentado. Hay incluso quien dice que los sofistas no existen, que se ha inventado ese nivel 7 para dar a los miembros del club una especie de meta inaccesible para que fantaseen con una idea de perfección inalcanzable. Yo personalmente estoy seguro de que existen. En mi opinión, De Gaulle era uno de ellos. Tal vez fuera el gran Protágoras reencarnado. Se dice que el presidente del Logos Club se hace llamar como él. Yo soy un retórico, he sido orador durante un año, pero no aguanté». Levanta su mano mutilada. «Y eso me costó caro.»

La justa comienza, hay que guardar silencio, y Simon no puede preguntarle al viejo lo que se entiende por un «combate de verdad». Observa al público: mayoritariamente masculino, representa a todas las edades y a todas las tipologías. Si el club es elitista, la selección no parece que se haga sobre criterios financieros.

Resuena la voz bien timbrada del primer contrincante. Explica que, en Francia, el primer ministro es un fantoche; que el artículo 49-3 mutila al Parlamento, que no tiene ningún poder; que De Gaulle era un amable monarca en comparación con un Giscard, que acapara todos los poderes, incluido el de la prensa; que Brézhnev, Kim Il-sung, Honecker y Ceaucescu al menos tienen que rendir cuentas ante su Partido; que el presidente de Estados Unidos posee mucho menos poder que el nuestro y que si el presidente de México no es reelegible, el nuestro sí.

Enfrente, la contrincante es bastante joven. Responde que basta con leer los periódicos para comprobar que no estamos en una dictadura (incluso cuando *Le Monde* titula, como ha hecho esta misma semana, al hablar del gobierno, «Por qué se ha fracasado en tantos aspectos», no es esta la censura más severa que hemos conocido...), y prueba de ello son los eructos de Marchais, Chirac, Mitterrand, etcétera. Para ser una dictadura, la libertad de expresión se mantiene muy bien a flote. Y ya que se ha citado a De Gaulle, recordemos lo que se decía de él: De Gaulle, fascista. La V.ª República, fascista. La Constitución, fascista. *El Golpe de Estado permanente*, etcétera. He aquí su perorata: «Decir que Giscard es fascista es un insulto a la Historia; es escupir contra las víctimas de Mussolini y de Hitler. Id a preguntarles a los españoles lo que piensan de ello. ¡Id a preguntarle a Jorge Semprún si Giscard es como Franco! ¡Debería avergonzarse la retórica cuando traiciona a la memoria!». Aplausos intensos. Después de una breve deliberación, los jueces declaran ganadora a la joven contrincante. Encantada, estrecha la mano de su adversario y se dobla con una pequeña reverencia ante el público.

Las justas se suceden, los candidatos son más o menos afortunados, el público aplaude o abuchea, se silba, se grita, y por fin se llega al clímax de la velada, a la «justa digital».

Tema: *Lo escrito contra lo oral.*

El viejo se frota las manos: «¡Ah! ¡Un metatema! El lenguaje que habla del lenguaje, no hay nada más bello. Lo adoro. Miren, el nivel está puesto en el cartel: es un joven retórico que desafía a un orador para ocupar su plaza. Por tanto, le toca a él empezar. Me pregunto qué punto de vista va a escoger. A menudo, una tesis es más difícil que la otra, pero por eso mismo puede interesar optar por ella para impresionar al jurado y al público. Por el contrario, las posiciones más evidentes pueden ser menos rentables porque se corre el riesgo de no brillar en la argumentación, enunciar banalidades y hacer que el discurso sea menos espectacular...».

El viejo se calla, van a comenzar, todo el mundo escucha en un silencio febril, el aspirante a orador toma la palabra con decisión:

«Las religiones del Libro han forjado nuestras sociedades y hemos sacralizado los textos: Tablas de la Ley, diez mandamientos, rollos de la Torá, Biblia, Corán, etcétera. Hacía falta que todo eso se grabase para que fuese válido. Yo lo llamo fetichismo. Yo lo llamo superstición. Yo lo llamo dogmatismo.

»No soy yo quien afirma la superioridad de lo oral sino el que nos ha hecho tal como somos, oh, pensadores, oh, retóricos, el padre de la dialéctica, el ancestro de todos nosotros, el hombre que, sin jamás haber escrito un libro, sentó las bases de todo el pensamiento occidental.

»¡Recordad! Estamos en Egipto, en Tebas, y el rey pregunta: ¿para qué sirve la escritura? Y el dios le responde: es el último antídoto contra la ignorancia. Y el rey replica: ¡al contrario!, ese arte causará el olvido en el alma de quienes lo aprendan porque dejarán de ejercitar su memoria. La rememoración no es la memoria y el libro solo es un recordatorio. No da el conocimiento, no da la comprensión, no da la maestría.

»¿Por qué los estudiantes habrían de tener necesidad de profesores, si todo se aprendiera en los libros? ¿Por qué necesitan que se les explique lo que está escrito en los libros? ¿Por qué hay escuelas y no solo bibliotecas? Pues porque nunca bastará solo con lo escrito. Todo pensamiento está vivo a condición de que sea cambiante, si está coagulado está muerto. Sócrates compara la escritura a la pintura: los seres que engendra la pintura se sostienen como si estuvieran vivos; pero si los interrogamos, permanecen quietos con una pose solemne y guardan silencio. Lo mismo sucede con los escritos. Podría parecer que hablan, pero si los interrogamos, porque deseamos comprender lo que dicen, repetirán siempre lo mismo, al pie de la letra.

»El lenguaje sirve para producir un mensaje, que no cobra sentido más que en la medida en que tiene un destinatario. En este momento en que os estoy hablando, sois la razón de ser de mi discurso. Solo los locos hablan en el desierto. Tomamos por loco a quien se habla a sí mismo. Pero un texto, ¿a quién habla? ¡A todo el mundo! Es decir, a nadie. Cuando ha sido definitivamente escrito, cada discurso pasa indistintamente al lado de quienes son expertos en él como al lado de quienes lo desconocen todo al respecto, sin que se sepa realmente a quién debe o no debe ir dirigido. Un texto que no tiene destinatario concreto es una garantía de imprecisión, de frases vagas e impersonales. ¿Cómo es posible que un mensaje valga para todo el mundo? Incluso una carta es inferior a cualquier conversación: está escrita en un contexto determinado y es recibida en otro contexto muy distinto. Además, al mediar el tiempo, la situación de su autor y la de su destinatario han cambiado. Queda, pues, obsoleta, iba dirigida a alguien que ya no existe, y su autor tampoco existe como tal, desaparecido en el pozo del tiempo en cuanto se le pone un sello al sobre.

»Por tanto, es evidente: lo escrito es la muerte. El lugar de los textos está en los manuales escolares. La única verdad reside en las metamorfosis del discurso, y solo lo oral es lo suficientemente reactivo como para rendir cuentas a velocidad real del devenir eterno del pensamiento en marcha. Lo oral es la vida: yo mismo lo estoy demostrando, lo estamos demostrando todos juntos hoy, al hablar y al escuchar, al debatir, al discutir, al contestar, al crear juntos el pensamiento vivo, al comunicar la palabra y la idea, animados por las fuerzas de la dialéctica, vibrando con esta vibración sonora que se llama la palabra y de la cual lo escrito no es, en resumidas cuentas, más que un pálido símbolo: lo que la partitura es a la música, nada más. Acabaré con una última cita de Sócrates, porque hablo bajo su alta advocación: "Tener cara de sabio no es lo mismo que ser sabio", justamente esto es lo que produce la escritura. Gracias por vuestra atención».

Aplausos cerrados. El viejo está encantado. «Ja, ja, ja. Se conoce bien a los clásicos, el chaval. Su apuesta es sólida. ¡Sócrates, un tío que jamás ha escrito un libro, un valor seguro, entre nosotros! Es alguien así como el Elvis de la retórica, ja, ja, ja. En fin, tácticamente, ha ido a lo seguro, porque defender lo oral aquí es legitimar la actividad del Club, evidentemente: ¡la puesta en abismo! Ahora le toca responder al otro. Tiene que encontrar también un argumento sólido en el que apoyarse. Yo lo haría a lo Derrida: desmontar la triquiñuela del contexto, explicar que una conversación no está más personalizada que un texto o que una carta, porque nadie, cuando habla, o cuando escucha, sabe nunca de verdad quién es él y quién es su interlocutor. Nunca hay contexto, es un engañabobos, el contexto no existe: ¡ese es el rumbo! En todo caso, este sería mi eje de refutación. Hay que demoler ese hermoso edificio y cuanto antes, caramba, basta con ser preciso: la superioridad de lo escrito, todo un tema a desarrollar, como pueden ver, es bastante técnico, sí, pero nada del otro mundo. ¿Yo? Sí, asistí a clases nocturnas en la Sorbona. Era cartero. ¡Ah! ¡Shss! ¡Venga, chaval, demuéstranos que te mereces el nivel que tienes!»

Toda la sala chista para guardar silencio cuando el orador, un hombre de más edad que el anterior, encanecido, más pausado, menos brioso en su lenguaje corporal, toma la palabra. Mira al público, a su adversario, al jurado, y dice solo, alzando el índice:

«De Platón».

Luego se calla un largo rato, el suficiente como para producir la incomodidad que siempre va emparejada al silencio duradero. Y cuando siente que el público empieza a preguntarse por qué consume de esa manera unos preciosos segundos de su turno de palabra, prosigue:

«Mi honorable adversario ha atribuido su cita a Sócrates, pero la habréis corregido por vosotros mismos, supongo».

Todos en blanco.

«Él quería decir de Platón. Sin cuyos escritos hoy no tendríamos la menor idea ni de Sócrates, ni de su pensamiento, ni de su magnífica apología de lo oral en *Fedro*, que mi honorable contrincante nos ha repetido casi en su totalidad.»

Todos en blanco.

«Gracias por vuestra atención.» Y se sienta de nuevo.

Toda la sala se vuelve hacia su adversario. Puede, si lo desea, tomar otra vez la palabra y entablar la disputa, pero, lívido, no dice nada. No necesita esperar el veredicto de los tres jueces para saber que ha perdido.

Lentamente, valientemente, el joven se acerca y pone la palma de la mano encima de la mesa de los jueces. Toda la sala contiene el aliento. Los que fuman pegan caladas ávidas a sus cigarrillos. Cada cual cree oír el eco de su propia respiración.

El hombre sentado en el medio levanta una tajadera y le corta el meñique de un golpe seco.

El joven no lanza un grito pero se dobla por la mitad. Enseguida acuden a cuidar de él y a vendarlo en un silencio sepulcral. Recogen el dedo cortado como si nada, pero Simon no llega a ver si lo tiran o lo guardan en alguna parte para exponerlo en un frasquito con una etiqueta en la que pongan la fecha y el tema.

La voz suena de nuevo: «*¡Un tributo a los justadores!*». El público salmodia: «Tributo a los justadores».

En el silencio de la cava, el viejo les explica en voz baja: «Por lo general, cuando uno pierde, se deja pasar un poco de tiempo antes de que vuelva a probar suerte. Es un buen sistema, se evita así a los competidores compulsivos».

45

En esta historia hay un punto ciego que es también el punto de partida: el almuerzo de Barthes con Mitterrand. Es la gran escena que no tendrá lugar. Pero sin embargo lo tuvo... Jacques Bayard y Simon Herzog ni saben ni sabrán jamás lo que ocurrió aquel día y lo que allí se dijo. Apenas podrán tener acceso a la lista de invitados. Pero quizá yo sí pueda... Al fin y al cabo, todo es cuestión de método, y yo sé cómo proceder: interrogar a los testigos, atar cabos, descartar los testimonios frágiles, confrontar los recuerdos tendenciosos con la realidad de la Historia. Y luego, en caso de necesidad... Ya saben ustedes. Algo más se puede hacer con aquel día. No se ha contado todo de ese 25 de febrero de 1980. Privilegio de la novela: para ella, nunca es demasiado tarde.

46

«En efecto, lo que necesita París es una Ópera.»

Barthes querría estar en otra parte, tiene muchas cosas mejores que hacer que escuchar estas tonterías mundanas, se arrepiente de haber aceptado ir a ese almuerzo, y encima va a ser el hazmerreír de sus amigos de izquierdas, aunque al menos uno, Deleuze, estará contento. Foucault, por supuesto, lo abrumará con sus burlas despreciativas y se las ingeniará para no parar de repetirlas.

«La ficción árabe no duda en cuestionar sus propias fronteras, quiere salir del marco clásico, romper con la novela de tesis...»

Es el precio a pagar, claro, por haber comido con Giscard, ¿verdad? «Un gran burgués muy logrado», sí, en efecto, pero, bueno, estos tampoco están mal... En fin, cuando el vino está abierto, hay que beberlo. Además, está bueno este blanco. ¿Qué es? Yo diría que un chardonnay.

«¿Ha leído lo último de Moravia? Me gusta mucho Leonardo Sciascia. ¿Lee usted italiano?»

¿Qué los distingue? Nada, a priori.

«¿Y Bergman, le gusta?»

Mira su manera de estar, de hablar, de vestirse... No hay la menor duda de que son *habitus* de derechas, como diría Bourdieu.

«Ningún artista más que Miguel Ángel, con excepción quizá de Picasso, puede reivindicar semejante fortuna crítica. Sin embargo, nunca se ha dicho nada sobre la dimensión democrática de su obra.»

¿Y yo? ¿Acaso tengo yo *habitus* de derechas? No es suficiente con ir desarreglado para escapar de eso. Barthes palpa el respaldo de su silla para cerciorarse de que su vieja chaqueta sigue ahí. Tranquilo. Nadie va a robarte. ¡Ja, ja, ja! Ya piensas como un burgués.

«En materia de modernidad, Giscard sueña con una Francia feudal. Ya veremos si los franceses buscan un amo o un guía.»

Litiga cuando habla. Se nota que es abogado. Se siente a gusto en la cocina.

«¡Pues eso está al caer! Y, dígame, querido amigo, ¿sobre qué está trabajando ahora?»

Sobre las palabras. Sonreír. Poner cara de prestar atención. No vale la pena entrar en los detalles. Un poco de Proust, eso siempre gusta.

«No se lo va a creer, pero tengo una tía que conoció a los Guermantes.» La joven actriz tiene chispa. Muy francesa.

Me siento cansado. Lo que habría querido de verdad es seguir por un camino antirretórico. Pero ahora es demasiado tarde. Barthes suspira tristemente. Detesta aburrirse y, sin embargo, le ofrecen múltiples ocasiones para ello que acepta sin saber muy bien por qué. Pero hoy es un poco diferente. No es como si no tuviera nada mejor que hacer.

«Soy bastante amigo de Michel Tournier, no es tan salvaje como se le imagina, ja, ja, ja.»

Ah, vaya, pescado. De ahí el blanco.

«¡Venga a sentarse, "Jacques"! ¡No irá a pasarse toda la comida en la cocina!»

En la cocina: traicionado por una preposición... El joven de rizos con cara de chivo acaba de servir el plato que ha guisado y viene a reunirse con nosotros. Se apoya en el respaldo de la silla de Barthes antes de tomar asiento a su lado.

«Es una *cotriade*: una mezcla de pescados, salmonete, pescadilla, lenguado, caballa, con crustáceos y verduras, sazonados con una vinagreta, y he añadido un poco de curry con una pizca de estragón. ¡Que aproveche!»

Pues sí, está bueno. Es elegante y al mismo tiempo popular. Barthes ha escrito muchas veces sobre alimentación: el bistec con patatas fritas, el bocadillo de jamón, la leche y el vino... Pero esto de ahora es otra cosa, evidentemente. Quiere pasar por algo sencillo, pero está cocinado. Es preciso que se sienta que ha habido un esfuerzo, un cuidado, un amor en la elaboración. Y, como siempre, una demostración de fuerza. Ya había teorizado sobre ello en su libro sobre Japón: *La comida occidental, acumulada, dignificada, hinchada hasta lo majestuoso, ligada a cualquier operación de prestigio, se orienta siempre hacia lo grueso, lo grande, lo abundante, lo copioso; la oriental sigue el movimiento inverso, se expande hacia lo infinitesimal: el futuro del pepino no es su amontonamiento o su condensación, sino su división.*

«Es un guiso de pescadores bretones: se cocinaba a bordo con agua de mar. La vinagreta servía para contrarrestar el efecto sediento de la sal.»

Recuerdos de Tokio... *Los palillos, para dividir, separan, alejan, rodean, en lugar de cortar y pinchar a la manera de nuestros cubiertos; jamás violentan el alimento...*

Barthes se deja rellenar el vaso y, mientras que alrededor de la mesa los invitados comen en un silencio un poco intimidado, observa a ese hombrecillo de labios duros que absorbe sus bocados de pescadilla con una ligera succión sonora que una buena educación burguesa ha debido calibrar escrupulosamente para situaciones semejantes.

«He declarado que el poder es la propiedad. Y no es del todo falso, por supuesto.»

Mitterrand posa su cuchara. El auditorio silencioso deja de comer para demostrarle que se va a concentrar en sus palabras.

Si la cocina japonesa se hace siempre delante de quien va a comer (sello fundamental de esta cocina) es porque quizá importa consagrar a través del espectáculo la muerte de lo que se honra...

Diríase que tienen miedo de hacer ruido, como en el teatro.

«Pero no es verdad. Ustedes lo saben mejor que yo, ¿no es así?»

Ningún plato japonés está provisto de un centro (centro alimentario constituido entre nosotros por el rito de ordenar la comida, rodear o encorsetar los manjares); todo en ella es ornamento de otro ornamento: en primer lugar, porque sobre la mesa, sobre el plato, la comida siempre es una colección de fragmentos...

«El verdadero poder es el lenguaje.»

Mitterrand sonríe, su voz ha cobrado una inflexión zalamera que Barthes no sospechaba y entiende que se está dirigiendo a él. Adiós, Tokio. Ha llegado el momento que se temía (pero que sabía inevitable), en el que debe dar la réplica y representar lo que se espera de él, su papel de semiólogo, o al menos de intelectual difusamente especializado en el lenguaje. En la confianza de que se considere su laconismo como profundidad, dice: «Sobre todo en un régimen democrático».

Mitterrand, sin dejar de sonreír, suelta a cambio un «¿De verdad?» que es difícil determinar si se trata de una demanda de explicación, de un asentimiento educado o de una discreta objeción. El joven con cara de chivo, que es explícitamente responsable del encuentro, cree conveniente intervenir en la incipiente conversación que acaba de empezar, por temor quizá a que muera antes de nacer: «Como decía Goebbels, "cuando oigo la palabra *cultura*, echo mano a mi revólver"...». Barthes no tiene tiempo de asimilar el significado de la cita en ese contexto, porque ya Mitterrand rectifica secamente: «No, era Baldur von Schirach». Silencio embarazoso de los invitados a la mesa. «Tendrían ustedes que perdonar al señor Lang, aunque nació con la guerra, es demasiado joven para acordarse de ella. ¿No es así, "Jacques"?» Mitterrand frunce los ojos como un japonés. Pronuncia «Jack» a la francesa. ¿Por qué Barthes, en ese momento, tiene la impresión de que se está jugando a algo entre él y ese hombrecillo de mirada penetrante? Como si ese almuerzo se hubiera organizado solo para él, como si los demás invitados no estuvieran allí más que para dar el pego, meros señuelos, o peor, unos cómplices. Sin embargo, no es el primer almuerzo cultural organizado para Mitterrand: le montan uno al mes. ¿No serán también los otros para dar el pego?, piensa Barthes.

Creen oír que fuera, por la rue des Blancs-Manteaux, pasa un carruaje.

Barthes se autoanaliza rápidamente: vistas las circunstancias y el documento que lleva doblado en el bolsillo interior de su chaqueta, parece lógico pensar que está siendo víctima de grandes dosis de paranoia. Opta por tomar la palabra, en parte por sacar del apuro al joven de rizos castaños, que no deja de sonreír pese a estar contrariado: «Las grandes épocas de la retórica corresponden siempre a las de las repúblicas, ateniense, romana, francesa... Sócrates, Cicerón, Robespierre... Elocuencias ciertamente muy distintas, ligadas a épocas distintas, pero todas se han extendido como un bordado sobre el tapiz democrático». Mitterrand se muestra interesado, pero objeta: «Ya que nuestro amigo "Jacques" ha creído a bien invitar a la guerra a nuestra conversación, le recordaré que Hitler era un gran orador». Y agrega, sin dar a sus interlocutores ningún signo de ironía al que poder agarrarse: «De Gaulle también. A su manera».

Puestos a jugar a ese juego, Barthes pregunta: «¿Y Giscard?».

Mitterrand, como si lo estuviera esperando desde el principio, como si esos preliminares no hubieran tenido otra finalidad que conducir la conversación hacia exactamente ese punto, se inclina hacia atrás en su silla: «Giscard es un buen técnico. Su mayor fuerza estriba en el conocimiento justo que tiene de sí mismo, de sus medios y de sus debilidades. Sabe que es de corto aliento, pero su frase se adapta exactamente al ritmo. Sujeto, verbo y complemento. Punto, pero no coma. Si no, se adentraría por lo desconocido». Hace una pausa para que por fin se expandan las sonrisas complacientes en las caras de los invitados antes de proseguir: «Ningún nexo necesario, tampoco, entre dos frases. Cada una es autosuficiente, a la par que plana y lisa como un huevo. Un huevo, dos huevos, tres huevos, toda una puesta de huevos, regular como un metrónomo». Animado por las risas sofocadas que recibe en torno a la mesa, Mitterrand se calienta: «¡Un bello mecanismo! Conocí una vez a un melómano que le atribuía más genio a su metrónomo que a Beethoven... Naturalmente, el espectáculo es fascinante. Y encima pedagógico. Todo el mundo entiende que un huevo es un huevo, ¿no?».

Jack Lang, atento a su trabajo de mediador cultural, interviene: «Es exactamente lo que el señor Barthes denuncia en su obra: los estragos de la tautología».

Barthes confirma: «Sí, es decir..., la falsa demostración por excelencia, la ecuación inútil, A = A, "Racine es Racine", es el grado cero del pensamiento».

Mitterrand, feliz de esa convergencia de puntos de vista teóricos, no pierde el hilo de su discurso: «Eso es, exactamente eso. "Polonia es Polonia, Francia es Francia"». Adopta un tono falsamente quejumbroso: «¡Ve tú, después de eso, a explicar lo contrario! Quiero decir con ello que Giscard posee, en grado inaudito, el arte de enunciar las evidencias».

Barthes, conciliador, abunda: «Una evidencia no se demuestra. Se vacía».

Mitterrand repite, triunfante: «No, una evidencia no se demuestra». En ese momento, se escucha una voz desde la otra punta de la mesa: «Parece, sin embargo, *evidente*, prosiguiendo con su demostración, que a usted no se le puede escapar la victoria. Los franceses no son tan lerdos. No se dejarán atrapar dos veces por ese impostor».

Ha tomado la palabra un joven calvo con una boca que parece el culo de un pollo, un poco a lo Giscard, y que, al contrario que el resto de invitados, no se muestra muy impresionado por el hombrecillo. Mitterrand se vuelve maliciosamente hacia él: «¡Sé muy bien lo que está pensando, Laurent! Usted cree, como la mayor parte de nuestros contemporáneos, que no hay demostrador más deslumbrante que él».

Laurent Fabius protesta con una mueca desdeñosa: «Yo no he dicho eso...».

Mitterrand, agresivo: «¡Sí, sí! ¡Qué buen telespectador es usted! ¡Giscard da tan bien en televisión porque hay muchos telespectadores tan buenos como usted!».

El joven calvo no rechista, Mitterrand se besa a sí mismo: «Reconozco que explica admirablemente las cosas que no le afectan. ¿Que suben los precios en septiembre? ¡Diantres, es el buey! (Barthes repara en que Mitterrand dice "diantres".) Si es en octubre, es por el melón. En noviembre, por el gas, la electricidad, el ferrocarril y los alquileres. ¿Así, cómo quieren ustedes que los precios no suban? Está clarísimo». Su rostro se agrieta por un mal rictus, su voz se vela: «Es admirable cómo se accede tan fácilmente a los misterios de la economía, cómo se penetra de la mano de ese guía tan sabio por los arcanos de las altas finanzas». Y entonces grita: «¡Eh, que es el buey! ¡El odioso melón! ¡El alquiler traicionero! ¡Viva Giscard!».

Los invitados se quedan de piedra, pero Fabius responde, encendiendo un cigarrillo: «Exagera usted».

El rictus de Mitterrand vuelve a su aspecto zalamero y, con un timbre más normal y sin que se sepa si responde al joven calvo o desea tranquilizar al grupo de invitados, dice: «Por supuesto, estaba bromeando. Aunque no del todo. Rindámonos a la evidencia: es preciso tener una inteligencia admirable para convencer a los demás de que gobernar consiste en no ser responsable de nada».

Jack Lang se escabulle.

Barthes piensa que tiene ante sí a un magnífico espécimen de maniaco obsesivo: ese hombre quiere el poder y ha materializado en su rival directo todo el rencor que podía sentir contra una fortuna durante demasiado tiempo adversa. Es como si se enfureciese ya por su próxima derrota, pero al mismo tiempo se sintiera dispuesto a todo menos a renunciar. Quizá no crea en su victoria, pero en su naturaleza está combatir para lograrla, o es la vida la que lo ha hecho así. Indudablemente, la derrota es la mejor escuela. Barthes, invadido por una ligera melancolía, prende un cigarrillo para disimular lo que siente. Pero la derrota inculca en el individuo complejas patologías. Barthes se pregunta qué será lo que realmente desea ese hombrecillo. No se cuestiona su determinación, pero ¿no se ha encerrado en un sistema? 1965, 1974, 1978... Una y otra vez, derrotas prestigiosas cuya responsabilidad no le es imputada personalmente, razón por la cual se siente autorizado a perseverar en su ser, y su ser es la política, no cabe duda, pero quizá también sea la derrota.

El joven calvo retoma la palabra: «Giscard es un orador brillante, bien lo sabe usted. Es más, su estilo está moldeado para la tele. Eso es ser moderno».

Mitterrand adopta un aire falsamente conciliador: «Pero, mi querido Laurent, hace mucho tiempo que estoy convencido de ello. Admiraba ya sus cualidades expositivas cuando intervenía en la tribuna de la Asamblea Nacional. En esa época, yo ya había tomado nota de que era el mejor orador que había oído desde... desde Pierre Cot. Sí, un radical que fue ministro durante el Frente Popular. Pero me estoy desviando. El señor Fabius es tan joven que apenas si ha conocido el Programa Común, así que por tanto menos aún el Frente Popular... (Risas tímidas alrededor de la mesa.) Pero volvamos, por favor, a Giscard, a ese faro de elocuencia. La claridad del discurso, la fluidez de la cadencia entrecortada de pausas que daban a los oyentes la sensación de ser convocados a pensar, igual que la cámara lenta de las imágenes deportivas de la televisión te proyecta desde el sillón en que arrellanas tus riñones hacia la heroica intimidad del esfuerzo muscular, todo, incluso la posición de la cabeza, todo, absolutamente todo predisponía a Giscard a aposentarse en nuestras pequeñas pantallas. Sin duda que ha añadido a sus propias cualidades naturales un montón de trabajo. ¡Se acabaron los *amateurs*! Y ha obtenido su recompensa. Con él, parece incluso que la televisión respira. El triunfo de los pulmones de acero».

El joven calvo sigue sin dejarse impresionar: «En conclusión, que es de una eficacia temible. La gente lo escucha y hay quien hasta vota por él».

Mitterrand, pensativo, responde como para sí mismo: «Sin embargo, me pregunto... Ha dicho usted algo sobre el estilo moderno. Yo, en cambio, lo creo desfasado. Nos hemos burlado de la retórica de colorido literario y arrebatadora. (Barthes oye el eco del debate de 1974, herida nunca cerrada para el candidato derrotado.) Y a menudo con razón. (Cuánto debe de dolerle una concesión como esta, cuánto autocontrol ha debido de invertir para llegar a este punto...) Un lenguaje afectado hiere los oídos como el maquillaje la vista».

Fabius espera, Barthes espera, todo el mundo espera. Mitterrand tiene el hábito de hacer esperar, se toma su tiempo antes de proseguir: «Pero a retórica, retórica y media. La del tecnócrata ya está desgastada. Ayer era de un valor precioso. Hoy pasa por ridícula. ¿Quién decía hace poco: "Me duele mi balance de cuentas"?».

Jack Lang regresa y pregunta mientras se sienta: «¿No era Rocard?».

Mitterrand deja que de nuevo su irritación se abra camino: «No, era Giscard». Fusila con la mirada al joven de cabello ensortijado que le ha echado a perder el efecto y al punto sigue como si nada: «Dan ganas de pensarlo un poco. ¿Le duele como la cabeza? ¿Le duele como el corazón? ¿Le duele como un cólico nefrítico? ¿Como un retortijón? Esos son dolores ubicables. Pero ¿un balance de cuentas? ¿Está entre la sexta y la séptima costilla? ¿Es una glándula desconocida? ¿Uno de los huesecillos del coxis? Giscard no va por ahí».

Los invitados no saben si deben reír o no. Ante la duda, se abstienen.

Mitterrand mira por la ventana y continúa: «Él tiene sentido común y, experto en la vaguedad, conoce y siente la política como nadie».

Barthes comprende en toda su dimensión la ambigüedad de ese cumplido: para alguien como Mitterrand, evidentemente es un reconocimiento superior, pero, por una forma de esquizofrenia inherente al político, sacando partido de una riquísima polisemia, el término «política» tiene en su boca también cierto matiz despreciativo, incluso insultante.

Mitterrand, ya sin que nadie lo pare: «Pero su generación se quita del medio al mismo tiempo que el economismo. Margot, que ha enjugado sus lágrimas, empieza a aburrirse».

Barthes se pregunta si Mitterrand no estará ebrio.

Fabius, que parece divertirse cada vez más, interpela a su patrón: «Ándese con ojo, todavía se mueve y sabe apuntar con precisión. Acuérdese de su dardo: "Usted no tiene el monopolio del corazón"».

Los invitados contienen la respiración.

Contra lo que cabría esperar, Mitterrand contesta casi desganadamente: «¡Ni es mi intención! Mis reflexiones, en cierto modo, van dirigidas al hombre público y me cuido mucho de juzgar al hombre privado, a quien ni siquiera conozco». Luego, una vez que ha hecho sus concesiones, es decir, ha demostrado su espíritu de *fair-play*, concluye: «Pero hablábamos de técnica, me parece. En él ocupa tanto espacio, que no sabe dónde ubicar lo imprevisto. El momento difícil de una vida, la suya, la de ustedes, la mía, de cualquier vida con ambiciones, es aquel en que una pintada en la pared te enseña que has empezado a imitarte a ti mismo».

Tras escuchar esas palabras, Barthes mete la nariz en su vaso. Siente brotar en su interior una risa nerviosa, pero se contiene recitando mentalmente esta máxima: «Cada quien ríe para sí».

Siempre la reflexividad.

SEGUNDA PARTE

Bolonia

47

16.16 horas.

«Qué calor, joder.» Simon Herzog y Jacques Bayard recorren las calles adoquinadas de Bolonia la roja buscando refugio en los soportales que entretejen la ciudad, con la esperanza de escapar por un instante del sol plomizo bajo el que se doblega una vez más la Italia del Norte ese verano de 1980. Sobre una pared, escrito con spray, pueden leer: «*Vogliamo tutto! Prendiamoci la città!*». Tres años antes, aquí mismo, unos carabineros mataron a un estudiante, desencadenando una auténtica insurrección popular que fue reprimida por el ministro del Interior enviando los tanques: Italia, en 1977, se convirtió en Checoslovaquia. Pero hoy todo está tranquilo, los blindados han vuelto a sus madrigueras y la ciudad parece haberse echado la siesta.

—¿Es aquí? ¿Dónde estamos?

—Mira a ver el plano.

—Pero ¡si lo tienes tú!

—¡No, te lo devolví a ti!

En via Guerrazzi, en el corazón del barrio estudiantil de la ciudad universitaria más vieja del continente, Simon Herzog y Jacques Bayard entran en un antiguo palacio, sede de la DAMS: Discipline Arte Musica e Spettacolo. Aquí es donde, cada semana, el profesor Eco daba su curso semestral, por lo que deducen tras descifrar un cartel de oscuro título. Pero el profesor no se encuentra allí, un portero les explica en un francés impecable que los cursos han acabado («¡Ya sabía yo —le dice Simon a Bayard—, que era una estupidez venir a la facultad en verano!»), pero que, con toda probabilidad, estará en un bar: «Por costumbre va a la Drogheria Calzolari o a la Osteria del Sole. *Ma*, la Drogheria cierra más pronto. Aunque depende de la sed que tenga *il professore*».

Los dos hombres cruzan la sublime piazza Maggiore, con su basílica inacabada del siglo XIV, mitad de mármol blanco y mitad de piedra ocre, y su fuente de Neptuno rodeada de gruesas y obscenas sirenas que se tocan los senos cabalgando a lomos de demoniacos delfines. Encuentran la Osteria del Sole en un minúsculo pasaje, ya llena de estudiantes. Fuera, en la pared, se puede leer: «*Lavorare meno - lavorare tutti!*». Gracias a sus nociones de latín, Simon traduce: «Trabajar menos - trabajar todos». Bayard piensa: «Golfos en todas partes, trabajadores en ninguna».

En la entrada, un gran sol estilizado a la manera de los emblemas de alquimistas dibujado en un póster gigante. Aquí venden vino barato y la gente puede llevar su comida. Simon pide dos tintos de Sangiovese mientras Bayard se informa de la presencia de Umberto Eco. Todo el mundo parece conocerlo cuando dice: «*Non ora, non qui*». No obstante, los dos franceses deciden quedarse un poco más, al abrigo del agobiante calor, por si acaso Eco se dejara caer por el lugar.

Al fondo de la sala en L, un grupo de estudiantes festeja ruidosamente el cumpleaños de una chica a la que sus amigos han regalado un tostador que ella enseña con agradecimiento. También hay unos cuantos viejos, pero Simon observa que todos están agrupados en el mostrador, a la entrada, y comprende que es porque así el trayecto para pedir la consumición es más corto, ya que no hay servicio de camareros. Detrás de la barra, una vieja vestida de negro, de aspecto austero, con un moño gris impecablemente estirado, dirige el cotarro. Simon adivina que se trata de la madre del encargado, a quien busca con los ojos y no tarda en dar con él: es el individuo grande y desgarbado que juega a las cartas en una mesa. Por su manera de bufar y su aspecto desagradable, supone Simon que trabaja ahí y que, visto que no da un palo al agua ya que está jugando a las cartas (para Simon son unas cartas desconocidas, una especie de tarot), seguro que es él el patrón. Su madre lo llama de vez en cuando: «¡Luciano! ¡Luciano!». Él contesta con gruñidos.

Por el hueco de la L de la sala se puede acceder a un pequeño patio interior que sirve de terraza; Simon y Bayard ven allí a parejas metiéndose mano tranquilamente y a tres jóvenes con pañuelos con pinta de conspiradores. Simon detecta también a algunos extranjeros, cuya no-italianidad es traicionada, de una manera o de otra, por su ropa, sus gestos o su mirada. Debido a los acontecimientos de los meses pasados, se ha vuelto un poco paranoico y cree ver búlgaros por todas partes.

Sin embargo, el ambiente se presta poco a la paranoia. La gente desenrolla unas tortitas que rellena de panceta y pesto o pica unas alcachofas. Evidentemente, todo el mundo fuma. Simon no se fija en que, en el patio, los jóvenes conspiradores se pasan un paquete por debajo de la mesa. Bayard se toma otro vaso de vino. De improviso, uno de los estudiantes del fondo de la sala se dirige a ellos para ofrecerles una copa de Prosecco y un trozo de tarta de manzana. Se llama Enzo, es extremadamente parlanchín y también habla francés. Los invita a reunirse con sus amigos, que discuten alegremente sobre temas políticos, a juzgar por los *«fascisti»*, *«comunisti»*, *«coalizione»*, *«combinazione»* y demás *«corruzione»* que surgen de ellos. Simon pregunta qué significa *«pitchi»*, que sale mucho en la conversación. Una morena bajita de tez mate hace un paréntesis para explicarle en francés que es como se pronuncia «PC» en italiano. Le dice que todos los partidos están podridos, incluidos los comunistas, que son unos *notabili* dispuestos a ir del brazo de la patronal y aliarse con los democristianos. Afortunadamente, las Brigadas Rojas han hecho fracasar el *compromesso storico* secuestrando a Aldo Moro. De acuerdo, lo han matado, pero es por culpa del papa y de ese *porco* de Andreotti, que no ha querido negociar.

Luciano, que la ha oído hablar con los franceses, le llama la atención con grandes gestos: «*Ma, che dici! Le Brigate Rosse sono degli assassini!* Lo han matado y lo han metido en el maletero de una *macchina*, ¡como a *un cane*!».

La chica da media vuelta: «*Il cane sei tu!* Están en guerra, querían cambiarlo por unos camaradas, prisioneros políticos, esperaron cincuenta y cinco días a que el gobierno aceptara hablar con ellos, ¡casi dos meses enteros! Se negó, ¡ni un solo prisionero, dijo Andreotti! Moro se lo suplicó: ¡amigos míos, salvadme, soy inocente, hay que *negoziare*! Y todos sus buenos amigos dijeron: no es él, está drogado, lo han obligado, ha cambiado... ¡No es el Aldo que conocí, dijeron a una, *'sti figli di putana*!».

Y hace el gesto de escupir antes de apurar de un trago su vaso, luego se gira hacia Simon sonriendo mientras Luciano vuelve a su *tarocchino* echando pestes.

Ella se llama Bianca, tiene ojos muy negros y dientes muy blancos, es napolitana, estudia ciencias políticas, querría ser periodista, pero no en la prensa burguesa. Simon asiente con la cabeza sonriendo tontamente. Gana puntos cuando le dice que él está haciendo su tesis en Vincennes. Bianca bate palmas: hace tres años, hubo aquí, en Bolonia, un gran coloquio con los mejores intelectuales franceses, Guattari, Sartre y ese joven de camisa blanca, Lévy... Ella había entrevistado a Sartre y a Simone de Beauvoir para *Lotta Continua*. Alzando un dedo, cita de memoria lo que Sartre había dicho: «No puedo aceptar que un joven militante sea asesinado en las calles de una ciudad gobernada por el Partido Comunista». Y, por muy compañero de viaje que fuera, había declarado: «Me pongo del lado del joven militante». ¡Eso era *magnifico*! También se acuerda de que Guattari había sido recibido como una estrella de rock; ni que fuera John Lennon, desataba la locura por la calle. Un día, Guattari participaba en una manifestación y va y se encuentra con Bernard-Henri Lévy y lo saca de la comitiva, porque los estudiantes estaban tan excitados que podían moler a palos al filósofo de la *camicia bianca*. Bianca ríe a carcajadas y se sirve otro Prosecco.

Entonces Enzo, que charlaba con Bayard, viene a meterse en la conversación: «¿Las *Brigate Rosse*? *Ma*, los terroristas de izquierda son terroristas, al fin y al cabo, ¿no?».

Bianca se enciende de nuevo: «*Ma che terroristi?* ¡Militantes que utilizan la acción violenta como medio de acción, *ecco*!».

Enzo suelta una risa amarga: «*Si*, y Moro era un *lacchè* del capital, *io so*. No era más un *strumento* con traje y corbata en manos de Agnelli y los estadounidenses. *Ma*, detrás de la corbata había un *uomo*. Ah, si no hubiera escrito esas cartas, a su mujer, a su nieto..., no habríamos visto más que el *strumento*, sin duda, y no al *uomo*. Por eso sus amigos se aterrorizaron: por mucho que digan que las había escrito bajo coacción, todo el mundo sabía muy bien que *no*, que aquellas palabras no estaban dictadas por un *carceriere*, sino que salían del fondo del corazón de un *pover'uomo* que va a morir. Y tú, tú eres cómplice de esos amigos que lo abandonaron: quieres olvidar sus cartas para olvidar que tus amigos brigadistas asesinaron a un *vecchietto* que amaba a su nietecito. *Va bene!*».

A Bianca le brillan los ojos. Después de una salida como esa, no tiene más recurso que doblar su apuesta en el pathos, si es posible hasta con una dosis de lirismo, pero no demasiado, porque bien sabe ella que el lirismo politizado corre el riesgo de sonar a catecismo, así que dice: «Su nietecito se recuperará, irá a los mejores colegios, nunca tendrá hambre, tendrá una recomendación para encontrar un puesto en la UNESCO, en la OTAN, en la ONU, en Roma, en Ginebra, en Nueva York. ¿Has estado alguna vez en Nápoles? ¿Has visto a los niños napolitanos que viven en las casas que el Estado, el de Andreotti y tu amigo Moro, deja que se caigan a pedazos? ¿A cuántas mujeres y niños ha abandonado a su suerte la política corrupta de democristianos?».

Enzo ríe sarcásticamente mientras rellena el vaso de Bianca: «¿Combatir el mal con el mal, *giusto*?».

En ese instante, uno de los jóvenes conspiradores se levanta, coge su cartera tras cubrirse la parte baja de su rostro con un pañuelo, saca una pistola, apunta hacia el patrón del bar y le pega un tiro en la pierna.

Luciano cae al suelo entre quejidos.

Bayard no va armado y el barullo que se forma a continuación le impide agarrar al joven que sale caminando, acompañado de sus dos amigos, con el arma humeante aún en la mano.

En un santiamén, el grupo de los del pañuelo ha desaparecido.

En el interior, no es que haya cundido el pánico, aunque la vieja de detrás de la barra se ha precipitado gritando hacia su hijo, sino que los jóvenes y los viejos están todos vociferando. Luciano aparta a su madre. Enzo grita dirigiéndose a Bianca, con ironía biliosa: «*Brava, brava! Continua a difenderli i tuoi amici brigadisti? Bisognava punire Luciano, vero? Questo sporco capitalista propietario di bar. É un vero covo di fascisti, giusto?*». Bianca corre a ayudar a Luciano, que está echado en el suelo, y responde a Enzo en italiano que esos seguro que no eran brigadistas, existen centenares de grupúsculos de extrema izquierda o de extrema derecha que practican la *gambizzazione* a tiros de una P38. Luciano le dice a su madre: «*Basta, mamma!*». La pobre mujer emite un largo lamento de angustia. Bianca no comprende por qué las Brigadas Rojas habrían de atacar a Luciano. Mientras trata de detener la hemorragia con un trapo, Enzo le hace observar que el simple hecho de que ella dude en atribuir este ataque a la extrema izquierda o a la extrema derecha ya es en sí revelador de un atisbo de problema. Alguien dice que hay que llamar a la policía, pero Luciano lanza un gruñido categórico: *niente polizia*. Bayard se inclina sobre la herida: el hueco del impacto está por encima de la rodilla, en el muslo, y, vista la sangre que sale, la bala no ha tocado la arteria femoral. Bianca contesta a Enzo en francés, por lo que Simon entiende que se dirige también a él: «Sabes cómo es la estrategia de la tensión. Es así desde la piazza Fontana». Simon pregunta a qué se refiere. Enzo le explica que en Milán, en el 69, una bomba mató a quince personas en un banco situado en la piazza Fontana. Bianca añade que, durante la investigación, la policía mató a un anarco-sindicalista arrojándolo por la ventana de la comisaría. «Se dijo que fueron los anarquistas, pero enseguida comprendimos que fue la extrema derecha, con la complicidad del Estado, la que puso la bomba para que se acusara a la extrema izquierda y justificar así la política fascista. Es la *strategia della tensione*. Dura desde hace diez años. Hasta el papa es cómplice». Enzo le da la razón: «Es verdad. ¡Un polaco!». Bayard pregunta: «¿Y estos, digamos, piernicidios, ¿son habituales?». Bianca reflexiona mientras improvisa un torniquete con su cinturón: «No, no mucho. Yo diría que uno por semana».

Como Luciano no parece estar a las puertas de la muerte, los clientes se dispersan en la noche. Simon y Bayard se dirigen a la Drogheria Calzolari guiados por Enzo y Bianca, que no tienen ganas de volver a su casa.

19.42 horas.

Los dos franceses se sumergen en las calles de Bolonia como en un sueño, la ciudad es un teatro de sombras en el que unas siluetas furtivas bailan una extraña danza según una coreografía misteriosa: estudiantes que aparecen y desaparecen entre las columnas, putas y drogados inmóviles bajo las bóvedas de los soportales, carabineros que corren silenciosamente en el vacío. Simon levanta la cabeza. Dos bellas torres medievales flanquean las puertas que antaño daban origen a la carretera de la Rávena bizantina, pero la segunda está tan inclinada como la torre de Pisa y es más baja que su hermana, por eso la llaman la Torre Cortada, la *Torre Mezza*, la que Dante colocó en el último pozo del Infierno cuando era más alta y amenazadora: «Como el que a Garisenda ha contemplado, por do se inclina, al tiempo que pasaba una nube, y que cae se ha figurado». La estrella de las Brigadas Rojas adorna los muros de ladrillo. A lo lejos, se oyen silbatos de policía y cantos de partisanos. Un mendigo se pone al lado de Bayard para pedirle un cigarrillo y decirle que hay que hacer la revolución, pero Bayard no le entiende y continúa su camino con obstinación por la hilera de soportales que, calle tras calle, le parece no tener fin. Dédalo e Ícaro en el país del comunismo italiano, piensa Simon, a la vista de los carteles electorales pegados sobre las piedras y las vigas. Y, entre esa población de espectros, no podían faltar los gatos, que son, como en cualquier parte de Italia, los verdaderos habitantes de la ciudad.

El escaparate de la Drogheria Calzolari reluce en la densa noche. En su interior, profesores y estudiantes beben vino y picotean unos *antipasti*. El dueño avisa de que va a cerrar, pero la animación que reina desmiente esa advertencia. Enzo y Bianca piden una botella de Manaresi.

Un tipo con barba cuenta una divertida historia, todo el mundo se ríe salvo un hombre con guantes y otro con un bolso; Enzo traduce para los dos franceses: «Es un *uomo* que vuelve a su casa por la noche completamente borracho, pero por el camino se encuentra con una monja vestida con su capa y su toca. Entonces se lanza sobre ella y empieza a zurrarla. Una vez que la ha dejado para el arrastre, la levanta del suelo y le dice: "¡Joder, Batman, te creía más fuerte!"». Enzo se ríe, al igual que Simon, pero Bayard titubea.

El barbudo discute con una chica con gafas y con un hombre al que Bayard identifica inmediatamente como profesor por la edad, pese a parecer un estudiante. Cuando el barbudo acaba su vaso, se sirve otro de la botella que hay sobre el mostrador, pero sin rellenar los vasos vacíos de la chica y del profesor. Bayard lee la etiqueta: VILLA ANTINORI. Le pregunta al camarero si es bueno. Es un blanco de Toscana y no, no es muy bueno, le contesta el camarero en un excelente francés. Se llama Stefano y está estudiando ciencias políticas. «¡Por aquí, todo el mundo estudia y hace política!», le dice a Bayard y añade, proponiendo un brindis: «*Alla sinistra!*». Bayard brinda con él y repite: «*Alla sinistra!*». El dueño del bar se inquieta: «*Piano col vino, Stefano!*». Stefano se ríe y le dice a Bayard: «No le haga caso, es mi padre».

El hombre con guantes exige la liberación de Toni Negri y denuncia a Gladio, esa oficina de la extrema derecha financiada por la CIA. «*Negri complice delle Brigate Rosse, è altrettanto assurdo che Trotski complice di Stalin!*»

Bianca se ofende: «*Gli stalinisti stanno a Bologna!*».

Enzo aborda a una chica con la excusa de adivinar lo que estudia y acierta a la primera (ciencias políticas).

Bianca le explica a Simon que, en Italia, el Partido Comunista es muy fuerte, cuenta con quinientos mil afiliados, y, al contrario que en Francia, no devolvió las armas en el 44, de ahí el enorme número de P38 alemanas que hay en circulación en todo el país. Bolonia la roja es un poco el escaparate del PCI, con su alcalde comunista que trabaja para Amendola, el representante de la corriente gestora. «El ala derecha —dice Bianca con una mueca de desprecio—. El prototipo de esa porquería del compromiso histórico.» Como Bayard ve a Simon prendado de sus palabras, alza su vaso de tinto hacia él: «Venga, izquierdista, a que te gusta Bolonia, ¿eh? ¿Estás mejor que en tu leonera de Vincennes?». Bianca repite, brillándole los ojos: «¡Vincennes... Deleuze!». Bayard le pregunta a Stefano, el camarero, si conoce a Umberto Eco.

En ese preciso momento, un hippie con sandalias entra en el local y va directamente hasta el barbudo, a quien da unos golpecitos en la espalda. El barbudo se vuelve, el hippie se baja la bragueta y le mea encima. El barbudo se aparta, horrorizado, y todo el mundo se pone a gritar, en un momento de confusión general, pero el hippie no opone resistencia cuando los hijos del dueño lo sacan a la calle. La gente se congrega en torno al tipo de la barba, que gime: «*Ma io non parlo di politica!*». El hippie, antes de salir, le suelta: «*Appunto!*».

Stefano vuelve detrás del mostrador y le señala el barbudo a Bayard: «Ese es Umberto».

El hombre con el bolso sale dejándolo olvidado a los pies del mostrador, pero afortunadamente los demás clientes lo alcanzan y se lo devuelven. El hombre, confuso, se excusa de manera extraña, da las gracias y desaparece en la noche.

Bayard se acerca al barbudo, que se limpia simbólicamente los pantalones (pues la orina ya ha mojado la tela), y saca su placa: «¿Señor Eco? Policía francesa». Eco se altera: «¿La policía? *Ma*, ¿por qué no ha detenido al hippie?». A continuación, considerando el público de estudiantes de izquierdas que llena la Drogheria, decide no seguir por ese camino. Bayard le resume las razones de su presencia allí: Barthes le había pedido a un joven que se reuniera con él en caso de que algo malo le sucediera, pero el joven ha muerto con su nombre en los labios. Eco parece sinceramente sorprendido. «A Roland lo conocía muy bien, aunque no éramos amigos íntimos. Qué historia más terrible, *ma* fue un accidente, ¿no?»

Bayard comprende que una vez más tendrá que armarse de paciencia, así que se termina su vaso de vino, enciende un cigarrillo, mira al hombre con guantes agitar los brazos mientras habla del *materialismo storico*, a Enzo tratar de ligar con la chica jugueteando con sus cabellos, y a Simon y a Bianca brindar por «la anhelada autonomía», y dice: «Reflexione. ¿Tiene usted alguna buena razón por la cual Barthes pidiera expresamente que se contactara con usted?».

Después escucha cómo Eco no responde a su pregunta:

—La gran lección de semiología que yo aprendí de Roland es señalar con el dedo cualquier hecho universal y advertir que significa algo. Él repetía siempre que el semiólogo, cuando pasea por la calle, intuye significación ahí donde los demás ven solo hechos. Sabía que decimos algo con nuestra manera de vestirnos, de sostener un vaso, de caminar... Usted, por ejemplo. Puedo decirle que estuvo en la guerra de Argelia y que...

—¡Está bien! Ya me lo sé —refunfuña Bayard.

—¿Cómo? Ah, *bene*. Al mismo tiempo, lo que a él más le gustaba de la literatura es que no es obligatorio fijar un solo sentido, *ma* jugar con varios sentidos. *Capisce?* Es *geniale*. Por eso le gustaba tanto Japón: un mundo del que no conocía ningún código. No tenía ninguna posibilidad de hacer trampas, pero no en cuestión ideológica o política, sino estética, y quizá antropológica. O tal vez ni siquiera antropológica. El placer de la interpretación pura, abierta, libre de referente. Él me decía: «¡Sobre todo, con tu permiso, Umberto, matar el referente!». ¡Ja, ja, ja, ja! *Ma attenzione*, eso no quiere decir que no exista el significado, ¿eh? Todo tiene significado. —Echa un trago de vino blanco—. Todo. Pero eso tampoco quiere decir que haya una infinidad de interpretaciones. ¡Son los cabalistas los que piensan eso! Hay dos corrientes: los cabalistas que piensan que se puede interpretar la Torá en todos los sentidos, hasta el infinito, para producir cosas nuevas, y san Agustín. San Agustín sabía que el texto de la Biblia era una *foresta infinita di sensi* («*infinita sensuum silva*», como decía san Jerónimo), pero que siempre se la podía someter a una regla de falsificación, con el fin de excluir lo que el contexto no permitía leer, cualquiera que fuese la violencia hermenéutica a la que se le sometiera. ¿Comprende? Es imposible decir si una interpretación es válida, ni si es la mejor, pero es posible decir si el texto rechaza una interpretación incompatible con su propia contextualidad. Esto quiere decir que no se puede contar cualquier cosa. *Insomma*, Barthes era agustiniano, no cabalista.

Y mientras Eco satura su espacio sonoro en el guirigay de las conversaciones y el tintineo de los vasos, entre unas botellas colocadas en fila en los estantes del vinatero y los cuerpos jóvenes, firmes y elásticos, de los estudiantes que exudan su fe en el futuro, Bayard ve cómo el hombre con guantes sermonea a sus interlocutores sobre un tema desconocido.

Y se pregunta por qué un hombre lleva guantes cuando hace una temperatura de treinta grados.

El profesor a quien Eco contaba antes el chiste interviene, en francés sin acento:

—El problema, y tú lo sabes, Umberto, es que Barthes no estudiaba signos, en el sentido saussuriano del término, sino, en última instancia, símbolos, y muy a menudo indicios. Interpretar un indicio no es propio de la semiología, es la vocación de TODAS las ciencias: física, química, antropología, geografía, economía, filología... Barthes no era un semiólogo, Umberto, él no comprendía lo que es la semiología, porque no comprendía la especificidad del signo, el cual, a diferencia del indicio, que no es más que una huella fortuita hallada por un receptor, debe ser voluntariamente emitido por un emisor. Era un generalista bastante inspirado, eso sí, pero en definitiva era solo un crítico a la antigua usanza, exactamente como Picard y todos esos contra los que competía.

—*Ma no*, te equivocas, Georges. La interpretación de los indicios no es TODA la ciencia, sino el momento semiológico de toda ciencia y la esencia de la semiología misma. Las *Mitologías* de Roland eran brillantes análisis semiológicos, ya que la vida cotidiana está sometida a un bombardeo continuo de mensajes que no manifiestan siempre una intencionalidad directa, sino que tienden con frecuencia, en razón de su finalidad ideológica, a presentarse bajo una aparente «naturalidad» real.

—¿Lo dices en serio? No veo en absoluto por qué tienes que llamar *semiología* a lo que a fin de cuentas no es más que una epistemología general.

—*Ma*, de eso se trata. La semiología ofrece instrumentos para reconocer que hacer ciencia es, ante todo, aprender a ver el mundo, en su globalidad, como un conjunto de hechos significantes.

—¡En ese caso, es tanto como decir que la semiología es la madre de todas las ciencias!

Umberto separa las manos con las palmas abiertas y, sonriendo con todo el esplendor de su barba, dice: «*Ecco!*».

El ruido de las botellas al descorcharse produce un continuo pop, pop, pop. Simon enciende galantemente el cigarrillo de Bianca. Enzo intenta besar a su joven estudiante, pero esta se zafa sonriendo. Stefano rellena los vasos de todo el mundo.

Bayard observa que el hombre con guantes deja su vaso sin acabárselo y sale a la calle. Deduce que el local está dispuesto de tal modo que, al haber un mostrador cerrado impidiendo a los clientes acceder a la trastienda, no hay un WC a disposición de la clientela. Por tanto, como parece más que verosímil, el hombre con guantes no quiere hacer lo que hizo el hippie y se va a mear fuera. Bayard tiene pocos segundos para tomar una decisión. Coge una cucharilla de café que hay sobre el mostrador y sale detrás de él.

El hombre con guantes no ha ido muy lejos, no son pocas las callejuelas sombrías que hay por el barrio. Está de cara a la pared, aliviándose, cuando Bayard lo agarra por detrás, lo tumba de espaldas en el suelo y le vocea a la cara: «¿Meas con los guantes puestos? ¿No te gusta ensuciarte las manos?». El hombre es de corpulencia mediana pero está tan estupefacto que ni se resiste ni grita, limitándose a mover los ojos de un lado a otro, aterrorizado. Bayard lo inmoviliza apoyando la rodilla encima de su pecho y le sujeta las manos. Siente algo blando bajo el cuero de la mano izquierda, le quita el guante y descubre que le faltan dos falanges, una en el meñique y otra en el anular.

«Pero ¡bueno! ¿A ti también te gusta cortar leña?»

Le aplasta la cabeza contra el pavimento húmedo.

«¿Dónde es la reunión?»

El hombre con guantes emite borborigmos incomprensibles, por lo que Bayard afloja su presión y escucha: «*Non lo so! Non lo so!*».

Bayard, quizá contagiado por el clima de violencia que flota sobre la ciudad, no parece dar muestras de paciencia. Saca la cucharilla del bolsillo de su chaqueta y la calza profundamente debajo del ojo del hombre, que se pone a chillar como un pájaro asustado. Detrás de él, oye que Simon acude gritando: «¡Jacques! ¡Jacques! ¿Qué estás haciendo?». Simon lo agarra por los hombros pero Bayard es demasiado fuerte como para que pueda detenerlo. «¡Jacques! ¡Joder! ¡Te has vuelto loco!»

El poli hunde la cuchara aún más en la órbita.

No repite la pregunta.

Quiere elevar la ansiedad y la desesperación a su máxima intensidad lo más rápidamente posible, aprovechando el efecto sorpresa. Su objetivo es la eficacia, como en Argelia. En menos de un minuto, el hombre con guantes pensaba pasar una velada tranquila y ahora un francés surgido de ninguna parte trata de extirparle un ojo mientras él se mea encima.

Cuando siente que el hombre aterrorizado está a punto de abrir la más mínima puerta de salida que él le va a ofrecer para salvar su ojo y su vida, Bayard se aviene finalmente a concretar su pregunta.

«¡El Logos Club, mierdecilla! ¿Dónde está?» Y el hombre de los dedos cortados balbucea: «*Archiginnasio! Archiginnasio!*». Bayard no comprende. «¿Archi qué?» A su espalda oye una voz que no es la de Simon: «El Palazzo dell'Archiginnasio es la sede de la antigua universidad, detrás de la piazza Maggiore. Fue construido por Antonio Morandi, llamado *Il Terribilia, perché...*».

Bayard, sin darse la vuelta, ha reconocido la voz de Eco, que pregunta: «¿*Ma, perché* tortura usted a este *pover'uomo*?».

Bayard se explica: «Esta noche habrá aquí, en Bolonia, una reunión del Logos Club». El hombre con guantes emite un rauco soplido.

Simon pregunta:

—Pero ¿cómo lo sabes?

—Nuestros servicios han obtenido esa información.

—¿«Nuestros» servicios? ¿Los RG, quieres decir?

Simon piensa en ese momento en Bianca, que se ha quedado dentro de la Drogheria, y desearía dejar claro a todo el mundo que él no trabaja para los servicios de información franceses, pero se calla para ahorrarse el esfuerzo de verbalizar la crisis identitaria que cada vez crece más en él. Comprende también que no han venido a Bolonia únicamente a interrogar a Eco. Como se da cuenta de que Eco no pregunta qué es el Logos Club, él mismo le inquiere al respecto: «¿Qué sabe usted sobre el Logos Club, señor Eco?».

Eco se mesa la barba, se aclara la voz y enciende un cigarrillo:

«La ciudad ateniense se sostenía sobre tres pilares: la gimnasia, el teatro y la escuela de retórica. Hoy en día aún conservamos la huella de esa tripartición en una sociedad del espectáculo que promociona al rango de celebridades a tres categorías de individuos: los deportistas, los actores (o los cantantes, el teatro antiguo no hacía distinción) y los políticos. De estas tres categorías, la tercera, hasta nuestros tiempos, siempre ha sido la más fuerte (aunque podemos ver con Ronald Reagan que las categorías a veces no permanecen estancas), porque implica el dominio del arma más poderosa: el lenguaje.

»Desde la Antigüedad hasta nuestros días, el dominio del lenguaje ha sido siempre la esencia fundamental de la política, incluso en la época feudal, lo que podía consagrar en apariencia la ley de la fuerza física y de la superioridad militar. Maquiavelo explica al Príncipe que no es con la fuerza sino con el miedo como se ha de gobernar, y que no son lo mismo: el miedo es el producto del discurso sobre la fuerza. *Allora*, quien domine el discurso, por su capacidad de suscitar miedo o amor, será virtualmente el dueño del mundo, *eh!*

»Sobre este presupuesto teórico protomaquiavélico, y también para contrarrestar la influencia creciente del cristianismo, una secta herética fundó el *Logi Consilium* en el siglo III después de Cristo.

»Más adelante, el *Logi Consilium* se dispersó por toda Italia y luego por toda Francia, donde tomó el nombre de Logos Club en el siglo XVIII, durante la Revolución.

»Se dotó de una estructura piramidal y se desarrolló como una sociedad secreta muy compartimentada, a la cabeza de la cual los jefes, un colegio de diez miembros que se hacen llamar los sofistas, presididos por un *Protagoras Magnus*, practican sus cualidades retóricas que ponen, esencialmente, al servicio de sus ambiciones políticas. Se sospecha que algunos papas, como Clemente VI o Pío II, estuvieron al frente de la organización. Se dice también que Shakespeare, Las Casas, Roberto Belarmino (el inquisidor que instruyó el proceso contra Galileo, *sapete?*), La Boétie, Castiglione, Bossuet, el Cardenal de Retz, Cristina de Suecia, Casanova, Diderot, Beaumarchais, Sade, Danton, Talleyrand, Baudelaire, Zola, Rasputín, Jaurès, Mussolini, Gandhi, Churchill, Malaparte eran miembros del Logos Club».

Simon hace notar que en esa lista hay muchos políticos.

Eco lo justifica: «En efecto, hay dos grandes corrientes en el seno del Logos Club: los *inmanentistas*, que hallan en el placer de la justa oratoria un fin en sí mismo, y los *funcionalistas*, que consideran la retórica como un medio para alcanzar sus fines. El funcionalismo se divide, a su vez, en dos subcorrientes: los maquiavelinos y los ciceronianos. Oficialmente, los primeros buscan simplemente persuadir, y los segundos más bien convencer, por tanto los segundos tendrían motivos más morales, pero en la práctica la distinción es confusa, porque para los dos se trata de conseguir el poder o de conservarlo, así que...».

Bayard le pregunta: «¿Y usted?».

Eco: «¿Yo? Yo soy italiano, *allora*...».

Simon: «Como Maquiavelo. Y como Cicerón».

Eco se ríe: «*Si, vero*. De todos modos, yo creo que sería más bien un inmanentista».

Bayard pregunta al hombre con guantes cuál es la contraseña para poder entrar. El hombre, que se ha repuesto de su pavor, exclama: «¡*Ma*, es secreta!».

Detrás de Bayard están Enzo, Bianca, Stefano y la mitad de los clientes del bodeguero, que, atraídos por el ruido, han acudido a ver qué ocurría. Todos han escuchado la pequeña exposición de Umberto Eco.

Simon pregunta: «¿Es una reunión importante?». El hombre con guantes responde que esa noche el nivel va a ser elevado, porque corre el rumor de que podría asistir un sofista, quizá el Gran Protágoras en persona. Bayard le pide a Eco que los acompañe, pero Eco se niega: «Ya conozco esas reuniones. Supongo que sabrán que estuve en el Logos Club cuando era joven. Incluso llegué a tribuno, y, como pueden ver, sin perder ningún dedo». En ese momento enseña sus manos con orgullo. El hombre con guantes reprime una mueca amarga. «Pero no tenía tiempo para mis investigaciones, así que dejé de asistir. Perdí mi puntuación hace mucho tiempo. Sería curioso ver cuánto valen los contrincantes de hoy en día, *ma* regreso a Milán mañana, en el tren de las once, y debo terminar de preparar mi conferencia sobre las *ekphrasis* de los bajorrelieves del Quattrocento.»

Bayard no puede obligarlo pero, con el tono menos conminatorio de que es capaz, dice: «Todavía tenemos algunas preguntas que hacerle, señor Eco. Acerca de la séptima función del lenguaje».

Eco mira a Bayard. Mira a Simon, a Bianca, al hombre con guantes, a Enzo y a su nueva amiga, a su colega francés, a Stefano y a su padre, que también ha salido, y abarca con la mirada a la pequeña multitud de clientes que se ha agolpado en la calleja.

«*Va bene*. Reúnanse conmigo mañana en la estación a las diez, en la sala de espera. La de segunda clase.»

Luego vuelve a la tienda para comprar unos tomates y unas latas de atún y finalmente desaparece en la noche con su bolsa de plástico y su cartera de profesor.

Simon dice: «Vamos a necesitar un traductor».

Bayard: «El manitas lo hará».

Simon: «No parece estar en muy forma. Me temo que no esté a la altura».

Bayard: «Bueno, de acuerdo, que vaya tu amiguita».

Enzo: «¡Yo también quiero ir!».

Los clientes de la Drogheria: «¡Nosotros también queremos ir!».

El hombre con guantes, aún en el suelo, agita su mano mutilada: «¡*Ma*, es una velada privada! No puedo llevar a todo el mundo».

Bayard le da una bofetada: «¿Cómo que no? ¿No dices que eres comunista? ¡Venga, en marcha!».

Y en la cálida noche de Bolonia, un grupo va camino de la universidad vieja. Desde lejos, el cortejo parece propio de una película de Fellini, pero no se sabría decir si de *La dolce vita* o de *La strada*.

00.07 horas.

Delante de la entrada del Archiginnasio, se apiña una muchedumbre no muy numerosa junto a un gorila de discoteca que se parece a cualquier otro gorila de discoteca, salvo que este lleva gafas de sol de Gucci, un reloj de pulsera de Prada, un traje de Versace y una corbata de Armani.

El hombre con guantes habla con el gorila, flanqueado por Simon y Bayard. Le dice: «*Siamo qui per il Logos Club. Il codice è* fifty cents».

El gorila, desconfiado, pregunta: «*Quanti siete?*».

El hombre con guantes se gira y cuenta: «*Humm... Dodici*».

El gorila reprime un rictus divertido y le dice que no va a ser posible.

Entonces Enzo da un paso adelante y dice: «*Ascolta amico, alcuni di noi sono venuti da lontano per la riunione di stasera. Alcuni di noi sono venuti dalla Francia, capisci?*».

El gorila ni se inmuta. El argumento de la rama francesa no parece impresionarlo sobremanera.

«*Rischi di provocare un incidente diplomatico. Tra di noi ci sono persone di rango elevato.*»

El gorila mira con desprecio al grupo y dice que no ve más que una panda de piojosos. Exclama: «*Basta!*».

Enzo insiste: «*Sei cattolico?*». El gorila se quita las gafas. «*Dovresti sapere che l'abito non fa il monaco. Che diresti tu di qualcuno che per ignoranza chiudesse la sua porta al Messia? Como lo giudicheresti?*» ¿Que cómo juzgaría a quien, por ignorancia, cerrase la puerta a Cristo?

El gorila pone mala cara, Enzo ve que vacila, el hombre reflexiona unos largos segundos, piensa en el rumor del Gran Protágoras de incógnito y finalmente señala a los doce: «*Va bene. Voi dodici, venite*».

El grupo penetra en el palacio y sube la escalinata de piedra ornamentada por un sinfín de blasones heráldicos. El hombre con guantes los conduce hasta el *Teatro anato-*

mico. Simon le pregunta por qué *fifty cents*. El hombre con guantes le explica que en latín las iniciales del Logos Club significan cincuenta y cien, así de simple, lo que es fácil de retener.

Entran en una magnífica sala completamente revestida de madera, concebida como un anfiteatro circular, decorada con bustos también de madera de anatomistas y médicos célebres, en cuyo centro hay una losa de mármol blanco sobre la que se diseccionaban antiguamente los cadáveres. Al fondo de la sala, las reproducciones de dos figuras anatómicas desolladas, de madera igualmente, sostienen una superficie sobre la cual domina una estatua de mujer con una túnica gruesa que Bayard supone una alegoría de la medicina, pero que también podría encarnar a la justicia, si le hubieran vendado los ojos.

Las gradas están ya prácticamente ocupadas, el jurado, en actitud de presidir, se ha ubicado debajo de las figuras de los desollados, un murmullo difuso flota por la sala mientras los espectadores siguen llegando. Bianca, muy excitada, tira de la manga a Simon: «¡Mira! ¡Es Antonioni! ¿Has visto *L'Avventura*? ¡Es *magnifico*! ¡Y ha venido con Monica Vitti! *Che bella!* ¿Y ves a ese hombre de allí, en el jurado, el del medio? Es "Bifo", el dueño de Radio Alice, una radio libre muy popular en Bolonia. Sus emisiones provocaron la guerra civil, hace tres años, y es él quien nos dio a conocer a Deleuze, Guattari, Foucault. ¡Y ahí! Son Paolo Fabbri y Omar Calabrese, dos colegas de Eco, semióticos como él, también grandes eminencias. ¡Y allá! Verdiglione. También semiótico, pero además psicoanalista. ¡Y allí! Ese es Romano Prodi, un antiguo ministro de Industria, *ditchi* evidentemente, ¿qué estará haciendo aquí? Es de los que todavía cree en el compromiso histórico, *quel buffone!*».

Bayard dice a Simon: «Mira ahí». Le señala a Luciano, sentado en las gradas con su vieja madre, el mentón apoyado sobre una muleta y fumando un cigarrillo. Y en la otra punta de la sala, los tres jóvenes con pañuelos que le han disparado. Cada uno hace como si no hubiera pasado nada. La banda del pañuelo no parece tener motivos para inquietarse. Extraño país, piensa Bayard.

Ha pasado la medianoche. Empieza la sesión, suena la voz de Bifo, el hombre de Radio Alice que incendió Bolonia en 1977, que toma la palabra y cita una *canzone* de Petrarca con la que Maquiavelo concluyó su *Príncipe*: «*Vertú contra furore / prenderà l'arme, et fia 'l combatter corto: / ché l'antico valore / ne gli italici cor' non è ancor morto*».

Bravura contra delirio
tomará las armas; el combate será breve
pues el antiguo valor
en los corazones italianos no ha muerto todavía.

Los ojos de Bianca brillan con una negra llama. El hombre con guantes arquea el torso con los puños sobre las caderas. Enzo pasa su brazo por la cintura de la joven estudiante que se ha ligado en la Drogheria. Stefano silba de entusiasmo. Flota en el aire del anfiteatro circular un himno patriótico. Bayard busca a alguien entre los rincones oscuros, pero no sabe a quién. Simon no reconoce entre el público al hombre del bolso que estaba en la Drogheria porque está absorto en la piel cobriza de Bianca y en los pechos que palpitan debajo de su escote.

Bifo saca el primer tema, una frase de Gramsci que Bianca les traduce:

«La crisis consiste exactamente en el hecho de que lo antiguo muere y lo nuevo no puede nacer».

Simon reflexiona sobre la frase. A Bayard le importa un pito y examina la sala. Observa a Luciano, con su muleta y con su madre. Observa a Antonioni y a Monica Vitti. No ve a Sollers ni a BHL escondidos en un rincón. Simon problematiza en su cabeza: ¿«exactamente» cómo? Su espíritu silogista: estamos en crisis. Estamos bloqueados. Los Giscard gobiernan el mundo. Enzo besa a la estudiante en la boca. ¿Qué hacer?

Los dos candidatos están abajo, en un extremo y en otro de la mesa de disección, como en el centro de la arena. Al estar de pie, les es más fácil moverse y dirigirse al auditorio.

En medio del revestimiento de madera del Teatro Anatómico, el mármol de la losa reluce con una blancura sobrenatural.

Detrás de Bifo, flanqueando la cátedra reservada habitualmente al profesor (un auténtico púlpito, como en las iglesias), las figuras de los desollados vigilan, guardianas de una puerta imaginaria.

El primer candidato, un joven con acento de Apulia, camisa abierta, cinturón grueso con hebilla de plata, empieza su demostración.

Si la clase dominante ha perdido la *aceptación*, es decir, si ha dejado de ser *dirigente* para ser únicamente *dominante* y solo poseedora de una fuerza de *coacción*, significa que las grandes masas se han desprendido de las ideologías tradicionales y han dejado de creer en lo que creían antes...

Bifo recorre la sala con la mirada. Sus ojos se detienen un instante en Bianca.

Y es exactamente en ese interregno cuando se produce la eclosión de lo que Gramsci llama *los fenómenos mórbidos más variados.*

Bayard mira a Bifo cuando este mira a Bianca. En las sombras, Sollers le señala a Bayard a BHL. Para pasar desapercibido, BHL se ha puesto una camisa negra.

El joven justador interpela a la sala ejecutando una lenta rotación. «Sabemos muy bien a qué fenómeno mórbido hacía alusión Gramsci. ¿No es así? Es el mismo que nos amenaza hoy.» Deja un lapso de tiempo y exclama: «*Fascismo!*».

Al llevar a su auditorio a representarse la idea mentalmente antes de haber pronunciado la palabra, como si en ese instante pariera telepáticamente el pensamiento de todos los que le escuchan, crea, por sugestión, una especie de comunicación mental colectiva. La idea del fascismo atraviesa la sala como una onda silenciosa. El joven justador al menos ha alcanzado su objetivo (indispensable): fijar el asunto clave del discurso. Y, puesto que no hay más remedio, lo dramatiza a un nivel lo más elevado posible: el peligro fascista, el vientre aún fecundo, etcétera.

El hombre del bolso aprieta el bolso entre sus rodillas.

El cigarrillo de Sollers encastrado en su boquilla de marfil brilla en la penumbra.

Hay, sin embargo, una diferencia entre la época actual y la de Gramsci. Hoy ya no vivimos bajo la amenaza fascista. Cierto que el fascismo se ha instalado en el corazón del Estado y que pulula como una larva. Pero el fascismo ya no es la consecuencia catastrófica de un Estado en crisis y de una clase dominante que ha perdido el control de las masas. No es la sanción, sino el recurso solapado y el parapeto de la clase dirigente para contener el empuje de las fuerzas progresistas. Ya no es un fascismo de adhesión sino un fascismo vergonzoso, un fascismo entre las sombras, un fascismo de policías corruptos, no de soldados, tampoco el partido de la juventud sino un fascismo de viejos, un fascismo de antros sospechosos y clandestinos integrados por agentes secretos a sueldo de patrones racistas que quieren que todo cambie para que nada cambie, pero que ahogan a Italia metiéndola en un encofrado mortal. Es el primo que cuenta chistes desagradables en la mesa pero al que no obstante se invita siempre a las comidas familiares. No es Mussolini, es la Logia P-2.

Se oyen algunos abucheos por las gradas. El joven de Apulia está a punto de concluir: bajo su forma larvada, incapaz de imponerse del todo pero lo suficientemente introducido en cualquier nivel del aparato del Estado como para impedir todo atisbo de mutación de este último (el joven de Apulia se abstiene prudentemente de dar su opinión sobre el compromiso histórico), el fascismo no representa ya la amenaza que planea sobre una crisis que se eternizaría, sino la condición misma de la perennidad de la crisis. La crisis en la que se hunde Italia desde hace años no se resolverá más que cuando el fascismo haya sido extirpado del Estado. Y para eso, dice levantando el puño, «*la lotta continua!*».

Aplausos.

Su contradictor fue derrotado por dos votos contra uno, por más que se empeñó en defender la idea *negriana* de que la crisis ya no es un momento coyuntural, eventualmente cíclico, producto de una disfunción o de un estancamiento del sistema, sino el motor necesario de un capitalismo mutante y polimorfo obligado a practicar una perpetua huida hacia delante para regenerarse, encontrar nuevos mercados y mantener la mano de obra bajo su dominio, señalando de paso lo sintomáticas que son las elecciones de Thatcher y de Reagan, la de este último inminente. En opinión del público, los dos contrincantes hicieron un gran alarde de calidad y justificaron su rango de dialécticos (cuarto nivel sobre siete posibles). Pero el joven de Apulia se vio beneficiado, en cierto modo, por haber primado el fascismo.

Algo parecido sucede con la justa siguiente: «*Cattolicesimo e marxismo*». (Un gran clásico italiano.)

El primer justador habla de san Francisco de Asís, de las órdenes mendicantes, de *El evangelio según San Mateo* de Pasolini, de los curas obreros, de la teología de la liberación de Suramérica, del Cristo que expulsa a los mercaderes del Templo, y concluye haciendo de Jesús el primer auténtico marxista-leninista.

Triunfo en la sala. Bianca aplaude a rabiar. La banda del pañuelo se fuma un porro. Stefano descorcha una botella que había traído para la ocasión.

Ya puede el segundo justador hablar del opio del pueblo, de Franco y de la guerra civil española, de Pío XII y de Hitler, de la connivencia entre el Vaticano y la Mafia, de la Inquisición, de la Contrarreforma, de las Cruzadas como ejemplo perfecto de guerras imperialistas, de los procesos contra Jan Hus, Bruno y Galileo. No tiene nada que hacer. La sala se enardece, todo el mundo se levanta y se pone a cantar *Bella Ciao*, aunque no venga a cuento. El primer justador arrasa por tres votos a cero, bajo la presión del público, pero me pregunto si Bifo estaría del todo satisfecho. Bianca canta a pleno pulmón. Simon mira el perfil de Bianca mientras canta, fascinado por los rasgos ligeros y vivaces de su rostro radiante. (Le encuentra un parecido a Claudia Cardinale.) Enzo y la estudiante cantan. Luciano y su madre cantan. Antonioni y Monica Vitti cantan. Sollers canta. Bayard y BHL tratan de entender la letra.

La justa siguiente enfrenta a una joven y a un hombre maduro; la cuestión tiene que ver con el fútbol y la lucha de clases. Bianca le explica a Simon que todo el país se ha visto sacudido por el escándalo del *Totonero*, una historia de apuestas trucadas en la que se han visto implicados jugadores de la Juventus, de la Lazio, del Perugia, pero también del equipo de Bolonia.

En este asunto, pese a lo que cabría esperar, es la joven quien gana la justa al defender la idea de que los futbolistas son unos proletarios como los demás y que los dueños de los clubes les roban su fuerza de trabajo.

Bianca le explica a Simon que después del escándalo de las apuestas trucadas, Paolo Rossi, el joven delantero de la selección nacional, ha sido suspendido por tres años, con la consecuencia de que no podrá jugar la Copa del Mundo en España. ¡Peor para él!, exclama Bianca, porque se había negado a ir a Nápoles. Simon pregunta por qué. Bianca suspira. El Napoli es demasiado pobre, no puede rivalizar con los mejores. Ningún gran jugador vendrá jamás a Nápoles.

Extraño país, piensa Simon.

La noche avanza, llega la hora de la justa digital. El silencio de las estatuas, Galileo, Hipócrates, los anatomistas italianos, los desollados y la mujer sentada contrastan con la agitación de los vivos. Se fuma, se bebe, se charla, se picotea.

Bifo llama a los contrincantes. Un dialéctico desafía a una peripatética.

Un hombre ocupa su lugar en torno a la mesa de disección. Es Antonioni. Simon observa a Monica Vitti, que, envuelta en un pañuelo de gasa con estampados sutiles, abriga al gran director con una mirada amorosa.

Y frente a él, tiesa, severa, con andares rectos y moño impecable, la madre de Luciano va descendiendo por las gradas.

Simon y Bayard se miran mutuamente. Miran a Enzo y a Bianca: también ellos parecen un tanto sorprendidos.

Bifo saca el tema: «*Gli intellettuali e il potere*». Los intelectuales y el poder.

Como ya está reglamentado el inicio entre los dos oradores, empieza el dialéctico.

Para que el tema pueda ser discutido, le corresponde al primer justador crear la problemática. En este caso concreto, la problemática es sencilla de plantear: ¿los intelectuales son los aliados o los enemigos del poder? Solo tiene que elegir. ¿Con o contra? Antonioni decide criticar a la casta a la que pertenece y que abunda en la concurrencia. Los intelectuales cómplices del poder. *Così sia*.

Los intelectuales: funcionarios de superestructuras que participan en la construcción de la hegemonía. Por tanto, una vez más, Gramsci: todos los hombres son intelectuales, cierto, pero no todos los hombres ocupan en la sociedad la función de intelectuales, que consiste en trabajar para el espontáneo beneplácito de las masas. «Orgánico» o «tradicional», el intelectual se sitúa siempre dentro de una lógica «económico-corporativa». Orgánico o tradicional, siempre está al servicio de un poder, presente, pasado o futuro.

¿La salvación del intelectual según Gramsci? Ir por delante del Partido. Antonioni se echa a reír sardónicamente. Pero ¡el propio PC está tan corrompido! ¿Cómo podría permitir hoy la redención de nadie? *Compromesso storico, sto cazzo!* Los compromisos tienen consecuencias.

¿El intelectual subversivo? *Ma fammi il piacere!* Repite la frase de una película de otro: «¡Piensa en lo que fue Suetonio para los césares! Partes con la ambición de denunciar y llegas a la connivencia del cómplice».

Saludo teatral.

Ovación cerrada.

La vieja toma la palabra.

«Io so.»

Ella también empieza con una cita, pero elige a Pasolini. El ya legendario «Yo acuso» de Pasolini, publicado en 1974 en el *Corriere della Sera*:

«Yo sé los nombres de los responsables de la masacre de Milán de 1969. Yo sé los nombres de los responsables de las masacres de Brescia y de Bolonia de 1974. Yo sé los nombres de personas importantes que, con la ayuda de la CIA, de los coroneles griegos y de la Mafia han lanzado una cruzada anticomunista y a continuación han reconstruido una virginidad antifascista. Yo sé los nombres de los que, entre dos misas, han dado instrucciones y garantizado protección política a viejos generales, a jóvenes neofascistas y, en fin, a criminales comunes. Yo sé los nombres de las personas serias e importantes que se amparan detrás de personajes cómicos o detrás de personajes tiernos. Yo sé los nombres de las personas serias e importantes que se amparan detrás de los trágicos jóvenes que se han ofrecido como asesinos y sicarios. Yo sé todos esos nombres y yo sé todos los hechos, atentados contra las instituciones y masacres de los que ellos son los verdaderos culpables».

La vieja brama y su voz temblorosa resuena en el Archiginnasio.

«Yo sé. Pero no tengo pruebas. Ni siquiera indicios. Yo sé porque soy un intelectual, alguien que escribe, que se esfuerza por estar al tanto de todo lo que pasa, por conocer todo lo que se escribe sobre lo que pasa, por imaginar todo lo que no se sabe o todo lo que se calla; que pone en relación hechos que están alejados, que reúne los pedazos desorganizados y fragmentarios de una situación política coherente y que restablece la lógica ahí donde parecen reinar lo arbitrario, la locura y el misterio.»

Menos de un año después de este artículo, Pasolini era asesinado, golpeado hasta morir en una playa de Ostia.

Gramsci muere en prisión. Negri está, a su vez, en una cárcel. El mundo cambia porque los intelectuales y el poder están en guerra recíproca. El poder gana casi todas las batallas, y los intelectuales pagan con su vida, o con su libertad, la osadía de haber querido alzarse contra él, muerden el polvo, aunque no siempre, y cuando un intelectual vence al poder, incluso a título póstumo, el mundo realmente cambia. Un hombre merece el apelativo de intelectual cuando se convierte en la voz de los sin voz.

Antonioni, que se juega su integridad física, no le deja concluir. Cita a Foucault, que dice que hay que «acabar con los portavoces». Los portavoces no hablan por los demás, sino por sí mismos.

Entonces la vieja salta de inmediato y trata a Foucault de *senza coglioni*: ¿no se negó a intervenir, aquí mismo, en Italia, en el asunto del parricida que sacudió al país entero hace tres años, cuando precisamente acababa de publicar su libro sobre el parricida Pierre Rivière? ¿De qué sirve un intelectual si no interviene en lo que compete concretamente al ámbito en que es experto?

En la sombra, Sollers y BHL se ríen con malicia, aunque BHL se pregunta cuál será el ámbito en el que Sollers es experto.

Antonioni, en cambio, dice que Foucault, más que ningún otro, ha actualizado la vanidad de esa postura, esa manera que el intelectual tiene de (y cita a Foucault de nuevo) «dar algo de profundidad a las pequeñas disputas sin importancia». El mismo Foucault se define como un investigador, no como un intelectual. Se inscribe en el tiempo dilatado de la investigación, no en la agitación inmediata de la polémica. Él ha dicho: «¿Acaso no esperan los intelectuales, por la lucha ideológica, cargar con un peso superior al que les corresponde en realidad?».

La vieja se atraganta. Martillea: todo intelectual, si cumple correctamente con su trabajo de estudio heurístico para el que está cualificado y que debe de ser su vocación, aunque esté al servicio del poder, obra contra el poder, pues, como decía Lenin (abarca con la mirada a la concurrencia girando teatralmente sobre sí misma), la verdad es siempre revolucionaria. *«La verità é sempre rivoluzionaria!»*

Tomemos a Maquiavelo. Él escribe *El Príncipe* para Lorenzo de Médicis: no se puede ser más cortesano. Y sin embargo... La obra que pasa por ser el colmo del cinismo político es un manifiesto marxista en toda regla: «Pues los fines del pueblo son más honestos que los de los señores, los de estos buscando oprimir, los de aquel no ser oprimido», escribe Maquiavelo. En realidad, no escribe *El Príncipe* solo para el duque de Florencia, puesto que la obra se difunde por todas partes. Al publicar *El Príncipe*, revela las verdades que habrían debido permanecer ocultas y reservadas exclusivamente para el uso interno de los poderosos: acto subversivo, acto revolucionario. Entrega los secretos del Príncipe al pueblo. Los arcanos del pragmatismo político liberados de cualquier falaz justificación divina o moral. Gesto decisivo en la emancipación humana, como los son todos los gestos desacralizadores. Por su voluntad de revelar, de explicar, de sacar a la luz, el intelectual entabla la guerra contra lo sagrado. En esto, es siempre un libertador.

Antonioni conoce a sus clásicos, así que contesta: Maquiavelo tenía tan poca idea de lo que es el proletariado que dudo que pudiera ni atisbar su condición, sus necesidades o sus aspiraciones. *También* escribió esto: «Cada vez que los hombres en grupo se despojan de bienes de honores, viven satisfechos». En su jaula dorada, era incapaz de imaginar que la abrumadora mayoría de la humanidad estaba (y lo está aún) absolutamente desprovista de bienes y de honores y, por tanto, no podía privarse de ellos...

La vieja dice que esa es la belleza del auténtico intelectual: no necesitar pretenderse revolucionario para serlo. No necesitar amar ni conocer al pueblo para servirle. Es ser natural y necesariamente comunista.

Antonioni suelta, despectivo, que habría que haberle explicado esto a Heidegger.

La vieja le dice que mejor haría con leer a Malaparte.

Antonioni habla del *cattivo maestro*, del mal maestro.

La vieja dice que si se necesita tener que matizar con un adjetivo que el *maestro* es malo, eso es que el *maestro* es bueno de raíz.

Todos presienten que esta vez no habrá un KO entre ellos, así que Bifo pita para dar por terminada la justa.

Los dos adversarios se escrutan mutuamente, sus facciones están endurecidas, sus mandíbulas prietas, sudan, pero el moño de la vieja continúa impecable.

Entre el público hay división de opiniones.

Los dos asesores de Bifo votan, uno a favor de Antonioni, el otro a favor de la madre de Luciano.

El auditorio está pendiente de la decisión de Bifo. Bianca estrecha la mano de Simon con la suya. Sollers traga saliva ligeramente.

Bifo vota por la vieja.

Monica Vitti se ha puesto pálida.

Sollers ha sonreído.

Antonioni no ha rechistado.

Pone su mano sobre la mesa de disección. Uno de los asesores de Bifo, un tipo alto y muy delgado, se levanta portando un pequeño hacha con filo azul.

Cuando el hacha se abate sobre el dedo de Antonioni, el eco del hueso seccionado se une al del choque contra el mármol y al del grito del cineasta.

Monica Vitti corre a vendarle la mano con su pañuelo de gasa mientras el asesor recoge respetuosamente el trozo de dedo antes de entregárselo a la actriz.

Bifo proclama en voz alta: *«Onore agli arringatori»*. La sala responde en coro: honor a los justadores.

La madre de Luciano vuelve a sentarse junto a su hijo.

Transcurren unos minutos, como cuando al acabar una película aún no se han encendido las luces y el regreso al mundo real se vive como un lento despertar perezoso, las imágenes danzan todavía detrás de los ojos y los primeros espectadores, estirando sus piernas entumecidas, se levantan para abandonar la sala.

El Teatro Anatómico se vacía lentamente, Bifo y sus asesores guardan los papeles con sus anotaciones en unas carpetas de cartón y se retiran ceremoniosamente. La sesión del Logos Club se disuelve en la noche.

Bayard le pregunta al hombre con guantes si Bifo es el Gran Protágoras. El hombre con guantes dice que no con la cabeza, como un niño. Bifo es un tribuno (nivel 6), pero no es un sofista (nivel 7, el más elevado). El hombre con guantes pensaba que era Antonioni, de quien se decía que antaño, allá por los años sesenta, había sido sofista.

Sollers y BHL se largan discretamente. Bayard no los ve salir porque en el tapón que se ha formado en la puerta los ha ocultado el hombre del bolso. Tiene que tomar una decisión. Decide entonces seguir a Antonioni. Se da la vuelta y le espeta a Simon, en voz alta, delante de todo el mundo: «Mañana, a las diez, en la estación, ¡no te retrases!».

3.22 horas.

La sala termina de vaciarse. La gente de la Drogheria se ha ido. Simon quiere salir de los últimos, para mayor tranquilidad. Ve marcharse al hombre con guantes. Ve que Enzo y la joven estudiante se van juntos. Nota con satisfacción que Bianca ni se ha inmutado por ello. Podría incluso sospechar que lo está esperando a él. Son los últimos. Se levantan, caminan hacia la puerta, lentamente. Pero en el momento de abandonar la sala, se detienen. Galeno, Hipócrates y los demás los observan. Las figuras de los desollados están completamente inmóviles. El deseo, el alcohol, la embriaguez de la desubicación y la benevolencia hacia los franceses, con la que estos se topan tan a menudo cuando viajan al extranjero, proporcionan una audacia al tímido Simon —¡muy tímido en audacia!— que sabe que no habría tenido en París.

Simon coge de la mano a Bianca.

¿O quizá fue al contrario?

Bianca coge de la mano a Simon y descienden los peldaños hasta el centro de la sala. Gira sobre sí misma y las estatuas desfilan ante sus ojos como un diaporama fantasmal, como una *imagen-movimiento.*[16]

¿Se da cuenta Simon, en ese preciso instante, de que la vida es un juego de rol que nos toca jugar lo mejor posible o es que el espíritu de Deleuze ha poseído de repente su cuerpo joven, elástico, flaco, de piel lisa y uñas cortas?

16. Alusión al libro homónimo de Gilles Deleuze.

Pone sus manos sobre los hombros de Bianca y le baja el escote jadeándole al oído, movido por una súbita inspiración, como si le dijera: «Deseo el paisaje que envuelve esta mujer, a la que no conozco pero presiento, y no descansaré hasta que no lo haya desenvuelto...».

Bianca se estremece de gusto. Simon le murmura con una autoridad desconocida en él: «Lleguemos a un acuerdo».

Ella le entrega su boca.

Él la echa hacia atrás y la pone sobre la mesa de disección. Ella se levanta la falda, separa las piernas y le dice: «Fóllame como una máquina». Y a la vez que sus pechos brotan bajo la tela de su vestido, Simon empieza a cumplir con los términos de su acuerdo. Su lengua-máquina se desliza por ella como una pieza que encaja en el coño y en la boca de Bianca, que tiene también múltiples usos, expulsa el aire como un fuelle, lo que produce una respiración agitada y rítmica cuyo eco —«*Si! Si!*»— repercute sobre las palpitaciones de la polla de Simon. Bianca gime, Simon se empalma, Simon lame a Bianca, Bianca se toca los pechos, las figuras de los desollados se empalman, Galeno se hace una paja bajo su túnica e Hipócrates bajo su toga. «*Si! Si!*» Bianca agarra la verga de Simon, que está a la vez caliente y dura como recién salida de una fragua siderúrgica y la conecta a su boca-máquina. Simon declama como para sí mismo, citando a Artaud como si tal cosa: «Un cuerpo en contacto con la piel es una fábrica calentada al límite». La fábrica Bianca lubrifica automáticamente su devenir sexual. La mixtura de sus jadeos resuena en el Teatro Anatómico desierto.

Pero no desierto del todo: el hombre con guantes ha vuelto para espiar a los dos jóvenes. Simon lo ve, agazapado en un rincón de las gradas del anfiteatro. Bianca lo ve cuando se la chupa a Simon. El hombre con guantes ve brillar en la oscuridad los ojos negros de Bianca que lo observan mientras hace su mamada.

Fuera, la noche boloñesa empieza por fin a refrescar. Bayard enciende un cigarrillo y espera a que Antonioni, digno pero aturdido, decida moverse. En esta fase de la investigación, no sabría decir si ese Logos Club es un asunto de iluminados inofensivos o algo mucho más peligroso, relacionado con la muerte de Barthes, con la del gigoló, con Giscard, con los búlgaros y con los japoneses. Una campana de iglesia da cuatro tañidos. Antonioni se pone en marcha seguido por Monica Vitti, y ambos a su vez seguidos por Bayard. Atraviesan silenciosamente los soportales flanqueados de tiendas elegantes.

Arqueada sobre la mesa de disección, Bianca, entre jadeos, le dice a Simon lo suficientemente alto como para que el hombre con guantes oculto en las gradas pueda oírlo: «*Scopami come una macchina*». Simon se tiende sobre ella, acomoda la verga en la entrada de su vulva, de la que constata con placer que produce abundante flujo, y cuando por fin la penetra, se siente un puro fluido liberado que se desliza sin interrupción por el cuerpo rotundo y curvilíneo de la vibrante napolitana.

Después de haber subido por via Farini, Antonioni se sienta en un mojón de piedra delante de la basílica de San Stefano de las Siete Iglesias (construidas a lo largo de la interminable Edad Media). Con la cabeza baja, extiende su mano mutilada sobre su mano buena, y Bayard, a cierta distancia bajo las arcadas, se da cuenta de que está llorando. Monica Vitti se acerca hasta él. Nada parece indicar que Antonioni sea consciente de su presencia, pero sabe que ella está ahí detrás, y Bayard sabe que él sabe. Monica Vitti levanta la mano, pero la mano se queda suspendida en el aire, indecisa, inmóvil sobre la cabeza baja, como un esbozo de frágil e inmerecida aureola. Bayard, detrás de una columna, enciende un cigarrillo. Antonioni se sorbe los mocos. Monica Vitti parece una fantasía pétrea.

Bianca se agita cada vez más bajo el cuerpo de Simon, al que se agarra convulsivamente, y grita: «*La mia macchina miracolante!*», mientras la verga de Simon bombea en ella con la energía de un motor de explosión. Desde su escondite, el hombre con guantes tiene la alucinación de un híbrido de locomotora y caballo salvaje. El Teatro Anatómico se ufana de dar cabida a ese encuentro, un rugido sordo y discontinuo testimonia que, aunque las máquinas deseantes acaban renqueando con el uso, también funcionan casi obsoletas. «Siempre el producir se añade al producto, y las piezas de la máquina son también su combustible.»

A Bayard le ha dado tiempo de encender otro cigarrillo, e incluso un tercero. Monica Vitti por fin se decide a poner su mano sobre la cabeza de Antonioni, quien lloriquea ahora sin moderación. Ella le acaricia el pelo con una ternura ambigua. Antonioni llora y llora sin poder parar. Ella baja sus hermosos ojos grises y los fija en la nuca del director, pero Bayard está demasiado lejos para distinguir claramente la expresión de su rostro. Sin embargo, intenta atravesar la oscuridad y cuando por fin cree que va a poder leer en la actriz la compasión que su espíritu lógico se cree con derecho a suponer, Monica Vitti desvía la mirada y alza los ojos hacia el imponente edificio de la basílica. Quizá ella ya esté en otra parte. A lo lejos, se oye un maullido. Bayard decide que ya es hora de acostarse.

Sobre la mesa de disección, ahora es Bianca la que hace de caballo de hierro sobre un Simon pegado a la losa de mármol; todos los músculos del joven están tensos para dar más realce a los movimientos de cadera de la italiana. «No hay más que una sola producción, la de lo real.» Bianca se desliza sobre Simon cada vez más rápida y con más fuerza, hasta alcanzar el punto de impacto, cuando las dos máquinas deseantes se fusionan en una liberación de átomos y consiguen, logran al fin, ese cuerpo único sin órganos: «Pues las máquinas deseantes son la categoría fundamental de la economía del deseo, producen por ellas mismas un cuerpo sin órganos y no distinguen los elementos de sus propias piezas...». Las frases de Deleuze vienen a interferir en el espíritu del joven en el momento en que su cuerpo se convulsiona y el de Bianca se desboca, se desvencija y se desploma sobre el suyo, mezclándose ambos sudores, agotados.

Los cuerpos se distienden, sacudidos por espasmos residuales.

«El fantasma nunca es individual, es fantasma de grupo.»

El hombre con guantes no acaba de marcharse. También él está agotado, pero no por cansancio. Le duelen sus dedos fantasmas.

«La esquizofrenia se mantiene en el límite del capitalismo: es su tendencia más desarrollada, la sobreproducción, el proletario y el ángel exterminador.»

Bianca le explica a Simon el *schizo* deleuziano liándose un porro. Fuera, se oyen los primeros cantos de los pájaros. La conversación se prolonga hasta el amanecer. «No, las masas no se han equivocado, ellas desearon el fascismo en tal momento, en tal circunstancia...» El hombre con guantes termina por dormirse en los bancos de las gradas.

8.42 horas.

Los dos jóvenes abandonan finalmente a sus amigos de madera y salen al aire fresco ya otra vez cálido de la piazza Maggiore. Bordean la fuente de Neptuno, con sus delfines demoniacos y sus sirenas obscenas. Simon está aturdido por el cansancio, el alcohol, el placer y el porro. Hace menos de veinticuatro horas que ha llegado y, por el momento, no podría estar más satisfecho de su estancia. Bianca lo acompaña hasta la estación. Caminan juntos por la via dell'Independenza, la gran arteria del centro de la ciudad, donde los comercios aún siguen dormidos. Los perros olisquean en los cubos de basura. La gente surge con maletas en la mano, es primer día de salida de vacaciones y todo el mundo va a la estación.

Todo el mundo va a la estación. Son las nueve. Es el 2 de agosto de 1980. Los partidarios de julio regresan, los de agosto se disponen a marcharse.

Bianca se lía otro porro. Simon piensa que debería cambiarse de camisa. Se para delante de una tienda de Armani y se pregunta si podría pasar ese ticket de gastos.

Al final de la larga avenida está la impresionante Porta Galliera, mitad mansión bizantina (en apariencia) y mitad arco medieval, bajo el que Simon se resiste a pasar sin saber muy bien por qué, y luego, como aún no es la hora de la cita, arrastra a Bianca hacia las escaleras de piedra que dan a un parque, se detienen ante una extraña fuente incrustada en el muro de la escalinata y se pasan el porro contemplando la escultura de una mujer desnuda luchando contra un caballo, un pulpo y otras criaturas marinas que no llegan a identificar. Simon se siente ligeramente colocado. Le sonríe a la estatua pensando en Stendhal, lo que le remite a Barthes: «Se fracasa siempre al hablar de lo que se ama...».

La estación de Bolonia bulle de veraneantes con pantalón corto y niños chillones. Simon se deja guiar por Bianca; esta lo lleva hasta la sala de espera, donde se encuentran con Eco, que ya ha llegado, y con Bayard, que le trae su maletita del hotel donde debían pasar la noche pero donde él, finalmente, no ha dormido. Simon es empujado por un niño que corre junto a su hermanito y está a punto de perder el equilibrio. Oye cómo Eco le explica a Bayard: «Eso querría decir que Caperucita Roja no está en condiciones de concebir un universo en el que haya tenido lugar la cumbre de Yalta o en el que Reagan sea el sucesor de Carter».

Pese a la mirada que le echa Bayard y que él interpreta como una llamada de socorro, Simon no se atreve a interrumpir al gran profesor universitario; mira a su alrededor y cree percibir entre la muchedumbre a Enzo con su familia. Eco le dice a Bayard: «Resumiendo, para una Caperucita Roja que creyera posible un mundo en el que los lobos no hablen, el mundo "real" sería el suyo, uno en el que los lobos sí hablan». Simon nota crecer en él una vaga inquietud que achaca al porro fumado. Cree ver a Stefano con una joven que se aleja hacia las vías. «Es posible leer los acontecimientos relatados en la *Divina Comedia* como "creíbles" con relación a la enciclopedia medieval, pero legendarios con relación a la nuestra.» Simon tiene la impresión de que las palabras de Eco rebotan en su cabeza. Cree ver también a Luciano y a su madre llevando un enorme saco rebosante de vituallas. Para cerciorarse, comprueba que Bianca sigue a su lado. Se fija en un turista alemán que pasa detrás de ella, muy rubio, con sombrero tirolés, gran cámara fotográfica al cuello, pantalones cortos de cuero y calcetines hasta las rodillas. En el jaleo de las voces italianas que resuenan bajo el techo de la estación, Simon se concentra para aislar las frases en francés de Eco: «En cambio, si al leer una novela histórica encontramos en ella a un rey llamado Roncibaldo de Francia, la comparación con el mundo cero de la enciclopedia histórica produce una sensación de incomodidad que presagia un reajuste de la atención cooperativa: no se trata evidentemente de una novela histórica, sino de una novela fantástica».

Cuando Simon por fin se decide a saludar a los dos hombres, piensa por un instante contradecir al semiólogo italiano, pero ve que Bayard se ha dado perfecta cuenta de que, según el diagnóstico que él mismo acaba de establecer al pie de la estatua, está *ligeramente colocado*.

Eco se dirige a él como si hubiera estado al tanto de la conversación desde el principio: «¿Significa eso reconocer, en la lectura de una novela, que lo que sucede en ella es más "verdadero" que lo que pasa en la vida real?». Simon imagina más bien que, en una novela, Bayard se mordería el labio o se encogería de hombros.

Dicho eso, Eco por fin se calla, y por un breve instante, nadie rompe el silencio.

Simon cree ver a Bayard morderse el labio.

Cree ver al hombre con guantes pasar por su espalda.

«¿Qué sabe usted de la séptima función del lenguaje?» Simon, un poco obtuso, tarda en comprender que no es Bayard quien ha hecho la pregunta, sino Eco. Bayard se vuelve hacia él. Simon se percata en ese momento de que sigue agarrando la mano de Bianca. Eco mira a la chica con un aire ligeramente libidinoso. (Todo parece ligero.) Simon trata de concentrarse: «Estamos en disposición de afirmar que Barthes y otras tres personas han sido asesinadas a causa de un documento relativo a la séptima función del lenguaje». Simon oye su propia voz pero tiene la impresión de que quien habla es Bayard.

Eco escucha con interés la historia de un manuscrito perdido por culpa del cual se mata a gente. Ve pasar a un hombre con un ramo de rosas en la mano. Su espíritu vagabundea unos segundos, transido por la visión de un monje envenenado.

En medio de la muchedumbre, Simon cree reconocer al hombre del bolso de la víspera. El hombre se sienta en la sala de espera y desliza el bolso debajo de su asiento. Cualquiera diría que lo ha llenado hasta reventar.

Son las 10.00 horas.

Simon no quiere ofender a Eco recordándole que solo hay seis funciones del lenguaje en la teoría de Jakobson; Eco lo sabe perfectamente, pero, según él, eso no es del todo exacto.

Simon acepta que existe un esbozo de «función mágica o encantadora» en el ensayo de Jakobson, pero le recuerda a Eco que el propio autor no la consideró lo suficientemente seria como para incluirla en su clasificación.

Eco no pretende que la función «mágica» exista como tal, propiamente hablando, pero, sin embargo, no cabe duda de que se le podría encontrar, como consecuencia de los trabajos de Jakobson, algo que se inspirara en ella.

Austin, un filósofo estadounidense, ha teorizado sobre otra función del lenguaje que él ha bautizado como «performativa» y que se puede resumir en la siguiente fórmula: «Cuando decir es hacer».

Se refiere a la capacidad de algunos enunciados para realizar (Eco dice «actualizar») lo que enuncian por el hecho mismo de enunciar. Por ejemplo, cuando el alcalde dice «yo os declaro marido y mujer», o cuando el soberano arma solemnemente con las palabras «yo te nombro caballero», o cuando el juez dice «yo le condeno», o, en fin, cuando el presidente de la asamblea dice «declaro abierta la sesión», o simplemente cuando se le dice a alguien «te lo prometo», el hecho mismo de pronunciar esas frases hace que suceda lo que ellas enuncian.

En cierto modo, es el principio de la fórmula mágica, la «función mágica» de Jakobson.

En la pared, un reloj indica las 10.02 horas.

Bayard deja que Simon lleve la conversación.

Simon conoce las teorías de Austin, pero no ve que sean tan sustanciales como para matar a gente.

Eco dice que la teoría de Austin no se limita a unos pocos casos, sino que se ha extendido a situaciones lingüísticas más complejas, como cuando un enunciado no se contenta tan solo con afirmar algo sobre el mundo, sino que aspira a provocar una acción, que se realiza, o no, por el simple hecho de que ese enunciado ha sido formulado. Por ejemplo, si alguno de ustedes dice «hace calor aquí», puede tratarse de una simple constatación sobre la temperatura, pero por lo general no es extraño que se dé por descontado que el efecto de un comentario así lleve a abrir la ventana. Del mismo modo, cuando alguien pregunta «¿Tiene usted hora?», lo que espera como resultado a su demanda no es que usted responda sí o no, sino que de forma clara y evidente usted le diga la hora que es.

Según Austin, hablar es un *acto locutorio*, puesto que consiste en *decir* algo, pero también puede ser un *acto ilocutorio* o *perlocutorio*, excediendo el mero intercambio verbal, porque *hace* algo, en el sentido en que produce acciones. La utilización del lenguaje permite constatar, pero también, como se dice en inglés, *llevar a cabo* (Eco dice *to perform* con su acento italiano).

Bayard no tiene la menor idea de adónde quiere ir a parar Eco y Simon la verdad es que tampoco.

El hombre del bolso se ha ido pero Simon cree distinguir aún el bolso debajo del asiento. (Pero ¿estaba tan lleno?) Simon piensa que se lo ha dejado olvidado y que indudablemente hay gente muy distraída. Lo busca entre la multitud pero no da con él.

El reloj mural indica las 10.05 horas.

Eco prosigue con sus explicaciones: «Ahora bien, imaginemos por un instante que la función performativa no se limita a ninguno de los casos evocados. Imaginemos una función del lenguaje que permita, de manera mucho más extensiva, convencer a cualquier persona para que haga cualquier cosa en cualquier situación».

10.06 horas.

«Quien tuviera el conocimiento y el dominio de una función así sería realmente el dueño del mundo. Su poder no tendría límites. Podría hacerse reelegir en todas las elecciones, sublevar a las masas, provocar revoluciones, seducir a todas las mujeres, vender toda clase de productos imaginables, construir imperios, apropiarse de toda la tierra, obtener todo lo que desee en cualquier circunstancia.»

10.07 horas.

Bayard y Simon empiezan a comprender.

Bianca dice: «Él podría destronar al Gran Protágoras y encabezar el Logos Club».

Eco le contesta, bonachón: «*Eh, penso di si*».

Simon se interroga: «Pero ya que Jakobson no ha hablado de esta función del lenguaje...».

Eco: «Quizá lo haya hecho, *in fin dei conti*. Quizá exista una versión inédita de los *Ensayos de lingüística general* en la que detalle esta función».

10.08 horas.

Bayard piensa en voz alta: «Y Barthes se habría encontrado en posesión de ese documento».

Simon: «¿Y le habrían matado para robárselo?».

Bayard: «No solo por eso. También para impedir que lo utilizara».

Eco: «Si la séptima función existe y se trata realmente de una especie de función performativa o perlocutoria, perdería una gran parte de su poder al ser conocida por todos. El conocimiento de un mecanismo manipulatorio no nos protege necesariamente contra él (vean, si no, la publicidad, la comunicación: la mayoría de la gente sabe cómo funcionan, qué resortes utilizan), sin embargo, lo debilita...».

Bayard: «Y quien lo haya robado lo quiere para su uso exclusivo».

Bianca: «En todo caso, el ladrón no es Antonioni».

Simon se da cuenta de que sigue con la mirada fija en el bolso negro olvidado bajo el asiento desde hace cinco minutos. Le parece enorme, tiene la impresión de que triplica su capacidad, debe contener por lo menos cuarenta kilos. O simplemente es que ha reventado.

Eco: «Si alguien deseara apropiarse de la séptima función para él solo, debería asegurarse de que no existan copias».

Bayard: «Había una copia en casa de Barthes...».

Simon: «Y Hamed era una copia ambulante, llevaba la copia en su persona». Tiene la sensación de que la hebilla dorada del bolso es un ojo que lo mira como Caín desde la tumba.

Eco: «Pero es igualmente probable que el propio ladrón haya hecho una copia y la haya ocultado en alguna parte».

Bianca: «Si es un documento tan valioso, no puede correr el riesgo de perderlo...».

Simon: «Y por tanto debe correr el riesgo de hacer una copia y de confiársela a alguien...». Cree ver una voluta de humo saliendo del bolso.

Eco: «Amigos míos, tengo que dejarles. Mi tren sale en cinco minutos».

Bayard mira el reloj. Son las 10.12 horas. «Creía que su tren salía a las once.»

«Sí, pero finalmente cogeré el anterior. ¡Así estaré antes en *Milano*!»

Bayard pregunta: «¿Dónde puedo encontrar a ese Austin?».

Eco: «Está muerto. *Ma*, hay un alumno suyo que ha continuado trabajando sobre esas cuestiones de lo performativo, lo ilocutorio, lo perlocutorio... Es un filósofo estadounidense especializado en el lenguaje que se llama John Searle».

Bayard: «¿Y dónde puede encontrarse a ese John Searle?».

Eco: «¡*Ma*... en América!».

10.14 horas. El gran semiólogo se va a subir al tren.

Bayard mira el panel de horarios.

10.17 horas. El tren de Umberto Eco deja la estación de Bolonia. Bayard enciende un cigarrillo.

10.18 horas. Bayard le dice a Simon que van a coger el tren de las once para Milán, desde donde volarán hacia París. Simon y Bianca se dicen adiós. Bayard va a sacar los billetes.

10.19 horas. Simon y Bianca se besan tiernamente en presencia de los viajeros de la sala de espera. El beso dura y, como suelen hacer los chicos, Simon mantiene los ojos abiertos mientras besa a Bianca. Una voz femenina anuncia la entrada en la estación del Ancona-Basilea.

10.21 horas. Mientras besa a Bianca, Simon tiene en su campo de visión a una joven rubia. La joven está apenas a unos diez metros. Se da la vuelta y le sonríe. Él se sobresalta.

Es Anastasia.

Simon piensa que no hay duda de que la hierba era fuerte y de que está muy cansado, pero no, esa silueta, esa sonrisa, esos cabellos son de Anastasia. La enfermera de la Salpêtrière aquí, en Bolonia. Antes de que Simon, totalmente pasmado, pueda dirigirse a ella, la joven se aleja y sale de la estación; entonces él le dice a Bianca «¡Espérame aquí!» y corre tras la enfermera para cerciorarse.

Afortunadamente, Bianca no le obedece y lo sigue también. Eso le salvará la vida.

10.23 horas. Anastasia ya ha cruzado la glorieta que hay delante de la estación, pero se detiene y se gira de nuevo, como si esperase a Simon.

10.24 horas. En la salida de la estación, Simon la busca con la mirada, la ve en un lateral del bulevar que rodea la ciudad vieja y atraviesa apresuradamente el macizo floral del centro de la glorieta. Bianca va detrás a unos pocos metros.

10.25 horas. La estación de Bolonia explota.

10.25 horas.

Simon es arrojado al suelo. Su cabeza golpea contra el césped. El estrépito de un temblor de tierra se expande sobre él como una sucesión de olas. Echado sobre la hierba, sin aliento, cubierto de polvo, salpicado por una lluvia de fragmentos espesos, ensordecido por el ruido de la explosión, Simon, desorientado, experimenta sensorialmente el hundimiento del edificio que se derrumba a sus espaldas como cuando, en un sueño, uno no deja de caer, o como cuando se está ebrio y la tierra se tambalea bajo los pies, y tiene la impresión de que el macizo floral es un platillo volante que gira como un remolino. Cuando el decorado deja de dar vueltas a su alrededor, aprovecha para tratar de tomar tierra. Sus ojos buscan a Anastasia, pero su campo de visión está obstruido por un cartel publicitario (un anuncio de Fanta) y no consigue mover la cabeza. Sin embargo, recupera poco a poco el oído y oye gritos en italiano y, a lo lejos, las primeras sirenas.

Nota que lo están manipulando. Es Anastasia, que lo examina después de haberle dado la vuelta boca arriba. Simon ve su hermoso rostro eslavo recortarse en el azul cegador del cielo de Bolonia. Ella le pregunta si está herido, pero él es incapaz de responder porque no lo sabe y además sus palabras se quedan bloqueadas en su garganta. Anastasia le coge la cabeza entre sus manos y le dice (y su acento regresa en ese instante): «Mírrame. No tienes herrridas. Todo va bien». Simon consigue ponerse de pie.

El ala izquierda de la estación está pulverizada. De la sala de espera no queda más que un amasijo de piedras y vigas. Un prolongado e informe gemido sale de las entrañas del edificio eviscerado cuya techumbre arrancada deja ver el esqueleto retorcido.

Simon ve el cuerpo de Bianca delante del macizo floral. Se arrodilla junto a ella y le levanta la cabeza. Está noqueada pero viva. Tose. Tiene un corte en la frente y la sangre le cubre la cara. Murmura: «*Cosa è succeso?*». En un acto reflejo que, en ese momento, es un gesto vital, su mano hurga en el bolso que sigue llevando en bandolera encima de su ropa manchada de sangre. Saca un cigarrillo y pide a Simon: «*Accendimela per favore*».

¿Y Bayard? Simon lo busca con la mirada entre los heridos, los supervivientes trastornados, los policías que bajan de los Fiat y los enfermeros que saltan de las ambulancias como paracaidistas. Pero entre ese ballet confuso poblado de marionetas histéricas, no reconoce a nadie.

Entonces, de repente, lo ve. Bayard, el poli francés, emerge de los escombros cubierto de polvo, imponente, causando una sensación de poderío y de una sorda e ideológica cólera, llevando a sus espaldas a un joven inconsciente, y esta aparición espectral en medio de esa escena de guerra impresiona tanto a Simon que piensa en Jean Valjean.

Bianca murmura: «*Sono sicura che si tratta di Gladio...*».

Simon percibe una forma en el suelo, como la de un animal muerto, y al poco se da cuenta de que se trata de una pierna humana.

«*Entre las máquinas deseantes y el cuerpo sin órganos se eleva un conflicto aparente.*»

Simon sacude la cabeza. Contempla los primeros cuerpos evacuados en camillas, sin saber si iban vivos o muertos, echados en ellas con los brazos colgando y rozando el suelo.

«*Cada conexión de máquinas, cada producción de máquina, cada ruido de máquina se ha vuelto insoportable para el cuerpo sin órganos.*»

Se vuelve hacia Anastasia y le hace por fin la pregunta que, según él, debe explicar muchas cosas: «¿Para quién trabajas?».

Anastasia reflexiona unos segundos antes de responder, con un tono profesional desconocido por él: «Para los búlgaros no».

Y desaparece, pese a su condición de enfermera, sin prestar su ayuda para socorrer a los heridos. Se lanza hacia el bulevar, cruza la calzada y se pierde bajo los soportales.

En ese preciso instante, Bayard se reúne con Simon como si todo hubiera sido minuciosamente coreografiado, como en una obra de teatro, piensa Simon, a quien la bomba, unida a los porros, no ha vuelto menos paranoico.

Bayard, enseñándole los dos billetes para Milán, dice: «Vamos a alquilar un coche. No creo que hoy circule ningún tren».

Simon coge el cigarrillo de Bianca y se lo lleva a sus propios labios. A su alrededor el caos es completo. Cierra los ojos inhalando el humo. La presencia de Bianca, echada sobre el asfalto, le hace recordar la mesa de disección, los desollados, el dedo de Antonioni y a Deleuze. Un olor a quemado flota en el aire.

«Debajo de los órganos nota unas larvas y unos gusanos repugnantes, y la acción de un Dios que lo ensucia o lo ahoga al organizarlo.»

TERCERA PARTE

Ithaca

48

Althusser está aterrado, por más que busca en todos sus papeles no encuentra el valioso documento que se le había confiado y que él había escondido dentro de un sobre publicitario puesto a la vista de todos sobre su escritorio. Al borde de un ataque de nervios, ya que, sin conocer con exactitud el documento, sabe que es de la mayor importancia que lo devuelva a las personas para quienes lo custodia y que en ello ha comprometido su responsabilidad, rebusca en la papelera, revuelve los cajones, vacía los estantes, sacude cada libro uno por uno y lo tira al suelo con rabia. Se siente invadido por una sombría cólera contra sí mismo mezclada con una sospecha embrionaria cuando decide llamar a Hélène. Hélène acude, inquieta. Quizá ella sepa, por casualidad... un sobre... abierto... de publicidad... un banco o una pizzería... no recuerda... Hélène, con naturalidad: «Ah sí, ya me acuerdo, publicidad, lo he tirado».

El tiempo se detiene para Althusser. No le pide que lo repita, para qué, lo ha oído perfectamente. Sin embargo, una mínima esperanza: «¿Al cubo de la basura?». Lo vaciaron ayer por la noche, los basureros se lo han llevado esta mañana. Un largo lamento ruge en el fuero interno del filósofo mientras tensa sus músculos, mira a su mujer, la vieja Hélène que tanto lo ha aguantado después de tantos años y a quien sabe que ama, que admira, que se ha apiadado de ella, que le ha puesto ganas, sabe cuánto la ha obligado a soportar sus caprichos, sus infidelidades, su comportamiento inmaduro, su necesidad infantil de ser avalado por su mujer a la hora de elegir amantes, y sus crisis maniacodepresivas («hipomanías», las llaman), pero lo de ahora es demasiado, es mucho, mucho más que lo que puede tolerar, así que él, el impostor inmaduro, se arroja sobre su mujer lanzando un grito salvaje y se aferra a su garganta con las dos manos apretadas; Hélène, sorprendida, abre los ojos como platos pero no trata de defenderse, apenas pone sus manos sobre las de él sin intención de luchar, quizá después de todo ella sepa que iba a acabar así o tal vez deseaba acabar ya de una manera o de otra y esta manera es tan buena como cualquier otra, o puede que Althusser sea demasiado impulsivo, demasiado violento, poseído en exceso por una violencia animal, o quizá en realidad ella deseaba vivir y rememora en ese instante una o dos frases de Althusser, ese hombre al que ha amado, frases como «no se abandona un concepto como a un perro», quizá, pero Althusser estrangula a su mujer como a un perro, con la salvedad de que ahora el perro es él, feroz, egoísta, irresponsable y maniaco. Cuando él rebaja la presión, ella está muerta; la punta de la lengua, la «pobre puntita de la lengua», como dirá él, asoma por su boca, y sus ojos exorbitados miran fijamente a su asesino o al techo o al vacío de la existencia.

Althusser ha matado a su mujer pero no se le juzgará por ello porque se le considerará inmerso en un estado de demencia en el momento de los hechos. Sí, tuvo un ataque de furia. Pero ¿por qué no le dijo nada a su mujer? Si Althusser es «víctima de sí mismo», lo es por haber obedecido a los que le habían pedido que guardara silencio. Tenía que haber hablado, el muy imbécil, al menos a su mujer. La mentira es algo demasiado valioso como para ser mal empleada. Tenía que haber dicho por lo menos esto: «No toques este sobre, tiene un enorme valor, contiene un documento de capital importancia que X o Y (aquí sí podía mentir) me han confiado». En vez de eso, Hélène ha muerto. Althusser, juzgado loco, verá sobreseído su caso. Lo internarán durante unos años, luego abandonará su piso de la rue d'Ulm y se instalará en el distrito XX, donde escribirá esa extrañísima autobiografía, *El porvenir es largo*, en la que se podrá leer esta frase delirante, puesta entre paréntesis: «Mao incluso había llegado a concederme una entrevista, pero por razones "políticas francesas" cometí la tontería, *la mayor tontería de mi vida*, de no acudir a la cita...» (el subrayado es mío).

49

«¡Francamente, en Italia es más posible!» Ornano recorre de un lado a otro el despacho presidencial dando largas zancadas y levantando las manos al cielo. «¿Qué coño es lo que ha pasado en Bolonia? ¿Guarda alguna relación con nuestra historia? ¿Iba dirigido contra los nuestros?»

Poniatowski farfulla en el bar. «Es difícil de decir. Puede que sea el azar. Puede ser la extrema izquierda o la extrema derecha. También puede ser cosa del gobierno. Nunca se sabe, con los italianos.» Abre un zumo de tomate.

Giscard, sentado detrás de su escritorio, cierra el ejemplar de *L'Express* que estaba hojeando y junta las manos en silencio.

Ornano (dando golpecitos con el pie): «¡Azar, mis cojones! Si (y recalco mucho lo de *si*) un grupo, el que sea, un gobierno, una agencia, un servicio, una organización, posee los medios *y* la voluntad de hacer explotar una bomba que mata a ochenta y cinco personas solo para entorpecer nuestra investigación, entonces creo que tenemos un problema. Los estadounidenses tienen un problema. Los ingleses tienen un problema. Los rusos tienen un problema. A no ser que sea cosa suya, por supuesto».

Giscard pregunta: «Muy propio de ellos, ¿no, Michel?».

Poniatowski echa sal sobre el apio. «Sin embargo, una masacre ciega con el máximo de víctimas civiles, he de reconocer que es más propio de la extrema derecha. Y luego está, según el informe de Bayard, esa agente rusa que ha salvado la vida del joven.»

Ornano (sobresaltándose): «¿La enfermera? Como que es ella la que ha puesto la bomba».

Poniatowski (abriendo una botella de vodka): «¿Y entonces por qué se habría dejado ver en la estación?».

Ornano (señalando a Poniatowski con el dedo como si fuera personalmente responsable): «Lo hemos comprobado, ella nunca ha trabajado en la Salpêtrière».

Poniatowski (removiendo su bloody mary): «Estamos casi seguros de que Barthes no tenía consigo el documento en el hospital. Con toda probabilidad, las cosas se desarrollaron de la siguiente manera: sale del almuerzo con Mitterrand, lo atropella la camioneta de la lavandería, conducida por el primer búlgaro. Un hombre que dice ser médico hace como que lo examina allí mismo y de paso le roba la cartera y las llaves. Todo lleva a creer que el documento estaba en esa cartera».

Ornano: «Entonces ¿qué ocurrió en el hospi?».

Poniatowski: «Unos testigos vieron a dos intrusos cuya descripción corresponde a los dos búlgaros que mataron al gigoló».

Ornano (tratando mentalmente de llevar la cuenta de los búlgaros implicados en el asunto): «Pero ¿si el documento ya no estaba allí?».

Poniatowski: «No cabe duda de que había ido a rematar el trabajo».

Ornano, súbitamente sofocado, deja de dar vueltas en redondo y, como si algo hubiera atraído su atención, se pone a examinar una esquina del cuadro de Delacroix.

Giscard (cogiendo la biografía de JFK y poniéndose a acariciarla): «Admitamos que nuestros hombres fueron el objetivo del atentado de Bolonia».

Poniatowski (añadiendo más tabasco): «Eso probaría que estaban en el buen camino».

Ornano: «¿Es decir?».

Poniatowski: «Si está claro que han querido eliminarlos es para impedir que descubran algo».

Giscard: «¿Lo de ese... club?».

Poniatowski: «U otra cosa».

Ornano: «Entonces ¿los mandamos a Estados Unidos?».

Giscard (suspirando): «¿Y ese filósofo estadounidense no tiene teléfono?».

Poniatowski: «El joven afirma que sería la ocasión de "poner un poco de orden es todo esto"».

Ornano: «Ya veo, estoy seguro de que ese pequeño cabroncete quiere que se le pague un viaje a cuenta de la República».

Giscard (perplejo y como si rumiara algo): «A la vista de los elementos de que disponemos, ¿no sería más pertinente enviarlos a Sofía?».

Poniatowski: «Bayard es un buen poli, pero la verdad es que no es James Bond. ¿Podríamos, quizá, enviar un equipo del Servicio de Acción?».

Ornano: «¿Para hacer qué? ¿Cabrear a los búlgaros?».

Giscard: «Preferiría dejar al ministro de Defensa al margen de todo esto».

Poniatowski (mordaz): «No, no vayamos a correr el riesgo de una crisis diplomática con la URSS».

Ornano (tratando de cambiar de tema): «Hablando de crisis, ¿qué hay de lo de Teherán?».

Giscard (volviendo a hojear *L'Express*): «El sah ha muerto, los mulás bailan».

Poniatowski (sirviéndose un vodka solo): «Carter está jodido. Jomeini no liberará nunca a los rehenes».

Silencio.

En *L'Express*, Raymond Aron escribe: «Es mejor dejar en letargo las leyes cuando, con razón o sin ella, son rechazadas por las costumbres». Giscard piensa: «Qué tino».

Poniatowski pone una rodilla en tierra ante el frigorífico.

Ornano: «Bueno, ¿y el filósofo que ha matado a su mujer?».

Poniatowski: «Nos la pela. Es un rojo, lo hemos metido en un manicomio».

Silencio. Poniatowski saca del molde unos cubitos de hielo.

Giscard (con un tono marcial): «Este asunto no debe influir en la campaña».

Poniatowski (que comprende que Giscard ha vuelto al tema que le preocupa): «El conductor búlgaro y el falso médico han desaparecido».

Giscard (golpeando con el índice sobre un cartapacio de cuero): «A la mierda el conductor. A la mierda el médico. A la mierda ese... Logos Club. Lo que yo quiero es el documento. Aquí, sobre mi escritorio».

50

Cuando Baudrillard supo que la estructura metálica del Centro Georges Pompidou, inaugurado en 1977 por Giscard en la explanada Beaubourg e inmediatamente apodado «la refinería» o «el Notre-Dame de los tubos», corría el riesgo de «hundirse» si sus visitantes superaban los treinta mil, se alegró como un niño, o como el granujilla de la French Theory que es, en un librito titulado *El efecto Beaubourg. Implosión y disuasión*:

«Que la masa (de visitantes) imantada por la estructura devenga una variable destructora de la estructura misma —siempre y cuando lo hayan querido así sus diseñadores (aunque, ¿quién puede esperar eso?) y, de ese modo, hayan programado la posibilidad de poner fin con un solo golpe la arquitectura y la cultura— convierte al Beaubourg en el objeto más audaz y en el *happening* más logrado del siglo».

Slimane conoce bien el barrio del Marais y la rue Beaubourg, donde los estudiantes hacen cola desde que se abre la biblioteca. Lo sabe porque los ha visto al salir del garito nocturno, cansado por los excesos de la noche, y se ha preguntado muchas veces cómo esos mundos paralelos podían llegar a superponerse tanto uno al otro sin tocarse jamás.

Hoy, sin embargo, es él quien se ha puesto a la cola. Fuma con el walkman en las orejas, incrustado en medio de dos estudiantes inmersos en sus respectivos libros. Discretamente, intenta leer los títulos. El estudiante que le antecede lee un libro de Michel de Certeau titulado *La invención de lo cotidiano*. El otro, el de detrás, lee *Del inconveniente de haber nacido*, de Cioran.

Slimane escucha *Walking on the Moon*, de Police.

La cola avanza muy lentamente. Les dicen que tienen para una hora.

«¡HUNDID EL BEAUBOURG! Nueva consigna revolucionaria. No vale la pena incendiarlo. No vale la pena criticarlo. ¡Id a él! Es la mejor manera de destruirlo. El éxito del Beaubourg ha dejado de ser un misterio: la gente va allí para eso, se abalanza sobre el edificio, cuya fragilidad rezuma ya catástrofe, con la única intención de hundirlo.»

Slimane no ha leído a Baudrillard, pero cuando le llega el turno, sin saber que quizá esté participando en esa especie de programa post-situacionista, empuja el torno giratorio.

Atraviesa una sala dedicada a la prensa donde la gente consulta microfilms en unas moviolas y sube por una escalera mecánica que da acceso a la sala de lectura, la cual parece más bien un inmenso taller textil, con la salvedad de que aquí los trabajadores no ensamblan camisas con máquinas de coser sino que leen libros y toman notas en unos pequeños cuadernos.

Slimane también observa que algunos jóvenes han ido a ligar y que algún que otro *clochard* ha ido a dormir.

Pero lo que más impresiona a Slimane es el silencio, así como la altura del techo: mitad fábrica, mitad catedral.

Detrás de un gran muro de cristal, un inmenso televisor difunde imágenes de la televisión soviética. Al cabo de unos instantes, las imágenes cambian radicalmente y aparecen las de una cadena estadounidense. Algunos espectadores de diversas edades están tumbados en unos sillones rojos. El lugar no huele muy bien. Slimane no se demora en esa zona y empieza a recorrer las estanterías.

Baudrillard escribe: «La gente tiene ganas de cogerlo todo, de saquearlo todo, de engullirlo todo, de manipularlo todo. Ver, descifrar, aprender no les afecta. Solo les afecta masivamente la manipulación. Los organizadores (y los artistas y los intelectuales) están asustados por esta veleidad incontrolable, pues siempre se han limitado a mostrar a las masas el *espectáculo* de la cultura».

Dentro, fuera, en la plaza, en el techo, hay tuberías visibles por todas partes. Si sobrevive a esta aventura, Slimane, como todo el mundo, asociará la identidad del Beaubourg, gran navío futurista, a la imagen de los tubos al aire.

«Pero nunca han contado con esta fascinación activa, destructora, respuesta brutal y original al ofrecimiento de una cultura incomprensible, atracción que tiene todo el aspecto de una efracción y de la violación de un santuario.»

Slimane mira títulos al azar. *Avez-vous lu René Char?*, de Georges Mounin. *Racine y Shakespeare*, de Stendhal. *La promesa del alba*, de Gary. *La novela histórica*, de Georg Lukács. *Bajo el volcán. El Paraíso perdido. Pantagruel* (este le suena algo).

Pasa por delante de Jakobson sin verlo.

Tropieza con un bigotudo.

«¡Perdón!»

Ya es hora de dotar de identidad a este búlgaro, para que no acabe como su compañero, un soldado anónimo caído en combate en una guerra secreta cuyos partidarios son nítidos pero los ejecutores borrosos.

Pongamos que se llama Nikolai. De todos modos, su verdadero nombre permanecerá desconocido. Con su colega, ha seguido la pista a los investigadores y estos los han llevado hasta los gigolós. Han matado a dos de ellos. Todavía no sabe si deberá matar también a este. Hoy no va armado. Ha venido sin su paraguas. El espectro de Baudrillard le sopla al oído: «Disminución de pánico, sin móvil externo». Pregunta: «¿Le interrresa algo?». Slimane, desconfiado con los desconocidos desde que dos de sus amigos han muerto, responde, algo irritado: «¡Nada!». Nikolai le sonríe: «Eso es muy difícil de encontrrrar».

51

Henos nuevamente en un hospital parisino, pero esta vez nadie puede entrar en la habitación, ya que se trata del Sainte-Anne, el psiquiátrico, y Althusser está sedado. Régis Debray, Étienne Balibar y Jacques Derrida montan guardia delante de la puerta y charlan sobre las medidas a adoptar para proteger a su viejo maestro. También Peyrefitte, el ministro de Justicia, es un antiguo alumno de la École Normale Supérieure, pero eso no parece inclinarlo a la magnanimidad: ha venido reclamando en los periódicos la celebración de un juicio. Por otro lado, los tres escuchan pacientemente las refutaciones del crédulo doctor Diatkine, el psiquiatra que trataba a Althusser desde hacía años, para quien es del todo impensable, incluso, a un nivel físico, «técnicamente imposible» (cito de manera textual), que Althusser haya estrangulado a su mujer.

Llega Foucault. Francia está hecha de tal manera que si eres profe en la ENS de 1948 a 1980, seguro que has tenido como alumno y/o colega a Derrida, Foucault, Debray, Balibar, Lacan... Y también a BHL.

Foucault pide noticias, le dicen que solo repetía, una y otra vez: «He matado a Hélène, ¿qué va a pasar ahora?».

Foucault se lleva a Derrida aparte y le pregunta si ha hecho lo que le había pedido. Derrida asiente. Debray los observa de reojo.

Foucault dice que él jamás habría hecho algo parecido, y que incluso lo ha negado cuando se lo han preguntado. (Rivalidad universitaria obliga, recuerda de paso que le preguntaron a él ANTES que a Derrida. ¿El qué? Es aún demasiado pronto para decirlo. Pero lo ha negado porque no se traiciona a los amigos, aunque se trate de lo que se llama «un viejo amigo», con todo lo que esto implica de cansancio y de rencor mal reprimido).

Derrida dice que es preciso avanzar. Que había intereses en juego. Políticos.

Foucault alza los ojos al cielo.

BHL llega. Lo ponen educadamente de patitas en la puerta. Él, por supuesto, volverá a aparecer por la ventana.

Mientras tanto, Althusser duerme. Sus antiguos alumnos confían en que, por su bien, no le dé por soñar.

52

«Tenis tierra batida visión mondovisión sobre hierba así es hay que acuñar nuevas frases segunda bola de red efecto spin shot volea cortada revés sobre la línea borg connors vilas mcenroe...»

Sollers y Kristeva están sentados a la mesa de un chiringuito del jardín de Luxemburgo; Kristeva mordisquea abúlicamente un crêpe de azúcar mientras Sollers monologa, infatigable, bebiendo un café cortado.

Dice:

«En cuanto a Cristo, hay algo un poco especial, y es que él dijo que resucitaría».

O también:

«Como dice Baudelaire, hace tiempo que me he vuelto infalible».

Kristeva se fija en la nata que flota en la superficie de la taza.

«Apocalipsis, en hebreo, se dice *gala*, que quiere decir "descubrir".»

Kristeva se dobla para evitar la náusea que asciende por su pecho.

«Si el Dios de la Biblia hubiera dicho "Estoy en todas partes", se sabría...»

Kristeva trata de razonar. Recita mentalmente: «El signo no es la cosa, a pesar de todo».

Un editor conocido suyo, renqueante y con un gitanes en los labios, que pasea con un niño de corta edad, se acerca a saludarlos. Le pregunta a Sollers en qué está trabajando «en ese momento» y, naturalmente, Sollers no se hace de rogar: «En una novela llena de retratos y personajes..., centenares de notas tomadas sobre el terreno... A propósito de la guerra de sexos... No veo otro libro más informado, múltiple, corrosivo y ligero que ese».

Kristeva, aún hipnotizada por la película de nata, reprime una arcada. Psicoanalista como es, diagnostica que tiene ganas de escupirse a sí misma.

«Una novela filosófica, incluso metafísica, de un realismo frío y lírico.»

Regresión infantil unida a un choque traumático. Pero ella es Kristeva: dueña de *sí misma*, así que se *contiene*.

Sollers suelta su rollo al editor, que frunce el ceño para manifestar una especie de atención inquieta, mientras el niño que lo acompaña le tira de la manga: «El giro altamente sintomático de la segunda mitad del siglo veinte estará descrito en todas sus ramificaciones secretas y concretas. Podrá extraerse una tabla de valencias químicas: los cuerpos femeninos negativos (y por qué), los cuerpos positivos (y cómo)».

Kristeva tiende lentamente la mano hacia la taza. Desliza un dedo por el asa. Se lleva a sus labios el líquido beis.

«Los filósofos aparecerán ahí con sus límites privados, las mujeres con su histeria y sus cálculos, pero también con su arbitrariedad libre.»

Kristeva cierra los ojos en el momento de tragar. Oye a su marido citar a Casanova: «Si el placer existe, y si no podemos gozar de él más que en vida, la vida es sin duda un gozo».

El editor da un saltito donde está: «¡Excelente! ¡Muy bien! ¡Bien!».

El niño pone cara de asombro.

Sollers se acalora y pasa al presente de la narración: «Aquí, los devotos y las devotas ponen mala cara, los sociómanos y los sociópatas claman por la superficialidad, la industria del espectáculo se viene abajo o quiere manipular el resultado, el Diablo está que trina, porque el placer debe ser destructor y la vida una desgracia».

El café fluye dentro Kristeva como un río de lava tibia. *Siente* la nata en su boca, en su garganta.

El editor quiere encargarle un libro a Sollers cuando haya acabado este.

Sollers cuenta por enésima vez una anécdota sobre él y Francis Ponge. El editor escucha por educación. ¡Estos grandes escritores! Siempre dando la lata con sus obsesiones, siempre amasando la misma materia...

Kristeva piensa que la fobia no desaparece sino que se mete debajo de la lengua, que el objeto fóbico es una protoescritura y que, a la inversa, todo ejercicio de la palabra, por tanto de la escritura, es un lenguaje del miedo. «El escritor: un fóbico que al metaforizar consigue no morir de miedo y resucitar en los signos», se dice a sí misma.

El editor pregunta: «¿Saben algo de Althusser?». Sollers, de repente, se calla. «Después de lo de Barthes, es algo terrible. ¡Vaya año!» Sollers mira a un lado y a otro antes de responder: «Sí, el mundo se ha vuelto loco, qué quiere que le diga. Sin embargo, es el destino de las almas tristes». No se percata de que los ojos de Kristeva se han abierto como dos agujeros negros. El editor se despide mientras el niño emite unos pequeños gruñidos.

Sollers permanece de pie, callado por un instante. Kristeva visualiza cómo el trago de café forma un charco de agua estancada en su estómago. El peligro ha pasado, pero la nata sigue ahí. En el fondo de la taza se ha quedado la náusea. Sollers dice: «Tengo talento para las diferencias». Kristeva vacía la taza de una vez.

Caminan hacia el gran estanque, donde unos niños juegan con barcos de madera que sus padres alquilan por horas por unos pocos francos.

Kristeva pregunta si hay noticias de Louis. Sollers contesta que los perros montan guardia pero que Bernard ha podido verlo. «Completamente alelado. Dicen que, cuando lo encontraron, solo repetía: "He matado a Hélène, ¿qué va a pasar ahora?". ¿Te imaginas? ¡Qué... va... a pasar... ahora! ¿No es extraordinario?» Sollers se relame con la anécdota. Kristeva lo conduce hacia consideraciones más pragmáticas. Él adopta una actitud tranquilizadora: visto el desorden que había en el piso, si la copia no ha sido destruida, se ha perdido para siempre. En el peor de los casos, acabará en una caja de cartón, unos chinos la encontrarán dentro de doscientos años sin comprender de qué se trata y la utilizarán para encender una pipa de opio.

—Tu padre se equivocó. Nada de copias, la próxima vez.

—El resultado es que no habrá próxima vez.

—Siempre hay una próxima vez, ardillita mía.

Kristeva piensa en Barthes. Sollers dice: «Lo conocí mejor que nadie».

Ella responde fríamente: «Pero soy yo quien lo ha matado».

Sollers le cita a Empédocles: «La sangre que baña el corazón es pensamiento». Pero como no puede estar ni un segundo sin remitirse a sí mismo, aprieta los dientes y murmura: «Su muerte no habrá sido en vano. Yo seré lo que seré».

A continuación, prosigue con su monólogo como si tal cosa: «Por supuesto, el mensaje carece de importancia..., ja, ja, este pequeño asunto no está muy claro..., el público por definición no tiene memoria es virgen es selva virgen... Nosotros estamos como peces fuera del agua... Qué importa que Debord se haya burlado de mí, llegando incluso a compararme con Cocteau... ¿Quién es el primero, finalmente...?».

Kristeva suspira. Lo lleva hasta donde están los jugadores de ajedrez.

Sollers es como un niño, tiene una memoria inmediata de tres minutos, luego se abstrae en una partida que enfrenta a un viejo y a un joven, ambos con una gorra de béisbol con las siglas bordadas del logo de un equipo de Nueva York. Mientras el joven lanza un ataque con el objetivo evidente de desenrocar a su adversario, el escritor le susurra a su mujer al oído: «Mira a ese viejo, es más listo que el hambre, ja, ja, ja. Pero si me busca, me encuentra, je, je».

Les llega el poc-poc de las pelotas de tenis desde unas pistas cercanas.

Es la oportunidad de Kristeva para tirar a su marido de la manga porque pronto va a ser la hora.

Atraviesan un bosquecillo de columpios y van hasta el Pequeño Teatro de Marionetas. Se sientan en un banco de madera en medio de los niños.

El hombre que se sienta justo detrás de ellos es un bigotudo mal trajeado.

Se quita la chaqueta arrugada.

Se mete el paraguas entre las piernas.

Enciende un cigarrillo.

Se inclina hacia Kristeva y le susurra algo al oído.

Sollers se vuelve y exclama alegremente: «¡Buenos días, Serguei!». Kristeva le reprende, cortante: «Se llama Nikolai». Sollers saca un cigarrillo de una pitillera azul de concha y pide fuego al búlgaro. El niño sentado a su lado le observa con curiosidad. Sollers le saca la lengua. El telón se abre, Guiñol aparece. «¡Buenos días, niños!» «¡Buenos días, Guiñol!» Nikolai le cuenta a Kristeva, en búlgaro, que ha seguido al amigo de Hamed. Ha registrado su casa (sin desordenar nada, en esta ocasión) y definitivamente la copia no está allí. Pero hay algo llamativo: de un tiempo a esta parte, se pasa el día en la biblioteca.

Como Sollers no habla búlgaro, sigue la obra con atención mientras espera. El argumento enfrenta a Guiñol y a un ladrón mal afeitado con un gendarme que pronuncia las *r* como Serguei. La intriga gira alrededor de un contencioso muy simple, pretexto para múltiples escenas de acción con estacazos. En grandes líneas, Guiñol debe recuperar el collar de la Marquesa, robado por el ladrón. Sollers sospecha inmediatamente que la Marquesa misma se lo ha dado a cambio de favores sexuales.

Kristeva pregunta qué tipo de libros suele consultar Slimane.

Guiñol pregunta a los niños si el ladrón se ha ido por ahí.

Nikolai responde que ha visto a Slimane consultar sobre todo libros de lingüística y de filosofía, pero, en su opinión, no parece que el gigoló sepa lo que está buscando.

Los niños responden: «¡Síiiiiiii!».

Kristeva piensa que es evidente que busca algo de información en esos libros. Cuando se lo va a contar a Sollers, este dice: «¡Síiiiiiii!».

Nikolai concreta: sobre todo de autores estadounidenses. Chomsky, Austin, Searle, y también un ruso, Jakobson; dos alemanes, Bühler y Popper, y un francés, Benveniste.

La lista es suficientemente elocuente para Kristeva.

El ladrón pregunta a los niños si puede traicionar a Guiñol.

Los niños gritan: «¡Noooooo!». Sollers, haciéndose el gracioso, dice: «¡Síiiiiiii!», pero su grito se ahoga en el de los niños.

Nikolai concreta aún más que Slimane se ha limitado a hojear algunos libros, pero que leer, solo ha leído el de Austin.

De lo cual Kristeva deduce que tratará de contactar con Searle.

El ladrón se acerca silenciosamente a Guiñol por detrás, armado con una estaca. Los niños quieren avisar a

Guiñol: «¡Cuidado! ¡Cuidado!». Pero cada vez que Guiñol se da la vuelta, el ladrón se esconde. Guiñol pregunta a los niños si el ladrón está cerca. Los niños tratan de advertirle pero él está como sordo, hace gestos de no comprender, lo que les vuelve histéricos. Gritan, y Sollers grita con ellos: «¡Detrás de ti! ¡Detrás de ti!».

Guiñol recibe un estacazo. Silencio angustioso en la sala. Todo el mundo cree que está inconsciente, pero solo lo finge. ¡Uf!

Kristeva reflexiona.

Gracias a una artimaña, Guiñol, a su vez, deja inconsciente al ladrón. Para ser exactos, lo muele a estacazos. (En el mundo real, nadie sobreviviría a semejante lluvia de golpes en la cabeza, piensa Nikolai.)

El gendarme detiene al ladrón y felicita a Guiñol.

Los niños aplauden a rabiar. No está muy claro si Guiñol ha devuelto el collar o si finalmente se lo ha quedado para él.

Kristeva apoya la mano en el hombro de su esposo y le grita al oído: «Es preciso que vaya a Estados Unidos».

Guiñol saluda: «¡Adiós, niños!».

Los niños y Sollers: «¡Adiós, Guiñol!».

El gendarme, con acento: «¡Adiós, niños!».

Sollers, dándose la vuelta: «Chao, Serguei».

Nikolai, con acento: «Adiós, señorrr Krrristeva».

Kristeva a Sollers: «Me voy a Ithaca».

53

Slimane también se despierta en una cama que no es la suya, pero, aparte de él, no hay nadie más en ella, solo el hueco de un cuerpo como silueteado a tiza en las sábanas todavía calientes. En cuanto a la cama, no es más que un colchón puesto en el suelo en una habitación casi vacía y sin ventana, sumida en la oscuridad. Del otro lado de la puerta le llegan voces masculinas mezcladas con música clásica. Se acuerda perfectamente de dónde está y la música no le es desconocida. (Es Mahler.) Abre la puerta y, sin tomarse la molestia de vestirse, entra en el salón.

Es una inmensa habitación alargada de un octavo piso con un gran ventanal desde el que se domina París (hacia Boulogne y Saint-Cloud). En torno a una mesita baja, Michel Foucault, vestido con un kimono negro, explica los misterios de la sexualidad del elefante a dos jóvenes en sendos slip, uno de los cuales por cierto está retratado en tres fotos colgadas de una columna contigua al sofá.

O, para más exactos, según cree entender Slimane, cómo la sexualidad del elefante era percibida y comentada en la Francia del siglo XVII.

A Slimane no se le escapa que ambos jóvenes fuman unos cigarrillos bien cargados de opio, porque con ese método superarán más rápido el bajón. Curiosamente, Foucault nunca ha tenido necesidad de recurrir a eso, aguanta muy bien cualquier droga: es capaz de ponerse a la máquina de escribir a las nueve de la mañana después de toda una noche pasada bajo los efectos del LSD. Ellos tienen pinta de llevarlo peor. Saludan a Slimane con voz cavernosa. Foucault le ofrece un café, pero en ese preciso instante se oye un gran ruido en la cocina y aparece un tercer joven, más bien afligido, con una especie de mango de plástico en la mano. Es Mathieu Lindon, que acaba de cargarse la cafetera. Los otros dos no pueden reprimir una risita burlona medio tísica. Foucault, en plan bonachón, ofrece un té. Slimane se sienta y empieza a untar una tostada mientras el gran calvo con kimono negro prosigue su explicación sobre los elefantes.

Para Francisco de Sales, obispo de Ginebra en el XVII y autor de *Introducción a la vida devota*, el elefante es un modelo de castidad: fiel y atemperado, no conoce más que una sola pareja a la que honra una vez cada tres años a lo largo de cinco días, a cubierto de cualquier mirada, y después va a lavarse profusamente. El bello Hervé, en slip, masculla con su cigarrillo en la boca que reconoce detrás de la fábula del elefante la moral católica en todo su horror y escupiría sobre ella, al menos simbólicamente, de no faltarle la saliva y tener que toser en su lugar. Foucault se anima en su kimono: «¡Exactamente! Lo que es muy interesante es que ya en Plinio encontramos el mismo análisis sobre las costumbres del elefante. Por tanto, si hacemos la genealogía de esta moral, como diría el otro, nos daríamos cuenta de que echa sus auténticas raíces en una época anterior al cristianismo, o al menos en una época en la que su desarrollo aún es ampliamente embrionario». Foucault se está entusiasmando. «Mirad, se habla *del* cristianismo como si *el* cristianismo existiera... Pero cristianismo y paganismo no constituyen unidades bien formadas, individualidades perfectamente claras. No hay que imaginar unos bloques estancos que aparecen de golpe y desaparecen también repentinamente, sin influirse uno al otro, sin interpenetrarse ni metamorfosearse.»

Mathieu Lindon, que permanece de pie con su mango de cafetera en la mano, pregunta: «Pero, bueno, Michel, ¿adónde quieres ir a parar?».

A Foucault se le ilumina la sonrisa: «De hecho, el paganismo no puede ser tratado como una unidad, pero ¡el cristianismo aún menos! Tenemos que revisar nuestros métodos, ¿comprendes?».

Slimane muerde su tostada y dice: «Entonces dime, Michel, ¿sigues con la intención de ir a ese coloquio en Cornell? ¿Dónde está exactamente ese pueblucho?».

Foucault, siempre encantado de contestar a las preguntas, sean cuales sean, y sin sorprenderse de que Slimane se interese por sus coloquios, le responde que Cornell es una gran universidad estadounidense situada en un pequeña ciudad del norte de Estados Unidos llamada Ithaca, como Ítaca, la isla de Ulises. Ignora por qué ha aceptado la invitación, ya que se trata de un coloquio sobre el lenguaje, el *linguistic turn* como lo llaman allí, campo en el que ya no trabaja desde mucho tiempo (*Las palabras y las cosas* data de 1966), pero finalmente dijo que sí y no le gusta desdecirse, así que irá. (Además, como es bien sabido, adora Estados Unidos.)

Slimane, una vez engullida la tostada, toma un sorbo de té ardiente, enciende un cigarrillo, se aclara la garganta y pregunta: «¿Crees que podría acompañarte?».

54

«¡Claro que no puedes acompañarme, cariño! Es un coloquio reservado a los universitarios y tú detestas que te llamen señor Kristeva.»

La sonrisa de Sollers disimula mal la herida narcisista que mucho se teme que no se cerrará nunca.

¿Es posible imaginar a Montaigne, a Pascal o a Voltaire leyendo una tesis?

¿Por qué esos necios de los estadounidenses siguen empeñados en ignorarlo a él, grande entre los grandes, que será leído y releído en 2043?

¿O a Chateaubriand, a Stendhal, a Balzac o a Hugo?

¿Llegará un día en que haya que pedir permiso para pensar?

Lo más chistoso es que invitan a Derrida, claro. Pero, queridos amigos yanquis, enteraos de una vez de que vuestro ídolo, al que reverenciáis porque escribe *différance* con una *a* (el mundo se descompone, se deshace), ha escrito su obra maestra, *La diseminación* (el mundo se *disemina*), ¡como un homenaje a *Números*, que nadie, ni en Nueva York, ni en California, ha creído a bien traducir! ¡Desde luego, es para desternillarse!

Sollers se parte de risa. ¡Jo, jo, jo! ¡Sin él, no habría Derrida que valga! ¡Ay, si el mundo lo supiera...! ¡Si Estados Unidos lo supiera...!

Kristeva escucha con paciencia este discurso que se sabe de memoria.

«¿Es posible imaginar a Flaubert, Baudelaire, Lautréamont, Rimbaud, Mallarmé, Claudel, Proust, Breton o Artaud en el trance de tener que leer *una tesis*?» Sollers se interrumpe bruscamente y pone un semblante reflexivo, pero Kristeva sabe de antemano lo que va a añadir: «Sí, está la de Céline, pero la suya es una tesis de medicina, literariamente soberbia, por otra parte». (Subtexto: él sí que ha leído la tesis de medicina de Céline. ¿Cuántos universitarios pueden decir lo mismo?)

Luego, para provocar a su mujer, mete la cabeza debajo del brazo y pone voz de ingenuo:

—Pero ¿por qué quieres ir, ardillita mía adorada?

—Ya sabes por qué. Porque Searle estará allí.

—¡Y todos los demás también! —exclama Sollers.

Kristeva enciende un cigarrillo, examina el motivo bordado del cojín en el que está apoyada, una reproducción de un unicornio sacada de un tapiz de Cluny que compraron, hace años, en el aeropuerto de Singapur. Tiene las piernas dobladas, el pelo recogido en una coleta, acaricia la planta verdosa que hay al lado del sofá y pronuncia a media voz, pero articulando exageradamente, con su ligerísimo acento:

—Ya..., los otrrros.

Para contener su nerviosismo, Sollers recita para sí su breve letanía personal:

—Foucault: demasiado irritable, celoso, vehemente. ¿Deleuze?, demasiado sarcástico. ¿Althusser?, demasiado enfermo (¡ja, ja, ja!). ¿Derrida?, demasiado perdido en sus sucesivos recovecos (¡ja, ja, ja!). Y a Lacan lo detesto, no ve inconveniente en que los comunistas garanticen la seguridad en Vincennes. (Vincennes: lugar donde se vigila a los iracundos.)

La verdad, como bien sabe Kristeva, es que Sollers tiene miedo de no acabar en la Pléiade.

De momento, el genio incomprendido se dedica a vilipendiar a los estadounidenses, con sus «*gay and lesbian studies*», su feminismo totalitario, su fascinación por la «deconstrucción» o por «el pequeño objeto a»... ¡cuando está claro que el nombre de Molière les es completamente desconocido!

¡Y sus mujeres!

«¿Las estadounidenses? Intratables en su mayor parte: dinero, quejas, novela familiar, infección pseudo-psiquiátrica. Afortunadamente, en Nueva York las hay latinas y chinas, incluso casi ya no hay europeas.» Pero ¡en Cornell! ¡Bah! Puaj, como diría Shakespeare.

Kristeva bebe un té ajazminado mientras hojea una revista de psicoanálisis inglesa.

Sollers da vueltas alrededor de la gran mesa del salón, furibundo, con los hombros hundidos como un toro: «Foucault, Foucault, solo tienen ese nombre en la cabeza».

Luego de repente se alza, como un *sprinter* que se ha roto el pecho al cruzar la línea de llegada: «¡Qué diablos, a mí qué me importa! Ya me sé la música: tener que viajar, dar conferencias, hablar el inglés estadounidense del colono, participar en coloquios cansinos, "estar juntos", alargar las palabras, parecer humano».

Kristeva, posando la taza, le habla con dulzura: «Ya tendrás tu revancha, cariño».

Sollers, frenético, se dirige a sí mismo en segunda persona palpándose el puño: «Tienes gran facilidad de palabra, es evidente, y eso los fastidia (preferirían que tartamudeases, pero peor para ellos...)».

Kristeva le coge la mano.

Él le sonríe y dice: «A veces viene bien un poco de ánimo».

Kristeva sonríe también y le responde: «Ven, vamos a leer a Joseph de Maistre».

55

En el Quai des Orfèvres, Bayard pasa a máquina su informe mientras Simon lee un libro de Chomsky sobre gramática generativa, de la que, ha de confesar, no entiende casi nada.

Cada vez que llega al final de la línea, Bayard acciona con su mano derecha la palanca que hace retornar el carro del cilindro; al mismo tiempo, con un movimiento de la mano izquierda, agarra una taza de café, bebe un sorbo, echa una calada al cigarrillo y vuelve a ponerlo en el borde de un cenicero amarillo con el logo de Pastis 51. Crac tac tac tac, tac tac tac, crac tac tac tac, y así sucesivamente.

Pero de pronto el tac-tac se interrumpe. Bayard se endereza sobre la silla tapizada de escay, se vuelve hacia Simon y pregunta:

«¿De dónde viene el nombre de Kristeva?».

56

Serge Moati está atiborrándose de rebanadas de bizcocho Savane en el momento en que Mitterrand hace su aparición. Fabius le recibe en zapatillas en su hotelito particular del Panteón. Lang, Badinter, Attali y Debray esperan prudentemente tomando café. Mitterrand, gruñendo, le arroja la bufanda a Fabius: «¡Me voy a cargar a tu amigo Mauroy!». No oculta en absoluto su mal humor y los jóvenes conjurados comprenden que la sesión de trabajo va a ser costosa. Mitterrand enseña los colmillos: «¡Rocard! ¡Rocard!». Nadie rechista. «¡Han perdido Metz y ahora de golpe quieren que me presente a marchas forzadas a las presidenciales para librarse de mí!» Sus jóvenes lugartenientes respiran. Moati mastica su Savane con esfuerzo. El joven conjurado con cara de pájaro se arriesga: «Presidente...». Pero Mitterrand se gira hacia él, glacial, terrible, y lo empuja hacia atrás presionándolo con el dedo en el pecho: «¡Cierra el pico, Attali...!». Y Attali recula hasta la pared mientras el candidato putativo continúa: «Todos quieren que yo fracase pero no me cuesta nada desbaratar su táctica: basta con no presentarme y ya está, ¡je, je! Que a ese idiota de Rocard lo zurre el imbécil de Giscard. Rocard, Giscard..., ¡será la batalla de los soplapollas! ¡Grandiosa! ¡Sublime! ¡Una chorrada, eso de la segunda izquierda, Debray! ¡Una chorrada a la francesa! Robert, coge un boli, que voy a dictar un comunicado. ¡Abdico! Paso la vez.

¡Je, je! ¡La puta vez...!». Gruñe: «¡Fracasar! Pero ¿qué quiere decir eso de fracasar?».

Nadie se atreve a responder, ni siquiera Fabius, el único capaz de plantarle cara al patrón algunas veces, pero cuya audacia no es tan grande como para comprometerse en un tema tan resbaladizo. Por otra parte, la pregunta era puramente retórica.

Mitterrand debe grabar su profesión de fe. Ha preparado un breve sermón, anodino, convencional, pésimo. Habla de inmovilismo y de aguas mansas. Sin pasión, sin mensaje, sin espíritu, solo fórmulas pomposas y huecas. La imagen transmite la fría cólera del eterno perdedor. La grabación termina en medio de un silencio fúnebre. Fabius menea los dedos de los pies nerviosamente dentro de sus zapatillas. Moati mastica su Savane como si fuera cemento. Debray y Badinter intercambian una mirada inexpresiva. Attali mira por la ventana cómo una guardia de tráfico pone una multa al R5 de Moati. Incluso Jack Lang parece perplejo.

Mitterrand aprieta los dientes. Lleva la máscara que ha llevado toda su vida, parapetado en esa altivez a la que ha recurrido siempre para disimular la cólera que le devora las entrañas. Se levanta, va a buscar su bufanda y se va sin despedirse de nadie.

El silencio se prolonga unos minutos más.

Moati, apagado: «En fin... Séguéla es nuestra única esperanza».

Lang, detrás de él, murmura: «No, nos queda otro».

57

«No entiendo cómo pudo fallar la primera vez. Sabía que buscaba un documento relativo a ese lingüista ruso,

Jakobson. ¿Ve un libro de Jakobson sobre el escritorio y no se le ocurre echar un vistazo?»

Pues sí, en efecto, parece *inverosímil*.

«Y qué casualidad, está precisamente allí el día que vamos a casa de Barthes, y eso que había tenido semanas para volver al piso, ya que contaba con las llaves en su poder.»

Simon escucha a Bayard mientras el Boeing 747 lleva su armazón de transoceánico hasta la pista de despegue. Giscard, ese gran burgués fascista, ha aceptado finalmente pagarles el viaje, aunque no hasta el punto de pagárselo en el Concorde.

La pista búlgara lleva hasta Kristeva.

Kristeva, no obstante, se ha ido a Estados Unidos.

Por tanto, bienvenidos sean los perritos calientes y la televisión por cable.

Como siempre, hay un niño en la misma fila de asientos que no deja de llorar.

Una azafata se acerca a Bayard para rogarle que apague su cigarrillo porque está prohibido fumar en los momentos del despegue y del aterrizaje.

Simon se ha traído *Lector in fabula*, de Umberto Eco, para leer durante el vuelo. Bayard le pregunta si hay algo interesante que aprender en ese libro, y por interesante quiere decir algo útil para la investigación, aunque quizá también para más cosas. Simon mira la página y lee: «Yo vivo (quiero decir: yo que escribo tengo la intención de estar vivo en el único mundo que conozco), pero desde el momento en que teorizo acerca de los mundos narrativos posibles, decido (a partir del mundo del que tengo la experiencia física directa) reducir ese mundo a una experiencia semiótica para compararlo con los mundos narrativos».

Simon siente una bocanada de calor cuando la azafata agita los brazos para gesticular las consignas de seguridad. (El niño deja de llorar, está fascinado por esa coreografía de guardia de circulación.)

Oficialmente, Kristeva viaja a la universidad de Cornell, Ithaca, estado de Nueva York, para un coloquio del que Bayard no ha intentado comprender ni el título ni el tema. Todo cuanto necesita saber es que el tal John Searle, el filósofo estadounidense del que Eco les habló, también forma parte de los invitados. No se trata de repatriar a la búlgara a lo Eichmann. Si Giscard hubiera querido arrestar a la asesina de Barthes, puesto que todo parece indicar que ella está en el ajo, no tendría que haber permitido que tomara ese vuelo. De lo que en realidad se trata es de saber qué es lo que se está tramando. ¿No es siempre así, por lo demás?

Para Caperucita Roja, el mundo real es aquel en el que los lobos hablan.

Se trata de recuperar ese jodido documento.

Bayard quiere comprender: ¿la séptima función del lenguaje qué es? ¿Un manual de instrucciones? ¿Un sortilegio? ¿Una guía para usuarios? ¿Una quimera que vuelve histéricos los ambientes políticos e intelectuales, que ven en sus palabras algo así como el más supremo premio gordo para quien se haga con ella?

En el asiento contiguo, al otro lado de pasillo, el niño saca un pequeño cubo de caras multicolores y se pone a manipularlas en todos los sentidos.

En el fondo, se pregunta Simon, ¿cuál es la diferencia fundamental entre él mismo y Caperucita Roja o Sherlock Holmes?

Oye a Bayard preguntarse en voz alta o tal vez dirigiéndose a él: «Admitamos que la séptima función del lenguaje sea esa función performativa. Y que, de acuerdo, permite a quien la domina convencer a cualquiera de cualquier cosa en cualquier circunstancia. Aparentemente, el documento consiste en una hoja, digamos que escrita por ambas caras y con letra muy apretada. ¿Cómo pueden caber en tan poco espacio las instrucciones de un chisme tan poderoso? Ya solo cualquier manual técnico, pongamos por caso el de un lavavajillas o el de una tele o el de mi 504, consta de varias páginas».

Simon rechina los dientes. Sí, es difícil de concebir. No, no hay explicación. Quien fuera capaz de intuir lo que contiene ese documento ya se habría hecho elegir presidente y se habría acostado con todas las mujeres.

Mientras habla, Bayard no le quita ojo al juguete del niño. Por lo que puede observar, el cubo está subdividido en cubos más pequeños que hay que juntar por colores efectuando operaciones de rotación verticales y horizontales. El niño prueba una y otra vez con una dedicación frenética.

En *Lector in fabula*, Eco aborda el estatus de los personajes ficticios, que él llama «supernumerarios» porque se añaden a la gente del mundo real. Ronald Reagan o Napoleón forman parte del mundo real, pero Sherlock Holmes no. Sin embargo, ¿qué sentido se le puede dar a afirmaciones como estas: «Sherlock Holmes no está casado» o «Hamlet está loco»? ¿Se puede tratar a un supernumerario como a una persona real?

Eco cita a Volli, un semiólogo italiano que ha dicho: «Yo existo, Emma Bovary no». Simon se siente cada vez más angustiado.

Bayard se levanta para ir al lavabo, no porque tenga realmente ganas de orinar, sino porque ve que Simon está inmerso en su libro y así de paso estira las piernas, y además se ha bebido todas las botellitas de licor.

Yendo hacia la parte trasera del avión se topa con Foucault, enzarzado en una conversación con un joven árabe que lleva los auriculares alrededor del cuello.

Ha visto el programa del coloquio y no debería sorprenderle su presencia, ya que sabía que Foucault estaba invitado, pero no puede evitar un sobresalto. Foucault le muestra su carnívora sonrisa.

«¿Comisario, conoce usted a Slimane? Era un buen amigo de Hamed. Naturalmente, aún no ha esclarecido usted las circunstancias de su muerte, ¿no? Qué más da un maricón más o menos. ¿O es porque es árabe? ¿Eso vale doble?»

Cuando Bayard vuelve a su asiento, ve que Simon duerme con la cabeza inclinada, en esa postura incómoda tan característica de la gente que intenta dormir sentada. Lo último que ha leído es otra frase de Eco, en la que cita a su suegra: «¿Qué habría pasado si mi yerno no se hubiera casado con mi hija?».

Simon sueña. Bayard está pensativo. Foucault lleva a Slimane al bar de la planta superior para hablarle de su conferencia, que versará sobre los sueños sexuales en la Grecia antigua.

Piden dos whiskis a la azafata, que sonríe casi tanto como el filósofo.

Según Artemidoro, nuestros sueños sexuales son como profecías. Hay que establecer correspondencias entre las relaciones sexuales vividas en sueños y las relaciones sociales de la realidad. Por ejemplo, soñar que nos acostamos con un esclavo es buena señal: en la medida en que el esclavo es propiedad nuestra, quiere decir que nuestro patrimonio va a acrecentarse. Soñar con una mujer casada es mala señal: no debemos tocar la propiedad ajena. Con nuestra madre, depende. Según Foucault, se ha exagerado mucho la importancia que los griegos atribuían a Edipo. En todos los casos, el punto de vista es el del macho libre activo. Penetrar (hombre, mujer, esclavo, miembro de la familia) es bueno. Dejarse penetrar es malo. Lo peor, lo más contra natura, son las lesbianas que practican la penetración (seguido de las relaciones sexuales con los dioses, los animales y los cadáveres).

«¡Allá cada cual con sus criterios, todos normativos!» Foucault se ríe, pide dos whiskis más y se lleva a Slimane al lavabo sin que oponga resistencia (pero sin quitarse los walkman).

No tenemos ningún medio de saber qué está soñando Simon, pues no estamos dentro de su cabeza, ¿verdad?

Bayard ha visto a Foucault y a Slimane subir la escalera que conduce al bar del avión. Movido por un impulso irracional, corre a registrar sus asientos vacíos. En la bolsa delantera de Foucault hay libros y en la de Slimane revistas. Bayard abre el maletero superior y se apodera de unos bolsos de mano que supone son de su pertenencia. Se sienta en el sitio de Foucault para hurgar en la cartera del filósofo y en la mochila del gigoló. Papeles, libros, una camiseta de recambio, casetes. A priori, ni rastro del documento, pero Bayard piensa que no se le habrá ocurrido poner «Séptima función del lenguaje» con letras grandes escritas encima de algún sitio, así que se lleva los dos bolsos y regresa a su asiento para despertar a Simon.

Cuando Simon se despierta y comprende la situación, se extraña de la presencia de Foucault; lo que le pide Bayard le indigna, pero pese a todo acepta meter las narices en asuntos ajenos, invirtiendo sus buenos veinte minutos. Cuando ya está a punto de asegurarle a Bayard que entre los efectos de Foucault y Slimane no hay nada que ni por asomo pueda parecerse a la séptima función del lenguaje, ambos ven con estupor que Foucault aparece de nuevo bajando por la escalerilla.

Camina hacia su asiento y no tardará en darse cuenta, de un momento a otro, de que sus pertenencias han desaparecido.

Sin necesidad de ponerse de acuerdo, los dos reaccionan al unísono. Simon pasa por encima de Bayard y sale al pasillo al encuentro de Foucault, mientras Bayard se mete por el pasillo paralelo, en el lado opuesto, para llegar hasta la cola del avión, donde está la fila de asientos de Foucault.

Simon se planta delante de Foucault, quien, una vez a su altura, aguarda a que le deje pasar, pero Simon no se aparta, así que el filósofo alza la vista y detrás de sus gafas de miope reconoce al joven.

—¡Hombre, Alcibíades!

—¡Señor Foucault, qué sorpresa!... Es un honor, adoro todo lo que usted hace... ¿Sobre qué está trabajando ahora...? ¿Sigue con el tema del sexo?

Foucault frunce el ceño.

Bayard asciende por el otro pasillo pero coincide con una azafata que le obstruye el paso con el carrito de las bebidas. Ella sirve tranquilamente tés y vasos de vino a los pasajeros tratando de endosarles algo del *duty free* mientras Bayard, a su espalda, demuestra su impaciencia pateando el suelo nerviosamente.

Simon no oye la respuesta de Foucault porque está pensando en la siguiente pregunta. Detrás de Foucault, Slimane tiene prisa: «¿Nos movemos o qué?». Simon suelta de repente: «¡Ah, veo que está usted acompañado! Encantado, encantado. ¿A usted también le llama Alcibíades? Ja, ja, ja... Humm... Y díganme, ¿han estado ya en Estados Unidos?».

En última instancia, Bayard podría meter prisa a la azafata pero no puede saltar por encima de carrito y le quedan todavía tres filas por delante.

Simon pregunta: «¿Ha visto lo de Peyrefitte? Qué basura, ¿eh? Que sepa que a usted lo echamos mucho de menos en Vincennes».

Foucault, amable pero con firmeza, coge a Simon por los hombros, efectúa una especie de paso de tango y hace un giro con él poniéndolo del lado de Slimane, lo que, concretamente, significa que Foucault ha pasado y ya nada se interpone hasta llegar a su asiento, a escasos metros.

Bayard por fin llega a la altura del lavabo, al final del avión, donde un pasajero le permite pasar al pasillo de enfrente. Alcanza el asiento de Foucault justo cuando este ya está a punto de llegar y de verle meter los bolsos en sus respectivos sitios.

Simon, que no tiene necesidad de gafas y sabe cuál es la situación, ve a Bayard delante de Foucault y grita: «¡Herculine Barbin!».

Todo el pasaje se sobresalta. Foucault se vuelve. Bayard abre el maletero, introduce los dos bolsos de mano y lo cierra otra vez. Foucault mira atentamente a Simon. Este sonríe estúpidamente y dice: «¿No somos todos Herculine Barbin, señor Foucault?».

Bayard se excusa y pide paso a Foucault como si regresase del lavabo. Foucault ve pasar a Bayard, se encoge de hombros y todo el mundo vuelve de nuevo a su asiento.

—¿Quién es Herculine Machin?

—Un hermafrodita del siglo XIX que fue muy desgraciado. Foucault editó sus memorias. Hizo de él un asunto personal para denunciar la asignación normativa del biopoder que nos obliga a escoger nuestro sexo y nuestra sexualidad entre solo dos opciones posibles, hombre o mujer, en ambos casos heterosexuales, al contrario que los griegos, por ejemplo, que eran mucho más permisivos en esa cuestión, incluso tenían normas para los que eran...

—Hummm, ok.

—¿Quién es el joven que acompaña a Foucault?

El resto del viaje se desarrolla sin problemas. Bayard enciende un cigarrillo. La azafata le recuerda una vez más que está prohibido fumar durante el aterrizaje; el comisario se atiza las botellitas de licor que tenía para una emergencia.

Sabemos que el joven que acompaña a Foucault se llama Slimane, no conocemos su apellido, pero en el momento de pisar suelo estadounidense Simon y Bayard lo ven enzarzado en una gran discusión con varios policías del control de pasaportes porque su visado no está en regla, o más bien porque carece directamente de visado, razón por la cual se pregunta Bayard cómo han podido dejarlo embarcar en Roissy. Foucault intenta interceder en su favor pero no lo consigue, el agente de policía estadounidense no está acostumbrado a contemporizar con los extranjeros y Slimane le dice a Foucault que no lo espere ni se inquiete por él, ya sabrá arreglárselas solo. Luego, Simon y Bayard, engullidos por un tren del extrarradio, los pierden de vista.

No llegan por barco, como Céline en *Viaje al fin de la noche*, pero salen del subsuelo en la estación del Madison Square Garden y la irrupción en el corazón de Manhattan no es un impacto menos grande: los dos hombres, estupefactos, alzan la vista y contemplan las líneas de fuga de los rascacielos y la estela luminosa de la Octava Avenida, poseídos a la vez por un sentimiento de irrealidad y un sentimiento no menos potente de familiaridad. Simon, viejo lector de *Strange*, espera ver a Spiderman pasar de un momento a otro por encima de los taxis amarillos y de los semáforos. (Pero es imposible: Spiderman es un «supernumerario».) Un autóctono con pinta de atareado se detiene espontáneamente delante de ellos para ver si puede servirles de alguna ayuda y eso termina por desconcertar a los dos parisienses, nada habituados a semejante solicitud. En la noche neoyorquina, ascienden por la Octava hasta la terminal de Port Authority, frente al gigantesco edificio que alberga al *New York Times*, como indican inequívocamente las letras góticas de la fachada. Luego se suben a un autobús con dirección a Ithaca y se despiden de la magia de los rascacielos.

Como el trayecto dura cinco horas y todo el mundo está cansado, Bayard saca de su bolso un pequeño cubo de caras multicolores y empieza a jugar con él. Simon no sale de su asombro: «¿Le has mangado el cubo de Rubik al niño?». Bayard termina su primera fila cuando el autobús reaparece por el Lincoln Tunnel.

58

«Shift into overdrive in the linguistic turn»
Cornell University, Ithaca, fall 1980
(Conference organizer: Jonathan D. Culler)

List of talks:

Noam Chomsky
Degenerative grammar

Hélène Cixous
Las lágrimas del hibisco

Jacques Derrida
A Sec Solo

Michel Foucault
Juegos de polisemia en la onirocrítica de Artemidoro

Félix Guattari
El despótico régimen significante

Luce Irigaray
Faloegocentrismo y metafísica de la sustancia

Roman Jakobson
Stayin' Alive, structurally speaking

Frederic Jameson
The Political Unconscious: Narrative as a socially symbolic act

Julia Kristeva
El lenguaje, ese desconocido

Sylvère Lotringer
Italy: Autonomia – Post-political politics

Jean-François Lyotard
PoMo de boca: la palabra postmoderna

Paul de Man
La «guinda»[17] del pastel: la deconstrucción de Francia

17. Juego de palabras entre *Cerisy* —ciudad de Normandía donde se organizan unos famosos coloquios internacionales sobre todo tipo de asuntos— y *cerise*, guinda, cereza.

Jeffrey Mehlman
Blanchot, the laundry man

Avital Ronell
«Because a man speaks, he thinks he's able to speak about language», Goethe & the metaspeakers

Richard Rorty
Wittgenstein vs Heidegger: Clash of the continents?

Edward Saïd
Exile on Main Street

John Searle
Fake or feint: performing the F words in fictional works

Gayatri Spivak
Should the subaltern shut up sometimes?

Morris J. Zapp
Fishing for supplement in a deconstructive world

59

—Deleuze's not coming, right?

—No, but Anti-Oedipus is playing tonight, I am so excited!

—Have you listened to their new single?

—Yeah, it's awesome. So L. A.!

Kristeva está sentada en el césped entre dos muchachos. Mientras les acaricia el pelo, les dice: «*I love America. You are so ingenuous, boys*».

Uno de los dos trata de besarla en el cuello. Ella lo aparta entre risas. El otro le dice al oído: «*You mean "genuine", right?*». Kristeva suelta una risa ahogada. Siente que una especie de escalofrío eléctrico atraviesa su cuerpo de ardilla. Frente a ellos, otro estudiante se lía un porro y lo enciende. El olor a hierba se expande en el aire. Kristeva echa unas caladas profundas y la cabeza empieza a darle vueltas; pontifica sobriamente: «Como decía Spinoza, cada negación es una definición». Los tres jóvenes posthippies pre new wave se extasían, joviales: «*Wow, say it again! What did Spinoza say?*».

En el campus, los estudiantes más o menos atareados deambulan de acá para allá atravesando el césped que hay entre los diversos edificios góticos, victorianos y neoclásicos. Una especie de *campanile* erigido sobre una colina que sobresale entre un lago y una quebrada domina toda el área. Quizá estemos en medio de ninguna parte, pero de lo que no cabe duda es de que es el medio. Kristeva muerde un sándwich vegetal ya que la baguette, tan querida por ella, todavía no ha llegado al remoto condado de Onondaga, capital: Siracusa, en lo más recóndito del Estado de Nueva York, a medio camino entre la ciudad de Nueva York y Toronto, antiguo territorio de la tribu de los Cayugas, miembros de la federación iroquesa, donde se halla la pequeña ciudad de Ithaca que alberga la prestigiosa universidad de Cornell. Kristeva frunce el ceño y dice: «A menos que sea lo contrario».

Se ha reunido con ellos un cuarto joven que viene de la zona de los alojamientos con un paquete en papel de aluminio en una mano y en la otra *Of Grammatology* (pero no se atreve a preguntarle a Kristeva si conoce a Derrida). Trae unos *muffins* recién salidos del horno hechos por él mismo. Kristeva participa de buena gana en ese improvisado picnic, un poco embriagada de tequila. (Como debe ser, la botella está disimulada dentro de una bolsa de papel.)

Ve pasar a estudiantes con libros bajo el brazo, o palos de hockey o fundas de guitarra.

Un viejo de frente amplia, pelo tupido peinado hacia atrás como si tuviera un matojo espeso sobre la cabeza, masculla algunas palabras completamente solo debajo de un árbol. Gesticula con las manos como si fueran ramas.

Una joven de pelo corto, que se asemeja un poco a una mezcla entre la Cruella de Vil de *101 dálmatas* y Vanessa Redgrave, parece ser el único miembro de una manifestación invisible. Grita eslóganes que Kristeva no comprende. Está encolerizada.

Un grupo de chicos juega con un balón de fútbol americano. Uno de ellos recita a Shakespeare mientras los demás beben vino tinto a morro. (Nada de bolsa de papel, estos son rebeldes.) Envían la pelota procurando darle un buen efecto a sus lanzamientos. El que tiene la botella no consigue cogerla con una sola mano (ya que en la otra tiene un cigarrillo) y todos se pitorrean de él. Parece que ya están bastante bebidos.

Kristeva cruza su mirada con la del hombre-arbusto de frente amplia y, por un breve instante, demasiado pequeño para que su duración llegue a significar algo, los dos sostienen sus miradas.

La joven enervada se planta delante de Kristeva y dice: «*I know who you are. Go home, bitch*». Los amigos de Kristeva se miran, estupefactos, se echan a reír y luego responden con un tono más bien airado: «*Are you stoned? Who the fuck do you think you are?*». La mujer se aleja y Kristeva observa cómo reemprende su manifestación solitaria. Está casi segura de que no la ha visto jamás en la vida.

Otro grupo de jóvenes se dirige al encuentro de los jugadores de fútbol americano y enseguida la atmósfera cambia; desde donde está, Kristeva ve que los dos grupos se muestran mutuamente una franca hostilidad.

Tañe una campana de iglesia.

El nuevo grupo interpela escandalosamente al primero. Por lo que Kristeva cree entender, los tildan de chupapollas franceses. Ella tarda en comprender que se trata de una aposición preposicional (chupadores que tienen la característica, además, de ser franceses) o de un complemento del nombre (practican la felación a los franceses), pero dado que el grupo aludido parece anglosajón (ya que ella ha creído detectar que dominan ciertas reglas del fútbol americano), piensa que la hipótesis más probable es la segunda. (Téngase en cuenta que la ambigüedad funciona también en inglés: el *French* de «*French suckers*» puede ser un adjetivo en posición de epíteto antepuesto o bien un sustantivo genitivo absoluto.)

En cualquier caso, el primer grupo replica con insultos del mismo orden *(«you analytic pricks!»)* y no cabe duda de que la situación habría degenerado si un hombre de unos sesenta años no hubiera intervenido para separarlos gritando (en francés, sorprendentemente): «¡Calma, desgraciados!». Uno de los jóvenes pretendientes de Kristeva le susurra, para impresionarla con su dominio de la situación: «*This is Paul de Man. He's French*, ¿no?». Kristeva matiza: «No, belga».

El hombre-arbusto farfulla bajo su árbol: «*The sound shape of language...*».

La joven que se manifiesta sola se desgañita como si fuese seguidora de uno de los equipos: «*We don't need Derrida, we have Jimi Hendrix!*».

Distraído por el eslogan un tanto desconcertante de Cruella de Vil Redgrave, Paul de Man no ha reparado en de quién es la voz que le dice a su espalda: «*Turn round, man. And face your enemy*». Un hombre con una americana de tweed demasiado holgada ha surgido detrás de él, brazos muy largos, peinado con raya a un lado y un mechón sobre la frente, con pinta de uno de esos secundarios de las películas de Sydney Pollack, pero con unos ojos pequeños y penetrantes que le taladran a uno hasta los huesos.

Es John Searle.

El hombre-arbusto de frente despejada observa a Kristeva, que observa la escena. Atenta, concentrada, la joven deja que su cigarrillo se consuma en la punta de los dedos. Los ojos del hombre-arbusto van de Searle a Kristeva, y de Kristeva a Searle.

Paul de Man trata de mostrar una apariencia irónica a la par que conciliadora y, aunque no está demasiado convincente en ese papel de tipo resuelto, dice: «*Peace, my friend! Put your sword down and help me separate those kids*». Esto, no se sabe por qué, acaba de crispar a Searle, que avanza hacia Paul de Man con pinta de ir a agredirlo. Kristeva aprieta el brazo del joven, que se aprovecha de la circunstancia para a su vez agarrarle la mano. Paul de Man se queda inmóvil, boquiabierto, paralizado por la impresión del cuerpo amenazador que viene a su encuentro y por la idea del posible impacto, pero mientras amaga un gesto de protección o —quién sabe— de defensa, suena una tercera voz, cuya entonación falsamente jovial disimula mal una inquietud ligeramente histérica: «*Dear Paul! Dear John! Welcome to Cornell! I'm so glad you could come!*».

Es Jonathan Culler, el joven investigador que ha organizado el coloquio. Se apresura a tender la mano a Searle; este se la da de mala gana, una mano blanda al final de una mirada malévola dirigida a Paul de Man, a quien le suelta: «Coge a tus *Derrida boys* y sácalos de aquí. Ahora». Paul de Man se lleva al pequeño grupo con él, el incidente ha terminado, el joven abraza a Kristeva como si hubieran escapado de un gran peligro o, al menos, como si hubieran vivido un momento de gran intensidad, y Kristeva no debe de estar lejos de pensar lo mismo, porque se deja hacer con mucho gusto.

El rugido de un motor rasga la noche que empieza a caer. Un Lotus Esprit se detiene haciendo chirriar los neumáticos. Un apuesto cuarentón sale del coche con un puro en la boca, sombrero, pañuelo de seda, y se dirige directamente hacia Kristeva. «*¡Hey, chica!*». Le besa la mano. Ella se vuelve hacia los jóvenes señalándolo con el dedo: «Chavales, os presento a Morris Zapp, gran especialista en estructuralismo, en postestructuralismo, Nueva Crítica y un montón de cosas más».

Morris Zapp sonríe y añade, con unos aires lo suficientemente distantes como para que nadie le reproche su vanidad (en francés, por supuesto): «¡El primer profe con salario de seis cifras!».

Los jóvenes dicen «*wow*» dándole una calada al porro.

Kristeva muestra su clara sonrisa y pregunta: «¿Nos vas a dar tu conferencia sobre los Volvo?».

Morris Zapp finge un tono afligido: «*You know... I think the world is not ready*». Echa una ojeada a Searle y a Culler, que se han quedado discutiendo en el césped y no oye cómo Searle le explica a Culler que todos los participantes son unos ineptos menos él y Chomsky; finalmente, renuncia a ir a saludarlos y le dice a Kristeva: «*Anyway, I'll see you later, I have to check in at the Hilton*».

—¿No duermes en el campus?

—¡Dios mío, no, qué horror!

Kristeva se ríe, aunque sabe que la Telluride House de Cornell que acoge a los participantes externos es de un nivel de calidad impecable. Para algunos, Morris Zapp es la persona que ha conseguido elevar el arribismo universitario al grado de las bellas artes. Y ella piensa que no andan muy descaminados. Él vuelve a subirse a su Lotus, hace rugir el motor y casi se empotra contra el autobús proveniente de Nueva York al bajar por la colina a tumba abierta.

Luego tuerce el gesto al ver bajar de ese autobús a Simon Herzog y al comisario Bayard.

Deja de prestar atención al hombre-arbusto, que no la pierde de vista debajo de su árbol, pero él no se da cuenta de que, a su vez, es también observado por un joven delgaducho de rasgos magrebíes. El viejo de frente amplia lleva un traje grueso de mil rayas casi sacado de una novela de Kafka y una corbata de punto. Bajo su árbol, masculla algo que nadie puede oír, pero, aunque pudiera, poca gente de por aquí lo entendería porque es en ruso. El joven magrebí se ajusta de nuevo el walkman en los oídos. Kristeva se echa sobre la hierba para contemplar las estrellas. Tras cinco horas de viaje, Bayard ha conseguido terminar solo una cara del cubo de Rubik. Por su parte, Simon descubre maravillado la belleza del campus y no puede evitar compararlo con el de Vincennes, que para él no es más que un basurero gigante.

60

«Al principio, la filosofía y la ciencia fueron de la mano hasta el siglo XVIII para, a grandes rasgos, combatir el oscurantismo de la Iglesia, pero luego, paulatinamente, a partir del siglo XIX, con el Romanticismo y todo eso, se empezó a volver otra vez al espíritu de las Luces y en Alemania y en Francia (aunque no en Inglaterra) los filósofos empezaron a decir que la ciencia no puede penetrar el secreto de la vida. La ciencia no puede penetrar el secreto del alma humana. Solo la filosofía puede hacerlo. Y de golpe, la filosofía continental es percibida no solo como hostil a la ciencia, sino también a sus principios: claridad, rigor intelectual, cultura de la experimentación. Pasa a ser cada vez más esotérica, cada vez más *freestyle*, cada vez más espiritualista (salvo la filosofía marxista), cada vez más vitalista (con Bergson, por ejemplo).

»Y todo eso halla su culminación en Heidegger: filósofo reaccionario, en un sentido amplio del término, que decide que hace ya muchos siglos que la filosofía está perdida y que es preciso volver a la cuestión primordial, el asunto del Ser, por eso escribe *Ser y Tiempo*, donde dice que va a buscar el Ser. Pero, en fin, nunca lo encontró, ja, ja, ja. En todo caso, es el que ha inspirado de verdad esta moda de filósofos de estilo nebuloso, atiborrados de complicados neologismos, de alambicados razonamientos, de erróneas analogías y de azarosas metáforas, de la que Derrida es hoy el máximo exponente.

»Sin embargo, los ingleses y los estadounidenses se han mantenido fieles a una idea más científica de la filosofía. Es lo que se llama la filosofía analítica, con la que se identifica a Searle.»

(Declaraciones de un estudiante anónimo obtenidas en el campus.)

61

Para ser honestos, se come muy bien en Estados Unidos, especialmente en el comedor de Cornell reservado a los profesores, el cual, en cuanto a calidad culinaria, tiene más de restaurante que de autoservicio.

Ese mediodía, la mayoría de los participantes ya se encuentra en él, diseminados en el refectorio según una geopolítica que Bayard y Simon por ahora no dominan del todo. La sala se compone de mesas con capacidad para seis u ocho personas, pero no hay ninguna que esté completamente llena porque, tal como Simon y Bayard notan en el ambiente, hay facciones enfrentadas.

«Me gustaría que me hiciera un mapa de las fuerzas aquí presentes», dice Bayard a Simon escogiendo como plato caliente un entrecot doble con puré, unos plátanos y una morcilla blanca. El cocinero negro, que le ha oído, le responde en francés: «¿Ve esa mesa cerca de la puerta? Es el rincón de los analíticos. Están en territorio hostil y son inferiores en número, por eso permanecen agrupados». Son Searle, Chomsky y Cruella de Vil Redgrave, que se llama en realidad Camille Paglia, una especialista en historia de la sexualidad, lo que la convierte en una competidora directa de Foucault, de quien abomina con todas sus fuerzas. «En el otro lado, cerca de la ventana, tiene usted un *buen ramillete*, como dicen en su país: Lyotard, Guattari, Cixous, con Foucault en medio, *you know him, of course*, el gran calvo que habla alto, *right?* Kristeva está allí, con Morris Zapp y Sylvère Lotringer, el *boss* de la revista *Sémiotexte*. No sé quién es el viejo con corbata de punto y pelo *weird* que está en la otra esquina, completamente solo. (Menuda pinta, piensa Bayard.) Tampoco sé quién es la joven *lady* con cabello violeta que está detrás de él.» El pinche de cocina, un puertorriqueño, echa un vistazo y comenta con tono neutro: «Seguro que heideggerianos».

Por un reflejo profesional más que por verdadero interés, Bayard pregunta hasta qué punto las rivalidades están exacerbadas entre los profesores. A modo de respuesta, el cocinero negro señala con el dedo hacia la mesa de Chomsky, delante de la cual está pasando un joven con cabeza de ratón. Searle lo llama.

—*Hey, Jeffrey, you must translate for me the last piece of trash of the asshole?*

—*Hey, John, I'm not your bitch. You do it yourself, OK?*

—*Very well, you scumbag, my French is good enough for this shit.*

El cocinero negro y su pinche puertorriqueño se echan a reír y chocan la palma de su mano. Bayard no ha comprendido el diálogo pero sí ha captado la idea. A su espalda, la gente se impaciencia: «¿Pueden avanzar, por favor?». Simon y Bayard reconocen al joven árabe que acompañaba a Foucault. Lleva una bandeja con pollo al curry, patatas moradas, huevos cocidos y puré de apio, pero no tiene acreditación y quizá deba devolverlo todo al llegar a la caja. Foucault se da cuenta de ello y quiere interceder en su favor, pero Slimane le indica con un gesto que todo va bien y, al cabo de una breve negociación, pasa sin problemas la bandeja.

Bayard se sienta con Simon en la mesa del viejo que está completamente solo.

Al poco rato, ve llegar a Derrida, a quien reconoce sin haberlo visto nunca: la cabeza hundida en los hombros, mentón prominente, boca fina, nariz aguileña, chaqueta de pana acanalada, camisa abierta y pelo plateado con rizos como si llevara un incendio en la cabeza. Se ha servido cuscús con vino tinto. Lo acompaña Paul de Man. En la mesa de Searle han dejado de hablar, y en la de Foucault también. Cixous le hace una señal, pero él no la ha visto porque de inmediato sus ojos han buscado por la sala los de Searle, y los han encontrado. Por un segundo hay un suspense en el aire. Finalmente, con la bandeja con comida en la mano, va a juntarse con sus amigos. Cixous lo besa, Guattari le da golpecitos en la espalda, Foucault le estrecha la mano poniéndole, como siempre, mala cara (consecuencia de un viejo artículo de Derrida, «Cogito e Historia de la locura», en el que más o menos venía a insinuar que Foucault no había comprendido a Descartes en absoluto). La joven de pelo violeta se acerca también a saludarlo: ella se llama Avital Ronell, es una especialista en Goethe y una gran admiradora de la deconstrucción.

Bayard observa el baile de cuerpos y la expresión de las caras. Come su morcilla en silencio mientras Simon le comenta el programa que tiene ante sus ojos: «¿Has visto? Hay una conferencia de Jakobson. ¿Vamos?».

Bayard enciende un cigarrillo. Casi está deseando decir que sí.

62

«Los filósofos analíticos son todos unos currantes. Como Guillermo Vilas, ¿no crees? Son unos coñazos, se pasan definiendo todos los términos durante horas; para cada razonamiento, nunca se olvidan de anteponer la premisa, y luego la premisa de la premisa, y así una y otra vez. Son unos jodidos lógicos. Al final, te meten veinte páginas para explicarte rollos que cabrían en dos líneas.

Curiosamente, a menudo ellos mismos critican algo parecido a los continentales, reprochándoles sobre todo caer en la fantasía desbocada, no ser rigurosos, no definir los términos, hacer literatura en vez de filosofía, carecer de espíritu matemático, ser poetas o algo, pero unos tipos poco serios más bien proclives al delirio místico (aunque todos sean ateos, eh). Grosso modo, los continentales son más estilo McEnroe, por así decir. Con ellos, al menos, nadie se aburre.»

(Declaraciones de un estudiante anónimo obtenidas en el campus.)

63

Normalmente, a Simon se le supondría un correcto nivel de inglés, pero, en cambio, lo que está considerado como normal en Francia, en punto a dominio de una lengua extranjera, suele resultar casi siempre muy insuficiente.

Por tanto, Simon solo comprende una de cada tres frases de la conferencia de Morris Zapp. En su descargo, hay que decir que el tema, que es la deconstrucción, no le es muy familiar e implica conceptos difíciles o por lo menos oscuros. Y eso que precisamente él confiaba hallar en esa conferencia elementos esclarecedores.

Bayard no ha venido y para Simon es mejor así: habría estado insoportable.

Dicho esto, ya que la charla se le escapa ampliamente, busca el sentido en otra parte: en las inflexiones irónicas de Morris Zapp, en las risas cómplices del público (deseando reafirmar todos, de ese modo, su pertenencia por derecho al aquí y ahora de ese anfiteatro —«otro anfiteatro», piensa Simon, víctima de un mal reflejo estructuro-paranoico consistente en rebuscar *motivos* recurrentes—), en las preguntas del auditorio, cuyo tenor nunca es el verdadero contenido sino más bien un intento, no tanto de *challenger* al conferenciante cuanto de posicionarse ante los demás oyentes como un interlocutor legítimo, dotado de un afilado espíritu crítico y de capacidades intelectuales superiores (en una palabra, de *distinguirse*, como diría Bourdieu). Simon adivina, por el tono de cada pregunta, la situación del emisor: *undergrad*, doctorando, profesor, especialista, rival... Detecta sin dificultad a los coñazos, a los tímidos, a los pelotas, a los arrogantes y a los más numerosos, que son los que olvidan plantear su pregunta porque sueltan interminables monólogos, embriagados por sus propias palabras, movidos por la imperiosa necesidad de dar su opinión. No cabe duda de que algo existencial se está interpretando en ese teatro de títeres.

Finalmente, capta un párrafo que llama poderosamente su atención: «*The root of critical error is a naïve confusion of literature with life*». Esto le intriga y pregunta a su vecino, un inglés cuarentón, si por casualidad podría proporcionarle algún tipo de traducción simultánea, o por lo menos hacerle un resumen de la charla. Como el inglés, al igual que la mitad del campus y tres cuartos de los asistentes al coloquio, posee un muy buen nivel de francés, le explica que, según la teoría de Morris Zapp, hay, en el origen de la crítica literaria, un fallo metodológico primigenio que consiste en confundir la vida con la literatura (Simon escucha con más atención), cuando no son la misma cosa y por tanto no *funcionan* igual. «La vida es transparente, la literatura, opaca —le dice el inglés—. (Eso es discutible, piensa Simon.) La vida es un sistema abierto, la literatura un sistema cerrado. La vida está hecha de cosas, la literatura está hecha de palabras. La vida habla de sí misma: se tiene miedo al avión y es un asunto de vida o muerte. Se liga con una chica y es un asunto sexual. Pero en *Hamlet*, incluso el crítico más tonto se da cuenta de que no se trata de un hombre que quiere matar a su tío, sino de que el asunto es muy diferente.»

Esto tranquiliza un poco a Simon, que no tiene la menor idea de qué pueden *hablar* sus propias aventuras.

Aparte del lenguaje, claro. En fin.

Morris Zapp prosigue su conferencia de un modo cada vez más derridiano, pues ahora afirma que comprender el mensaje es decodificarlo, ya que el lenguaje es un código. Ahora bien, «toda decodificación es una nueva codificación». En un sentido muy amplio, nunca se puede estar seguro de nada, y menos aún de que dos interlocutores se comprendan realmente, porque nadie puede estar seguro de que esté empleando las palabras con la misma exactitud y el mismo sentido que su interlocutor (aunque sea en la misma lengua).

¡Menudo descubrimiento!, piensa Simon.

Y Morris Zapp emplea una metáfora impactante que el inglés le traduce así: «La conversación es, en cierto modo, como un partido de tenis que se juega con una bola de plastilina que adquiere una forma nueva cada vez que cruza la red».

Simon siente el suelo deconstruirse bajo sus pies. Sale a fumar un cigarrillo y se topa con Slimane.

El joven árabe está esperando el final de la conferencia para acercarse a hablar con Morris Zapp. Simon le pregunta qué es lo que quiere preguntarle. Slimane contesta que no tiene por costumbre preguntarle nada a nadie.

64

«Sí, claro, evidentemente, la paradoja es que la filosofía llamada "continental" tiene hoy mucho más éxito en Estados Unidos que en Europa. Aquí, Derrida, Deleuze y Foucault son unas estrellas absolutas en los campus, mientras que en Francia no se les estudia en Letras y se les desprecia en Filosofía. Aquí, los estudiamos en inglés. Para los departamentos de Inglés, la French Theory ha sido el instrumento "golpista" que les ha permitido pasar de ser la rueda de repuesto de las ciencias humanas a la disciplina que las engloba a todas, porque, como la French Theory parte del postulado de que el lenguaje es la base de todo, el estudio del lenguaje equivale a estudiar filosofía, sociología, psicología... Es lo que se conoce como *linguistic turn*. De repente, los filósofos se han puesto nerviosos y también ellos se han puesto a currar en el lenguaje, los Searle o los Chomsky se pasan buena parte de su tiempo denigrando a los franceses a base de insistentes exhortaciones a la claridad, "lo que está bien concebido se enuncia más claramente", y desmitificaciones del tipo "nada nuevo bajo el sol, eso ya lo había dicho Condillac, Anaxágoras no repetía otra cosa, se lo han copiado todo a Nietzsche, etcétera". Tienen la impresión de que les han arrebatado la titularidad unos titiriteros, unos bufones y unos charlatanes, así que es normal que estén muy enfadados. Pero, en honor a la verdad, Foucault es mucho más sexy que Chomsky.»

(Declaraciones de un estudiante anónimo obtenidas en el campus.)

65

Es tarde, la jornada ha sido una sucesión de conferencias, el público ha sido muy numeroso y ha puesto mucha atención, pero ahora la efervescencia vuelve a situarse temporalmente en el campus. De noche, se oyen por todos lados las risas de los estudiantes ebrios.

Slimane está echado, solo, en la habitación que comparte con Foucault y escucha su walkman, cuando de pronto llaman a la puerta: «*Sir? There is a phone call for you*».

Slimane se aventura prudentemente por el pasillo. Ya ha recibido las primeras ofertas, quizá ahora un potencial comprador desee sobrepujar. Descuelga el auricular del teléfono que hay en la pared.

Es Foucault, aterrorizado al otro lado del aparato, que articula penosamente: «¡Ven a buscarme! Ha vuelto a pasar. *He perdido el inglés*».

Cómo ha logrado Foucault dar con una discoteca gay, sadomaso además, en ese villorrio, Slimane lo ignora. Toma un taxi y se dirige a un local llamado The White Sink, en las afueras de la parte baja de la ciudad. Los clientes llevan pantalones de cuero y gorras tipo Village People, Slimane encuentra a priori el ambiente más bien simpático. Un fornido enorme blandiendo una fusta le ofrece una copa, pero él la rechaza educadamente y se dispone a inspeccionar los reservados. Halla a Foucault hasta arriba de LSD (Slimane reconoce inmediatamente los síntomas), acuclillado en el suelo junto a tres o cuatro estadounidenses que parecen mostrarle una solicitud interrogativa, medio desnudo, con gruesas marcas rojas de latigazos por el cuerpo, completamente aturdido y sin dejar de repetir: «¡He perdido el inglés! ¡Nadie me entiende! ¡Sácame de aquí!».

El taxista se niega a llevar a Foucault, bien porque tema que vomite en los asientos o porque aborrezca a los maricas, así que Slimane lo pone de pie sosteniéndolo por los hombros y regresan a pie hasta el hotel del campus.

Ithaca es una pequeña ciudad de treinta mil habitantes (el doble con los estudiantes universitarios), pero muy extensa. La carretera es larga, las calles desiertas, con un alineamiento sin final de casas de madera todas más o menos similares, cada una con su butaca o su mecedora bajo el porche, algunas botellas de cerveza vacías por el suelo y los ceniceros a rebosar. (En 1980 todavía se fuma en Estados Unidos.) Hay una iglesia de madera cada cien metros. Los dos hombres cruzan varios riachuelos. Foucault ve ardillas por todas partes.

Un coche de policía disminuye la marcha y se pone a su altura. Slimane distingue los rostros suspicaces de los agentes al otro lado de la linterna apuntada hacia él. Les dice algo en francés adoptando un aire jovial. Foucault emite un borborigmo. Slimane sabe que para alguien con experiencia, el hombre que se apoya en él no parece solo un tipo ebrio, sino más bien completamente drogado. Confía únicamente en que Foucault no lleve más LSD encima. La patrulla duda, pero se marcha sin registrarlos.

Por fin llegan al centro de la ciudad. Slimane compra un gofre para Foucault en un *diner* regentado por mormones. Foucault grita: «*Fuck Reagan!*».

La ascensión por la colina les lleva una hora y eso que, por fortuna, a Slimane se le ha ocurrido atajar por el cementerio. Durante todo el trayecto, Foucault repite: «Un buen sándwich vegetal con una buena Coca...».

Foucault tiene un ataque de pánico en los pasillos del hotel porque, antes de salir, ha visto *El resplandor*. Slimane lo acuesta, Foucault reclama un beso y se duerme soñando con luchadores grecorromanos.

66

«No lo digo porque yo sea iraní, pero Foucault no dice más que gilipolleces. Chomsky tiene razón.»
(Declaraciones de un estudiante anónimo obtenidas en el campus.)

67

Simon ha simpatizado con una joven lesbiana judía feminista al salir de la conferencia de Cixous sobre la escritura femenina. Ella se llama Judith, procede de una familia judía de Hungría, está preparando su doctorado en Filosofía y le cuenta que su interés versa en la performatividad, en tanto que sospecha que el poder patriarcal recurre a una forma solapada de lo performativo para naturalizar la construcción cultural sobre la que se basa el modelo de pareja monógama heteronormativa: en resumen, según ella, basta con que el macho blanco heterosexual declare que esto *es*, para que esto *sea*.

La performatividad no es solo la investidura de los caballeros, sino también ese señuelo retórico que consiste en transformar el resultado de una relación de fuerzas en una evidencia inmemorial.

Y sobre todo: «natural». La naturaleza, he ahí al enemigo. El argumento de choque de la reacción: «contra natura», variante vagamente modernizada de cuanto antes iba en contra de la voluntad divina. (Dios, incluso en Estados Unidos, está un poco agotado en 1980, pero la reacción nunca baja la guardia.)

Judith: «La naturaleza es el dolor, la enfermedad, la crueldad, la barbarie y la muerte. *Nature is murder*». Se ríe parodiando el eslogan de los *pro-life*.

Simon, para asentir en el mismo sentido: «Baudelaire odiaba la naturaleza».

El rostro de ella es un tanto cuadrado, corte de pelo estudiantil y pinta de primera de la clase en Ciencias Políticas, pero en realidad es una feminista radical que piensa, como Monique Wittig, que la lesbiana no es una mujer, porque la mujer se define como el *suplemento* del hombre, al que *por definición* está sometida. El mito de Adán y Eva, en cierto sentido, es lo performativo original: a partir del momento en que se decreta que la mujer viene después del hombre, que nace de una costilla del hombre y que es ella la que lo estropea todo mordiendo la manzana, la muy zorra, y que por eso merece parir con dolor, evidentemente lo tiene muy jodido. Faltaría más que encima se negara a ocuparse de los niños.

Llega Bayard. Se ha perdido la conferencia de Cixous porque ha preferido ir a ver un entrenamiento del equipo de hockey, con el fin, como él dice, de respirar el aire del campus. Lleva una cerveza medio vacía y una bolsa de patatas fritas en las manos. Judith mira a Bayard con curiosidad, pero, contrariamente a lo que habría pensado Simon, sin ninguna animosidad aparente.

«Las lesbianas no son mujeres, y eso os jode, a vosotros y a vuestro faloegocentrismo.» Judith se ríe. Simon se ríe también. Bayard pregunta: «¿De qué va esto?».

68

«Quítate esas gafas negras, ya no hay sol, mira qué tiempo más asqueroso hace.»

Aunque la leyenda sea otra, Foucault tiene un aspecto bastante lamentable después de sus hazañas de la noche anterior. Moja una enorme galleta de nueces de pacana en un doble expreso pasablemente bebible. Slimane lo acompaña comiéndose una hamburguesa de queso y beicon con salsa azul.

El establecimiento está en lo alto de la colina, a la entrada del campus, al otro lado de la quebrada atravesada por un puente desde el que, a veces, se arroja algún estudiante deprimido. No alcanzan a adivinar, en realidad, si están en un pub o en un salón de té. Ante la duda, Foucault, a quien la curiosidad puede más que su jaqueca, pide una cerveza, pero Slimane anula el encargo. La camarera, probablemente habituada a los caprichos de los *visiting professors* y demás celebridades del campus, se encoge de hombros y da media vuelta musitando mecánicamente: «*No problem, guys. Let me know if you need anything, OK? I'm Candy, by the way*». Foucault murmura: «*Hello, Candy. You're so sweet*». La camarera no le ha oído y probablemente sea *for the best*, piensa Foucault, quien, de paso, constata que ha recuperado su inglés.

Siente un contacto sobre el hombro. Levanta los ojos y, tras sus gafas, reconoce a Kristeva. Lleva en la mano un cubilete humeante del tamaño de un termo. «¿Cómo estás, Michel? Cuánto tiempo sin verte.» Foucault se recompone instantáneamente. Los rasgos de su cara se reordenan, se quita las gafas y le ofrece a Kristeva su célebre sonrisa con todos los dientes al aire. «Julia, estás resplandeciente —dice, y le pregunta como si se hubieran visto la víspera—: ¿Qué estás bebiendo?»

Kristeva se ríe: «Un té repugnante. Los estadounidenses no saben hacer té. Hay que haber ido a China, ya me entiendes...».

Para no dejar traslucir su estado, Foucault le suelta: «¿Cómo ha ido tu conferencia? Yo no pude asistir».

—Bueno, ya sabes..., nada revolucionaria. —Se toma un tiempo de suspense. Foucault oye rugir a su estómago—. Las revoluciones las reservo para las grandes ocasiones.

Foucault pone cara de sonreír pero enseguida se excusa: «El café de aquí me da ganas de mear, je, je, je». Se levanta y se dirige lo más tranquilamente posible al lavabo, donde evacuará por todos sus orificios.

Kristeva se sienta en su sitio. Slimane la mira sin decir nada. Ella se ha fijado en la palidez de Foucault, sabe que no volverá del servicio antes de estar en perfecta disposición de darle un cambio a su aspecto, lo que calcula que le llevará entre dos y tres minutos.

—Por lo que me han contado, tiene usted en su poder algo que podría encontrar aquí un comprador.

—Debe de estar en un error, señora.

—Creo, por el contrario, que es usted el que va a cometer un error lamentable para todo el mundo.

—No sé de qué me habla, señora.

—No obstante, estoy dispuesta, personalmente, a ser esa compradora, a cambio de una compensación sustancial, aunque lo que deseo sobre todo es obtener una garantía.

—¿Qué tipo de garantía, señora?

—La seguridad de que nadie más se beneficiará de esta adquisición.

—¿Y cómo cree que va a obtener esa garantía, señora?

—Eso me lo tendrá que decir usted, Slimane.

Slimane se percata de que ha dicho su nombre.

—Escúchame bien, puta de mierda, no estamos en París y no veo por aquí a los dos esbirros que suelen ir contigo. Como vuelvas a acercarte a mí, te abro en canal como a una cerda y te arrojo al lago.

Foucault regresa del lavabo, es obvio que se ha refrescado la cara y su porte es impecable, daría el pego perfectamente, piensa Kristeva, si no fuera por esa mirada cerúlea. Cualquiera diría que está a punto de dar una conferencia, y puede que incluso sea eso lo que vaya a hacer, si pudiera recordar la hora exacta de su intervención.

Kristeva le devuelve el sitio, no sin antes excusarse. «Encantada de haberlo conocido, Slimane.» No le tiende la mano porque sabe que el otro no la cogerá. Ni beberá de botellas que ya están abiertas. Ni utilizará el salero que hay en la mesa. Evitará todo contacto físico con quienquiera que sea. Desconfía y con razón. Para ella, sin Nikolai, las cosas van a ser un poco más complicadas. Pero no hay nada de lo que ella no sea capaz de ocuparse.

69

«Deconstruir un discurso consiste en mostrar cómo socava la filosofía a la que aspira, o la jerarquía de oposiciones a las que recurre, identificando en el texto las operaciones retóricas que confieren a su contenido una supuesta base, un concepto clave o unas premisas.»

(Jonathan Culler, organizador del coloquio *Shift into overdrive in the linguistic turn*).

70

«Estamos, por así decir, en la edad de oro de la filosofía del lenguaje.»

Searle da su conferencia, y todo el microcosmos universitario estadounidense sabe de antemano que será un ataque en toda regla contra Derrida para vengar el honor de su maestro Austin, quien, según considera el lógico estadounidense, ha sido gravemente denigrado por el deconstruccionista francés.

Simon y Bayard están en la sala pero no comprenden nada, o casi nada, porque es en inglés. No hay problema cuando dice *«speech acts»*. Simon entiende términos como *«illocutionary»* o *«perlocutionary»*. Pero ¿qué coño quiere decir *«utterance»*?

Derrida no ha venido, pero ha enviado emisarios que le harán el correspondiente informe: su fiel lugarteniente Paul de Man, su traductora Gayatri Spivak, su amiga Hélène Cixous... A decir verdad, todo el mundo está allí, salvo Foucault, que no ha tenido ninguna gana de desplazarse. Confía en que tal vez Slimane le haga un resumen de la intervención, aunque en realidad le importa un pito.

Bayard ha visto a Kristeva y a todos los demás, que estaban en el comedor, incluido el viejo de corbata de punto peinado como una mata arbórea.

Searle repite en varias ocasiones que no es necesario recordar esto o lo otro, que no insultará a su honorable auditorio explicándole tal o cual punto, que no ha lugar allí para entretenerse en flagrantes evidencias, etcétera.

De todas maneras, lo que Simon capta es que Searle piensa que hay que ser verdaderamente gilipollas para confundir «repetibilidad» y «permanencia», lenguaje escrito y lenguaje hablado, discurso serio y discurso fingido. O sea, que el mensaje de Searle es: *Fuck Derrida*.

Jeffrey Mehlman se inclina al oído de Morris Zapp: «*I had failed to note the charmingly contentious Searle had the philosophical temperament of a cop*». Zapp se ríe. Unos estudiantes de detrás le piden que se calle.

Al término de la conferencia, un estudiante hace una pregunta: ¿piensa Searle que la disputa que mantiene con Derrida (ya que, por mucho cuidado que haya tenido en no nombrar a su adversario, todo el mundo ha sabido perfectamente quién era el objetivo y el blanco de su intervención —murmullos de aprobación en la sala—) es el emblema de la confrontación entre dos grandes tradiciones filosóficas (analítica y continental)?

Searle contesta con un tono de cólera contenida: «*I think it would be a mistake to believe so. The confrontation never quite takes place*». La comprensión de Austin y de su teoría de los *speech acts* por «*some philosophers so-called continental*» ha sido tan confusa, tan aproximativa, tan trufada de errores y despropósitos, «*as I just gave the demonstration of it*», que es inútil detenerse en ello por más tiempo. Y Searle añade, con apariencia de *clergyman* severo: «*Stop wasting your time with those lunacies, young man. This is not the way serious philosophy works. Thank you for your attention*».

Luego, desdeñando el revuelo producido en la sala, se levanta y se va.

Cuando el público empieza a dispersarse, Bayard ve que Slimane va detrás del conferenciante pisándole los talones. «¡Mira, Herzog! Parece que el árabe tiene dudas sobre lo perlocutorio...» Simon detecta automáticamente el racismo y el antiintelectualismo larvados, pero, a fin de cuentas, detrás de la connotación *poujadista* del sarcasmo se encierra una cuestión interesante: ¿qué puede Slimane querer de Searle?

71

«"Hágase la luz." Y la luz se hizo.»

(Manuscritos del Mar Muerto, siglo II a. C., el caso más antiguo de performativo hallado hasta la fecha en el mundo judeocristiano.)

72

En cuanto Simon ha pulsado el botón del *elevator*, ha sabido que asciende al paraíso. Las puertas se abren en la planta de *Romance studies* y Simon penetra en un laberinto de estanterías con libros hasta el techo iluminadas por unos desagradables neones. El sol no se pone nunca en la biblioteca de Cornell, abierta las veinticuatro horas.

Todos los libros que Simon podría desear están allí, y los otros también. Es el pirata en la cueva del tesoro, y si quiere llevarse un puñado solo tiene que rellenar un formulario. Simon roza el canto de los libros con la punta de los dedos como si acariciase las espigas de un trigal de su propiedad. He ahí el auténtico comunismo: lo que es de todos es mío, y viceversa.

A esa hora, sin embargo, la biblioteca está totalmente desierta.

Simon busca la sección *Structuralism*. Hombre, ¿un libro de Lévi-Strauss sobre Japón?

Se detiene en el estante *Surrealism* y se extasía ante ese muro de las maravillas: *Conocimiento de la muerte*, de

Roger Vitrac... *Sombría primavera*, de Unica Zürn... *La Papisa del Diablo*, atribuido a Desnos..., unas rarezas de Crevel en francés y en inglés..., unos inéditos de Annie Le Brun y de Radovan Ivšić...

Un crujido. Simon se queda inmóvil. Ruido de pasos. Por un acto reflejo, pues tiene la sensación de que su presencia a esas horas de la noche en una biblioteca universitaria es necesariamente, si no ilegal, por lo menos, como dicen los estadounidenses, *inapropiada*, se esconde detrás de las *Investigaciones sobre la sexualidad* de la «oficina de investigaciones surrealistas».

Ve pasar a Searle a través de la correspondencia de Tzara.

Le oye hablar con alguien en una sección cercana. Aparta delicadamente el estuche con la encuadernación de los doce números en facsímil de *La Révolution Surréaliste* para ver mejor y, por una rendija, reconoce la silueta grácil de Slimane.

Searle murmura demasiado bajo, pero Simon oye claramente las palabras de Slimane: «Tienes veinticuatro horas. Luego lo vendo al mejor postor». A continuación se pone el walkman en los oídos y vuelve hacia el ascensor.

Pero Searle no se va con él. Hojea distraídamente algunos libros. Quién sabe lo que está pensando. Simon percibe cierta impresión de *déjà vu*.

Al tratar de poner en su sitio *La Révolution Surréaliste*, deja caer al suelo un ejemplar de *Grand Jeu*. Searle levanta la cabeza como un perro al acecho. Simon decide desaparecer lo más discretamente posible; zigzaguea en silencio por los estantes mientras oye cómo a su espalda el filósofo del lenguaje recoge del suelo el ejemplar de *Grand Jeu*. Se lo imagina olisqueando la revista. Se apresura cuando escucha unos pasos que van tras su pista.

Cruza la sección *Psychoanalysis* y se mete por la de *Nouveau roman*, pero esta no tiene salida. Vuelve hacia atrás y se sobresalta al ver a Searle avanzar hacia él con un abrecartas en la mano y el ejemplar de *Grand Jeu* en la otra. Automáticamente coge un libro para defenderse (*El arrebato de Lol V. Stein*, que no le servirá de mucho, así que lo tira al suelo y coge otro: *La ruta de Flandes*, que es mejor); aunque Searle no levanta el brazo como en *Psicosis*, Simon está seguro de que tendrá que proteger sus órganos vitales de la hoja afilada del abrecartas, pero en ese momento oye que se abren las puertas del ascensor.

Simon y Searle, embutidos en esa especie de callejón, ven pasar a una joven con botas y a un hombre con un físico táurico que se dirigen hacia la fotocopiadora. Searle se ha guardado el abrecartas en el bolsillo, Simon ha bajado su Claude Simon e, impelidos por una misma curiosidad, los dos observan a la pareja a través de las obras completas de Nathalie Sarraute. Se oye un ronroneo y se percibe la claridad azul de la fotocopiadora, pero enseguida el hombre-toro abraza a la joven inclinada sobre la máquina. Ella emite un suspiro imperceptible y, sin mirarlo, pone la mano en su bragueta. (Simon piensa en el pañuelo de Otelo.) Su piel es muy blanca y sus dedos muy largos. El hombre-toro le desabrocha el vestido y se lo baja hasta los pies. Ella no lleva ropa interior, su cuerpo parece una pintura de Rafael, sus senos son turgentes, su cintura fina, sus caderas anchas, sus hombros ligeros y su sexo rasurado. Su cabello negro cortado estilo bob da a su cara triangular una luz de princesa cartaginesa. Cuando ella se arrodilla para meterse en la boca el sexo del hombre-toro, Searle y Simon abren bien los ojos para comprobar si el sexo del hombre está en concordancia con su aspecto vacuno. Simon deja en su sitio *La ruta de Flandes*. El toro levanta a la joven y le da la vuelta para entrar en ella, la cual se encabrita y separa sus nalgas con sus propias manos, mientras él la atrae hacia así sujetándola por la nuca. Él lleva a cabo lo que está en su naturaleza de toro: se abalanza sobre ella, primero lenta y torpemente, luego con una ferocidad en aumento, a la vez que se oye a la fotocopiadora chocar contra la pared hasta moverla del suelo y a él soltar un largo bufido que se extiende por los pasillos de la biblioteca vacía (o eso creen ellos).

Simon no logra apartarse de esa visión de apareamiento jupiterino, pero sabe que tiene que hacerlo. Tiene escrúpulos en interrumpir esa magnífica sesión de jodienda. A costa de un violento esfuerzo de voluntad, su instinto de conservación le lleva a tirar por el suelo de un manotazo los libros de la Duras que están en la estantería. El ruido paraliza a todo el mundo. Los gritos cesan instantáneamente. Simon mira a Searle a los ojos. Lo bordea lentamente sin que este se mueva lo más mínimo. Cuando sale al pasillo central, se vuelve hacia la fotocopiadora. El hombre-toro lo observa, con la polla al aire. La joven, poco a poco, lanzándole una mirada desafiante, recoge su vestido, mete una pierna, luego la otra, y le da la espalda al hombre-toro para que se lo abroche. Simon se da cuenta de que ella no se ha quitado las botas. A continuación, se larga por la escalera de servicio.

Fuera, en el césped del campus, se encuentra con los jóvenes amigos de Kristeva, que parece que no se han movido de ahí en tres días, a juzgar por los cascos de botellas vacías y las bolsas de patatas fritas que cubren la hierba a su alrededor. Lo invitan a sentarse con ellos, le ofrecen una cerveza y él acepta de buena gana el porro que le pasan. Simon sabe que está fuera de peligro (si es que ese peligro existió alguna vez, porque ¿está seguro de haber visto el abrecartas?), pero no siente que descienda el nivel de angustia que le atenaza el pecho. Y no es para menos.

En Bolonia, se acuesta con Bianca en un anfiteatro del XVII y escapa a un atentado con bomba. Aquí, también de noche, un filósofo del lenguaje casi lo apuñala en una biblioteca y asiste a una escena de sexo estilo perro más o menos mitológica encima de una fotocopiadora. Ha sido recibido por Giscard en el Elíseo, se ha cruzado con Foucault en una sauna gay, ha tomado parte en una persecución en coche a resultas de la cual ha sido víctima de un intento de asesinato, ha visto a un hombre matar a otro con un paraguas envenenado, ha descubierto una sociedad secreta en la que se corta los dedos a los perdedores y ha atravesado el Atlántico para recuperar un misterioso documento. En unos pocos meses ha vivido acontecimientos extraordinarios que jamás habría pensado vivir en toda su existencia. Sabe reconocer lo novelesco cuando se encuentra con ello. Le vienen a la cabeza los supernumerarios de Umberto Eco. Entonces le pega otra calada al canuto.

«*What's up, man?*»

Simon pasa el porro. En su cabeza, sin que pueda detenerla, se proyecta la película de los últimos meses y, por deformación profesional, extrae sus estructuras narrativas, los coadyuvantes, los oponentes, el alcance alegórico. Una escena de sexo (actor), un atentado (bomba), en Bolonia. Un atentado (abrecartas), una escena de sexo (espectador) en Cornell. (Quiasmo.) Una persecución en coche. Una reescritura del duelo final de Hamlet. El motivo recurrente de la biblioteca (pero ¿por qué ha pensado en el Beaubourg?). Los personajes por parejas: los dos búlgaros, los dos japoneses, Sollers y Kristeva, Searle y Derrida, Anastasia y Bianca... Y, sobre todo, las inverosimilitudes: ¿por qué el tercer búlgaro esperó tanto para ir a registrar el piso de Barthes, dando tiempo a que ellos cayeran en la cuenta de que una copia del manuscrito se encontraba allí? ¿Cómo es que Anastasia, si es una agente rusa, logró que la destinasen, y tan rápidamente además, al ala del hospital donde estaba Barthes? ¿Por qué razón Giscard no ordenó que detuviesen a Kristeva y la metieran en un antro para torturarla hasta que hablara, en vez de enviarlos a Bayard y a él a Estados Unidos para vigilarla? ¿Cómo es que el documento está en francés y no en ruso ni en inglés? ¿Quién lo ha traducido?

Simon se lleva las manos a la cabeza lanzando un gemido.

—Creo que estoy atrapado en una puta novela.

—*What?*

—*I think I'm trapped in a novel.*

El estudiante al que se dirige se inclina hacia atrás, expulsa el humo de su cigarrillo hacia el cielo, mira las estrellas del firmamento, echa un trago de cerveza, se apoya sobre el codo, deja que flote un largo silencio en la noche estadounidense y finalmente dice: «*Sounds cool, man. Enjoy the trip*».

73

«También el paranoico participa de esa impotencia del signo desterritorializado que lo asedia por todas partes en la atmósfera resbaladiza, pero tiene un acceso mayor al hiperpoder del significante, en el sentimiento real de la cólera, como dueño de la red que se expande por la atmósfera.»

(Guattari, extracto de la conferencia de Cornell, 1980.)

74

—Venga, Jakobson va a dar su conferencia, espabílate.

—No, no, ya está bien, ya he tenido mi dosis.

—Pero, coño, no me jodas, habías dicho que vendrías. La sala estará llena. Aprenderemos muchas cosas... ¡Deja ese puto cubo de Rubik!

Clac clac. Bayard continúa haciendo girar las filas multicolores sin inmutarse. Casi ha hecho ya dos caras de seis.

—Vale, ok, pero luego es la de Derrida y esa no hay que perdérsela.

—¿Por qué? ¿Qué tiene ese gilipollas más interesante que los otros?

—Es uno de los pensadores vivos más importantes DEL MUNDO. Pero esa no es la cuestión, especie de cretino. La clave es que está enzarzado con Searle por la teoría de Austin.

Clac clac.

—La teoría de Austin trata de lo performativo, ¿no te acuerdas? Lo ilocutorio y lo perlocutorio. Cuando decir es hacer. Cómo se hace algo solo con hablar. Cómo se hace hacer algo a la gente simplemente hablándole. Por ejemplo, si yo dispusiera de una fuerza perlocutoria más consecuente, o si tú fueras menos imbécil, me bastaría con decirte «conferencia de Derrida» para que te calzaras y corrieras a reservar asiento. Es evidente que si la séptima función va a salir a relucir por algún lado, Derrida estará a la cabeza de los interesados en ella.

—¿Qué cabeza?

—Déjate de gilipolleces.

—¿Por qué todo el mundo busca la séptima función de Jakobson si tienen a su disposición las funciones de Austin?

—Los trabajos de Austin son puramente descriptivos. Te explican cómo funciona eso, pero no cómo hacer para que eso funcione. Austin describe los mecanismos factuales de cuando haces una promesa, o cuando profieres una amenaza, o cuando te diriges a tu interlocutor con la intención de que reaccione de tal o cual manera, pero no te dice cómo hacer para que tu interlocutor te crea y te tome en serio o actúe exactamente como tú deseas. Constata tan solo que un *speech act* puede tener éxito o fracasar, y enumera algunas condiciones necesarias para lograrlo: por ejemplo, hay que ser alcalde o teniente de alcalde para que la frase «yo os declaro marido y mujer» funcione. (Así es para los performativos puros.) No dice cómo lograrlo siempre. No es el manual de instrucciones, es solo el análisis, ¿comprendes el matiz?

Clac clac.

—¿Y los trabajos de Jakobson no son solo descriptivos?

—Bueno, sí, pero esa séptima función... es de esperar que no.

Clac clac.

—Mierda, esto no me sale.

Bayard no consigue terminar la segunda cara del cubo.

Siente sobre él la mirada acusadora de Simon.

—Vale. ¿A qué hora es eso?

—¡No te retrases!

Clac clac. Bayard cambia de estrategia y, en lugar de terminar esa segunda cara, intenta más bien construir una aureola alrededor de la primera. Mientras manipula el cubo cada vez con mayor maestría, piensa que en realidad no ha comprendido para nada la diferencia entre ilocutorio y perlocutorio.

Simon está de camino a la conferencia de Jakobson, a la que se siente regocijado de asistir, con o sin Bayard, pero al cruzar por el césped del campus, oye una carcajada cuya sonoridad, gutural a la par que cristalina, llama su atención y, al darse la vuelta, ve a la joven morena de la fotocopiadora. La princesa cartaginesa con botas de piel, pero ahora vestida. Está discutiendo con una asiática bajita y una egipcia alta (o libanesa, piensa Simon, que instintivamente ha notado el semblante árabe y el pequeño crucifijo colgado del cuello, tal vez una maronita, o quizá una copta, según él). (¿En qué indicio se basa? Misterio.)

Las tres jóvenes se dirigen alegremente hacia la parte alta de la ciudad.

Simon decide seguirlas.

Pasan delante del edificio de ciencias donde está conservado en formol el cerebro de un asesino en serie supuestamente genial llamado Edward Rulloff.

Pasan delante de la escuela de hostelería, de donde sale un agradable olor a pan recién hecho.

Pasan delante de la escuela de veterinaria. Por seguirlas a ellas, Simon no se percata de que Searle entra en el edificio con una bolsa llena de croquetas, o quizá lo ve pero no es capaz de decodificar esa información.

Pasan delante del edificio de *Romance studies*.

Cruzan el puente sobre la quebrada que separa el campus de la ciudad.

Se sientan a la mesa en un pub que lleva el nombre del asesino en serie. Él toma asiento discretamente en la barra.

Oye que la morena con botas dice a sus colegas: «Los celos no me interesan, la competencia todavía menos... Estoy cansada de esos hombres que tienen miedo de lo que quieren...».

Simon enciende un cigarrillo.

«Suelo decir que no me gusta Borges... Pero en qué medida cada vez, ahí es donde me vengo abajo...»

Pide una cerveza y abre el *Ithaca Journal*.

«No temo decir que estoy hecha para el amor físico y potente.»

Las tres jóvenes se echan a reír.

La conversación se desliza hacia la lectura mitológica y sexista de las constelaciones y el perpetuo apartamiento de las heroínas griegas (Simon repasa en su cabeza: Ariadna, Fedra, Penélope, Hera, Circe, Europa...).

De modo que, por preferir espiar a una joven de pelo negro que come una hamburguesa con dos amigas, también él acaba de perderse la conferencia sobre las estructuras vivas de Jakobson.

75

Hay electricidad en el ambiente, ha venido todo el mundo, Kristeva, Zapp, Foucault, Slimane, Searle, la sala está abarrotada, no cabe ni un alfiler, es imposible moverse sin empujar a un alumno o a un profesor, el público está agitado como en el teatro y entonces llega el maestro: Derrida, *on stage*, aquí y ahora.

Sonríe a Cixous en la primera fila, hace una breve señal amistosa a su traductora Gayatri Spivak, comprueba que están sus amigos y sus enemigos. Repara en Searle.

Simon también está, con Bayard. Se han puesto al lado de Judith, la joven lesbiana feminista.

«La palabra de la reconciliación es el *speech act* por el cual la palabra, al ser hablada, entabla, ofrece la reconciliación en el momento en que se dirige al otro, lo que al menos quiere decir que antes de esa palabra había guerra, sufrimiento, traumatismo, herida...»

Simon ve en la sala a la princesa cartaginesa de la fotocopiadora, causándole el correspondiente el efecto inmediato de una interferencia en sus facultades de concentración, de modo que no llega a descifrar el subtexto de las primeras palabras de Derrida, que hacen creer que ha optado por el apaciguamiento.

Y de hecho Derrida vuelve tranquila y metódicamente sobre la teoría de Austin, contra la que insiste en desarrollar algunas objeciones, en el estricto respeto a las costumbres universitarias y aparentemente de la manera más objetiva posible.

La teoría de los *speech act*, que establece que el habla es *también* un acto, es decir, que quien habla actúa al mismo tiempo que habla, implica un presupuesto que Derrida rebate: la intencionalidad. A saber: que las intenciones del hablante preexisten en el discurso y están perfectamente claras tanto para el locutor como para el destinatario (admitiendo que el destinatario esté claramente identificado).

Si yo digo: «Es tarde», es que quiero volver. Pero ¿de verdad deseaba volver? ¿Y si deseaba que me retuvieran, que no me permitieran volver? ¿Que me tranquiliza que me digan: «No, no es tarde»?

Cuando escribo, ¿acaso sé en realidad lo que quiero escribir? ¿No es el texto el que se desvela a sí mismo a medida que se formula? (¿De verdad se desvela siempre?)

Y aunque yo supiera lo que quiero decir, ¿mi interlocutor lo recibe exactamente como yo lo pienso (como yo creo haberlo pensado)? ¿Lo que él comprende de lo que yo digo se corresponde exactamente con lo que yo creo querer decirle?

Es obvio que estas primeras observaciones suponen un ataque serio a las teorías de los *speech acts.* A la luz de estas modestas objeciones, es arriesgado, en efecto, evaluar la fuerza ilocutoria (y sobre todo la perlocutoria) en términos de éxito o fracaso, como hace Austin (en vez de emplear verdadero o falso, como la tradición filológica ha venido haciendo hasta la fecha).

Al oírme decir «Es tarde», mis interlocutores han creído que yo quería volver y se ofrecen a acompañarme. ¿Éxito? ¿Y si, en realidad, yo quería quedarme? ¿Si alguien o algo en mi interior deseaba que me quedara, incluso sin que yo fuera consciente de ello?

«En realidad, ¿en qué sentido Reagan pretende ser Reagan, presidente de Estados Unidos? ¿Lo sabrá alguien alguna vez con todo rigor? ¿Él, acaso?»

La sala ríe. La atención es máxima. Todo el mundo ha olvidado el *contexto*.

Es en ese preciso momento cuando Derrida decide dar el golpe.

«Pero ¿qué pasaría si, habiéndole prometido a "Sarl" una crítica, yo fuera por delante de lo que desea su inconsciente, por motivos que habría que analizar, y todo lo estuviera haciendo solo para provocarlo? ¿Sería mi "promesa" una promesa o una amenaza?»

Bayard le pregunta a Judith al oído por qué Derrida pronuncia «Sarl». Judith le dice que lo llama así para burlarse de Searle, ya que en francés, por lo que ella tiene entendido, «Sarl» significa «Sociedad de responsabilidad limitada». A Bayard le parece una solemne majadería.

Derrida se explica:

«¿Cuál es la unidad o la identidad del interlocutor? ¿Es responsable de los *speech acts* que le dicta su subconsciente? Porque yo tengo también el mío, que puede querer complacer a Sarl en tanto que este quiere ser criticado, molestarlo al no criticarlo, complacerlo al no criticarlo y molestarlo criticándolo, prometerle una amenaza o amenazarle con una promesa, ofrecerme también a la crítica dándome el gusto de decir cosas *obviously false*, regodearme en mi debilidad o preferir la exhibición por encima de todo, etcétera».

Como es lógico, todos los asistentes se vuelven hacia Searle, quien, como si hubiera previsto esa situación, se ha sentado en el centro justo de las gradas. Un hombre solo en medio de la muchedumbre: cualquiera diría que es un plano de Hitchcock. Su rostro impasible ni se inmuta bajo el peso de tantas miradas. Sencillamente parece que está disecado.

Por otra parte, cuando construyo frases, ¿soy yo realmente quien habla? ¿Cómo alguien podría alguna vez llegar a decir algo original, personal, *propio*, cuando por definición el lenguaje nos obliga a extraer de un tesoro de palabras preexistentes (el famoso tesoro de la lengua)? ¡Si estamos penetrados por una gran cantidad de agentes externos: nuestra época, nuestras lecturas, nuestros determinismos socioculturales, nuestros «tics» de lenguaje, tan valiosos para crearnos una identidad (como si dijéramos «para embellecernos») y tantos otros discursos con los que somos constantemente bombardeados bajo todas las formas posibles e imaginables!

¿Quién no ha pillado alguna vez en flagrante delito a un amigo, a un pariente, a un compañero de oficina o a un suegro, repitiendo casi palabra por palabra el argumentario que ha debido de leer en un periódico o escuchado en la tele, como si dijera él mismo sus propias palabras, como si se hubiera *apropiado* de ese discurso, como si manara de él y no como si cruzara a través de él, adoptando las mismas expresiones, la misma retórica, los mismos supuestos, las mismas inflexiones indignadas, el mismo tonillo cómplice, como si él no fuera el simple médium por el que la voz, diferida de un periódico que repite a su vez las frases de un político, quien a su vez las ha leído en un libro de otro autor, y así sucesivamente, como si él no fuera el simple médium, decía yo, por el que la voz nómada y sin origen de un locutor fantasma se expresara, comunicara, en el mismo sentido en que dos lugares se comunican uno con el otro por un *pasaje*?

Al repetir lo que ha leído en el periódico, ¿hay algún modo de considerar la conversación de ese suegro otra cosa que no sea una *cita*?

Derrida ha retomado como si nada el hilo de su discurso. Acomete ahora otra cuestión central: la citabilidad. O más bien la iterabilidad. (Simon no está seguro de haber captado la diferencia).

Para ser *entendido*, al menos parcialmente, por nuestro interlocutor, debemos emplear la misma lengua. Debemos *repetir (reiterar)* palabras que ya han sido utilizadas, porque si no nuestro interlocutor no podría comprenderlas. Por tanto, siempre estamos, inevitablemente, dentro de una especie de cita. Utilizamos las palabras de otros. No obstante, como en el boca a boca, es más que probable, ineludible diría yo, que a lo largo de las repeticiones acabemos empleando las palabras de los otros, de todos cuantos somos, en un sentido ligeramente diferente unos de otros.

La voz de *pied-noir* de Derrida se vuelve más solemne e hinchada:

«Eso mismo que, más allá de este momento, garantizará el funcionamiento del gesto (da igual que sea psíquico, oral o gráfico), a saber, la posibilidad de ser repetido otra vez, por otro lado corta, divide, expropia la plenitud o la presencia, en sí "ideales", de la intención, del querer-decir y, *a fortiori*, de la adecuación entre *meaning* y *saying*».

Judith, Simon, la joven del pelo negro, Cixous, Guattari, Slimane, toda la sala incluido Bayard está con el alma en vilo cuando dice:

«Al limitar eso mismo que ella autoriza y al transgredir el código o la ley que ella constituye, la iterabilidad inscribe, de manera irreductible, la alteración en la repetición».

Y añade, imperial:

«El accidente jamás es un accidente».

76

«La posibilidad de parasitismo está ya ahí, incluso en lo que Sarl llama *"real life"*, esa *"real life"* de la que él, con una confianza (casi, *not quite*) inimitable, está tan seguro de saber lo que es, dónde empieza y dónde acaba; como si el sentido de esas palabras *("real life")* pudiera ser inmediatamente unánime, sin el menor riesgo de parasitismo, como si la literatura, el teatro, el engaño, la infidelidad, la hipocresía, el infortunio *(infelicity)*, el parasitismo y la simulación de la *real life* no formaran parte de la *real life.*»

(Palabras de Derrida extractadas de su conferencia de Cornell de 1980, o soñadas por Simon Herzog.)

77

Están tan encorvados como los esclavos de la Antigüedad que empujaban bloques de piedra, pero no son más que unos estudiantes haciendo rodar barriles de cerveza entre resuellos. La velada va a ser larga y hacen falta provisiones. La Seal and Serpent Society es una vieja «fraternidad» fundada en 1905, una de las más prestigiosas y, por tanto, según la terminología estadounidense, una de las más «populares». Esta noche se espera que acuda mucha gente para festejar que el coloquio ha llegado a su fin. Están invitados todos los participantes que han intervenido y, para el colectivo de estudiantes, es la última oportunidad de ver a las *estrellas* antes de su próxima visita. Además, en la entrada del edificio victoriano hay escrito sobre una sábana: «*Uncontrolled skid in the linguistic turn. Welcome*». Si habitualmente la entrada está reservada únicamente para los alumnos de licenciatura (los *undergrads*), esta noche se da cabida a los de todas las edades. Lo cual, como es lógico, no significa que esté abierto a todo el mundo: siempre habrá quienes deban entrar y quienes deban quedarse en la puerta, según los criterios universales de peso social y/o simbólico.

Slimane lo sabe muy bien, está acostumbrado a que en Francia no le dejen entrar en los sitios, así que no hay motivo para que aquí sea diferente, pero, aunque un par de estudiantes cachas le cierra el paso, sin que se sepa ni cómo ni en qué lengua, él les dice algo brevemente y lo dejan entrar, con el walkman y todo, ante la mirada envidiosa de los descartados con jerséis de cuello alto.

Ya dentro, la primera persona con la que se topa le está diciendo a un grupo de jóvenes: «*Heracleitus contains everything that is in Derrida and more*». Es Cruella de Vil Redgrave, alias Camille Paglia. Lleva un mojito en una mano y una boquilla en la otra, en cuyo extremo languidece un cigarrillo negro que exhala un aroma dulzón. A su lado, Chomsky discute con un estudiante salvadoreño que le explica que el Frente Democrático Revolucionario acaba de ser descabezado por los paramilitares y las fuerzas gubernamentales de su país. De hecho, ha dejado de haber oposición de izquierda en El Salvador, lo que parece preocupar extremadamente a Chomsky, que le pega nerviosas caladas a un porro.

Tal vez por estar acostumbrado a los reservados, Slimane baja a echar un vistazo al sótano, de donde le llega *Die Young*, de Black Sabbath. Encuentra allí varios grupos de estudiantes bien vestidos y ya borrachos practicando *lap dance* sin orden ni concierto. Entre ellos está Foucault, con cazadora de cuero negra, sin gafas (para saborear la niebla de la vida, piensa Slimane, que lo conoce bien). Le hace un gesto amistoso y le señala con el dedo a una estudiante con falda que se enrosca a una barra de andamio como una artista de estriptis. Slimane se fija en que no lleva sujetador pero sí unas bragas blancas a juego con las Nike, también blancas, con una gran coma roja (como la del coche de Starsky y Hutch, pero al revés).

Kristeva, que baila con Paul de Man, se percata de la presencia de Slimane. De Man le pregunta en qué piensa. Ella contesta: «Estamos en las catacumbas de los primeros cristianos». Pero no aparta la mirada del gigoló.

Este, en cambio, parece que busca a alguien. Sube a los pisos superiores. Se cruza en la escalera con Morris Zapp, que le guiña un ojo. Suena *Misunderstanding*, de Genesis. Agarra un vaso de tequila. Detrás de las puertas cerradas de las habitaciones, oye que algunos estudiantes echan un polvo o están ya vomitando. Otras están abiertas y ve que dentro fuman y beben cerveza sentados con las piernas cruzadas sobre camas individuales, hablando de sexo, de política o de literatura. Detrás de una puerta cerrada, cree reconocer la voz de Searle más unos gemidos extraños. Vuelve a bajar las escaleras.

En el gran vestíbulo de recepción, Simon y Bayard discuten con Judith, la joven lesbiana militante, que sorbe con pajita un bloody mary. Bayard ve a Slimane. Simon ve que la joven morena con cara de princesa cartaginesa llega en ese momento con dos amigas, la asiática bajita y la egipcia alta. Un estudiante grita: «¡Cordélia!». La princesa cartaginesa se da la vuelta. Abrazos, efusiones, el estudiante corre a buscarle un gin-tonic. Judith les dice a Bayard y a Simon, aunque este no la está escuchando: «Se comprende el poder a partir del esquema del poder divino de nombrar, según el cual emitir un enunciado vuelve a crear otra vez ese enunciado». Foucault sube del sótano con Hélène Cixous, echa mano a un Malibú con naranja y desaparece por algún piso. Judith aprovecha para citar a Foucault: «El discurso no es la vida, su tiempo no es el nuestro». Bayard asiente. Unos chicos se juntan con Cordélia y sus amigas, al parecer muy populares. Judith cita a Lacan, quien habría dicho en alguna parte: «El nombre es el tiempo del objeto». Bayard se pregunta si no sería igual de válido decir que «el tiempo es el nombre del objeto», o que «el tiempo es el objeto del nombre», incluso que «el objeto es el nombre del tiempo», o sencillamente que «el nombre es el objeto del tiempo», pero coge una cerveza, pasa el porro después de darle una calada y dice espontáneamente: «¡Ya tiene usted su derecho al voto, al divorcio y al aborto!». Cixous quiere hablar con Derrida pero está rodeado por una manada compacta de jóvenes admiradores en trance. Slimane evita a Kristeva. Bayard pregunta a Judith: «¿Así que *qué más* quiere usted?». Cixous oye a Bayard y se mete en la conversación: «¡Una habitación *propia*!». Sylvère Lotringer, el fundador de la revista *Sé-*

miotexte, lleva una orquídea en el brazo y habla con los traductores de Derrida, Jeffrey Mehlman y Gayatri Spivak, que exclama: «*Gramsci is my brother!*». Slimane discute con Jean-François Lyotard de economía libidinal o de *transaction* postmoderna. Pink Floyd canta «*Hey! Teacher! Leave them kids alone!*».

Cixous les explica a Judith, a Bayard y a Simon que la nueva historia que viene sobrepasa la imaginación masculina, y sin lugar a dudas va a privar a los hombres de su ortopedia conceptual, empezando por destruir su máquina de señuelos, pero Simon no presta atención a esta conversación. Mira el grupo de Cordélia como si inventariase los efectivos de un ejército enemigo: seis personas, tres chicos y tres chicas. Lo que ya le sería extremadamente difícil si ella estuviera sola, es decir, abordarla, le parece ahora, con la configuración actual, inconcebible para él.

Y, sin embargo, se mueve.

«Blanca, física, con faldas y unas alhajas de pacotilla, pongo en marcha todos los códigos de mi sexo y de mi edad», piensa él tratando de penetrar en la cabeza de la joven. Al pasar junto a ella, le oye decir con un tono de mundanidad absolutamente erótica: «Las parejas son como los pájaros, inseparables, inagotables, y baten inútilmente las alas fuera de la jaula». No detecta ningún acento. Un estadounidense le dice algo en inglés que Simon no comprende. Ella contesta primero en inglés (también sin acento, hasta donde él puede juzgar) y luego, girando su pecho: «Nunca he sabido vivir historias de amor, no he vivido más que novelas». Simon va en busca de un vaso, puede que de dos. (Oye a Gayatri Spivak decirle a Slimane: «*We were taught to say yes to the enemy*».)

Aprovecha Bayard su ausencia para pedirle a Judith que le explique la diferencia entre ilocutorio y perlocutorio. Judith le dice que el acto de discurso ilocutorio es *la cosa en sí que él efectúa*, mientras que el acto perlocutorio conlleva ciertos efectos *que no se confunden* con el acto de discurso. «Por ejemplo, si yo le pregunto: "¿Cree usted que hay alguna habitación libre en otra planta?", la realidad ilocutoria objetiva contenida en la pregunta es que yo le estoy tirando los tejos. *Al hacer* esta pregunta, yo ya trato de ligar con usted. Pero lo perlocutorio se desarrolla en otro nivel: ¿es que, sabiendo que yo le tiro lo tejos, le interesa a usted mi proposición? El acto *ilocutorio* habrá sido un éxito *(performed with success)* si usted comprende mi invitación. Pero el acto *perlocutorio* no se realizará si usted no me sigue hasta la habitación. El matiz es sutil, ¿verdad? Además, no es algo que suceda siempre.»

Bayard balbucea algo incomprensible pero ese mismo balbuceo indica que ha comprendido. Cixous sonríe con su sonrisa de Esfinge y dice: «¡Pues vamos a *performar*!». Bayard sigue a las dos mujeres, que cogen un pack de cervezas que han encontrado y suben por la escalera en la que Chomsky y Camille Paglia están parados besuqueándose. En el pasillo se cruzan con una estudiante latinoamericana que lleva una blusa de seda con las iniciales D&G y a quien Judith compra unas pequeñas pastillas. Como Bayard no conoce esas siglas, le pregunta a Judith qué significan y esta le contesta que no son unas siglas, sino las iniciales de «Deleuze & Guattari». También están impresas en las pastillas.

Abajo, un estadounidense le dice a Cordélia: «*You are the muse!*».

Cordélia pone una mueca desdeñosa que Simon adivina estudiada para hacer que admiren la yema de sus labios: «*That is not enough*».

En ese preciso momento, Simon decide abordarla delante de todos sus amigos, con la resolución de un *clavado* de Acapulco. Como de pasada, tras coger una palabra al vuelo y no poder evitar reaccionar, dice, fingiendo lo mejor posible una espontaneidad *cool*: «Por supuesto. ¿Quién tiene ganas de ser un objeto?». Silencio. En la mirada de Cordélia puede leer: *«Ok, now you have my attention»*. Él sabe que no solamente debe mostrarse cortés y cultivado sino también picar su curiosidad, provocarla sin contrariarla demasiado, exhibir inteligencia evitando la pedantería y la afectación, jugar a la comedia mundana sin sugerir ingenuidad y, naturalmente, erotizar enseguida la relación.

«Estás hecha para el amor físico potente y te gusta la iterabilidad de las fotocopiadoras, ¿no? Una fantasía sublimada no es otra cosa que una fantasía realizada. Quienes pretendan lo contrario o son embusteros, o son curas, o son explotadores del pueblo.» Le tiende uno de los dos vasos que lleva en las manos. «¿Te gusta el gin-tonic?»

Suena *Sexy Eyes*, de Dr. Hook. Cordélia coge el vaso.

Lo levanta como para hacer un brindis y dice: «Somos mentiras de fiar». Simon alza su vaso y se lo bebe casi de un trago. Sabe que ha ganado la primera etapa.

Por un acto reflejo, echa un vistazo alrededor y ve a Slimane, apoyado con una mano en la barandilla de la escalera, en el descansillo intermedio que lleva al primer piso, dominando el gentío que se agolpa en el vestíbulo y haciendo la V de la victoria con la mano libre, para luego, con las dos manos, una en horizontal ligeramente más alta que la otra en vertical, formar una especie de cruz. Simon trata de averiguar a quién va dirigido ese signo, pero solo ve estudiantes y profesores bebiendo, bailando y flirteando con *Kids in America*, de Kim Wilde, y nota que hay algo que no funciona pero no sabe qué es. Y alrededor de Derrida el grupo se hace cada vez más y más compacto: Slimane mira hacia él.

No ve a Kristeva ni al viejo con peinado arbóreo y corbata de punto, pero están ahí, y si pudiera verlos, si no estuviera cada uno en un sitio opuesto probablemente al amparo de las sombras de los demás invitados, vería que ambos tienen la mirada puesta en Slimane, sabría que ambos han interceptado el signo que este ha hecho con sus manos y adivinaría que ambos han adivinado que el signo se dirigía a Derrida, oculto, también él, dentro de su círculo de admiradores.

Tampoco ve al hombre de cuello de toro que folló con Cordélia en la fotocopiadora, y que, sin embargo, también está ahí y arroja sobre ella su mirada de toro.

Busca a Bayard entre la muchedumbre pero, lógicamente, no da con él, ya que se encuentra en una de las habitaciones del piso superior, con una cerveza en la mano, más una sustancia química no identificada corriendo por sus venas y discutiendo sobre pornografía y feminismo con sus nuevas amigas.

Oye a Cordélia decir: «La Iglesia, en su gran misericordia, incluso se preguntó en el concilio de Mâcon del año 585 si la mujer tenía un alma...», a lo que él añade, para agradarla: «Y se cuidó mucho de dar una respuesta».

La egipcia alta cita un verso de Wordsworth, cuya procedencia Simon no llega a identificar. La asiática bajita le cuenta a un italiano de Brooklyn que está haciendo su tesis sobre el *queer* en Racine.

Alguien dice: «Es de sobra conocido que el psicoanalista no habla, y que ni siquiera interpreta».

Camille Paglia grita: «*French go home! Lacan is a tyrant who must be driven from our shores*».

Morris Zapp ríe y le grita desde el vestíbulo: «*You're damn' right, General Custer!*».

Gayatri Spivak piensa: «*You're not the granddaughter of Aristotle, you know?*».

En la habitación, Judith le pregunta a Bayard: «¿Y tú en qué trabajas?». Bayard, cogido de improviso, confiando en que Cixous no le replique, contesta simplemente: «Estoy haciendo una investigación... en Vincennes». Pero Cixous, evidentemente, alza una ceja, lo que le lleva a mirarla a los ojos y a decir: «En Derecho». Cixous alza ahora las dos cejas. Aparte de no haber visto jamás a Bayard en Vincennes, es que encima allí no hay departamento de Derecho. Para distraer la atención, Bayard mete la mano debajo de su blusa y le aprieta un pecho cubierto por el sujetador. Cixous reprime una expresión de sorpresa pero decide no reaccionar cuando Judith pone la mano sobre su otro pecho.

Una *undergrad* llamada Donna se ha añadido al grupo de Cordélia y esta le pregunta qué hay de nuevo por su hermandad: «*How is Greek life so far?*». (La *Greek life* es el nombre que le han dado a ese sistema de *fraternidades* y *hermandades*, porque la mayoría de ellas son designadas con letras del alfabeto griego.) Precisamente, Donna y sus amigas piensan organizar la representación de una bacanal. La idea divierte a Cordélia hasta la locura. Simon, por su parte, reflexiona: cree que Slimane ha querido concertar una cita con Derrida. El signo que ha hecho no es el de la V de la victoria, sino el de la hora. A las dos, pero ¿dónde? Si fuera en una iglesia, Slimane habría hecho el signo de una cruz convencional, en lugar del extraño gesto que hizo. Pregunta: «¿Hay un cementerio en la esquina?». La joven Donna bate palmas: «*Oh, yeah! That's great idea! Let's go to the cemetary!*». Simon quiere decir que no es eso lo que él quería decir, pero Cordélia y sus amigas parecen tan seducidas por la proposición que no dice nada.

Donna va a buscar el *material*. Suena *Call Me*, de Blondie.

Es ya casi la una.

Simon oye que alguien dice: «El sacerdote interpretativo, el adivino, es uno de los burócratas del dios-déspota, ¿no te das cuenta? ¡Joder! Mira, otro aspecto del engaño del sacerdote es que la interpretación va hasta el infinito, no halla nunca nada que interpretar que no sea ya en sí mismo una interpretación». Se trata de Guattari, visiblemente bastante histérico, que intenta ligar con una inocente doctoranda de Illinois.

Es necesario que aparezca ya Bayard.

El sonido del ambiente hace rebotar la voz de Debbie Harry cantando «*When you're ready, we can share the wine*».

Donna regresa con un neceser y dice que ya pueden irse.

Simon se precipita hacia los pisos superiores para decirle a Bayard que se reúna con él en el cementerio a las dos. Abre todas las puertas, encuentra a todo tipo de estudiantes drogados más o menos activos, encuentra a Foucault masturbándose delante de un póster de Mick Jagger, encuentra a Andy Warhol escribiendo unos poemas (en realidad es Jonathan Culler rellenando unos cheques), encuentra un invernadero con plantas de marihuana hasta el techo, encuentra incluso a estudiantes convencionales que están viendo en la tele un partido de béisbol en la cadena deportiva mientras fuman crack, y por último encuentra a Bayard.

«¡Ah! Perdón.»

Vuelve a cerrar la puerta, pero le ha dado tiempo de reconocer a Bayard metido de lleno entre las piernas de una mujer que no llega a identificar, mientras Judith lo encula con un pene de plástico sujeto a un cinturón y grita: «*I am a man and I fuck you! Now you feel my performative, don't you?*».

Impresionado por la visión, no se ve capaz de dejarle un mensaje y se apresura a bajar las escaleras para reunirse con el grupo de Cordélia.

Se cruza con Kristeva en la escalera pero no se fija en ella.

Sabe bien que no está siguiendo en absoluto el protocolo de urgencia, pero la piel blanca de Cordélia ejerce una atracción demasiado fuerte. Después de todo, estará en el lugar de la cita, se dice a sí mismo para tratar de legitimar una estrategia cuya pertinencia sabe que no ha sido dictada por otra lógica que la de su propio deseo.

Kristeva llama a la puerta de donde salen los extraños gemidos. La abre Searle. Sin entrar, ella le dice algo en voz baja. Luego, se dirige hacia la habitación en la que ha visto entrar a Bayard con sus dos amigas.

El cementerio de Ithaca está en una ladera boscosa, las tumbas parecen diseminadas por allí de manera anárquica, en medio de los árboles. Las únicas luces que hay son la de la Luna y la que procede de la ciudad. El grupo se reúne en torno a la sepultura de una mujer fallecida muy joven. Donna explica que va a recitar las confidencias de la Sibila, pero antes hay que preparar la llamada ceremonia del «nacimiento del hombre nuevo», para la cual hace falta un voluntario. Cordélia señala a Simon. Este querría contar con más detalles, pero no opone resistencia cuando ella empieza a desnudarlo. A su alrededor se ha juntado una decena de personas que ha venido a asistir al espectáculo, pero a Simon le parece una multitud. Cuando está totalmente desnudo, ella se echa en la hierba, a los pies de la sepultura, y le sopla al oído: «*Relax*. Vamos a matar al antiguo hombre».

Todo el mundo ha bebido bastante, todo el mundo está muy desinhibido, tanto que todo esto *puede* pasar *realmente*, piensa Simon.

Donna pone el neceser en el suelo y Cordélia saca de él una cuchilla de afeitar que despliega solemnemente. Como Simon oye que Donna evoca a Valerie Solanas en su preámbulo, no se siente del todo tranquilo. Pero Cordélia también saca un spray de espuma de afeitar y le rocía un poco por el pubis antes de empezar a rasurárselo cuidadosamente. Simon, que entiende que se trata de un símbolo de castración simbólica, sigue el desarrollo de la operación con tanta atención que siente cómo los dedos de Cordélia apartan delicadamente su pene.

«In the beginning, no matter what they say, there was only a goddess. One goddess and one only.»

Habría preferido que Bayard estuviera allí.

Pero Bayard fuma un cigarrillo a oscuras, desnudo, echado sobre la moqueta de la habitación de estudiante, entre los cuerpos desnudos de sus dos amigas, una de las cuales se ha dormido con el brazo extendido sobre el pecho de él hasta agarrar con la mano el pecho de la otra.

«In the beginning, no matter what they think, women were all and one. The only power then was female, spontaneous, and plural.»

Bayard pregunta a Judith por qué está interesada en él. Judith, acurrucada contra su hombro, emite un maullido y le contesta, con su acento de judía del Midwest: «Porque parecías no estar en tu salsa, por aquí».

«The goddess said: "I came, that is just and good".»

Llaman a la puerta de la habitación, alguien entra, Bayard se pone de pie y reconoce a Kristeva, que le dice: «Debería vestirse».

«The very first goddess, the very first female powers. Humanity by, on, in her. The ground, the atmosphere, water, fire. Language.»

Se oyen dos golpes en la iglesia.

«Thus came the day when the little prankster appeared. He didn't look like much but was self-confident. He said: "I am God, I am the son of man, they need a father to pray to. They will know how to be faithful to me: I know how to communicate".»

El cementerio dista solo unos cien metros. Los ruidos de la velada resuenan entre las tumbas y confieren a la ceremonia ritual un fondo sonoro definitivamente anacrónico: llegan ecos de *Gimme! Gimme! Gimme! (A Man after Midnight)*, de ABBA.

«Thus man imposed the image, the rules, and the veneration of all human bodies endowed with a dick.»

Simon vuelve la cabeza para ocultar su apuro y su excitación y entonces distingue, a escasos metros de allí, a dos siluetas que se dan cita bajo un árbol. Ve cómo la silueta más esbelta le pasa los auriculares de su walkman a la silueta más achaparrada, la cual lleva una bolsa de deporte en la mano. Comprende que Derrida está comprobando la mercancía, y que la mercancía es una casete en la que está grabada la séptima función del lenguaje.

«The real is out of control. The real fabricates stories, legends, and creatures.»

Derrida, ante sus propios ojos, a unos pocos metros, al pie de un árbol, en medio de las tumbas del cementerio de Ithaca, está escuchando la séptima función del lenguaje.

«On horseback on a tomb, we will feed our sons with the entrails of their fathers.»

Simon desearía intervenir pero ningún músculo de su cuerpo consigue ponerse en movimiento para levantarse, ni siquiera la lengua, cuyo músculo sabe que es el más potente del cuerpo, para pronunciar alguna palabra, ya que la etapa que viene después de la castración simbólica es la del renacimiento simbólico y la venida del hombre nuevo está aquí simbolizada por una felación. Por eso, cuando Cordélia lo atrapa en su boca y él siente el calor de las mucosas de la princesa cartaginesa expandirse por cada partícula de su ser, sabe irremediablemente que está perdido para la misión.

«We form with our mouths the breath and the power of the Sorority. We are one and many, we are a female legion...»

El intercambio va a realizarse y él no habrá hecho nada por impedirlo.

Sin embargo, al echar la cabeza hacia atrás, en lo alto de la colina, iluminado por las luces del campus, cual visión irreal cuya irrealidad misma lo angustia más que la realidad eventual de la visión, ve a un hombre que lleva dos grandes mastines atados con una correa.

Está demasiado oscuro pero sabe que es Searle. Los perros ladran. Los asistentes a la ceremonia ritual, sorprendidos, miran hacia él. Donna interrumpe su plegaria. Cordélia deja de chupársela a Simon.

Searle hace un chasquido con su boca y suelta los dos perros, que se abalanzan sobre Slimane y Derrida. Simon se levanta y corre hacia ellos para acudir en su ayuda, pero de repente nota que lo agarra un puño poderoso: es el del hombre con cuello de toro que se tiraba a Cordélia en la fotocopiadora, que lo sujeta del brazo y le propina un fuerte puñetazo en la boca. Simon, desde el suelo, desnudo e impotente, ve a los dos perros lanzarse sobre el filósofo y el gigoló, que caen boca arriba.

Gritos y gruñidos se entremezclan.

Es obvio que el hombre con cuello de toro, hermético ante el drama que se desarrolla a sus espaldas, quiere pelea. Simon oye sus insultos en inglés, comprende que el individuo habría deseado cierta exclusividad en las relaciones corporales con Cordélia, pero mientras tanto los dos perros van a despedazar a Slimane y a Derrida.

Los gritos mezclados de los hombres y de las bestias han petrificado a las aprendices de bacantes y a sus amigos. Derrida rueda entre las tumbas, impulsado por la pendiente y por la furia del perro que lo sigue. Slimane, más joven y más fuerte, ha bloqueado las fauces del animal con su antebrazo, pero es tal la presión ejercida sobre los músculos y el hueso que está a punto de desmayarse y ya nada podrá impedir que lo devore la bestia, pero de pronto oye un chillido y ve a Bayard, como salido de la nada, que hunde los dedos en la cabeza del perro y le revienta los ojos. El perro suelta un horrible aullido y huye de allí a toda velocidad golpeándose con las tumbas.

A continuación, Bayard desciende por la pendiente para ir a ayudar a Derrida, que sigue dando vueltas.

Sujeta al otro perro por la cabeza para romperle la nuca, pero el perro se revuelve contra él y lo desequilibra; le bloquea las patas delanteras pero tiene el hocico del perro desmesuradamente abierto a diez centímetros de su cara, entonces Bayard se lleva una mano al bolsillo de su chaqueta, saca el cubo de Rubik, con las seis caras perfectamente ensambladas, y se lo mete por la boca hasta el esófago. El perro emite un carraspeo inmundo, se da de bruces contra los árboles, rueda por el césped, se convulsiona y muere ahogado por el juguete.

Bayard repta hasta la forma humana que yace a pocos metros. Oye un espantoso borboteo. Derrida sangra abundantemente. El perro, literalmente, le ha saltado a la garganta.

Mientras Bayard se ha ocupado de matar perros y Simon de parlamentar con el hombre-toro, Searle ha corrido hasta Slimane, aún en el suelo. En cuanto ha comprendido dónde estaba escondida la séptima función, quiere, lógicamente, hacerse con el walkman. Le da la vuelta a Slimane, que gime de dolor, luego mete la mano donde está el aparato y aprieta la tecla de *eject*.

Pero el compartimento de la casete está vacío.

Searle lanza un grito de bestia rabiosa.

Aparece un tercer hombre por detrás de un árbol. Lleva una corbata de punto y un peinado a juego con el entorno. Puede que estuviera escondido allí desde el principio.

En todo caso, tiene una casete en la mano.

Pero ha desenrollado la cinta magnética.

Con la otra mano, chisca la rueda dentada de un mechero.

Searle, horrorizado, exclama: «*Roman, don't do that!*».

El viejo con corbata de punto pone la llama del Zippo en contacto con la cinta magnética, la cual prende instantáneamente. Desde lejos, solo es un pequeño resplandor verde que rasga la noche.

Searle aúlla como si le arrancasen el corazón.

Bayard se da la vuelta. El hombre con cuello de toro también. Simon por fin puede soltarse. Se dirige al hombre-arbusto como un sonámbulo (aún sigue desnudo) y le pregunta, con voz neutra e inexpresiva: «¿Quién es usted?».

El viejo se recompone el nudo de la corbata y dice sencillamente: «Roman Jakobson, lingüista».

A Simon se le congela la sangre.

Bayard, más abajo, no está seguro de haber oído bien. «¿Qué? ¿Qué es lo que ha dicho? ¡Simon!»

Los últimos pedazos de la cinta magnética crepitan antes de convertirse en cenizas.

Cordélia ha acudido junto a Derrida. Hace jirones su ropa para ponerle un vendaje alrededor del cuello. Confía así en detener la hemorragia.

«¿Simon?»

Simon no contesta, pero reconstruye mentalmente el diálogo mudo con Bayard: ¿por qué no le había dicho que Jakobson estaba vivo?

«Nunca me lo preguntaste.»

La verdad es que Simon jamás había creído que el hombre del que parte el Estructuralismo, que tomó el mismo barco que André Breton en 1941 para huir de la Francia ocupada, el formalista ruso de la Escuela de Praga, uno de los más importantes fundadores de la lingüística después de Saussure, pudiera seguir aún con vida. Para Simon, pertenecía a otra época. A la de Lévi-Strauss, no a la de Barthes. Pero se ríe de la inanidad de su razonamiento: Barthes está muerto, y en cambio Lévi-Strauss está vivo, así que ¿por qué no Jakobson?

Jakobson desciende los pocos metros que lo separan de Derrida procurando no tropezar con una piedra o con un terrón.

El filósofo está tumbado, con la cabeza sobre las rodillas de Cordélia. Jakobson le da la mano y le dice: «Gracias, amigo mío». Derrida articula débilmente: «Sabes que habría escuchado la cinta. Pero habría guardado el secreto». Levanta los ojos hacia Cordélia, hecha un mar de llanto: «Sonríeme como yo te habría sonreído hasta el final, mi bella niña. Escoge siempre la vida y no dejes de reafirmar la supervivencia...».

Y dichas estas palabras, Derrida muere.

Searle y Slimane han desaparecido. La bolsa de deporte también.

78

«¿No es algo ridículo, ingenuo y completamente pueril presentarse ante un muerto para pedirle perdón?»

El pequeño cementerio de Ris-Orangis jamás había conocido una afluencia semejante. Perdido en el extrarradio de París, a un costado de la Nacional 7, embutido entre unos cuantos bloques de viviendas sociales dispuestos en forma de espiga, el lugar está constreñido por un silencio que solo las multitudes saben producir.

Delante del ataúd, a los pies de la fosa, Michel Foucault pronuncia el elogio fúnebre.

«Por fervor cordial o reconocimiento, por aprobación también, contentarse con citar, con acompañar lo que procede del otro, más o menos directamente, cederle la palabra, retirarse ante ella... Pero este exceso de fidelidad acabaría por no decir nada, y también por no cambiar nada.»

Derrida no será enterrado en el recinto judío, sino en el de los católicos, para que, llegado el momento, su esposa pueda reposar a su lado.

En la primera fila de los presentes, Sartre escucha a Foucault con aspecto serio y cabeza baja, al lado de Étienne Balibar. Ya no tose. Parece más bien un fantasma.

«Jacques Derrida es el nombre de aquel que ya no podrá ni oírlo ni llevarlo.»

Bayard pregunta a Simon si la que está junto a Sartre es Simone de Beauvoir.

Foucault hace de Foucault: «¿Cómo creer en lo contemporáneo? A quienes parecen pertenecer a la misma época, delimitada en términos de datación histórica o de horizonte social, etcétera, sería fácil demostrarles que sus tiempos son infinitamente heterogéneos y, a decir verdad, sin guardar relación».

Avital Ronell llora calladamente, Cixous se apoya en Jean-Luc Nancy y mira fijamente la fosa con una mirada carente de expresión, Deleuze y Guattari meditan sobre las singularidades seriadas.

Los tres bloques de HLM con pintura descascarillada y balcones oxidados sobresalen por encima del cementerio, cual centinelas o peñascos plantados el medio del mar.

En junio de 1979, durante «la asamblea general de la filosofía» organizada en el Gran Anfiteatro de la Sorbona, Derrida y BHL se habían zurrado de lo lindo literalmente, pero BHL está ahora presente en el entierro de a quien en breve calificará, si no lo está calificando ya, como «mi viejo maestro».

Foucault prosigue: «Al contrario de lo que a menudo se piensa, los "sujetos" individuales que habitan en las zonas más ineludibles carecen de "superego" autoritario, no disponen de poder, suponiendo que el Poder sea algo disponible».

Sollers y Kristeva, evidentemente, también han venido. Derrida había colaborado en *Tel Quel* en los comienzos. *La diseminación* había sido publicada en la colección «Tel Quel», pero había roto con ellos en 1972 sin que se sepa demasiado cuánto hubo de político y cuándo de personal en ello. Sin embargo, en diciembre de 1977, cuando fue detenido en Praga tras caer en una trampa del régimen comunista, que había introducido droga en su equipaje, Derrida recibió y aceptó de buen grado el apoyo de Sollers.

Bayard, en cambio, sigue sin recibir la orden de detener ni a Sollers ni a Kristeva. Dejando aparte la conexión búlgara, no hay pruebas de su implicación en la muerte de Barthes. Pero sobre todo no hay la menor prueba, por mucho que se tenga la certeza de ello, de que la séptima función esté en su poder.

Fue Kristeva quien previno a Bayard de la cita en el cementerio de Ithaca, y él piensa que también fue ella quien había avisado a Searle. La hipótesis de Bayard es que ella deseaba que fracasara la transacción, por eso, al reunir allí a todos los protagonistas, multiplicaba las potenciales interferencias, ya que ignoraba o no quería creer que Derrida, de acuerdo con Jakobson, estaba obrando para destruir la copia. Jakobson siempre pensó que su descubrimiento no debía llegar a ser del dominio público. Esa es la razón por la que había ayudado a Derrida a conseguir el dinero para pagarle a Slimane por la cinta.

Mientras Foucault continúa con su discurso fúnebre, una mujer se cuela detrás de Simon y de Bayard.

Simon reconoce el aroma de Anastasia.

Ella les dice algo al oído pero, instintivamente, ninguno de los dos hombres se da la vuelta.

Foucault: «En otra época, "por la muerte" o "con ocasión de la muerte", se apelaba a toda una serie de arreglos típicos. Los peores o lo peor de cada uno de ellos, innobles o ridículos, pero tan frecuentes, por otra parte, eran: intrigar, especular, sustraer un beneficio, fuera este sublime o sutil, extraer del muerto una fuerza complementaria que se pudiera dirigir contra los vivos, denunciar, injuriar más o menos directamente a los supervivientes, arrogarse autoridad, legitimarse, elevarse a la altura en que la muerte, presumiblemente, mantiene al otro al abrigo de toda sospecha».

Anastasia: «Pronto habrá un importante evento organizado por el Logos Club. El Gran Protágoras ha sido retado. Va a poner su título en juego. Lo cual dará lugar a una sesión gigantesca. Pero solo podrán asistir las personas que estén acreditadas».

Foucault: «En su aspecto clásico, la oración fúnebre tenía de bueno que permitía interpelar directamente al muerto, incluso a veces tutearlo. Es cierto que para mí el muerto siempre es una ficción suplementaria, como lo son los demás que están de pie alrededor del ataúd, y así lo proclamo, mas, dado su exceso caricaturesco, la competencia de esta retórica indicaría al menos que no debería quedar excluida».

Bayard pregunta dónde será la reunión. Anastasia responde que será en Venecia, en un lugar mantenido en secreto que probablemente no se ha escogido todavía, ya que el «organismo» para el que ella trabaja no ha podido localizarlo.

Foucault: «Hay que interrumpir el comercio de los supervivientes, rasgar el velo hacia el otro, el otro muerto en nosotros, pero otro al fin y al cabo, y las promesas religiosas de supervivencia podrían seguir tomando en cuenta ese "como si"».

Anastasia: «El que va a desafiar al Gran Protágoras es el que ha robado la séptima función. Ya tienen ustedes el motivo».

Ni Searle ni Slimane han vuelto a aparecer. Pero las sospechas no van dirigidas a ellos. Slimane quería vender. Searle quería comprar. Jakobson ayudó a Derrida a presentar una mejor oferta, pero Kristeva hizo todo lo posible para que la transacción fracasara y ahora Derrida está muerto. Los dos hombres acuden, pero solo uno de los dos lleva el dinero, aunque, desde el punto de vista del patrón que emplea a Bayard, eso no es lo importante.

Lo que hay que hacer, piensa Bayard, es un flagrante delito.

Simon pregunta cómo se puede obtener una acreditación. Anastasia dice que por lo menos hay que ser de nivel 6 (tribuno), y que habrá antes un gran torneo selectivo, organizado especialmente para la ocasión.

«La Novela es una muerte; hace de la vida un destino, del recuerdo un acto útil, y de la duración un tiempo dirigido y significativo.»

Bayard le pregunta a Simon por qué Foucault habla de la novela.

Simon le dice que seguramente es una cita, pero también él mismo se hace esa pregunta, que le parece indudablemente ansiógena.

79

Searle, inclinado sobre el puente, apenas distingue el agua que hay debajo, en el fondo de la quebrada, pero la oye correr en la penumbra. Cae la noche sobre Ithaca y el viento rachea sobre la vegetación que se forma en el paso de Cascadilla Creek. El río, encajado en ese lecho de piedras y de musgo, sigue su curso, indiferente a los dramas humanos.

Una pareja de estudiantes que va de la mano cruza el puente. A esas horas no suele haber mucho tránsito. Nadie presta atención a Searle.

Si solo hubiera sabido, si solo hubiera podido...

Ya es demasiado tarde para cambiar la historia.

Sin decir nada, el filósofo del lenguaje pasa las piernas por encima de la barandilla, se mantiene en equilibrio sobre el antepecho, echa vistazo al abismo, contempla por última vez las estrellas, se abandona y cae.

Apenas un chorro en el aire: solo una salpicadura. Un breve centelleo de espuma en la oscuridad.

El río no es lo bastante profundo para amortiguar el choque, pero los rápidos se llevan el cuerpo hacia las cataratas y el lago Cayuga, donde pescaban antaño unos indios que, sin duda alguna —aunque nunca se sabe—, no tenían ni idea de lo ilocutorio y lo perlocutorio.

CUARTA PARTE

Venecia

80

«Tengo cuarenta y cuatro años. Eso significa que he sobrevivido a Alejandro, muerto a los treinta y dos años; a Mozart, muerto a los treinta y cinco; a Jarry, a los treinta y cuatro; a Lautréamont, a los veinticuatro; a Lord Byron, a los treinta y seis; a Rimbaud, a los treinta y siete, y durante toda la vida que me quede superaré a todos los muertos ilustres, a todos los gigantes que han marcado su época, si Dios quiere veré pasar a Napoleón, a César, a Georges Bataille, a Raymond Roussel... ¡Aunque no!... Moriré joven... Lo noto... No llegaré a viejo... No acabaré como Roland... Sesenta y cuatro años... Patético... En el fondo, le hemos hecho un gran favor... No, no... Además, yo no sería un anciano guapo... Eso no existe... Mejor apagarse... Una vela corta y ya está...»

81

A Sollers no le gusta el Lido, pero ha huido del gentío del Carnaval y se ha refugiado allí, en recuerdo de

Thomas Mann y de Visconti, en el Grand Hotel des Bains donde se desarrolla la muy contemplativa acción de *Muerte en Venecia*. Estaba convencido de que allí podría meditar a sus anchas, de cara al Adriático, pero por ahora sigue en el bar y coquetea con la camarera bebiendo whisky. Al fondo de la sala vacía, un pianista interpreta a Ravel sin entusiasmo. Huelga decir que es plena tarde invernal y que, aunque no hay cólera, el tiempo no invita a bañarse.

«¿Cómo te llamas, encanto? ¡No, no me lo digas! Te voy a *bautizar* como Margherita, igual que la amante de Lord Byron. Era la hija de un panadero, ¿sabes? *La Fornarina*..., temperamento ardiente y muslos marmóreos... Tenía tus ojos, sin duda. Montaban a caballo por la playa, era extremadamente romántico, ¿verdad? Un poco cursi, quizá, sí, tienes razón... ¿Quieres que luego te enseñe a montar?»

Sollers piensa en este pasaje de *Childe Harold*: «La ciudad viuda de su dux...». El dux ya no puede casarse con el mar, el León ya no da miedo: está hablando de castración, según él. «Y el *Bucentauro* se enmohece, prenda olvidada de su viudez...» Enseguida capta esa doble intención. Agita su vaso para pedir un segundo whisky: «*On the rocks*». La camarera sonríe con amabilidad: «*Prego*».

Sollers suspira alegremente: «Ah, cómo me gustaría poder decir, como Goethe: "Quizá en Venecia solo me conozca una sola persona y pasará mucho tiempo hasta que me vuelva a ver". Pero, ¿sabes, encanto?, en mi país soy muy conocido, eso es lo malo. ¿Conoces Francia? Yo te llevaré, no te preocupes. ¡Qué buen escritor es Goethe! Pero ¿qué te pasa? Te has puesto roja. ¡Ah, Julia, estás aquí! Margherita, te presento a mi mujer».

Sigilosamente, como un gato, Kristeva ha entrado en el bar vacío. «No te canses, querido, esta joven no entiende ni papa de lo que le estás hablando. ¿No es así, señorita?»

La chica no deja de sonreír: *«Prego?»*.

Sollers saca pecho: «Vamos a ver, ¿y qué más da? Cuando uno se beneficia, como yo, de la *aquiescencia visual*, no necesita (a Dios gracias) ser *comprendido*».

Kristeva elude hablarle del sociólogo Bourdieu, a quien él detesta porque amenaza de plano su sistema de representación, en el que siempre se arroga a sí mismo el papel protagonista. Tampoco le pide que no beba demasiado antes de la cita de esta semana. Hace ya tiempo que decidió tratarlo simultáneamente como niño y como adulto. Ha renunciado a explicarle ciertas cosas, *aunque* espera de él que se ponga al nivel que ella se cree con derecho a exigirle.

El pianista suelta un acorde especialmente disonante. ¿Mal presagio? Sollers siempre cree en su buena estrella. Puede que hasta se dé un baño. Kristeva observa que incluso lleva puestas sus chanclas.

82

Doscientas galeras, dos docenas de galeotas (llamadas medias galeras) y seis gigantescas galeazas (los B-52 de la época) van en convoy por el Mediterráneo en persecución de la flota turca.

Sebastiano Venier, el irascible jefe de la flota veneciana, rabia por dentro: cree que es el único que desea la batalla, de entre sus aliados españoles, genoveses, saboyanos, napolitanos y pontificios, pero se equivoca.

Si la corona española, personificada por Felipe II, tiende a desinteresarse por el Mediterráneo, ocupada como está por la conquista del Nuevo Mundo, el joven don Juan de Austria, fogoso comandante de la flota de la Liga Santa, hijo natural de Carlos V y por eso mismo hermanastro del rey, busca en la guerra el honor que su bastardía le niega por otros medios.

Sebastiano Venier quiere preservar los intereses vitales de la Serenísima, por lo que don Juan de Austria, al actuar en beneficio de su propio gloria, es su mejor aliado, pero no lo sabe.

83

Sollers contempla el retrato de San Antonio en la iglesia de los Gesuati y no le encuentra el parecido. (El de Sollers a San Antonio o el de San Antonio a Sollers, no sé desde qué ángulo lo mira.) Enciende un cirio bendito por su propia alma y sale a dar un paseo por el barrio de Dorsoduro que tanto le gusta.

Delante de la Accademia, se cruza con Simon Herzog y el comisario Bayard, que están haciendo cola.

«¡Querido comisario, usted por aquí, qué sorpresa! ¿Qué buen viento le trae? Ah, sí, ya he oído hablar de las hazañas de su joven protegido. He venido sin falta para asistir al próximo torneo. Sí, sí, ya ve, es inútil andarnos con tapujos, ¿verdad? ¿Es su primera vez en Venecia? Claro, vienen al museo a cultivarse, naturalmente. Saluden a *La tempestad* de Giorgione de mi parte, es el único cuadro por el que de verdad vale la pena soportar a todos estos turistas japoneses. Disparan sus cámaras sin mirar, ya ve usted.»

Sollers señala a dos japoneses que hay en la cola y Simon hace un imperceptible movimiento de sorpresa. Reconoce a los japoneses del Fuego que le salvaron la vida en París. En efecto, van provistos de sendas Minolta último modelo y, como si tal cosa, fotografían todo lo que se menea.

«Olvídense de la plaza de San Marcos. Olvídense del Harry's Bar. El corazón de la ciudad es aquí donde están ahora, es decir, el corazón del mundo: el Dorsoduro... Venecia tiene un buen trasero, ¿eh?, ja, ja, ja... Además, no pueden dejar de pasear por el Campo Santo Stefano, basta con que crucen el Gran Canal... Enseguida verán la estatua de Niccolò Tommaseo, un escritor político, carente de interés, al que los venecianos llaman *Cagalibri*: el cagón de libros. Es por la estatua. La verdad es que parece que caga libros. Ja, ja, ja. Pero sobre todo vayan a contemplar la Giudecca, en la otra orilla. Podrán admirar, una pegada a la otra, las iglesias del gran Palladio. ¿No conocen a Palladio? Un hombre de retos..., como usted, tal vez. Le encargaron a ese hombre construir un edificio *enfrente* de la plaza de San Marcos. ¿Se imaginan? Sagrado *challenge*, como dicen nuestros amigos estadounidenses, que nunca han entendido nada de arte..., ni tampoco a las mujeres, pero esa es otra historia... Pues bien, ahí está: erigida sobre las olas, San Giorgio Maggiore. Y, sobre todo, la del Redentore, obra maestra neoclásica: por un lado, la Bizancio y el gótico flamígero del pasado, y por otro, la Grecia antigua resucitada para siempre jamás a través del Renacimiento y la Contrarreforma. ¡No se lo pierdan, está a unos cien metros! Si se dan prisa, verán la puesta de sol...»

En ese instante, suena un grito en la cola. «¡Al ladrón! ¡Al ladrón!» Un turista corre detrás de un carterista. Instintivamente, Sollers se lleva la mano al bolsillo interior de su chaqueta.

Pero enseguida recupera el control: «Ja, ja, ja, ¿han visto? Un francés, evidentemente... Los franceses siempre se dejan engañar. Ándense con ojo. Los italianos son un gran pueblo, pero granuja, como todos los grandes pueblos... Debo dejarlos, llego tarde a misa...».

Y Sollers se aleja, haciendo resonar sus chanclas flexibles sobre el pavimento veneciano.

Simon le dice a Bayard:

—¿Lo has visto?

—Sí, lo he visto.

—Lo lleva encima.

—Sí.

—Entonces ¿por qué no lo detiene ahora?

—Primero hay que comprobar si funciona. Te recuerdo que estás aquí para eso.

En el rostro de Simon se esboza una indetectable sonrisa de orgullo. Queda un torneo. Ha olvidado a los japoneses que hay detrás de él.

84

Doscientas galeras cruzan el estrecho de Corfú y ponen rumbo hacia el golfo de Corinto, entre ellas *La Marchesa*, comandada por el genovés Francesco San-Freda, a bordo de la cual el capitán Diego de Urbino juega a los dados con sus hombres, entre los que está el hijo de un dentista lleno de deudas que ha partido en busca de gloria y, también, de fortuna, un hidalgo castellano, aventurero, noble de espada pero sin blanca, el joven llamado Miguel de Cervantes.

85

Al margen del Carnaval, las veladas privadas proliferan en los palacios venecianos, y la que tiene lugar actualmente en la Ca' Rezzonico no es la menos concurrida ni la menos privada.

Atraídos por el griterío que sale del edificio, los transeúntes envidiosos y los pasajeros de los vaporettos alzan la mirada hacia la sala de baile, en la que pueden percibir o adivinar los engañosos trampantojos, las enormes arañas de cristales multicolores y los espléndidos frescos del XVIII que decoran el techo, pero las invitaciones son estrictamente nominales.

Las fiestas del Logos Club no vienen anunciadas en la prensa, precisamente.

Hoy diríamos que el Logos Club no comunica este tipo de acontecimientos.

Sin embargo, la fiesta se celebra en el corazón mismo de la Ciudad de los dux. Cien personas acuden a ella a cara descubierta. (Riguroso traje de noche, aunque el baile no sea de disfraces.)

A simple vista, no hay nada que distinga esta velada de cualquier otra velada glamurosa normal. Pero basta con escuchar las conversaciones. Aquí hablan de exordio, peroración, proposición, altercación, refutación... (Como diría Barthes, «la pasión por la clasificación le parece siempre algo bizantino a quien no forma parte de ella».) Anacoluto, catacresis, entimema y metábola. (Como diría Sollers: «Es muy obvio. No creo que haya que traducir *Res* y *Verba* simplemente por las Cosas y las Palabras. *Res*, dice Quintiliano, son *quae significantur*, y *Verba*: *quae significant*; es decir, a nivel del discurso, los significados y los significantes». Obviamente.

Se habla también de las justas pasadas y de las futuras, hay muchos invitados que son veteranos a los que se les ha cortado un dedo, otros son arribistas del alegato, la mayor parte rememora campañas gloriosas y dramáticas en cuya evocación se complace bajo los cuadros de Tiépolo.

«¡Yo ni siquiera conocía al autor de la cita!...»

«¡Va y me sale con una frase de Guy Mollet! Con eso me mató, ja, ja, ja.»

«Yo estuve en el mítico encuentro entre Jean-Jacques Servan-Schreiber y Mendès France. Me acuerdo incluso del tema.»

«Y yo en el de Lecanuet y Emmanuel Berl. Surrealista.»

«*You French people are so dialectical...*»

«Yo saco un tema... ¡Botánica! Al principio creí que lo tenía jodido, pero luego me puse a pensar en mi abuelo y en su huerto. Salvé el dedo gracias al yayo.»

«¡Pues no va y me sale con que hay que dejar de ver ateos por todas partes y con que Spinoza era un gran místico! ¡Será gilipollas!»

«*Picasso contra Dalí. Categoría historia del arte, un clásico. Me gusta más Picasso pero escogí a Dalí.*»[18]

«El tío empieza a hablar de fútbol sin dejar de hablar de los Verdes y de cazuelas, y yo ni puta idea...»

«No, yo no he tenido una justa desde hace dos años, me rebajaron a retórico, pero es que no tengo ni tiempo ni energía, con los niños y el curro...»

«Yo ya estaba a punto de abandonar cuando, de repente, milagro: va él y dice LA mayor gilipollez que podía decir...»

18. En castellano en el original.

«C'è un solo dio ed il suo nome è Cicerone.»

«I went to the Harry's Bar (in memory of Hemingway, like everyone else). 15.000 liras for a Bellini, seriously?»

«Heidegger, Heidegger... Sehe ich aus wie Heidegger?»

De pronto, una oleada de efervescencia se propaga por la escalera. Los asistentes abren paso para recibir a un recién llegado. Simon entra, acompañado por Bayard. Los invitados se aglutinan en torno a él y, al mismo tiempo, se sienten intimidados. He ahí al joven prodigio del que todo el mundo habla, el que surgido de la nada se ha aupado al rango de peripatético en un lapso de tiempo increíblemente corto: cuatro peldaños en tres sesiones consecutivas en París, cuando habitualmente se necesitan años para conseguir una progresión semejante. Y dentro de poco serán cinco. Lleva un traje de Armani de antracita, una camisa rosa viejo y una corbata negra con finas rayas violetas. Bayard, por su parte, ha considerado más oportuno no variar su atuendo raído.

La gente se entusiasma alrededor del joven prodigio y enseguida lo apremia para que relate sus proezas parisinas: con qué facilidad aplastó a un retórico a la primera, como si se tratase solo de un calentamiento, sobre un tema de política interior («A fin de cuentas, las elecciones se ganan siempre en el centro»), citando el *¿Qué hacer?* de Lenin.

Cómo eliminó a un orador con una pregunta de filosofía del derecho bastante técnica («¿La violencia legal es violencia?»), recurriendo a Saint-Just («Nadie puede reinar inocentemente», y sobre todo: «Un rey debe reinar o morir»).

Cómo batalló contra una dialéctica belicosa acerca de una cita de Shelley («Se despertó del sueño de la vida») manipulando con delicadeza a Calderón y a Shakespeare, pero también, con refinada exquisitez, a *Frankenstein*.

Con qué elegancia se burló de un peripatético con una frase de Leibniz («La educación lo puede todo: hace bailar a los osos») dándose el lujo de arrogarse una demostración casi únicamente basada en citas de Sade.

Bayard enciende un cigarrillo mirando por la ventana las góndolas del Gran Canal.

Simon responde de buen grado a todas las peticiones. Un viejo veneciano con traje y chaleco le ofrece una copa de champán:

«*Maestro*, conocerá a Casanova, *naturalmente*, ¿no? En el relato de su famoso duelo con el conde polaco, escribe: "El primer consejo que se da a quien se enfrenta en duelo es poner lo más pronto posible al adversario en la imposibilidad de perjudicarte". *Cosa ne pensa?*».

(Simon bebe un sorbo de champán y sonríe a una vieja dama que pestañea.)

—¿Era un duelo a espada?

—*No, alla pistola.*

—Entonces, en el caso de un duelo a pistola, creo que el consejo es válido. (Simon ríe.) Para una justa de oratoria, los principios son algo diferentes.

—*Come mai?* Me atrevería, *maestro*, a preguntarle por qué.

—Pues bien... Yo, por ejemplo, apelo al código. Eso implica dejar venir al adversario. Le dejo descubrirse, *capisce?* Una justa de oratoria se parece más a un duelo a espada. Nos descubrimos, nos ponemos en guardia, nos evitamos, fintamos, cortamos, soltamos, adornamos, replicamos...

—*Uno spadaccino, si. Ma* ¿no es *migliore* la pistola?

Bayard da un codazo al joven prodigio. Simon no ignora que este no es muy astuto a la hora de proveer forzosamente de indicaciones estratégicas a quien se las pide, antes de un encuentro de ese nivel, pero su tropismo de pedagogo es más fuerte. No puede reprimir *enseñar*:

—Según mi opinión, hay dos grandes enfoques. El semiológico y el retórico, ¿lo capta?

—*Si, si..., credo di si, ma...* ¿Puede explicarse *un poco, maestro*?

—Claro, es muy sencillo. La semiología permite comprender, analizar, descifrar, es algo defensivo, es Borg. La retórica está hecha para persuadir, convencer, vencer, es algo ofensivo, es McEnroe.

—Ah, *si. Ma* Borg gana, *¿no?*

—¡Por supuesto! Se puede ganar con cualquiera de los dos, son solo estilos de juego diferentes. Con la semiología, desciframos la retórica del adversario, nos apoderamos de él y husmeamos dentro. La semio es como Borg: basta con devolver la bola una vez más que el contrario. La retórica son los *aces*, las voleas, las bajadas a la red, pero la semio son los reveses, los *passing-shots*, los globos rematados.

—¿Y es *migliore*?

—Bueno..., no necesariamente. Pero es mi modelo, es lo que sé hacer, es así como juego yo. No soy un as del estrado, ni un predicador, ni un tribuno político, ni un mesías, ni un vendedor de aspiradoras. Yo soy un universitario, y mi oficio es analizar, descifrar, criticar e interpretar. Ese es mi juego. Yo soy Borg. Yo soy Vilas. Yo soy José Luis Clerc. En fin.

—*Ma*, y enfrente, ¿quién está?

—Pues... McEnroe, Roscoe Tanner, Gerulaitis...

—¿Y Connors?

—¡Ah, sí, Connors, coño!

—¿*Perchè* coño? ¿Qué tiene Connors?

—Es súper fuerte.

Es difícil, en ese instante, calcular cuánta ironía hay en la última réplica de Simon, ya que en febrero de 1981 Connors lleva ocho partidos sin ganar a Borg, su última victoria en un Gran Slam se remonta a casi tres años atrás (Open de Estados Unidos de 1978, contra Borg precisamente), y se empieza a pensar que ya está acabado. (Nadie sabe que ganará en Wimbledon y en el Open de Estados Unidos el año siguiente.)

Sea como sea, Simon se pone serio y pregunta:

—Supongo que ganó aquel duelo, ¿no?

—¿Casanova? *Si*, alcanzó al polaco en el vientre y *quasi* lo mata, pero él recibió también una bala en el pulgar y hubo que *amputare* el de la mano izquierda.

—¿De verdad?

—*Si*, el cirujano le dijo a Casanova que la gangrena no tardaría en aparecer. Entonces Casanova le preguntó si ya la tenía. El cirujano contestó que aún no, por lo que Casanova dijo «*va bene*, ya veremos cuando llegue». El cirujano dijo que *allora*, en ese caso habrá que cortar todo el brazo. ¿Sabe usted lo que Casanova le replicó? «*Ma*, ¿y qué haría yo con un brazo sin mano?» ¡Ja, ja, ja!

—Ja, ja, ja. Bueno..., *bene*.

Simon se disculpa amablemente y se va en busca de un Bellini. Bayard se atiborra a pastas y observa a los invitados, que miran a su compañero con curiosidad, admiración y quizá hasta con temor. Simon acepta el cigarrillo que le ofrece una mujer con un vestido de lamé. El transcurso de la velada le confirma la información que había venido a buscar: la reputación que ha adquirido en las sesiones parisinas ha llegado ampliamente hasta Venecia.

Ha venido a mimar su *ethos*, pero no quiere volver demasiado tarde. *¿Hubris?* En ningún momento ha pretendido saber si su contrincante estaba en la sala, mientras que este, en cambio, lo ha observado detenida y atentamente, apoyado en un precioso mueble de madera y apagando las colillas de sus cigarrillos en las estatuillas de Brustolon.

Como Bayard deja que coquetee con él la mujer del vestido de lamé (quiere saber qué papel ha desempeñado en la ascensión del joven prodigio), Simon decide regresar solo. Bayard no presta atención, o por lo menos no pone reparos, absorto como está, sin duda, en el escote de la dama, o quizá aturdido por la belleza del lugar y por el turismo cultural intenso al que lo ha sometido Simon desde su llegada.

Simon está un poco bebido y no es demasiado tarde, la fiesta se prolonga por las calles de Venecia, pero, sin embargo, hay algo que no va bien. ¿Qué quiere decir eso de «sentir una presencia»? La intuición es un concepto cómodo, como lo es Dios, para eludir las explicaciones. No se «siente» nada. Se ve, se oye, se calcula y se descifra. Inteligencia-reflejo. Simon se cruza con una máscara, y con otra, y luego con otra, y luego con otra más. (Hay tantas máscaras y tantos recovecos.) Oye pasos detrás de él por callejuelas desiertas. «Instintivamente» se desvía de su camino y, como era de esperar, se pierde. Tiene la impresión de que los pasos se acercan. (Sin que sea un mecanismo psíquico complejo de una extrema precisión, la *impresión* es de por sí un concepto más sólido que la *intuición*.) Su vagar cual perro veneciano lo lleva hasta el Campo San Bartolomeo, al pie del Rialto, donde unos músicos callejeros tocan ante una concurrencia desigual; sabe que no está muy lejos de su hotel, unos centenares de metros, todo lo más, a vista de pájaro, pero los meandros de las callejuelas venecianas se burlan de los pájaros y, cada vez que trata de avanzar, le cortan el paso las aguas sombrías de un canal secundario. Rio della Fava, rio del Piombo, rio di San Lio...

Esos jóvenes apoyados sobre el brocal de un pozo de piedra que beben cerveza picando unos *cicchetti*... ¿No ha pasado hace un rato por delante de esta *osteria*?

Esa calleja se estrecha, pero no, solo significa que al fondo no hay un pasaje después del recodo que indefectiblemente formará. O después del recodo siguiente.

Chapoteo, reverberación, *rio*.

Mierda, no hay puente.

Cuando Simon se da la vuelta, tres máscaras venecianas le cortan el paso. No dicen ni una palabra, pero no hay duda de sus intenciones, porque cada una va armada con un objeto contundente que Simon clasifica de modo maquinal: una estatuilla de león alado barata como las que venden en los puestos del Rialto, una botella de limoncello vacía cogida por el cuello y unas largas y pesadas tenazas de soplador de vidrio (en cuanto a estas, no está del todo seguro de que deba calificarlas dentro de la categoría de «contundentes»).

Reconoce las máscaras porque en la Ca' Rezzonico ha escrutado los cuadros de Longhi sobre el Carnaval: el *capitano* de gran nariz aguileña, el largo pico blanco del médico de la peste y la *larva*, que vale para el traje llamado de la *bauta*, con el tricornio y la capa negra. Pero el hombre que la lleva va con vaqueros y zapatillas deportivas, igual que los otros dos, por lo que Simon deduce que se trata de granujas de poca monta pagados para partirle la cara. Su deseo de no ser identificados le hace pensar que no quieren matarlo, algo es algo. A no ser que las máscaras sean para evitar eventuales testigos.

El médico de la peste se le acerca sin mediar palabra, con la botella en la mano, y Simon, una vez más, como en

Ithaca, cuando el perro se abalanzó sobre Derrida, se queda fascinado por esa pantomima insólita, *irreal*. Oye los gritos de la clientela de la *osteria* cercana, sabe que está a muy pocos metros, pero el eco desacompasado de los músicos callejeros y la difusa agitación que anima la noche veneciana lo persuaden inmediatamente de que si pide ayuda (intenta recordar cómo se dice «ayuda» en italiano), nadie le prestará atención.

Reflexiona mientras da unos pasos hacia atrás: en la hipótesis de que él fuera un auténtico personaje de novela (hipótesis reforzada por la situación, las máscaras, los objetos no exentos de pintoresquismo: una novela que manejaría los clichés sin ninguna reticencia, piensa él), ¿qué riesgo correría, en realidad? Una novela no es un sueño: se puede morir en una novela. Dicho esto, *normalmente* no se mata al personaje principal, salvo, en algunas ocasiones, al final de la historia.

Pero ¿cómo sabría que no está al final de la historia? ¿Cómo saber en qué página de su vida se encuentra? ¿Cómo saber si hemos llegado a nuestra última página?

¿Y si no fuera él el personaje principal? ¿No se tiene cada uno a sí mismo como el héroe de su propia existencia?

Simon no está seguro de ir suficientemente armado, desde un punto de vista conceptual, para comprender correctamente el problema de la vida y de la muerte bajo el ángulo de la ontología novelesca, así que, mientras aún esté a tiempo, es decir, antes de que el hombre enmascarado que avanza hacia él le rompa la cabeza con la botella vacía, decide volver a una perspectiva más pragmática.

Su única escapatoria, a priori, es el *rio* que tiene a su espalda, pero estamos en febrero, el agua debe de estar helada y teme que, encima, no le resulte fácil agarrarse al remo de una de las góndolas que hay atracadas cada diez metros y que, mientras esté chapoteando en el canal, lo muelan a palos como a un atún, como cuenta Esquilo en *Los persas* que hicieron los griegos en la batalla de Salamina.

El pensamiento es más rápido que la acción, por eso le da tiempo a pensar en todas estas cosas cuando el pico blanco levanta por fin la mano con la botella, pero en el momento de abatirla contra Simon, la botella se le resbala. O más bien alguien se la quita de las manos. El pico blanco se gira y en el lugar de sus dos acólitos ve ahora a dos japoneses vestidos de negro. La *bauta* y el *capitano* están en el suelo. El pico blanco se queda como un tonto con los brazos colgando ante una imagen para él incomprensible. En una sucesión de movimientos secos y precisos, es golpeado con su propia botella. La pericia de su atacante es tal que la botella no se rompe y su ropa apenas se arruga.

Los tres hombres que están por el suelo gimen calladamente. Los tres que están de pie no emiten ningún sonido.

Simon no deja de preguntarse, si es que hay un novelista que preside su destino, por qué ha elegido a esos dos misteriosos ángeles custodios para que velen por él. El segundo japonés se acerca, le saluda con una discreta inclinación del torso y responde a su pregunta callada: «Los amigos de Roland Barthes son nuestros amigos». Luego, ambos desaparecen en la noche como dos ninjas.

Simon considera que la explicación que acaba de dársele es mínima pero entiende que deberá contentarse con ella, por lo que reemprende su camino hacia el hotel para, finalmente, acostarse.

86

En Roma, en Madrid, en Constantinopla, e incluso tal vez en Venecia, se lo preguntan. ¿Cuál es el objetivo de esa impresionante armada? ¿Qué territorios quieren recuperar o conquistar los cristianos? ¿Recuperar Chipre? ¿Meterse en una decimotercera cruzada? Ignoran todavía que Famagusta ha caído y la noticia del suplicio de Bragadin aún no ha llegado. Solo don Juan de Austria y Sebastiano Venier tienen la intuición de que la batalla puede representar un fin en sí misma, y de que lo que está en juego es la aniquilación del ejército contrario.

87

A la espera del combate, Bayard se lleva a pasear a Simon para despejarlo y sus vagabundeos los conducen hasta los pies de la estatua ecuestre del *Colleone*, y mientras Bayard admira la estatua, cautivado por la fuerza del bronce, por la ductilidad del buril de Verrocchio y por lo que se imagina de la vida del *condottiere*, guerrero severo, poderoso, autoritario, Simon entra en la basílica de San Zanipolo, donde ve a Sollers rezando delante de una pintura mural.

Suspicaz, Simon se asombra de la coincidencia. Pero, al fin y al cabo, Venecia no deja de ser una ciudad pequeña y cruzarse dos veces con la misma persona en un sitio turístico cuando uno mismo va de turista no tiene realmente nada de asombroso.

No obstante, como no hay nada en concreto de lo que deba hablar con él, Simon se adentra discretamente en la nave central, contempla las tumbas de los dux (entre las que está la de Sebastiano Venier, el héroe de Lepanto), admira los cuadros de Bellini y, en la capilla del Rosario, unas telas de El Veronés.

Cuando se ha cerciorado de que Sollers ya no está, se acerca al fresco de la pared.

Hay una especie de urna rodeada de dos pequeños leones alados y, sobre ella, un grabado que representa el suplicio de un anciano, calvo, con una larga barba, músculos recios y prominentes, que está siendo descoyuntado.

Debajo, una placa con inscripciones en latín que Simon traduce con dificultad: Marcantonio Bragadin, gobernador de Chipre, fue horriblemente martirizado por los turcos por haber resistido el sitio histórico, desde septiembre de 1570 hasta julio de 1571, en la fortaleza de Famagusta. (Y también por haber faltado al respeto a su vencedor en el momento de la capitulación, pero la placa de mármol no lo pone. Se dice que se negó con arrogancia a liberar a un rehén, como era por costumbre, a cambio de la liberación de los comandantes cristianos, y que despreció el destino de los prisioneros turcos cuando el pachá le acusaba de haberlos dejado masacrar por sus hombres.)

En conclusión, le cortaron las orejas y la nariz, lo dejaron pudrirse e infectarse durante ocho días, y luego, ante su negativa a convertirse (aún tuvo fuerzas para escupirles toda clase de insultos a sus verdugos), le pusieron encima una canasta con tierra y guijarros y lo llevaron de batería en batería para que los soldados turcos lo vejaran y se burlaran de él.

Pero su suplicio no terminó ahí: fue izado hasta la verga de una galera para que todos los esclavos cristianos pudieran tener una visión inequívoca de su derrota y de la cólera turca. Durante una hora, los turcos le gritaron: «¡Mira a ver si ves ahora tu flota, mira al gran Jesucristo, mira a ver si ves venir los refuerzos!».

Finalmente, es atado desnudo a una columna y desollado vivo.

Luego se rellenó de paja su cadáver para pasearlo sobre una vaca por las calles de la ciudad, antes de enviarlo a Constantinopla.

Es, por tanto, su piel la que está en la urna, cual mísera reliquia. ¿Cómo ha llegado aquí? Los latines del muro no lo dicen.

¿Y por qué Sollers estaba tan recogido delante de ella? Simon lo desconoce.

88

«No tengo ninguna orden que recibir de esos cabrones de mierda venecianos.»

Evidentemente, el capitán toscano que ha dicho eso delante del almirante Sebastiano Venier se expone a una grave represalia; consciente de haber ido demasiado lejos y conociendo la proverbial severidad del viejo veneciano, se resiste a ser arrestado y todo acaba en un motín de resultas del cual el capitán es herido gravemente y colgado para dar ejemplo.

Pero estaba bajo la autoridad española, lo que implica que Venier no tenía derecho a decidir el castigo y menos aún a mandarlo ejecutar por su propia iniciativa. Cuando Juan se entera de esto, considera seriamente la posibilidad de prender a Venier para enseñarle a respetar la jerarquía, pero el proveedor Barbarigo, segundo comandante de la flota veneciana, logra convencerlo de que lo deje pasar para no comprometer toda la operación.

La flota prosigue su deriva hacia el golfo de Lepanto.

89

Tatko:

Hemos llegado bien a Venecia y Philippe va a participar.

La ciudad está muy animada porque tratan de volver a poner de moda el Carnaval. Hay mucha gente con máscaras y muchos espectáculos callejeros. Contrariamente a lo que nos habían dicho, Venecia no apesta. En cambio, hay legiones de turistas japoneses, pero en esto es como París.

Philippe no parece demasiado nervioso. Ya lo conoces, muestra siempre ese optimismo inquebrantable que linda a veces con la irresponsabilidad, pero, bien mirado, es una potencia.

Sé que no entiendes por qué tu hija le ha cedido el puesto, pero debes admitir que en semejante situación, es decir, delante de un jurado exclusivamente compuesto por hombres, a un nivel parejo, un hombre siempre tendrá más posibilidades que una mujer.

Desde muy niña, me has enseñado que la mujer no era solo igual al hombre, sino que era superior a él, y te he creído. Yo te creo siempre, pero no podemos ignorar esta realidad sociológica (con cuerda para rato, me temo) que se llama dominación masculina.

Dicen que en toda la historia del Logos Club, únicamente cuatro mujeres han llegado a alcanzar el rango de sofistas: Catalina de Médicis, Émilie du Châtelet, Marilyn Monroe e Indira Gandhi (esta es posible que todavía lo vuelva a ser). Son muy pocas. Y, naturalmente, ninguna ha sido jamás la Gran Protágoras.

Pero si Philippe consigue el título, las cosas cambiarán para todos. Para él, porque pasará a ser uno de los hombres más influyentes del planeta. Para ti, porque te beneficiarás de su poder oculto y ya no tendrás que tenerle miedo a Andrópov ni a los rusos, y estarás en condiciones de cambiarle el rostro a tu país. (Me encantaría poder decir «el nuestro», pero tú has querido que me haga francesa y, al menos en esto, papaíto, te he obedecido más allá de lo que esperabas.) Y para tu hija única, porque habrá alcanzado otra forma de poder y reinará sin que nadie le haga sombra sobre la vida intelectual francesa.

No juzgues a Philippe con demasiada severidad: la inconsciencia es una forma de coraje y sabes bien lo que él está dispuesto a arriesgar. Siempre me has enseñado a respetar cuando se da un paso adelante, incluso si se vive como un juego. Sin una disposición a la melancolía no hay psiquismo, y sé que es algo de lo que Philippe carece, convirtiéndose quizá en un pobre actor que, llegada su hora, se pavonea y contonea, como diría Shakespeare, pero no cabe duda de que esto es lo que me gusta de él.

Te beso, papaíto.

Tu hija que te quiere.

Julenka

P. D.: ¿Has recibido el disco de Jean Ferrat?

90

«*Ma si*, es aproximadamente eso, *vero*.»

Simon y Bayard acaban de cruzarse con Umberto Eco en la plaza de San Marcos. No cabe duda de que cualquiera diría que todo el mundo se ha dado cita en Venecia. La paranoia de Simon, que ahora interpreta todo lo que parece una coincidencia como el signo de que su vida entera podría perfectamente ser una ficción novelesca, interfiere en su capacidad de análisis y le impide preguntarse por las razones posibles y verosímiles de la presencia de Eco aquí y ahora.

En la laguna, diversas embarcaciones de todo tipo maniobran en un gozoso desorden a base de cascos que se entrechocan, cañonazos y griterío de los figurantes.

«Es una reconstrucción de la batalla de Lepanto.» Eco tiene que gritar para superar el estruendo de los cañones y los vivas de la muchedumbre.

El Carnaval, por segunda vez desde su recuperación el año pasado, ha querido ofrecer, entre otros espectáculos vistosos, una reconstrucción histórica: la Liga Santa, liderada por la flota veneciana junto con la Armada Invencible y los ejércitos pontificios, se enfrenta a los turcos de Selim II, llamado el Beodo, hijo de Solimán el Magnífico.

«*Ma*, ¿ven ese enorme navío? Es una réplica del *Bucintoro*, el barco a bordo del cual el dux celebraba anualmente, en el día de la Ascensión, el *sposalizio del mare*, los esponsales con el mar, arrojando un anillo de oro al Adriático. Era una nave suntuosa que no estaba preparada en absoluto para la guerra. Tan solo la sacaban en las ceremonias oficiales y nunca salió de la laguna, por eso no pinta nada aquí, ya que se supone que hoy estamos en el golfo de Lepanto y que es el 7 de octubre de 1571.»

Simon, en realidad, no escucha. Avanza hacia el muelle, fascinado por ese ballet de galeras contrahechas y de barcas engalanadas. Pero cuando va a pasar entre dos columnas que forman una especie de parteluz de una puerta invisible, Eco lo detiene: «*Aspetta!*».

Los venecianos no pasan jamás entre las *colonne di San Marco*, dicen que trae mala suerte porque es ahí donde la República ejecutaba a los condenados a muerte y luego colgaba sus cadáveres por los pies.

En lo alto de las columnas, Simon distingue el león alado de Venecia y a san Teodoro derrotando a un cocodrilo. Murmura: «Yo no soy veneciano», y cruza el umbral invisible caminando hasta el borde del agua.

Entonces ve con claridad. No ya «el sonido y la luz» un tanto kitsch ni las barcas disfrazadas de navíos de guerra con sus figurantes endomingados. Lo que ve es el choque real de las dos armadas: las seis galeazas plantadas en el mar, fortalezas flotantes que destruyen todo cuanto tienen a su alrededor; las doscientas galeras repartidas entre el ala izquierda, con estandarte amarillo, comandada por el proveedor general veneciano Agostino Barbarigo, quien recibe una flecha en el ojo y muere al principio de la batalla; y el ala derecha, estandarte verde, bajo el mando del timorato genovés Gian Andrea Doria, subyugado por las ágiles maniobras del inaprensible Euldj Alí (Alí el Converso, Alí el Tuerto, Alí el Renegado, calabrés de nacimiento y bey de Argel); en el centro, estandarte azul, el alto mando, formado por, de la parte de España, don Juan de Austria, Colonna comandando las galeras del papa, y Sebastiano Venier, setenta y cinco años, barba blanca severa, futuro dux de Venecia, a quien Juan no dirige la palabra, ni siquiera la mirada, desde el incidente del capitán español. En la retaguardia, en caso de que las cosas cobren un mal giro, el marqués de Santa Cruz, estandarte blanco. Enfrente, la flota turca, capitaneada por Alí Muezzin, *kapudán pachá*, con sus jenízaros y sus corsarios.

Y a bordo de la galera *La Marquesa*, enfermo y febril, el alférez Miguel de Cervantes, a quien ordenan permanecer acostado en la bodega, pero que quiere combatir y se lo suplica a su capitán para que no digan de él que no participó en la mayor batalla naval de todos los tiempos.

Le conceden lo que pide y, cuando las galeras se embisten y entrechocan, cuando los hombres se fusilan a arcabuzazos y saltan al abordaje, él se bate como una fiera en medio de la furia del oleaje y del fragor de la batalla ensartando turcos como a atunes, y aunque recibe unos disparos de arcabuz en el pecho y en la mano izquierda, sigue luchando sin parar. Pronto la victoria de los cristianos se tornará evidente, la cabeza del *kapudán pachá* está clavada en la punta del mástil del buque insignia, pero él, Miguel de Cervantes, valeroso alférez a las órdenes del capitán Diego de Urbino, ha perdido el uso de su mano izquierda en la batalla, o quizá sea debido a una chapuza de los cirujanos.

En adelante lo llamarán «el manco de Lepanto» y habrá quien se burle de su minusvalía, por eso él, ofendido, herido en cuerpo y alma, se referirá a ella en su prefacio de la segunda parte del *Quijote*: «Como si mi manquedad hubiera nacido en alguna taberna, sino en la más alta ocasión que vieron los siglos pasados, los presentes, ni esperen ver los venideros».

Entre la muchedumbre de turistas y de máscaras, Simon también se siente febril y, cuando lo tocan en el hombro, lo que espera ver es la irrupción veloz del dux Alvisio Mocenigo y el Consejo de los Diez al completo, más los tres inquisidores del Estado, para celebrar esta brillante victoria del león veneciano y de la cristiandad, pero solo es Umberto Eco que le dice, con una sonrisa franca: «Hay quien fue en busca de unicornios pero solo encontró rinocerontes».

91

Bayard hace cola delante de la Fenice, la ópera de Venecia, y cuando le llega el turno y comprueban que su nombre está en la lista, siente ese mismo alivio universal que se experimenta al pasar un control (algo a lo que, por su profesión, no estaba acostumbrado), pero el supervisor le pregunta en calidad de qué está invitado y Bayard le dice que como acompañante de Simon Herzog, uno de los contrincantes. Aun así, el supervisor insiste: «*In qualità di che?*». Bayard no sabe qué responder y dice: «Esto..., ¿entrenador?».

El supervisor le deja pasar y él toma asiento en un palco dorado con butacas tapizadas de carmesí.

Sobre el escenario, una joven debate con un anciano en torno a una cita de *Macbeth*: «*Let every man be master of his time*». Los dos adversarios se expresan en inglés y Bayard no utiliza los auriculares puestos a disposición de los espectadores para la traducción simultánea, pero tiene la impresión de que la joven lleva la delantera. («*Time is on my side*», dice ella con gracia.) Y efectivamente es proclamada vencedora.

La sala está llena, han acudido de toda Europa para asistir al gran torneo clasificatorio: tribunos que son retados por justadores de rango inferior, peripatéticos en su gran mayoría, aunque también los hay dialécticos e incluso algunos oradores dispuestos a arriesgar tres dedos de un golpe con tal de tener derecho a asistir al *enfrentamiento*.

Todo el mundo sabe que el Gran Protágoras ha sido desafiado y que solo los tribunos, acompañados por una persona de su elección, serán invitados al encuentro (con los sofistas, naturalmente, que constituyen el jurado). El choque tendrá lugar mañana en un lugar secreto que no será comunicado más que a las personas autorizadas al término del torneo de esta noche. Se ignora oficialmente la identidad del *aspirante*, aunque circulan muchos rumores.

Bayard hojea su guía Michelin y descubre que la Fenice es un teatro que, desde su creación, ha sido pasto de incendios y de reconstrucciones, de ahí su nombre, claro está: *Fénix* (para Bayard la palabra es más bonita en femenino).

En el escenario ahora un ruso brillante pierde tontamente un dedo por un error en una cita, una frase de Mark Twain atribuida a Malraux, que permite a su adversario, un español astuto, invertir la situación. La sala exclama «oooh» en el momento del *tchac*.

Se abre la puerta detrás de Bayard, que da un respingo. «¡Vaya, querido comisario, ni que acabara de ver a Stendhal en persona!» Es Sollers con su eterna boquilla, que le hace una visita en el palco. «Interesante evento, ¿verdad? He aquí nada menos que a la flor y nata veneciana y, si me apura, a todo el que cuenta en Europa mínimamente cultivado. Hay también algunos estadounidenses, por lo que me han contado. Me pregunto si Hemingway formaría parte alguna vez del Logos Club. Escribió un libro que transcurre en Venecia, ¿sabe usted? La historia de un viejo coronel que masturba con su mano herida a una chica en una góndola. No está mal. ¿Sabe usted que fue aquí donde Verdi creó *La Traviata*? Y también *Ernani*, basada en la obra de Victor Hugo...» La mirada de Sollers se pierde sobre el escenario donde un italiano fornido y bajo batalla contra un inglés que fuma en pipa, y añade, pensativo: «*Hernani*, con *H* amputada». Luego se retira chocando los tacones como un oficial austrohúngaro, con una ligera inclinación del torso, y vuelve a su asiento en un palco que Bayard trata de localizar para ver si Kristeva está en él.

En el escenario, el presentador, de esmoquin, anuncia el combate siguiente: «*Signore, Signori...*», y Bayard se pone los auriculares: «Justadores de todos los países... recién llegado de París... su palmarés es elocuente... cero combates amistosos... cuatro justas digitales... cuatro victorias por unanimidad del jurado... que le han bastado para hacerse un nombre... le pido que reciban... al Decodificador de Vincennes».

Simon hace su entrada, ceñido en un traje Cerruti muy ajustado.

Bayard aplaude nerviosamente con el resto de la sala.

Simon saluda sonriendo a su auditorio, atento con los cinco sentidos a que se diga el tema.

«*Classico e Barocco.*» ¿Clásico y Barroco, un tema de historia del arte? Por qué no, al fin y al cabo estamos en Venecia.

De inmediato, las ideas afluyen a la cabeza de Simon pero es pronto para ordenarlas. Primero debe concentrarse en otra cosa. En el momento del toque de puños con su adversario, mantiene durante unos segundos su mano en la suya, tiempo que le basta para leer esto sobre el hombre que tiene enfrente:

— italiano, del sur, a juzgar por su tez morena;
— bajo de estatura, por tanto, pulsión de dominio;
— toque de puños enérgico: hombre de contacto;
— barrigudo: come con frecuencia guisos con salsa;
— mira al público y no a su adversario: reflejo de político;
— no demasiado bien vestido para ser italiano, traje un tanto usado, ligeramente desgarbado, el dobladillo del

pantalón un poco corto, zapatos negros pero sin embargo lustrosos: rácano o demagogo;

— un reloj de lujo en la muñeca, modelo reciente, por tanto, no heredado, sin lugar a dudas demasiado caro para su *standing*: alta probabilidad de corrupción pasiva (confirma la hipótesis del Mezzogiorno);

— una alianza, más un sello: una mujer y una amante que le ha regalado el sello, que desde luego lleva desde antes de su matrimonio (si no, habría tenido que justificar su aparición ante su mujer, de este modo le basta con inventarse una herencia familiar), por consiguiente, la amante es antigua, no ha querido casarse con ella pero no ha sido capaz de abandonarla.

Obviamente, todas estas deducciones no son más que suposiciones y Simon no puede estar seguro de acertar en todas. Piensa: «No estamos en *Sherlock Holmes*». Pero cuando unos indicios crean un haz de presunciones, Simon no duda en fiarse de ellas.

Su conclusión es que tiene enfrente a un político, probablemente democristiano, hincha del Napoli o del Cagliari, hombre de consenso, arribista, hábil, pero al que le cuesta decidirse.

Entonces Simon, para entrar en juego, opta por probar algo desestabilizador: renuncia con énfasis al privilegio de comenzar, al que sin embargo tiene derecho por ser el peor clasificado de los dos retadores, y ofrece generosamente dejar la iniciativa a su honorable adversario, lo que supone, en concreto, dejarle escoger cuál de los dos términos del debate va a defender. Después de todo, en el tenis, recibir también es una opción.

Su adversario no está necesariamente obligado a aceptar. Pero la apuesta de Simon es la siguiente: el italiano no querrá que se malinterprete su rechazo, que sería percibido como una especie de menosprecio, de inflexibilidad, o peor aún, de miedo.

Se espera del italiano que sea un justador, no un aguafiestas. No puede empezar negándose a recoger el guante, por mucho que el guante que se le arroje más bien parezca un anzuelo. Por tanto, acepta.

A partir de ahí, Simon no tiene ninguna duda acerca del punto de vista que va a defender. En Venecia, cualquier político hará siempre el elogio del Barroco.

Así que cuando el italiano empieza por recordar el origen de la palabra *Barocco* (que, bajo la acepción *barroco*, designa una perla irregular en portugués), Simon cree tener al menos algo de ventaja.

Al principio, el italiano es un poco escolar, un poco apático, porque Simon lo ha desconcertado al abandonar la iniciativa y también, tal vez, porque la historia del arte no es su especialidad. Pero no ostenta el rango de tribuno por casualidad. Progresivamente, se recupera y empieza a crecerse.

El Barroco es esa corriente estética que piensa el mundo como un teatro y la vida como un sueño, una ilusión, un espejo de vivos colores y de líneas quebradas. *Circe y el pavo real*: metamorfosis, ostentación. El Barroco prefiere las curvas a los ángulos rectos. El Barroco ama lo asimétrico, el trampantojo, la extravagancia.

Simon se ha puesto los auriculares pero entiende al italiano cuando cita a Montaigne en francés textualmente: «No pinto el ser, pinto el tránsito».

Huidizo, el Barroco se desplaza de un país a otro, de un siglo a otro, el XVI en Italia, Concilio de Trento, Contrarreforma, principios del XVII en Francia, Scarron, Saint-Amant, mediados del XVII vuelve a Italia, Baviera, XVIII, Praga, San Petersburgo, América del Sur, Rococó... El Barroco no conoce la unidad, no conoce la esencia de las cosas fijas, no conoce la permanencia. El Barroco es movimiento. Bernini, Borromini. Tiépolo, Monteverdi.

El italiano desgrana generalidades de buena calidad.

Luego, de repente, por no se sabe qué mecánica, ni qué camino, ni qué *desvío* del pensamiento humano, encuentra un eje central, por el que va a poder deslizarse como sobre una tabla de surf retórica y paradójica: «*Il Barocco è la Peste*».

El Barroco es la Peste.

La quintaesencia de esa corriente sin esencia se halla aquí, en Venecia. En las cúpulas bulbosas de la basílica de San Marcos, en los arabescos de las fachadas, en los extravagantes palacios que se adentran en la laguna y, por supuesto, en el Carnaval.

¿Y por qué? El italiano se ha estudiado la historia local. De 1348 a 1632, la peste pasa y pasa y vuelve a pasar, entregando infatigable siempre su mensaje: *Vanitas vanitatum*. 1462, 1485, la peste golpea y asola la República. 1506, *omnia vanita*, vuelve otra vez. 1575, se lleva a Tiziano. La vida es un carnaval. Los médicos se ponen máscaras con un largo pico blanco.

La historia de Venecia no es más que un largo diálogo con la peste.

No obstante, la respuesta de la Serenísima fue Veronese *(Cristo deteniendo la peste)*, Tintoretto *(San Roque curando a los apestados)* y, en la Punta de la Dogana, la iglesia sin fachada de Baldassare Longhena: la Salute, de la que el crítico de arte alemán Wittkower dirá: «Triunfo absoluto de la esculturalidad, de la monumentalidad barroca y de la riqueza de los juegos lumínicos».

Entre el público, Sollers toma notas.

Octogonal, sin fachada y llena de vacío.

Las extrañas ruedas de piedra de la Salute son como rollos de espuma petrificada por la medusa. El movimiento perpetuo como respuesta a la vanidad del mundo.

El Barroco es la peste, y la peste es Venecia.

Buena secuencia, piensa Simon.

Llevado por el ímpetu, el italiano encadena esto con lo *Clásico*. ¿Dónde se ha visto alguna vez eso de «clásico»? ¿Versalles es clásico? ¿Schönbrunn es clásico? Lo Clásico es siempre deferente. Se determina lo Clásico siempre a posteriori. Se habla de ello, pero nadie lo ha visto jamás.

Se ha querido trasladar el absolutismo político de Luis XIV a una corriente estética basada en el orden, la unidad, la armonía, por contraposición al periodo de inestabilidad de la Fronda que lo había precedido.

Simon deduce que este paleto del Mezzogiorno, con su dobladillo del pantalón demasiado corto, está puesto en historia, en arte y en historia del arte.

Oye la traducción simultánea por los auriculares: «Pero no hay autores clásicos... hoy en día... La etiqueta de clásico... es únicamente un rango de autoridad... concedido por los manuales escolares».

El italiano concluye que lo Barroco es real y que lo Clásico no existe.

Cerrada ovación por parte del público.

Bayard enciende nerviosamente un cigarrillo.

Simon se apoya en su atril.

Podía elegir entre preparar su discurso mientras el otro hablaba o escuchar atentamente para rebatir cada una de sus proposiciones, y ha escogido esta segunda opción, más ofensiva.

«Decir que el clasicismo no existe equivale a decir que Venecia no existe.»

Guerra de aniquilamiento, pues, como en Lepanto.

Al utilizar la palabra «clasicismo», sabe que comete un anacronismo, pero no le importa porque, de todos modos, «Barroco» y «Clásico» son nociones forjadas a posteriori, anacrónicas en sí mismas, concitadas para sostener realidades lábiles y discutibles.

«Y no deja de ser curioso que esas palabras sean pronunciadas *aquí*, en la Fenice, en esta perla neoclásica.»

Simon dice la palabra «perla» a propósito. Tiene ya trazado un plan de acción.

«Es como borrar del mapa de un plumazo la Giudecca y San Giorgio.» Se vuelve hacia su adversario. «¿Es que Palladio no ha existido nunca? ¿Es que sus iglesias neoclásicas son sueños barrocos? Mi honorable contradictor ve barroco por todas partes, y tiene todo el derecho, pero...»

Sin haberse puesto de acuerdo, ambos contrincantes han coincidido en la problemática del asunto: Venecia es la clave. ¿Es barroca o clásica Venecia? Entonces, que sea Venecia quien valide la tesis o la antítesis.

Simon se vuelve de nuevo hacia el público y expone: «Orden y belleza, lujo, calma y voluptuosidad: ¿hay acaso un verso más apropiado para describir Venecia? Incluso, ¿hay una definición mejor del clasicismo? Y, después de Baudelaire, Barthes: «Clásicos. Cultura (cuanta más cultura haya, más grande y diverso será el placer). Inteligencia. Ironía. Delicadeza. Euforia. Conocimiento. Seguridad: arte de vivir». Simon: «¡Venecia!».

Lo Clásico existe y habita en Venecia. Apartado uno.

Apartado dos: mostrar que el adversario no ha comprendido de qué va el tema.

«Mi honorable adversario ha debido de oír mal: no se trata de Barroco *o* Clásico, sino de Barroco *y* Clásico. ¿Por qué oponerlos? Son el Yin y el Yang de Venecia y del universo, como lo apolíneo y lo dionisiaco, lo sublime y lo grotesco, la razón y la pasión, Racine y Shakespeare.» (Simon no se detiene sobre este último ejemplo ya que Stendhal prefería descaradamente a Shakespeare, como él, por otra parte.)

«No se trata de poner a competir a Palladio contra las cúpulas de la basílica de San Marcos. Fíjense. ¿Ven el Redentor de Palladio?» Simon mira a lo lejos en la sala como si visualizara la orilla de la Giudecca. «Por un lado, Bizancio y el gótico flamígero del pasado (si puede decirse así); por otro, la Grecia antigua resucitada para siempre a través del Renacimiento y la Contrarreforma.» Un justador no desaprovecha nada. Sollers sonríe, luego mira a Kristeva, que ha reconocido sus palabras, y se pone a hacer volutas de humo de contento dando golpecitos con los dedos en la madera dorada de su palco.

«Tomen *El Cid*, de Corneille. Tragicomedia barroca cuasi picaresca en su creación, luego catalogada como tragedia clásica (con fórceps) cuando las fantasías populares pasaron de moda. ¿La regla, las unidades, el marco? Que por eso no quede. Sin dejar de ser la misma obra, son dos en una, barroca un día, clásica al otro.»

Simon podría haber usado otros casos interesantes, como el de Lautréamont, por ejemplo, poeta del romanticismo más oscuro que se convierte en Isidore Ducasse, defensor perverso de un clasicismo mutante en sus inverosímiles *Poesías*, pero no quiere irse por las ramas: «Dos grandes tradiciones retóricas: aticismo, asianismo. Por una parte, la claridad rigurosa de Occidente, el "lo que se concibe bien se enuncia con claridad" de Boileau; por otra, los vuelos líricos y los adornos, la abundancia de tropos propia de un Oriente sensual y enmarañado».

Simon sabe perfectamente que el aticismo y el asianismo son conceptos carentes de fundamentos geográficos concretos, como mucho son metáforas transhistóricas, pero, en la fase en que está, sabe que los jurados saben que él sabe, por lo tanto no necesita andarse con más precisiones.

«¿Y dónde confluyen los dos? ¡En Venecia, encrucijada universal! ¡Venecia, amalgama del Mar y de la Tierra, la tierra sobre el mar, las rectas y las curvas, el Paraíso y el Infierno, el león y el cocodrilo, San Marcos y Casanova, sol y bruma, movimiento *y* eternidad!»

Simon hace una última pausa antes de concluir su perorata con un definitivo: «¿Barroco *y* Clásico? La prueba: Venecia».

Aplausos clamorosos.

El italiano desea replicar de inmediato, pero Simon le ha privado de síntesis, está por tanto obligado a competir contra su naturaleza. Dice directamente en francés algo que Simon valora pero interpreta como un signo de nerviosismo: «¡*Ma Venezia* es el mar! El paupérrimo intento dialéctico de mi adversario no puede nada contra eso. El líquido elemento es *barocco*. Lo sólido, lo inamovible, lo rígido, eso es *classico*. ¡Venecia *è il mare*!». Entonces Simon se acuerda de lo que ha aprendido estos días, el *Bucentauro*, el anillo arrojado al mar y las historias de Eco:

—No, Venecia es el esposo del mar, que no es lo mismo.

—¡La ciudad de las máscaras! ¡Del vidrio brillante! ¡De los mosaicos relucientes! ¡La ciudad se adentra en la laguna! ¡Venecia está hecha de agua, arena y lodo!

—Y de piedra. Y de mucho mármol.

—¡El mármol es barroco! Está surcado de vetas, rebosa de estratos en su interior y se quiebra constantemente.

—¡Qué va! El mármol es clásico. En Francia se dice «grabado en mármol».

—¡El Carnaval! ¡Casanova! ¡Cagliostro!

—Sí, en el subconsciente colectivo Casanova es el rey barroco por excelencia. Pero es el último. El entierro apoteósico de un mundo pasado.

—*Ma*, esa es la identidad de Venecia: una eterna agonía. El XVIII, eso es Venecia.

Simon nota que cede terreno, que no podrá mantener por mucho más tiempo esa paradoja de la Venecia sólida y recta, pero se obstina en ello:

—No, Venecia, la fuerte, la gloriosa, la Dominadora, es la del XVI, antes de su desaparición y de su descomposición. El Barroco que usted defiende es lo que la lleva a morir.

El italiano no se hace de rogar:

—Pero ¡si Venecia es la descomposición! Su identidad es precisamente su carrera ineluctable hacia la muerte.

—¡No, Venecia necesita un porvenir! El Barroco que usted describe es la cuerda de la que pende el ahorcado.

—He aquí otra imagen barroca. Primero, trata usted de replicarme, luego de condenarme, pero todo termina llevándolo al Barroco. Todo prueba que es el espíritu del Barroco el que hace grande a esta ciudad.

Simon siente que, en términos de demostración lógica pura, ha entrado en una secuencia en la que lleva las de perder, pero, por fortuna, la retórica no está hecha solo de lógica, así que aún puede jugar la carta del *pathos*: Venecia debe vivir.

«Quizá el Barroco sea ese veneno que la mata y que, al matarla, la hace más bella aún. (Evitar las concesiones, piensa Simon.) Pero mirad *El mercader de Venecia*: ¿de dónde viene la salvación? ¡De las mujeres que viven sobre una isla, sobre tierra!»

El italiano exclama vencedor: «¿Porcia? ¿La que se disfraza de hombre? ¡*Ma*, eso es *totalmente barocco*! Es incluso el triunfo del Barroco sobre la racionalidad obtusa de Shylock, sobre el derecho tras el cual se ampara Shylock para reclamar su libra de carne. Esa interpretación tan psicoliteral del mercader judío es la expresión de una *neurosis protoclásica* (me atrevería a decir)».

Simon nota que el público ha apreciado la audacia de la expresión y se da cuenta claramente de que su adversario, aunque divaga un poco sobre Shylock, es feliz porque ve que él empieza a estar seriamente contrariado por el tema impuesto: sus dudas y su paranoia sobre la soledad ontológica de su propia existencia vuelven a apoderarse de su ánimo en el preciso momento en que necesita toda su concentración. Ha de apresurarse a mover sus peones acerca de Shakespeare («la vida es un pobre actor que, llegada su hora, se pavonea y contonea», ¿por qué esta frase de *Macbeth* le viene a la cabeza justamente ahora? ¿De *dónde* le viene? Simon se esfuerza en dejar para más tarde la respuesta a esa pregunta): «Porcia es precisamente esa mezcla de locura barroca y de genio clásico que le permite a Shylock vencer, no como los demás personajes, que recurren a los sentimientos, sino con argumentos jurídicos, firmes, irrefutables, de una racionalidad ejemplar, basados en la propia demostración de Shylock a la que ella da la vuelta como a un guante: "Una libra de carne, ciertamente, a ella tenéis derecho, *pero ni a un gramo más*". En ese instante, Antonio está salvado por abracadabra jurídico: un gesto *barroco*, sí, pero de un barroco *clásico*».

Simon vuelve a sentir la aprobación del público. El italiano sabe que de nuevo ha perdido la iniciativa, y para recuperarla se empeña en desmontar lo que él llama «los engañosos y patéticos rodeos» de Simon, lo que le lleva a cometer un pequeño error. Con el fin de denunciar las muy sospechosas lagunas lógicas de Simon, pregunta: «*Ma* ¿quién ha decidido que el derecho era un valor clásico?», cuando ha sido él mismo quien lo dio por sentado en su argumento precedente. Pero Simon, demasiado cansado, demasiado distraído o demasiado concentrado en otra cosa, pierde la ocasión de señalar esta contradicción y el italiano es libre de proseguir: «¿No afecta esto a los límites del sistema de mi adversario?».

Y le pone la zancadilla: «Lo que hace mi honorable interlocutor es muy simple: fuerza las analogías».

Simon es ahora atacado ahí donde normalmente suele destacar, en el metadiscurso, y sabe que si se descuida se arriesga a ser vencido con su propio juego, así que se aferra a su línea: «Su defensa de Venecia es tramposa. Habría que reinventarla con una alianza, y Porcia es esa alianza: un cóctel de astucia y pragmatismo. Cuando Venecia corre el riesgo de desaparecer detrás de sus máscaras, Porcia trae desde su isla su locura barroca Y su buen sentido clásico».

Cada vez le cuesta más a Simon concentrarse, piensa en los «prestigiosos» del siglo XVII, en Cervantes combatiendo en Lepanto, en sus cursos sobre James Bond en Vincennes, en la mesa de disección del Teatro Anatómico de Bolonia, en el cementerio de Ithaca y en mil cosas a la vez, y comprende que solo podrá ganar si, mediante una puesta en abismo que en otras circunstancias haría sus delicias, se sobrepone a este vértigo barroco que lo invade.

Decide cerrar él mismo el capítulo sobre Shakespeare, que considera haber gestionado correctamente, y condensar toda su energía mental en cambiar de tema, a fin de sacar a su adversario del carril metadiscursivo por el que este ha empezado a meterse y en el que, por primera vez, Simon no se siente seguro.

«Una palabra más: Serenísima.»

Al decirla, obliga a su adversario a tener que reaccionar y este, interrumpido en la secuencia retórica que se disponía a construir, privado otra vez de la iniciativa, rebate: *«"Repubblica" è barocco!»*.

En este grado de improvisación, Simon actúa para la galería y dice todo lo que le pasa por la cabeza: «Eso depende. Son mil años de dux. Instituciones estables. Un poder firme. Iglesias por todas partes: Dios no es barroco, como dice Einstein. Napoleón es lo contrario (y Simon invoca expresamente a quien fue el sepulturero de la República veneciana): un monarca absoluto que estaba todo el tiempo moviéndose. Muy barroco pero también muy clásico, a su manera».

El italiano quiere responder, pero Simon le corta la palabra: «¡Ah, es verdad, lo olvidaba: lo Clásico no existe! En ese caso, ¿de qué venimos hablando desde hace media hora?». El público congela la respiración. El contrincante encaja el gancho.

Agotados por el esfuerzo y la tensión nerviosa, los dos hombres están llevando el debate de manera francamente anárquica, y a sus espaldas, los tres jurados, que presienten que ya han dado lo mejor de sí mismos, deciden dar por acabada la justa.

Simon reprime un suspiro de alivio y se vuelve hacia ellos. Se da cuenta de que los tres jurados que han arbitrado la velada son obligatoriamente sofistas (ya que por lo general el jurado debe estar constituido por miembros de un rango superior al de los justadores entre los que han de escoger). Los tres llevan máscaras venecianas, como sus agresores, y Simon comprende la ventaja de organizar estas competiciones durante el Carnaval, para poder así preservar el anonimato con toda discreción.

Los jurados proceden a votar en un silencio absoluto.

El primer voto es para Simon.

El segundo voto, para su adversario.

El veredicto del combate está en las manos del último jurado. Simon mira fijamente la especie de tabla para el pan enrojecida por la sangre de los dedos de los competidores anteriores. Oye el murmullo con que la sala acoge el tercer voto y no se atreve a levantar la cabeza. Como no está acostumbrado, no sabe *interpretar* un murmullo así.

Nadie ha cogido el pequeño machete que hay sobre la mesa.

El tercer jurado ha votado por él.

Su adversario se descompone. No perderá el dedo porque, según las reglas del Logos Club, solo el aspirante se juega su capital digital, pero sí el rango que tenía y es obvio que soporta muy mal rebajarse un grado.

En consecuencia, Simon es promovido al rango de tribuno entre los aplausos del público. Además, se le hace solemne entrega de una invitación para dos personas al encuentro en la cumbre del día siguiente. Simon verifica la hora y el lugar, saluda al público por última vez y se reúne con Bayard en su palco cuando ya la sala empieza a vaciarse (su partida, punto culminante de la velada, había sido programada la última).

En el palco, Bayard adquiere conocimiento de las informaciones mencionadas en la cartulina de la invitación y enciende un cigarrillo, por lo menos el decimosegundo de la velada. Un inglés mete la cabeza por la puerta para felicitar al vencedor: «*Good game. The guy was tough*».

Simon advierte que sus manos le tiemblan un poco y dice: «Me pregunto si los sofistas serán mucho más fuertes».

92

Detrás de Sollers está el *Paraíso*: una gigantesca tela de Tintoretto con la que, en su tiempo, participó en un concurso para decorar la sala del Gran Consejo del Palacio Ducal.

A los pies de la tela, un amplio estrado sobre el que están sentados no ya tres sino diez miembros del jurado: el efectivo de sofistas al completo.

Delante de ellos, vueltos en tres cuartos cara al público, el Gran Protágoras en persona y Sollers, agarrados a sus atriles.

Los diez jurados y los dos justadores están ridículamente provistos de máscaras venecianas, pero Simon y Bayard han reconocido a Sollers sin dificultad. Además, han visto a Kristeva entre el público.

A diferencia de en la Fenice, el público está de pie, congregado en la inmensa sala concebida en el siglo XIV para acoger a más de mil patricios: cincuenta y tres metros de largo bajo una abrumadora techumbre que parece mentira que se sostenga sola, sin ninguna columna, incrustada por una miríada de telas de maestros.

La sala causa tal efecto en el público que flota en el ambiente una especie de murmullo temeroso. Todo el mundo cuchichea con respeto bajo la mirada de Tintoretto o de Veronese.

Uno de los jurados se levanta, anuncia solemnemente en italiano el comienzo del encuentro y extrae el tema de una de las dos urnas situadas ante él.

«On forcéne doucement.»

El tema parece ser en francés, pero Bayard se vuelve hacia Simon, que le hace un gesto indicándole que no lo ha oído bien.

Una oleada de perplejidad atraviesa los cincuenta y tres metros de la sala. Los espectadores no francófonos comprueban si su aparato de traducción simultánea está ajustado en el canal correspondiente.

Si Sollers ha experimentado un breve titubeo detrás de su máscara, no lo ha traslucido en absoluto. En cualquier caso, Kristeva, que está en la sala, no ha rechistado.

Sollers dispone de cinco minutos para comprender el tema, problematizarlo, sacar de él una tesis y sostenerla con argumentos coherentes y, a ser posible, espectaculares.

Mientras tanto, Bayard trata de obtener información de sus vecinos: ¿en qué consiste ese tema incomprensible?

Un provecto anciano bien vestido con un pañuelo de seda a juego con su fular le explica: «*Ma*, el francés está desafiando a *il Grande Protagoras*. No debe esperar algo como "a favor o en contra de la pena de muerte", *vero?*».

Bayard no duda en asentir, pero pregunta por qué el tema es en francés.

El anciano responde:

—Cortesía del *Grande Protagoras*. Dicen que habla todas las lenguas.

—¿No es francés?

—Ma no, è italiano, eh!

Bayard mira al Gran Protágoras, que fuma en pipa tranquilamente tras su máscara mientras garabatea alguna nota. Su silueta, su aspecto, la forma de su mentón (pues la máscara solo le cubre los ojos) no le son del todo desconocidos.

Cuando han pasado los cinco minutos, Sollers se endereza sobre su atril, mira de arriba abajo a la asamblea, efectúa un pequeño paso de baile acompañado de una rotación completa, como si deseara cerciorarse de la presencia de los Diez a su espalda, se inclina más o menos sobriamente en dirección a su adversario y acomete el inicio de su discurso, discurso que ya sabe que será recordado en los anales como EL discurso de Sollers frente al Gran Protágoras.

«*Forcéne... forcéne...* Fuerte... Escena... Fuera de... Sena... Faure (Félix)... Cena (Última). El presidente Félix Faure murió de una felación y de un ataque cardiaco, lo que le hizo entrar en la Historia al mismo tiempo que salía de la escena. A modo de prolegómeno... De aperitivo... De introducción, ja, ja, ja...»

Simon imagina que Sollers intenta un atrevido acercamiento lacaniano.

Bayard observa a Kristeva con el rabillo del ojo. La expresión de su rostro no delata nada, salvo una extrema atención.

«La fuerza. Y la escena. La fuerza en el escenario. Rodrigo, entonces. Bosque junto al Sena. (Val-de-Marne. Dicen que allí siguen clavando cuervos en las puertas.) Agarrar o no agarrar la colita del Comendador, *that is the question.*»

Bayard interroga a Simon con la mirada y este le explica en voz baja que por lo visto Sollers ha escogido una táctica audaz, consistente en sustituir los vínculos lógicos por vínculos analógicos, es decir yuxtaposiciones de ideas, o incluso sucesiones de imágenes, en lugar de un razonamiento puro.

Bayard intenta comprender: «¿Eso es barroco?».

Simon se asombra: «Bueno, esto..., sí, por así decir».

Sollers continúa: «Fuera del escenario: fuera de la escena. Obsceno. Todo está ahí. Lo demás no presenta ningún interés, por supuesto. ¿El estruendoso artículo sobre

"Sollers el obsceno" firmado por Marcelin Pleynet? Sin dudarlo. ¿Y qué falta? ¡Ah, lo otro! *Doucement*... Dónde... semen... ¿De dónde viene el semen? ¡De lo alto, claro está! (Señala con el dedo hacia el techo y los cuadros de Veronese.) El arte es el semen de Dios. (Señala ahora hacia la pared que hay detrás.) Y Tintoretto es su profeta..., que suena a tintin-red... Loada sea la época en que la campanilla y la red reemplacen de nuevo a la hoz y el martillo... Después de todo, ¿no son esas las dos herramientas del pescador?».

¿Acaso Bayard detecta un ligero rictus de preocupación en el rostro eslavo de Kristeva?

«Si los peces pudieran sacar la red fuera del agua, se darían cuenta de que su mundo no es el único mundo...»

Para Simon, la estrategia de Sollers es *verdaderamente* muy audaz.

Bayard le pregunta al oído: «Bastante peliculero, ¿no?».

El anciano con pañuelo de seda le susurra: «Tiene *coglioni*, este *francese*. Por otra parte, es ahora o no tendrá otra ocasión igual».

Bayard le pide que precise su análisis.

El anciano responde: «Es obvio que no ha comprendido para nada cuál es el tema. Aunque nosotros tampoco, *vero?* Por eso trata de *ir de farol*, como dicen los franceses. Es un valiente».

Sollers apoya el codo en su atril, lo que le obliga a inclinarse desequilibrando el torso, pero curiosamente esa postura tan poco natural le da un aire más bien relajado.

«Llegué vi vomité.»

El fraseo de Sollers se acelera, se vuelve más fluido, casi musical: «Dios está muy cerca carece de misterio suavemente engrasado suavemente mano de *mysfère* guante infernal...». Luego, para asombro de Simon y de Bayard, añade: «La fe en el órgano del ñaca-ñaca permite mantener el cadáver como único valor fundamental». Al decir esto, Sollers se pasa lascivamente la lengua por los labios. Bayard ahora sí que observa una inequívoca crispación en Kristeva.

De repente, Sollers dice (y Simon piensa que con ello, en cierto modo, desvela su secreto): «Me estoy yendo por las *almas*...».

Bayard se deja mecer por el ritmo, semejante a pequeños troncos de madera que flotan por un río y de vez en cuando golpean una endeble embarcación.

«... El alma entera de Cristo en su pasión disfrutaba de la beatitud parece que por alguna razón es posible sufrir y gozar a la vez aunque el dolor y el gozo sean contrarios Aristóteles lo indica la tristeza profunda no impide la delectación sin embargo es lo contrario...»

Sollers saliva cada vez más, pero prosigue, como una máquina de Alfred Jarry: «Cambio de forma de nombre de revelación de sobrenombre soy el mismo soy distinto a veces palacio a veces choza faraón paloma o cordero transfiguración transustanciación ascensión...».

Está llegando a su peroración final, el público lo siente, pero no porque lo haya seguido hasta aquí: «Seré el que seré que quiere decir ocupaos del que soy en tanto que soy el que soy no olvidéis que soy el que resulta que soy mañana seré el que soy tal como lo seré...».

Bayard se pasma, igual que Simon: «¿Es esta la séptima función del lenguaje?».

Simon nota que regresa su paranoia y piensa que un personaje como Sollers no puede existir de verdad.

Sollers concluye, perentorio: «Soy lo contrario de lo germano-soviético».

Estupefacción en la sala.

Hasta el Gran Protágoras se ha quedado boquiabierto. Emite un embarazoso «hum hum». Luego, llegado su turno, toma la palabra.

Simon y Bayard reconocen la voz de Umberto Eco.

«No sé por dónde empezar, ya que mi honorable adversario, hum, ha puesto toda la carne en el asador, *sì?*»

Eco se vuelve hacia Sollers y hace educadamente una inclinación a la vez que se recoloca la nariz de su máscara.

«¿Podría hacer, primero, una pequeña observación de etimología? Sin duda, ustedes habrán notado, querido público, honorables miembros del jurado, que el verbo *forcener* ya no se emplea en el francés moderno, solo sobrevive su huella a través del sustantivo *forcené*, que designa a un loco que tiene un comportamiento violento.

»No obstante, esta definición de *forcené* puede inducirnos a error. Originariamente —me permito aquí un breve comentario ortográfico— *forcener* se escribía con una *s*, no con una *c*, ya que venía del latín *sensus*, "sentido" *(animal quod sensu caret)*: *forsener* es literalmente estar fuera del sentido, es decir, estar loco; pero no tenía, en sus inicios, la connotación de la fuerza.

»Dicho esto, esa connotación debió de aparecer progresivamente, con la restauración ortográfica que sugirió una falsa etimología y por eso, diría yo, esa ortografía estaba acreditada en el francés común desde el siglo XVI.

»*Allora*, la cuestión que yo habría debatido, si mi honorable adversario la hubiera suscitado, habría sido la siguiente: ¿es "*forcener doucement*" un oxímoron? ¿Hay o no hay una unión de dos términos contradictorios?

»No, si se tiene en cuenta la verdadera etimología de *forcener*.

»*Sì*, si se admite la connotación de la fuerza en la falsa etimología.

»*Si, ma...*, ¿*suave* y *fuerte* se oponen necesariamente? Una fuerza puede ejercerse suavemente, por ejemplo cuando a ustedes los lleva la corriente de un río, o cuando aprietan suavemente la mano de un ser amado...»

El acento melodioso resuena en la gran sala, pero todo el mundo ha percibido la violencia del ataque: bajo su aparente bonachonería, Eco acaba de subrayar tranquilamente las debilidades del discurso de Sollers, al reconstruir él solo un debate del que su adversario no ha sabido poner las bases.

«*Ma*, todo esto no nos dice de qué habla, *no?*

»Seré más modesto que mi adversario, que ha intentado unas interpretaciones muy audaces y, creo yo, perdónenme la expresión, un poco fantasiosas. Yo trataré de explicarles a ustedes, si me lo permiten, que ese que "enloquece suavemente" es el poeta, *ecco*. Es el *furor poeticus*. No estoy seguro de quién dijo esta frase *ma* yo diría que es un poeta francés del XVI, un discípulo de Jean Dorat, un miembro de la Pléiade, porque se nota mucho, aquí, la influencia neoplatónica.

»Ya saben ustedes que para Platón la poesía no es un arte, ni una técnica, sino una inspiración divina. El poeta es habitado por el dios en un trance: esto es precisamente lo que Sócrates explica a Ion en su célebre diálogo. Por tanto, el poeta es un loco, pero de una locura suave, una locura creativa, no una locura destructiva.

»No sé el autor de esta cita, pero creo que podría ser de Ronsard o de Du Bellay, ambos discípulos de una escuela en la que, *giustamente*, "*on forcéne doucement*".[19]

19. «Se enloquece suavemente», conocido verso de Pierre Ronsard en su oda *A Joachim du Bellay Angevin*.

»*Allora*, ¿prefieren ustedes que discutamos sobre la cuestión de la inspiración divina? No lo sé, porque no he entendido de qué quería discutir mi honorable adversario.»

Silencio en la sala. Sollers comprende que se le devuelve la palabra y vacila por unos instantes.

Simon, maquinalmente, ha analizado la estrategia de Eco, que puede resumirse en un solo punto: hacer lo contrario que Sollers. Esto implica adoptar un *ethos* ultramodesto y un nivel de desarrollo muy sobrio y minimalista. Renuncia a toda interpretación fantasiosa y aplicación muy literal. Al recurrir a su proverbial erudición, Eco se ha contentado con explicar sin argumentar, como para subrayar la imposibilidad de la discusión ante la logorrea delirante de su adversario. Rigor y humildad para poner un poco de luz en el desorden mental de su megalómano interlocutor.

Sollers toma de nuevo la palabra, algo menos seguro: «Hablo de filosofía porque el gesto de la literatura es ahora mostrar que el discurso filosófico es integrable en la posición del tema literario a poco que su experiencia sea llevada hasta el extremo del horizonte transcendental».

Eco no dice nada.

Entonces, Sollers, dominado por el pánico, exclama: «¡Aragon escribió un artículo estruendoso sobre mí! ¡Sobre mi genio! ¡Y Elsa Triolet! ¡Los tengo dedicados!».

Silencio embarazoso.

Uno de los diez sofistas hace una señal y dos guardias, que están en la entrada de la sala, vienen hasta Sollers, que, alelado, no deja de poner los ojos en blanco y de gritar: «¡Ñaca-ñaca! ¡Jo jo jo! ¡No no no!».

Bayard pregunta por qué no se vota. El anciano del pañuelo de seda le responde que, en algunos casos, la unanimidad es evidente.

Los dos guardias lo acuestan en el suelo de mármol delante del estrado y uno de los sofistas se acerca con unas grandes tijeras podadoras en la mano.

Los guardias le bajan los calzoncillos a Sollers, que se debate gritando a los pies del *Paraíso* de Tintoretto. Algunos sofistas abandonan sus asientos para ir a ayudar a dominarlo. En medio de la confusión, se le cae la máscara.

Tan solo las primeras filas del publico pueden darse cuenta de lo que sucede en el estrado, pero en realidad toda la sala hasta el fondo lo sabe.

El sofista con pico de médico coloca los cojones de Sollers entre las dos hojas de las tijeras, empuña firmemente con las manos las dos asas y ejecuta el movimiento de la poda. Corta.

Kristeva se estremece.

Sollers emite un gruñido constante, un chasquido gutural seguido de un prolongado maullido que rebota entre las telas de los maestros y resuena en toda la sala.

El sofista con pico de médico coge los dos cojones y los deposita en la segunda urna. Simon y Bayard comprenden entonces cuál era su función.

Simon, lívido, pregunta a su vecino: «¿El precio no era el dedo, normalmente?».

El hombre le contesta que es un dedo cuando se desafía a un justador de un rango un escalón inferior, pero Sollers ha querido quemar las etapas, no había participado jamás en ninguna justa y ha desafiado directamente al Grand Protágoras. «Eso, desde luego, es más caro.»

Mientras tratan de administrarle a Sollers los primeros auxilios, este se retuerce entre horribles gemidos. Kristeva recoge la urna con los cojones dentro y abandona la sala.

Bayard y Simon la siguen.

Con paso rápido, atraviesa la plaza de San Marcos portando la urna. La noche aún es joven y la negra plaza está llena de curiosos, de bateleros encaramados a sus altos remos, de tragafuegos, de cómicos con ropa del XVIII que imitan duelos a espada. Simon y Bayard se abren paso para no perderla de vista. Ella se mete por callejuelas estrechas, cruza puentes, no se gira ni una sola vez. Un hombre vestido de Arlequín la coge por la cintura para besarla pero ella lanza un grito agudo, se escurre como un animalillo y huye con su urna. Atraviesa el Rialto. Bayard y Simon no están seguros de que ella sepa adónde va. A lo lejos, en el cielo, se oyen las deflagraciones de los fuegos artificiales. Kristeva tropieza con un escalón y está a punto de caerse con la urna. Sale vaho de su boca por el frío que hace y se ha dejado el abrigo en el Palacio Ducal.

Pero es obvio que va a alguna parte: ¿a los pies de basílica de Santa Maria Gloriosa dei Frari, donde reside, según las propias palabras de su marido, «el glorioso corazón de la Serenísima», la tumba de Tiziano y su *Asunción roja*? A esa hora la basílica está cerrada, pero de todos modos no era su deseo entrar en ese lugar.

Ha sido el azar el que la ha conducido allí.

Avanza hasta un pequeño puente que atraviesa el rio dei Frari y se detiene en el medio. Pone la urna encima del borde de piedra. Simon y Bayard están justo unos metros más atrás, pero no se atreven a entrar en el puente y trepar unos peldaños para llegar hasta ella.

Kristeva escucha el rumor de la ciudad, clava sus ojos negros en las pequeñas olas formadas por la brisa nocturna. Una fina lluvia moja sus cortos cabellos.

Saca de su blusa una hoja doblada en cuatro.

Bayard tiene el impulso de arrojarse sobre ella y de arrancarle el documento, pero Simon lo refrena con el brazo. Ella vuelve la cabeza hacia ellos, frunce los ojos como si se percatara en ese instante de su presencia y descubriese entonces su existencia, y les lanza una mirada de odio, una mirada fría que petrifica a Bayard, mientras despliega la hoja.

Está demasiado oscuro para ver lo que hay escrito, pero Simon cree distinguir unos pequeños y muy apretados caracteres. En realidad, la página está escrita por las dos caras.

Kristeva, con toda tranquilidad, se pone a hacerla pedazos.

A medida que la desgarra, los trocitos de papel, cada vez más y más pequeños, revolotean por encima del canal.

Al final, solo quedan el negro viento y el ruido delicado de la lluvia.

93

«Pero, en tu opinión, ¿Kristeva lo sabía o no lo sabía?»

Bayard trata de comprender.

Simon está perplejo.

Que Sollers no se hubiera dado cuenta de que la séptima función no funcionaba parece verosímil. Pero ¿Kristeva?

«Es difícil de decir. Tendría que haber leído el documento para opinar.»

¿Por qué habría traicionado a su marido? Y, por otra parte, ¿por qué no haber usado ella misma la función para participar?

Bayard dice a Simon: «Tal vez ella estaba como nosotros. Tal vez quiso ver primero si funcionaba».

Simon mira a la muchedumbre de turistas que se desplazan muy lentamente por la Venecia que se vacía. Bayard y él esperan con sus maletas el vaporetto, la cola es larga porque, como el Carnaval toca a su fin, montones de turistas toman el camino de la estación o del aeropuerto. Llega un vaporetto, pero no es el bueno, todavía han de esperar un poco más.

Simon, reflexivo, le pregunta a Bayard: «¿Qué es para ti lo real?».

Como Bayard, evidentemente, no comprende adónde quiere ir a parar, Simon concreta: «¿Cómo sabes que no estás en una novela? ¿Cómo sabes que no vives dentro de una ficción? ¿Cómo sabes que tú eres *real*?».

Bayard mira a Simon con sincera curiosidad y le responde con un tono indulgente: «¿Tú eres gilipollas o qué? Lo real lo es todo, es lo que vivimos».

Su vaporetto llega y, mientras hace la maniobra de atraque, Bayard da unas palmaditas a Simon en el hombro: «No te hagas tantas preguntas, venga».

El embarque se efectúa en un desordenado barullo, la tripulación del vaporetto no se anda con miramientos con los turistas idiotas que suben a bordo tan torpemente con sus maletas y sus hijos.

Una vez que a Simon le ha llegado el turno de saltar al barco, el encargado de contar el pasaje interpone una barra metálica detrás de él. Bayard, que se ha quedado en el muelle, quiere protestar, pero el italiano le contesta con indiferencia: «*Tutto esaurito*».

El comisario le dice a Simon que lo espere en la próxima parada y él tomará el siguiente. Simon se despide con una sonrisa.

El vaporetto se aleja. Bayard enciende un cigarrillo. A su espalda, oye unos gritos. Se da la vuelta y ve que los dos japoneses están discutiendo. Intrigado, se acerca. Uno de los dos le dice, en francés: «Su amigo acaba de ser secuestrado».

Bayard necesita siempre unos segundos para procesar la información.

Solo unos segundos, no más, y enseguida se pone en plan poli y hace la pregunta que todo poli debe hacer: «¿Por qué?».

El segundo japonés le dice: «Porque ganó antes de ayer».

El italiano al que venció es un político napolitano muy poderoso y no ha digerido nada bien su derrota. Bayard está al corriente de la agresión sufrida después de la velada de la Ca' Rezzonico, pero los japoneses le explican que el napolitano había enviado a unos esbirros para evitar que Simon participara en el concurso, ya que le tenía miedo, y ahora que ha perdido la partida quiere vengarse.

Bayard mira el vaporetto que se aleja. Rápidamente analiza la situación, observa a su alrededor, ve la estatua de bronce de una especie de general con enormes bigotes, ve la fachada del Danieli, ve unos barcos atracados en el muelle. Y ve a un gondolero sobre una góndola a la espera de turistas.

Salta sobre la góndola, los japoneses lo imitan. El gondolero ni se inmuta y los acoge canturreando en italiano, pero Bayard le dice:

«Siga al vaporetto».

El gondolero pone cara de no comprender, hasta que Bayard saca un fajo de liras y el gondolero se pone a cinglar.

El vaporetto lleva una ventaja de más de trescientos metros y en 1981 no hay teléfonos móviles.

El gondolero, sorprendido, se extraña de que ese vaporetto no vaya por la ruta habitual, sino que se dirija a Murano.

Es obvio que han desviado el vaporetto.

A bordo, Simon no se entera de nada porque los pasajeros, casi en su totalidad, son turistas que no conocen el recorrido y, por tanto, aparte de dos o tres italianos que protestan al conductor en su idioma, nadie se percata de que el trayecto no es el habitual. Que se queje un italiano no es nada del otro mundo, a lo sumo los pasajeros pensarán que forma parte del folclore, y el vaporetto atraca en la isla de Murano como si tal cosa.

Aún lejos, muy atrás, la góndola de Bayard intenta compensar su retraso; Bayard y los japoneses exhortan al gondolero a remar más rápido y gritan el nombre de Simon para avisarlo, pero están demasiado lejos y Simon no tiene ningún motivo para fijarse en ellos.

En cambio, lo que nota de repente es la punta de una navaja en los riñones y oye una voz a su espalda que le dice: «*Prego*». Comprende entonces que tiene que bajar a tierra. Obedece. Los turistas, apurados por perder su avión, no ven la navaja y el vaporetto reemprende la marcha.

Simon está en el muelle, convencido de que los hombres a los que da la espalda son los tres agresores enmascarados de la otra noche.

Le obligan a entrar en uno de los talleres de sopladores de vidrio que dan directamente al puerto. En su interior, un artesano amasa un poco de pasta de vidrio recién salida del horno y Simon contempla, fascinado, la espesa bola soplada, estirada, moldeada, que va cobrando la forma, merced a algunos golpes de punzón, de un caballito encabritado.

Al lado del horno, de pie, hay un hombre con traje desparejado, barrigudo, calvo; Simon lo reconoce, es su adversario de la Fenice.

«*Benvenuto!*»

Simon está frente al napolitano, protegido por tres esbirros. El soplador de vidrio continúa modelando sus caballitos con naturalidad.

«*Bravo! Bravo!* Quería felicitarte personalmente antes de que te vayas. Palladio, estuvo muy bien jugado. Fácil pero bien jugado. Lo de Porcia a mí no me convenció, pero al jurado sí, *vero?* Ah, Shakespeare... Tenía que haber hablado de Visconti... ¿Has visto *Senso*? Es la historia de un extranjero en Venecia que acaba muy mal.»

El napolitano se acerca al soplador de vidrio afanado en dar forma a las patas de un segundo caballito. Saca un puro, lo enciende aproximándolo al vidrio incandescente y a continuación se gira hacia Simon con una sonrisa malévola.

«*Ma*, no quiero que te vayas sin dejarte un pequeño recuerdo mío. ¿Cómo dicen ustedes, en francés? "A cada cual lo que se merece", *sì?*»

Uno de los esbirros inmoviliza a Simon cogiéndolo por la nuca. Simon intenta zafarse, pero el segundo esbirro le da un golpe en el pecho que le corta la respiración y el tercero le sujeta el brazo derecho.

Los tres lo empujan y lo obligan a inclinarse hacia delante, estirándole el brazo sobre el banco del artesano. Los caballitos de cristal caen al suelo y se hacen pedazos. El soplador de vidrio hace el ademán de retroceder pero no parece sorprendido. Simon le mira a los ojos y ve en su mirada que sabe perfectamente lo que esperan de él y que él no está en condiciones de negarse, así que, aterrado, Simon se debate y se agita entre gritos, pero sus gritos son puro reflejo porque está seguro de no poder confiar en que alguien venga en su ayuda. Ignora que los refuerzos están en camino, que Bayard y los japoneses vienen en góndola y que estos han prometido al gondolero triplicarle la carrera si batía todos sus récords.

El soplador pregunta: «*Che dito?*».

Bayard y los japoneses utilizan sus maletas como remos para ir más rápido y hasta el propio gondolero se mata a remar, pues, sin saber de qué va el asunto, ha comprendido que la cosa es muy seria.

El napolitano le pregunta a Simon: «¿Qué dedo? ¿Tienes alguna preferencia?».

Simon cocea como un caballo, pero los tres esbirros mantienen firmemente su brazo sobre el banco. En ese instante, ha dejado de plantearse la pregunta de si es o no es un personaje de novela, y es el instinto de supervivencia el que motiva sus reacciones; trata desesperadamente de liberarse, pero no lo logra.

La góndola arriba por fin y Bayard le arroja todos los fajos de liras al gondolero. Salta sobre el muelle con los japoneses, pero las fábricas de vidrio están alineadas una tras otra y, como no saben a cuál de ellas ha sido llevado Simon, se precipitan en cada una aleatoriamente, interpelan a los obreros, a los vendedores y a los turistas, pero ninguno de ellos ha visto pasar a Simon.

El napolitano chupa de su puro y ordena: «*Tutta la mano*».

El soplador de vidrio cambia las tenazas por otras más gruesas y pinza la muñeca de Simon entre los brazos de hierro de esas tenazas.

Bayard y los japoneses han irrumpido en una primera fábrica y tienen que describir cómo es el joven francés a unos italianos que no los entienden porque hablan demasiado deprisa. Bayard, entonces, sale de nuevo de la fábrica y se precipita en la de al lado, pero allí tampoco está, ni nadie ha visto pasar al francés. Bayard sabe muy bien que no es así, con tanta precipitación, como se llevan a cabo estas pesquisas, pero actúa con la intuición del poli que asume una situación de emergencia aunque no cuente con todos los elementos para ello, y corre de fábrica en fábrica y de tienda en tienda.

Pese a todo, es demasiado tarde: el soplador de vidrio aprieta la pinza de las tenazas de hierro sobre el puño de Simon y tritura la carne, los ligamentos y el hueso hasta que este se rompe haciendo un siniestro chasquido y la mano derecha se desprende del brazo en medio de una enorme hemorragia.

El napolitano contempla a su adversario mutilado, el cual se derrumba en el suelo, y parece dudar por unos instantes.

¿Ha obtenido una reparación suficiente, sí o no?

Chupetea su puro, exhala algunos anillos de humo y dice: «*Andiamo*».

El grito lanzado por Simon ha alertado a Bayard y a los japoneses, quienes encuentran finalmente el taller del soplador de vidrio. Allí lo descubren, inerte, desangrándose en medio de los caballitos de cristal rotos.

Bayard sabe que no hay ni un segundo que perder. Busca la mano cortada, pero no la encuentra; mira por todas partes por el suelo, pero solo hay trocitos de vidrio de los caballitos que crujen bajo las suelas de sus zapatos. Comprende que si no se hace algo en los próximos minutos, Simon morirá, exangüe.

Entonces uno de los japoneses saca una especie de espátula del horno todavía ardiente y la aplica sobre la llaga. La operación de cauterización emite un silbido espantoso. El dolor despierta a Simon, que aúlla sin comprender. El olor a carne quemada llega hasta la tienda contigua e intriga a los clientes, desconocedores del drama que se desarrolla en el taller del soplador de vidrio.

Bayard piensa que cauterizar la herida a lo vivo significa que no se podrá hacer ya ningún trasplante y que Simon quedará irremisiblemente manco, pero el japonés que ha cogido el atizador, como si le hubiera leído el pensamiento, le muestra el horno para que deje de lamentarse: allí dentro, semejantes a una escultura de Rodin, crepitan los dedos contraídos de la mano calcinada.

QUINTA PARTE

París

94

«¡No me lo puedo creer! ¡La muy zorra de la Thatcher ha dejado que Bobby Sands la palme!»

Simon patea en el suelo ante PPDA, quien anuncia, en el telediario de Antenne 2, la muerte del activista irlandés después de sesenta y seis días de huelga de hambre.

Bayard sale de la cocina y echa un vistazo al reportaje. Comenta: «Tampoco se puede impedir que alguien se suicide, ¿no?».

Simon abronca a Bayard: «Pero ¿tú te oyes, especie de poli de mierda? ¡Tenía veintisiete años!».

Bayard intenta argumentar: «Formaba parte de una organización terrorista. El IRA. Esos matan gente, ¿no?».

Simon se atraganta: «¡Eso es exactamente lo que decía Laval de la Resistencia! ¡No me habría gustado nada que en los años cuarenta me vigilase un poli como tú!».

Bayard cree que es mejor no contestar, mientras le sirve otro vaso de oporto a su invitado, pone un bol con salchichas de cóctel sobre la mesita y regresa a sus labores culinarias.

PPDA enlaza ahora con el asesinato de un general español y da paso a un reportaje sobre los nostálgicos del franquismo, apenas tres meses después del intento de golpe de Estado en el Congreso de los Diputados en Madrid.

Simon se vuelve a sumergir en la revista que ha comprado antes de venir y que ha empezado a leer en el metro. Le picó la curiosidad un titular: «Referéndum: los 42 mejores intelectuales». La revista ha pedido a quinientas personalidades «culturales» (Simon arruga el gesto) que nombren, en su opinión, a los tres intelectuales franceses vivos más importantes. El primero: Lévi-Strauss; el segundo: Sartre; el tercero: Foucault. Luego vienen Lacan, Beauvoir, Yourcenar, Braudel...

Simon busca a Derrida en la lista, pero olvida que ha muerto. (Supone que habría estado en ese pódium, pero eso nunca se sabrá.)

BHL está el décimo.

Michaux, Beckett, Aragon, Cioran, Ionesco, Duras...

Sollers, vigesimocuarto. Como también está publicado el detalle de los votos y Sollers, además, forma parte de los votantes, Simon constata que ha votado por Kristeva y que Kristeva ha votado por él. (Mismo intercambio de cortesías con BHL.)

Simon pica una salchicha de cóctel y grita a Bayard: «Por cierto, ¿has tenido noticias de Sollers?».

Bayard sale de la cocina con un trapo en la mano: «Dejó el hospital. Kristeva estuvo a su lado durante toda la convalecencia. Me han dicho que ha vuelto a llevar una vida normal. Según mis informaciones, ha hecho enterrar sus testículos en una isla-cementerio de Venecia. Dice que es un homenaje y que irá por allí dos veces al año hasta su muerte, una vez por cada cojón».

Bayard titubea un poco antes de añadir, suavemente, sin mirar a Simon: «Tiene pinta de que ya se ha recuperado del todo».

Althusser, vigesimoquinto: el asesinato de su mujer no parece haber hecho mella en su prestigio, se asombra Simon.

«Huele muy bien, venga, dime, ¿qué es?»

Bayard vuelve a la cocina: «Toma, come unas aceitunas mientras tanto».

Deleuze, vigesimosexto, *ex aequo* con Claire Bretécher.

Dumézil, Godard, Albert Cohen...

Bourdieu solo trigesimosexto. Simon ahoga una tos.

El colectivo de *Libération* también ha votado por Derrida, aunque esté muerto.

Gaston Defferre y Edmonde Charles-Roux han votado a Beauvoir.

Anne Sinclair ha votado a Aron, Foucault y Jean Daniel. Simon piensa que se la follaría muy a gusto.

Algunos no han votado por nadie, arguyendo que no quedaban más intelectuales de envergadura.

Michel Tournier ha respondido: «Aparte de mí, no veo sinceramente a quién más podría citar». En otros tiempos, Simon se habría echado a reír. Gabriel Matzneff ha escrito: «El primer nombre de mi lista es el mío: Matzneff». Simon se pregunta si ese tipo de narcisismo regresivo —el deseo de nombrarse a uno mismo— está catalogado en la taxonomía psicoanalítica.

PPDA (que ha votado a Aron, Gracq y D'Ormesson) dice: «Washington tiene fundados motivos para regocijarse por la subida del dólar: cinco francos cuarenta...».

Simon repasa la lista de votantes y da rienda suelta a su indignación: «Joder, está el asqueroso de Jacques Médecin... y el inútil de Jean Dutourd... y los publicitarios, por supuesto, esa nueva calaña de... ¿¿¿Francis Huster???... ¡Agg! ¿A quién ha votado esa basura de Elkabbach?... ¡Está el viejo carca Pauwels!... ¡Y, para colmo, el mega facha de Chirac también!... ¡Menuda panda de tontos del culo!».

Bayard saca la cabeza hacia el salón: «¿Me has dicho algo?».

Simon masculla algunas sandeces inaudibles; Bayard vuelve a sus fogones.

El TD de PPDA termina con el parte meteorológico de Alain Gillot-Pétré, quien anuncia por fin sol en este frigorífico mes de mayo (12 grados en París, 9 en Besançon).

Después de la publi, aparece una pantalla azul en la que se lee, con un fondo de música pomposa a base de platillos y metales, el mensaje que anuncia el gran debate «de cara a las elecciones a la presidencia de la República».

La pantalla azul es reemplazada por los dos periodistas que van a moderar el debate, ese 6 de mayo de 1981.

Simon grita: «¡Jacques, tráelo todo, que esto va a empezar!».

Bayard, con unas cervezas y unos quesitos, se reúne con Simon en el comedor. Abre dos cervezas cuando el periodista elegido por Giscard, Jean Boissonnat, reportero de Europe 1, completamente gris, corbata de rayas, dispuesto a huir a Suiza en caso de victoria socialista, presenta cómo se desarrollará la sesión.

Junto a él, Michèle Cotta, periodista de RTL, mata de pelo negro con forma de casco, labios rojos fluorescentes, blusa fucsia y chaleco malva, pone cara de tomar notas sonriendo nerviosamente.

Simon, que no escucha la RTL, pregunta quién es la muñeca rusa vestida de fucsia. Bayard se ríe a lo tonto.

Giscard explica su deseo de que el debate sea útil.

Simon trata de separar con los dientes la lengüeta de un *apéricube* de jamón, pero no lo consigue, y se pone nervioso mientras Mitterrand dice a Giscard: «No dude usted en considerar al señor Chirac entre los plañideros...».

Bayard coge el *apéricube* que Simon tiene en la mano y le quita el envoltorio de aluminio.

Giscard y Mitterrand se arrojan a la cara a sus molestos aliados: uno a Chirac, quien en esa época pasa por ser el representante de la derecha dura, ultraliberal, casi fascistoide (18 %), y el otro a Marchais, candidato comunista en la era brezhneviana del estalinismo en descomposición (15 %). Cada uno de los dos candidatos finalistas necesita de sus votos respectivos para ser elegido en segunda vuelta.

Giscard insiste en el hecho de que no necesitará disolver la Asamblea Nacional en caso de reelección, mientras que su adversario tendrá que elegir entre gobernar con los comunistas o ser un presidente sin mayoría: «No se puede conducir a un pueblo con los ojos vendados. Un pueblo maduro tiene que saber adónde va». Simon nota que Giscard tiene problemas para conjugar el verbo *disolver* y le comenta a Bayard que los politécnicos son verdaderamente unos analfabetos. Por inercia, Bayard responde: «Los rojos a Moscú». Giscard dice a Mitterrand: «Usted no puede decir a los franceses: "Quiero liderar un gran cambio con no importa quién..., aunque sea con la asamblea actual", porque para eso, no la disuelva».

Como Giscard machaca en el clavo de la inestabilidad parlamentaria, pues no puede imaginar que los socialistas obtengan mayoría absoluta en la Asamblea, Mitterrand le responde, bastante solemnemente: «Deseo ganar las elecciones presidenciales, pienso ganarlas y cuando las haya ganado, haré cuanto esté en mi mano dentro del marco de la ley para ganar las elecciones legislativas. Y si usted no es capaz de imaginar cómo será el talante de Francia, su extraordinaria voluntad de cambio, a partir del lunes próximo, es que entonces usted no entiende nada de lo que ocurre en este país». Y mientras Bayard echa pestes contra la chusma bolchevique, Simon detecta automáticamente la doblez del enunciado: es evidente que Mitterrand no se dirige a Giscard, sino a todos los que abominan de Giscard.

Pero cuando llevan ya media hora discutiendo de la mayoría parlamentaria y el subtexto de Giscard consiste solo en agitar una y otra vez el espantajo de los ministros comunistas, lo que para Simon es un poco coñazo, de repente Mitterrand, hasta entonces en el banquillo de acusados, decide por fin contraatacar: «En cuanto a su denostación..., digamos, anticomunista, déjeme que le diga que merecería algún que otro correctivo. Porque es incluso demasiado ligera. (Pausa.) Sepa usted que los trabajadores comunistas son muy numerosos. (Pausa.) Según su razonamiento, cabría preguntarse: ¿para qué sirven? Pues bien, sirven para producir, para trabajar, para pagar impuestos, sirven para morir en las guerras, sirven para todo eso. ¿Por qué no habrían de servir, entonces, para forjar una mayoría en Francia?».

Simon, que se disponía a zamparse otra salchicha de cóctel, detiene su ingesta. Aunque los periodistas saltan a una pregunta sin interés, él comprende, al igual que Giscard, que, quizá, el combate cambie de dueño, porque Giscard, cuando le toca el turno, se muestra a la defensiva y con otro tono, perfectamente consciente de lo mucho que se juega en adelante, en una época en que la ecuación *obrero = comunista* es indiscutible: «Pero... yo no ataco en absoluto al electorado comunista. Durante siete años, señor Mitterrand, no he tenido jamás ni una palabra descortés hacia la clase obrera francesa. ¡Jamás! La respeto en su trabajo, en su actividad, incluso en sus expresiones políticas».

Simon suelta una carcajada malévola: «Tienes razón, cada año vas a comer unas morcillas picantes en la fiesta de *L'Humanité*, ¡no te jode! Todo el mundo sabe que, entre un safari y otro donde Bokassa, vas a brindar con los compañeros del metal de la CGT, ja, ja, ja».

Bayard mira su reloj y regresa a la cocina para vigilar la cocción mientras los periodistas preguntan a Giscard por el balance de cuentas. Según él, es muy bueno. Mitterrand se pone sus gruesas gafas para demostrarle que, muy por el contrario, apestan. Giscard le responde citando a Rivarol: «Su terrible ventaja es no haber hecho nunca nada. Pero tenga cuidado con abusar». Y golpea donde más daño le hace: «Usted ha gestionado el ministerio de la palabrería desde 1965. Pero desde 1974 yo he gestionado Francia». Simon se enerva: «¡Ya hemos visto cómo!», pero sabe que el argumento es difícil de desmontar. Desde la cocina, Bayard le replica: «¡Tienes razón, claro, la economía soviética es mucho más próspera!».

Mitterrand aprovecha ese instante para lanzar una indirecta: «Tiene usted cierta tendencia a repetir esa cantinela suya de hace siete años: "el hombre del pasado". Lo tedioso es que, durante ese tiempo, se ha convertido usted en el hombre del pasivo».

Bayard se ríe: «No había digerido bien eso del hombre del pasado, ¿eh? Llevaba siete años rumiándolo, ja, ja, ja».

Simon no contesta porque está de acuerdo: la expresión no está mal, pero parece demasiado preparada de antemano. Al menos con eso Mitterrand se relaja un poco, como un patinador que acabara de hacer un triple axel.

Viene luego toda una batalla sobre la economía en Francia y en el mundo, en la que se nota que los dos colegas se lo han currado, y Bayard saca por fin su plato humeante: tayín de cordero. Simon se sorprende: «Pero ¿quién te ha enseñado a cocinar?». Giscard pinta un terrible cuadro de la futura Francia socialista. Bayard le dice a Simon: «Conocí a mi primera mujer en Argelia. Te las puedes dar de listillo con tu semiología, pero no sabes nada de mi vida». Mitterrand recuerda que fue De Gaulle quien inició las grandes nacionalizaciones en el 45. Bayard abre una botella de tinto, un *côte-de-beaune* de 1976. Simon prueba el tayín: «Pero ¡qué bueno está!». Mitterrand no deja de quitarse y de ponerse las gafas. Bayard explica: «1976 fue un gran año para los borgoñas». Mitterrand declara: «Un país como Portugal ha nacionalizado la banca y no es un país socialista». Simon y Bayard saborean el tayín y el *côte-de-beaune*. Bayard ha preparado a propósito un plato para el que no se necesita emplear dos cubiertos, ya que la carne hervida está lo suficientemente tierna en la salsa que se deshace con la sola presión del tenedor. Simon sabe que Bayard sabe que él sabe, pero ambos hacen como si no. Nadie quiere recordar lo de Murano.

Mientras tanto, Mitterrand enseña los dientes: «La burocracia la ha creado usted. El que gobierna es usted. ¿De dónde cree que proceden todos los desastres de la administración de los que hoy tanto se queja en sus homilías? ¡Es usted el que gobierna, es usted el responsable! Se da golpes en el pecho a tres días de las elecciones, naturalmente, comprendo muy bien por qué lo hace, pero ¿qué me induciría a pensar que, en los siete años venideros, lo haría usted de otra manera a como lo ha estado haciendo en los siete años pasados?».

Simon percibe el astuto empleo del condicional, pero, absorto en el suculento tayín y en amargos recuerdos, ha perdido la concentración.

Giscard, sorprendido por esa agresividad repentina, trata de oponérsele con su habitual desdén: «Mantengamos, por favor, el buen tono conveniente». Pero Mitterrand, ahora, está listo para la pelea: «Prefiero expresarme absolutamente como me plazca».

Y espeta: «Un millón y medio de parados».

Giscard quiere corregirle: «Solicitantes de empleo».

Pero Mitterrand no está dispuesto a dejar pasar ni una: «Conozco bien la diferencia semántica que permite evitar las palabras que queman en la boca».

Prosigue: «Usted ha tenido inflación y encima paro, y esa es la tara, la enfermedad que corre el riesgo de ser mortal para nuestra sociedad: el 60 % de los parados son mujeres..., la mayor parte son jóvenes..., es un atentado dramático a la dignidad del hombre y de la mujer...».

Al principio, Simon no le presta atención. Mitterrand habla cada vez más rápido, es cada vez más ofensivo, más concreto y más elocuente.

Giscard está contra las cuerdas pero venderá cara su piel; rebaja su sonido silbante de hidalgo provinciano e interpela a su adversario socialista: «¿Cuánto ha aumentado el salario mínimo interprofesional?». Las pequeñas empresas, de todos modos, no sobrevivirán. Como es su responsabilidad, el programa socialista propone rebajar los umbrales sociales y extender los derechos de los asalariados a las empresas de menos de diez trabajadores.

El burgués de Chamalières no tiene la intención de capitular.

Los dos se devuelven mutuamente golpe por golpe.

Pero Giscard comete un error, cuando le pregunta a Mitterrand la cotización del marco: «La de hoy».

Mitterrand contesta: «No soy su alumno y usted, aquí, no es el presidente de la República».

Simon vacía su vaso de tinto, pensativo: hay algo de autocumplimiento, y, en consecuencia, de performativo, en esa frase...

Bayard va a buscar el queso.

Giscard dice: «Estoy en contra de la supresión del coeficiente familiar... Estoy a favor de la vuelta a un sistema de tasación concertada siguiendo los tipos de plusvalías...». Suelta toda una serie de medidas con la precisión del buen politécnico que es, pero ya es demasiado tarde: ha perdido.

No obstante, el debate continúa, áspero y técnico, en aspectos como el nuclear, la bomba de neutrones, el Mercado Común, las relaciones Este-Oeste, el presupuesto de Defensa...

Mitterrand: «¿El señor Giscard d'Estaing quiere decir que los socialistas serían unos malos franceses que no querrían defender a su país?».

Giscard, fuera de campo: «Nada de eso».

Mitterrand, sin mirarlo: «Como no es eso lo que quiere decir, era entonces hablar por hablar, ¿no?».

Simon está inquieto, coge una de las cervezas que hay en la mesita, la sujeta bajo el brazo y quiere abrirla pero la cerveza se resbala y cae al suelo. Bayard espera a que Simon explote de rabia, porque sabe hasta qué punto su amigo no soporta que la vida cotidiana le recuerde que ya es un minusválido, por eso seca la cerveza vertida sobre el parqué y se apresura a decir: «¡No es nada grave!».

Pero Simon expresa una extraña perplejidad. Le indica a Bayard que se fije en Mitterrand y dice:

—Míralo. ¿No notas nada?

—¿Qué?

—¿Lo has escuchado desde el principio? ¿No lo has encontrado demasiado bien?

—Sí, bah, está mejor que hace siete años, eso seguro.

—No, hay algo más. Está *anormalmente* bien.

—¿A qué te refieres?

—Es un detalle muy sutil, desde el final de la primera media hora está manipulando a Giscard, y no consigo analizar cómo lo hace. Es como una estrategia invisible: puedo sentirla, pero no la comprendo.

—Quieres decir...

—Mira.

Bayard ve a Giscard matándose por demostrar que los socialistas son unos irresponsables en los que bajo ningún concepto se puede confiar la maquinaria militar y la fuerza de disuasión atómica: «Cuando se trata de la Defensa, usted jamás, por el contrario..., usted jamás ha votado alineado con la defensa, ha votado además contra todas las leyes programáticas relativas a la defensa. Esas leyes programáticas se habían presentado al margen del debate presupuestario y, por tanto, era muy posible imaginar que, bien su partido o bien su..., usted mismo, consciente del asunto capital de la seguridad de Francia, emitieran un voto no partidista sobre las leyes programáticas militares. Me consta que usted no ha votado ninguna de las tres leyes programáticas militares..., concretamente el 24 de enero de 1963...».

Mitterrand no se molesta en responder y Michèle Cotta pasa a otro tema. Sin embargo, Giscard, ofendido, insiste: «¡Esto es muy importante!». Michèle Cotta le secunda educadamente: «¡Claro, claro, señor presidente!», pero empieza a hablar de la política africana. Boissonnat piensa ostensiblemente en otra cosa. Todo el mundo pasa de él. Nadie lo escucha. Cualquiera diría que Mitterrand lo ha derribado.

Bayard empieza a entender.

Giscard continúa con su caída.

Simon saca una conclusión: «Mitterrand se ha apoderado de la séptima función del lenguaje».

Bayard trata de ensamblar las piezas del puzle mientras Mitterrand y Giscard debaten sobre la intervención militar francesa en Zaire.

—Pero, Simon, ya vimos en Venecia que la función no funcionaba.

Mitterrand remata a Giscard con el asunto Kolwezi: «Bueno, se le habría podido repatriar antes... si se hubiera pensado bien».

Simon señala con el dedo hacia el televisor Locatel:

—A él le funciona.

95

Llueve sobre París, empiezan a preparar la fiesta de la Bastilla, pero los responsables socialistas siguen aún recluidos en la sede del Partido, en Solferino, donde una alegría convulsiva se extiende por los militantes de cualquier rango. En política, la victoria siempre es a la vez un final y un principio, porque la excitación resultante es una mezcla de euforia y de vértigo. Por otra parte, el alcohol corre a raudales y ya hay montañas de canapés. «¡Qué historia!», habría dicho Mitterrand.

Jack Lang estrecha manos, besa mejillas, se abraza con todo el que se cruza en su camino. Sonríe a Fabius, que ha llorado como un niño cuando han anunciado los resultados. En la calle, se canta y se ríe bajo la lluvia. Es un sueño cumplido y un momento histórico. A título personal, sabe que será ministro de Cultura. Moati se agita como un director de orquesta. Badinter y Debray bailan una especie de minueto. Jospin y Quilès brindan a la salud de Jean Jaurès. Los jóvenes trepan por las verjas de Solferino. Los flashes de los fotógrafos crepitan como miles de pequeños relámpagos en la gran tormenta de la Historia. Lang no da abasto. Alguien lo llama: «¡Señor Lang!».

Se vuelve y encuentra a Bayard y a Simon.

Lang, sorprendido, enseguida se da cuenta de que estos dos no han venido a sumarse a la fiesta.

Bayard dice: «¿Tendría la bondad de dedicarnos unos minutos?». Ha sacado su placa. Lang distingue la banda tricolor.

—¿Sobre qué asunto?

—Sobre el asunto de Roland Barthes.

Lang recibe el nombre del crítico muerto como una bofetada invisible.

—Escuchen, no, eeeh... En realidad, no creo que sea un buen momento. Más adelante, durante la semana, ¿no les importa? Solo tiene que pasar por la secretaría y les darán una cita. Ahora tienen que excusarme...

Pero Bayard lo retiene por el brazo: «Insisto».

Pierre Joxe, que pasa por allí, pregunta: «¿Algún problema, Jack?».

Lang mira en dirección a los policías que controlan la entrada de la verja. Duda. Hasta esa noche, la policía estaba al servicio de sus adversarios, pero ahora muy bien puede pedir que pongan de patitas en la calle a esos dos individuos.

Fuera, en el exterior, suena la Internacional a ritmo de un concierto de cláxones.

Simon se remanga el brazo derecho de su chaqueta y dice:

—Por favor, no será demasiado tiempo.

Lang se fija en el muñón. Joxe le dice: «¿Jack?».

—Tranquilo, Pierre, todo va bien. Vuelvo enseguida.

Encuentra un despacho vacío en la planta baja que da al patio de la entrada. El interruptor no funciona, pero la habitación está suficientemente iluminada por las luces de fuera; los tres hombres permanecen en esa semioscuridad. Ninguno de ellos desea sentarse.

Simon toma la palabra: «Señor Lang, ¿cómo cayó en sus manos la séptima función del lenguaje?».

Lang suspira. Simon y Bayard esperan. Mitterrand ya es presidente. Lang puede contarlo. Y, para Simon, no cabe duda de que *quiere* contarlo.

Él organizó aquel almuerzo con Barthes porque sabía que Barthes había recuperado el manuscrito de Jakobson.

—¿Cómo? —pregunta Simon.

—¿Cómo qué? —dice Lang—. ¿Cómo recuperó Barthes el manuscrito o cómo supe que estaba en su poder?

Simon mantiene la calma, pero sabe que a Bayard le cuesta a veces contener su impaciencia. Como no desea que su amigo policía amenace a Jack Lang con sacarle un ojo con una cucharilla, dice pausadamente: «Las dos cuestiones».

Jack Lang ignora cómo Barthes se halló en posesión de ese manuscrito, pero el hecho es que su excepcional red de contactos en los medios culturales le permitió estar al tanto de ello. Fue Debray, después de haber hablado con Derrida, quien le convenció del interés de ese documento. A continuación, decidieron organizar el almuerzo con Barthes para poder robárselo. Durante la comida, Lang sustrajo discretamente el folio que estaba en la chaqueta de Barthes para entregárselo a Debray, que esperaba escondido en el vestíbulo. Debray corrió a darle el documento a Derrida. Este, a partir del texto original, creó una falsa función, nueva de cabo a rabo, que Debray llevó otra vez a Lang, el cual la volvió a meter en la chaqueta de Barthes cuando el almuerzo aún no había acabado. El cronometraje de la operación era muy estrecho, Derrida tenía que redactar la falsa función a partir de la verdadera en un tiempo récord, y encima tenía que ser creíble y no tenía que funcionar.

Simon se asombra: «Pero ¿para qué hacerlo así? Barthes conocía el texto. Se daría cuenta inmediatamente».

Lang le da una explicación: «Contábamos con el hecho de que si nosotros estábamos informados de la existencia de ese documento, no seríamos los únicos, y necesariamente iba a ser muy codiciado».

Bayard lo interrumpe: «¿Habían previsto que Sollers y Kristeva irían a robarle la función?».

Simon responde en lugar de Lang: «No, ellos pensaban que Giscard trataría de ponerle la mano encima. Y en realidad no andaban descaminados, ya que esa es exactamente la misión que él mismo te encargó. Salvo que, al contrario de lo que ellos habían supuesto, en el momento en que Barthes es atropellado por la camioneta, Giscard no estaba aún al corriente de la existencia de la séptima función. (Se gira hacia Lang.) Por lo visto, su red de informadores en los medios culturales no era tan eficaz como la suya...».

Lang no puede reprimir una ligera sonrisa de vanidad: «En realidad, toda la operación se basaba en una apuesta, y bastante audaz, he de decir: que robaran a Barthes el falso documento antes de que él se diera cuenta de la sustitución, para que el ladrón creyera que tenía la verdadera séptima función y, de paso, quedar nosotros fuera de toda sospecha».

Bayard añade: «Y fue eso exactamente lo que pasó. Con la salvedad de que no fue Giscard, sino Sollers y Kristeva quienes planearon el robo».

Lang precisa: «Para nosotros, finalmente, eso no suponía un gran cambio. Nos habría gustado engañar a Giscard, hacerle creer que se había apoderado de un arma secreta. Pero, bueno, nosotros teníamos la verdadera séptima función y eso era lo más importante».

Bayard pregunta: «Pero ¿por qué mataron a Barthes?».

De ninguna manera Lang había previsto que las cosas fueran tan lejos. Ellos no tenían ninguna intención de matar a nadie. Mientras no estuviera en poder de Giscard, les era indiferente que otros poseyeran o controlaran la séptima función.

Simon entiende. El objetivo de Mitterrand era un objetivo a corto plazo: derrotar a Giscard en el debate. Pero Sollers, en cierto modo, apuntaba más alto, o, en todo caso, más lejos. Quería desposeer a Eco de su título de Gran Protágoras en el Logos Club, y para eso necesitaba de la séptima función, que le habría otorgado una ventaja retórica decisiva. Sin embargo, una vez obtenido el título, había que asegurarse, para poder conservarlo, de que nadie más pudiera saberlo y, entonces, a su vez, desafiarlo a él. De ahí los asesinos búlgaros contratados por Kristeva para rastrear las copias: era absolutamente prioritario que la séptima función perteneciese exclusivamente a Sollers y a nadie más. Barthes, por tanto, debía morir, y también todos cuantos habían estado en posesión del documento y eran susceptibles de utilizarlo o de difundirlo.

Simon pregunta si Mitterrand había dado su beneplácito a la «operación Séptima Función».

Lang no responde directamente, pero la respuesta es obvia, tanto que no trata de negarlo: «Hasta el último momento, Mitterrand no estaba convencido de que aquello saliera bien. Le hizo falta un poco de tiempo para dominar la función. Pero, llegado el momento, aplastó a Giscard». El futuro ministro de Cultura sonríe orgullosamente.

—¿Y Derrida?

—Derrida deseaba la derrota de Giscard. Se había puesto de acuerdo con Jakobson para que nadie poseyera la séptima función, pero no estaba en condiciones de impedir que Mitterrand se apoderara de ella, y además la idea de falsificarla le encantaba. Me rogó que le hiciera prometer al presidente que preservaría la séptima función para su uso exclusivo y que no la compartiría jamás con nadie. (Lang sonríe de nuevo.) Una promesa que el presidente, estoy seguro de ello, no tendrá ningún inconveniente en mantener.

—¿Y usted? —pregunta Bayard—. ¿La ha leído?

—No, Mitterrand nos había pedido a Debray y a mí que no lo hiciéramos. De todos modos, yo no habría tenido tiempo, ya que en cuanto se la quité a Barthes, se la pasé a Debray.

Jack Lang recuerda la escena: él debía vigilar la cocción del pescado, mantener viva la conversación y robar la función muy discretamente.

—En cuanto a Debray, no sé si él obedeció la orden presidencial, pero si lo leyó, tuvo que hacerlo muy rápido. Conociendo su lealtad, yo diría que se atuvo a la orden dada.

—Así pues, a priori —dice Bayard, dubitativo—, Mitterrand es la última persona aún con vida de cuantas tuvieron conocimiento de la función, ¿no?

—Más el propio Jakobson, evidentemente.

Simon no dice nada.

Fuera gritan: «¡A la Bastilla, a la Bastilla!».

La puerta se abre y aparece la cabeza de Moati: «¿Vienes? Ya han empezado los conciertos, parece que en la Bastilla no cabe ni un alfiler ya».

—Ya voy, ya voy.

Lang desea volver con sus amigos, pero Simon tiene una pregunta más: «¿La falsificación hecha por Derrida estaba concebida para trastornar a quien la utilizara?».

Lang reflexiona: «No estoy seguro... Lo importante sobre todo era que fuese verosímil. En sí mismo suponía un *tour de force* para Derrida redactar en tan poco tiempo una imitación de la séptima función que pareciera creíble».

Bayard piensa otra vez en la actuación de Sollers en Venecia y le dice a Simon: «De todas maneras, Sollers estaba, digamos, un poco trastornado ya de por sí, ¿no?».

Lang, con toda la amabilidad de que es capaz, pide permiso para retirarse, ahora que ha satisfecho su curiosidad.

Los tres dejan el despacho a oscuras y vuelven a la fiesta. Delante de la antigua estación de Orsay, un hombre tambaleante vocea repetidamente: «¡Giscard a la picota! ¡Bailemos la carmañola!». Lang propone a Simon y a Bayard que lo acompañen a la Bastilla. De camino, se cruzan con Gaston Defferre, el futuro ministro del Interior. Lang hace las presentaciones. Defferre le dice a Bayard: «Necesito hombres como usted. Veámonos la próxima semana».

Llueve a cántaros, pero la Bastilla está llena de una multitud eufórica. La gente grita, aunque ya sea de noche: «¡Mitterrand, el Sol! ¡Mitterrand, el Sol!».

Bayard pregunta a Lang si cree que Kristeva y Sollers van a ser investigados por la justicia. Lang hace una mueca: «Con toda franqueza, lo dudo. La séptima función es, a partir de ahora, un secreto de Estado. El presidente no tiene ningún interés en remover este asunto. Y por otra parte, Sollers ya ha pagado un duro tributo por su descabellada ambición, ¿no? Me he visto varias veces con él, ¿sabe? Un hombre encantador. Tenía la insolencia de la cortesanía».

Lang sonríe ampliamente. Bayard le estrecha la mano y el inminente ministro de Cultura puede por fin ir a reunirse con sus camaradas para festejar la victoria.

Simon contempla la marea humana que invade la plaza. Dice:

—Qué despilfarro.

Bayard se sorprende:

—¿Cómo que qué despilfarro? Ahí lo tienes, tu jubilación a los sesenta años, ¿no es lo que querías? Tus treinta y cinco horas. Tu quinta semana. Tus nacionalizaciones. Tu abolición de la pena de muerte. ¿No estás contento?

—Barthes, Hamed, su colega Saïd, el búlgaro del Pont-Neuf, el búlgaro del DS, Derrida, Searle... Han muerto por nada. Han muerto para que Sollers pueda dejarse cortar los cojones en Venecia porque no tenía el documento verdadero. Desde el principio hemos perseguido una quimera.

—No del todo. En casa de Barthes, era la copia del original la que estaba metida en el libro de Jakobson. Si no se hubiera detenido al búlgaro, se la habría entregado a Kristeva, quien se habría dado cuenta de la sustitución, al comparar los dos textos en su poder. Y la cinta de casete de Slimane también había sido grabada a partir del texto original. Había que evitar que cayera en malas manos. (¡Mierda, se reprocha a sí mismo Bayard, deja de hablar de manos!)

—Pero Derrida quería destruirla.

—Pero si Searle hubiera puesto la mano encima (¡otra vez, pero qué gilipollas!), quién sabe lo que habría pasado.

—Pero en Murano se supo.

Silencio aplastante en medio de la muchedumbre que entona cánticos. Bayard no sabe qué responder. Recuerda una película que vio cuando era joven, *Los vikingos*, en la que Tony Curtis es un manco que mata a Kirk Douglas con una sola mano, pero no está seguro de que Simon sea receptivo a esa referencia.

La investigación, digan lo que digan, se hizo bien. Siguieron los pasos de los asesinos de Barthes. ¿Cómo iban a adivinar que estos no tenían el documento verdadero? Simon tiene razón: era una falsa pista y la siguieron desde el principio.

Bayard dice:

—Sin esta investigación, no te habrías convertido en lo que eres.

—¿Un manco? —ironiza Simon.

—Cuando te conocí, eras una pequeña rata de biblioteca, tenías pinta de progre virginal, y mírate ahora: llevas un traje impecable, ligas con chicas, eres la estrella ascendente del Logos Club...

—Y he perdido mi mano derecha.

Los conciertos se suceden en el gran escenario de la Bastilla. La gente baila y se abraza y entre un grupo de jóvenes, con el cabello rubio al viento (es la primera vez que se lo ve suelto), Simon reconoce a Anastasia.

¿Qué posibilidades había de encontrarla de nuevo entre esa muchedumbre, esa noche? En ese momento, Simon piensa que o bien está en manos de un pésimo novelista, o bien Anastasia es una superespía.

En el escenario, el grupo Téléphone canta *Ça (c'est vraiment toi)*.

Cruzan la mirada y, mientras baila con un joven melenudo, la chica le hace un breve gesto amistoso.

Bayard también la ha visto; le dice a Simon que él se retira.

—¿Te vas?

—Sí, no es mi victoria. Ya sabes que yo voté por el otro calvo. Y todo esto no es para gente de mi edad. (Señala a los grupos de jóvenes que saltan al ritmo de la música, se emborrachan, fuman porros o se dan morreos.)

—Para, papi, no decías eso en Cornell, cuando ibas colocado hasta arriba y le dabas por el culo a no sé quién con tu amiguita Judith.

Bayard pone cara de no darse por aludido:

—Además, tengo armarios llenos de dosieres que pasar por la trituradora antes de que tus colegas pongan la... caigan encima.

—¿Y si Defferre te propone un puesto?

—Yo soy funcionario. Me pagan para servir al gobierno.

—Ya veo. Tu sentido del Estado te honra.

—Cierra el pico, niñato gilipollas.

Los dos se ríen. Simon quiere saber si Bayard no tiene curiosidad al menos por oír la versión de Anastasia sobre el asunto. Bayard le tiende la mano (izquierda) y le dice, viendo bailar a la joven rusa: «Ya me la contarás tú luego».

Y, dicho esto, el comisario desaparece entre la multitud.

Cuando Simon se da la vuelta, Anastasia está delante de él, sudorosa, bajo la lluvia. Al principio hay un momento embarazoso. Simon ve que ella observa el lugar vacío de su mano ausente. Para romper el hielo, él le pregunta: «Y, dime, ¿qué piensan en Moscú de la victoria de Mitterrand?». Ella sonríe: «Ya sabes, Brézhnev...». Le tiende una lata de cerveza empezada. «El hombre fuerte ahora es Andrópov.»

—¿Y qué piensa el hombre fuerte de su homólogo búlgaro?

—¿Del padre de Kristeva? Sabíamos que trabajaba para su hija. Pero no llegábamos a comprender por qué querían la función. Gracias a ti pude descubrir la existencia del Logos Club.

—¿Y qué le pasará ahora al papá de Kristeva?

—Los tiempos han cambiado, no estamos en el 68. No he recibido órdenes. Ni con respecto al padre ni con respecto a la hija. En cuanto al agente que trató de matarte, ha sido visto por última vez en Estambul, pero le hemos perdido la pista.

La lluvia arrecia. Sobre el escenario, Jacques Higelin canta *Champagne*.

Simon pregunta con un tono doloroso: «¿Por qué no estabas en Venecia?».

Anastasia vuelve a recogerse el pelo y saca un cigarrillo de una cajetilla arrugada, pero no llega a encenderlo. Simon se la lleva a cubierto bajo un árbol, encima del muelle del Arsenal. «Yo seguía otra pista.» Ella había descubierto que Sollers había confiado una copia a Althusser. Ignoraba que se trataba de una falsificación, por eso la buscó por todas partes en el piso de Althusser, mientras este estuvo internado, lo cual requería mucho trabajo, ya que él tenía toneladas de libros y de papeles y el documento podía estar escondido en cualquier sitio, así que hubo que hojear muy metódicamente. Pero no encontró nada.

Simon dice: «Lo lamento».

Detrás de ellos, en el escenario, se distingue a Rocard y a Juquin de la mano cantando la Internacional, acompañados por toda la muchedumbre. Anastasia canturrea la letra en ruso. Simon se pregunta si en la vida de verdad, la izquierda puede realmente estar en el poder. O, más concretamente, si en la vida de verdad se puede cambiar la vida. Pero, antes de dejarse arrastrar de nuevo por los mortíferos devaneos de sus consideraciones ontológicas, oye que Anastasia le susurra: «Regreso a Moscú mañana; esta noche, no estoy de servicio». Y, como por arte de magia, la joven saca de su bolso una botella de champán sin que Simon tenga la menor idea de cómo ha llegado hasta ahí. Ambos jóvenes comparten largos tragos a morro, Simon besa a Anastasia sin dejar de preguntarse si le seccionará la carótida con una de esas horquillas o si lo fulminará con su carmín venenoso, pero ella se deja besar y además no lleva los labios pintados. La escena parece una escena de cine debido a la lluvia y a la fiesta en segundo plano, pero opta por no pensarlo.

La masa grita: «¡Mitterrand! ¡Mitterrand!». (Sin embargo, el nuevo presidente no está allí.)

Simon se acerca a un vendedor ambulante con bebidas en una pequeña nevera en la que, esa noche, excepcionalmente, hay champán y le compra otra botella. La descorcha con una sola mano delante de una Anastasia sonriente cuyos ojos se han vuelto brillantes por el alcohol y que otra vez se ha soltado el pelo.

Beben, entrechocan las dos botellas y Anastasia grita hasta desgañitarse bajo la tormenta:

«¡Por el socialismo...!».

Vítores de los jóvenes de alrededor.

Y Simon le responde, mientras un relámpago raya el cielo de París:

«¡... real!».

96

Final de Roland Garros, 1981. Borg, una vez más, ha empezado aplastando a su adversario; va 6/1 contra el joven jugador checoslovaco Ivan Lendl. Como en una de Hitchcock, todo el mundo mueve la cabeza para seguir la bola, excepto Simon, que piensa en otra cosa.

Quizá a Bayard le importe una mierda, pero él quiere saber, quiere la prueba de que él no es un personaje de novela y que vive en el mundo real. (¿Qué es lo real? «Es lo que nos golpea», ha dicho Lacan. Y Simon mira su muñón.)

El segundo set es más disputado. Los deslizamientos de los jugadores levantan pequeñas nubes de polvo.

Simon está solo en su palco hasta que un joven con aspecto magrebí viene a unirse a él. El joven se sienta en la butaca de al lado. Es Slimane.

Se saludan. Lendl se hace con el segundo set.

Es el primer set perdido por Borg en todo el torneo.

—Mola este palco.

—Es una agencia de publicidad la que lo alquila, la misma que ha llevado la campaña de Mitterrand. Querían ficharme.

—¿Y eso le interesa?

—Creo que podemos tutearnos.

—Siento lo de tu mano.

—Si gana Borg, será su sexto Roland Garros. Parece increíble, ¿no?

—Parece un buen partido.

En efecto, Borg se distancia bastante rápido en el tercer set.

—Gracias por haber venido.

—Estaba de paso por París. ¿Ha sido tu amiguete el poli el que te ha avisado?

—¿Así que ahora vives en Estados Unidos?

—Sí, me han dado una tarjeta verde.

—¿En seis meses?

—Siempre hay maneras de arreglarlo.

—¿Con la administración estadounidense?

—Sí, incluso con ella.

—¿Qué has estado haciendo, después de Cornell?

—Me fui con el dinero.

—No, eso ya lo sé.

—Fui a Nueva York. Lo primero que hice fue matricularme en la facultad de Columbia para las clases del curso.

—¿Del curso del año escolar? ¿Es eso posible?

—Sí, bueno, bah, ya sabes, solo hay que convencer a una secretaria.

Break de Borg a Lendl por segunda vez en el set.

—Supe de tus victorias en el Logos Club. Enhorabuena.

—¿No hay por allí ninguna filial estadounidense?

—Sí, pero son todavía embrionarias. No estoy muy seguro de que haya un solo tribuno en todo el país. Creo que hay un peripatético en Filadelfia, uno o dos en Boston, tal vez, y algunos dialécticos diseminados por la Costa Oeste.

Simon no le pregunta si va a hacerse miembro.

Borg gana el tercer set 6/2.

—¿Tienes proyectos?

—Tengo ganas de dedicarme a la política.

—¿En Estados Unidos? ¿Es que cuentas con obtener la nacionalidad estadounidense?

—Por qué no.

—Pero ¿quieres, esto..., presentarte a unas elecciones?

—Humm, primero tendría que mejorar mi inglés y estar naturalizado. Luego, no basta con ganar los debates entre candidatos, hay que, cómo decirlo, hundir su sillón. Tal vez podría considerar las primarias demócratas de 2020, por qué no, pero no antes, ja, ja, ja.

Precisamente ese tono frívolo de Slimane hace que Simon se pregunte si no estará hablando en serio...

—No, escucha, he encontrado un estudiante en Columbia, presiento que llegará lejos, si yo lo ayudo.

—¿Cómo de lejos?

—Creo que puedo hacerle senador.

—Pero ¿cómo puedes hacerlo?

—Pues haciéndolo. Es un negro que viene de Hawái.

—Humm, ya veo. Un desafío a la medida de tus nuevos poderes.

—El mío no es exactamente un poder.

—Ya.

Lendl lanza una derecha que deja a Borg a tres metros de la bola.

Simon comenta: «Esto no le pasa nunca a Borg. Es fuerte el checo ese».

Está retrasando el momento de sacar el verdadero asunto por el que ha querido entrevistarse con Slimane, aunque este sabe de sobra lo que el otro está pensando.

—La estuve escuchando una y otra vez en mi walkman, pero no bastaba con aprendérmela de memoria, eh.

—¿Es un método? ¿Una estocada secreta?

—Es más bien una llave o una pista que un método. Jakobson, efectivamente, la designó con el término de «función performativa», pero lo de «performativo» es una imagen.

Slimane mira a Borg efectuar su revés a dos manos.

—Es una técnica, digamos.

—¿En el sentido griego?

Slimane sonríe.

—Una *tecné*, sí, si prefieres. *Praxis*, *poiesis*... He aprendido todas esas cosas, imagínate.

—¿Y te sientes invencible?

—Sí, pero eso no quiere decir que lo sea. Creo que se me puede vencer.

—¿Sin la función?

Slimane sonríe:

—Habrá que verlo. Todavía tengo muchas cosas que aprender. Y debo entrenarme. Convencer a un aduanero o a una secretaria es una cosa, pero ganar las elecciones es más duro. Me queda todavía un amplio margen de progresión.

Simon se pregunta cuál será el grado de dominio de la función por parte de Mitterrand y si el presidente socialista podrá perder elecciones o si estará condenado a ser reelegido de por vida.

Mientras tanto, Lendl lucha contra la máquina sueca y le arranca el cuarto set. El público se estremece: es la primera vez desde hace mucho tiempo que Borg se ve empujado a un quinto en un partido de Roland Garros. A decir verdad, no había perdido ningún set desde 1979, en la final contra Victor Pecci. Su última derrota aquí se remonta a 1976, contra Panatta.

Borg comete una doble falta que ofrece una bola de *break* a Lendl.

—No sé qué es más improbable —dice Simon—: una sexta victoria de Borg... o su derrota.

Borg responde con un *ace*. Lendl grita algo en checo.

Simon se da cuenta de que en realidad desea la victoria de Borg y de que tiene un poco de superstición, de conservadurismo, de miedo al cambio, en ese deseo, pero lo cierto es que también sería una victoria de la verosimilitud: Borg, número uno incontestable ante Connors y McEnroe, ha aplastado a todos sus adversarios hasta alcanzar la final, mientras que Lendl, quinto del mundo, ha estado a punto de perder contra José Luis Clerc en semifinales y contra Andrés Gómez en la segunda ronda. El orden de las cosas...

—Por cierto, ¿tienes alguna noticia de Foucault?

—Sí, nos escribimos regularmente. Aquí, en París, estoy hospedado en su casa. Sigue trabajando en su historia de la sexualidad.

—Y, bueno..., ¿a él no le interesa la séptima función? ¿Ni siquiera como objeto de estudio?

—Ya sabes que hace poco abandonó el terreno de la lingüística. Puede que algún día vuelva a él. De todos modos, tiene demasiado tacto para ser el primero en sacar el tema.

—Humm, ya veo.

—Ah, no, no lo decía por ti, eh.

Borg hace un *break* a Lendl.

Simon y Slimane dejan de conversar para seguir el partido.

Slimane piensa en Hamed.

—¿Y esa cabrona de Kristeva?

—Está bien. ¿Sabes lo que le pasó a Sollers?

Un rictus de desprecio ilumina el rostro de Slimane.

Los dos presienten confusamente que un buen día ambos se enfrentarán cara a cara por el puesto de Gran Protágoras a la cabeza del Logos Club, pero no se lo confesarán hoy. Simon ha evitado cuidadosamente mencionar a Umberto Eco.

Lendl le hace un *break*.

El resultado es cada vez más incierto.

—¿Y tus proyectos?

Simon se ríe sarcásticamente enseñando su muñón.

—Bueno, ganar Roland Garros me va a costar un poco.

—Pero, en cambio, es lo más indicado para coger al Transiberiano.

Simon ríe la alusión a Cendrars, otro escritor manco, y se pregunta cuándo adquirió Slimane esta cultura literaria.

Lendl no quiere perder, pero Borg es demasiado fuerte.

Y sin embargo.

Se produce lo impensable.

Lendl hace un *break* a Borg.

Servicio para ganar el partido.

El joven checoslovaco tiembla bajo el peso de lo que está en juego.

Pero gana.

El invencible Borg ha sido vencido. Lendl levanta los brazos al cielo.

Slimane aplaude con el público.

Cuando Simon ve a Lendl alzar la copa, no sabe muy bien qué pensar.

EPÍLOGO

Nápoles

97

Simon se para delante de la entrada a la Galería Umberto I y contempla, desde donde está, el feliz maridaje del vidrio y el mármol, pero se queda en el umbral. La galería es un punto de referencia pero no el objetivo. Con el mapa desplegado ante sí, no comprende por qué la via Roma es inencontrable y tiene la impresión de que el plano es falso.

Aquella debería ser la via Roma, pero en su lugar la que está es la via Toledo.

A su espalda, en la acera de enfrente, un viejo limpiabotas lo observa con curiosidad.

Simon sabe de sobra que espera a ver cómo va a arreglárselas para volver a plegar el mapa con una sola mano.

El viejo tiene una caja de madera sobre la que ha fabricado una especie de pupitre para fijar los zapatos. Simon se fija en la leve pendiente hecha en la parte del tacón.

Los dos intercambian sus miradas.

La perplejidad reina a ambos lados de esa calle de Nápoles.

Simon no sabe dónde está *con exactitud*. Empieza a doblar el mapa lentamente, pero con habilidad, sin quitar los ojos del viejo limpiabotas.

De pronto, el limpiabotas mira hacia un punto en la vertical de Simon, que siente que algo anormal ocurre porque la expresión lúgubre del anciano se torna estupefacta.

Simon levanta la cabeza y tiene el tiempo justo de ver el frontispicio que remata la entrada de la galería, desde el que un bajorrelieve con la representación de dos querubines flanqueando unos escudos de armas, o algo por el estilo, se desprende de la fachada.

El limpiabotas querría gritar alguna cosa, una advertencia *(«Statte accuorto!»)* para impedir el drama, o al menos para participar en él de una manera u otra, pero de su boca desdentada no sale ningún sonido.

Sin embargo, Simon ha cambiado mucho. Ya no es una rata de biblioteca que está a punto de ser aplastada por media tonelada de piedra blanca, sino un manco de muy alto rango en la jerarquía del Logos Club que se ha librado de la muerte por lo menos en tres ocasiones ya. En vez de retroceder, como nuestro instinto nos pediría hacer, él tiene el reflejo contraintuitivo de pegarse a la pared del edificio, de modo que el enorme bloque se hace pedazos a sus pies sin herirlo.

El limpiabotas no sale de su asombro. Simon mira los cascotes, mira al limpiabotas, mira a los transeúntes petrificados a su alrededor.

Señala con el dedo hacia el pobre limpiabotas, pero no es a él, naturalmente, a quien se dirige cuando declara, agresivo: «¡Si quieres matarme de una vez, tendrás que esmerarte un poco más!». A no ser que el novelista quiera hacerle llegar un mensaje, «pero en ese caso tendrá que expresarse con mayor claridad», piensa Simon, hecho una furia.

98

—Es debido al temblor de tierra del año pasado; dejó tocadas todas las casas; pueden venirse abajo en cualquier momento.

Simon escucha a Bianca mientras le explica por qué ha estado a punto de tragarse un buen quintal de mármol.

—*San Gennaro* detuvo la lava durante la erupción del Vesubio. Después de aquello, se convirtió en el protector de Nápoles, y cada año el obispo coge una ampolla de vidrio con un poco de la sangre seca del santo y la voltea hasta que la sangre se vuelve líquida. Si la sangre se licua, eso quiere decir que Nápoles se verá libre de desgracias. ¿Y a que no adivinas lo que ocurrió el año pasado?

—Que la sangre no se licuó.

—Y, como consecuencia, los de la Camorra se quedaron con todos los millones que la CEE había dado para la reconstrucción, porque tiene controlados todos los contratos de las obras. Evidentemente, no han hecho nada, o han hecho un trabajo tan malo que los edificios son tan peligrosos como antes. Hay accidentes cada dos por tres. Los napolitanos ya estamos acostumbrados.

Simon y Bianca beben a sorbitos unos cafés italianos en la terraza del Gambrinus, un café literario muy turístico que hace las veces también de pastelería y que el propio Simon ha escogido para esta cita. De paso, saborea un babá al ron.

Bianca le explica que la expresión «ver Nápoles y morir» (*vedi Napoli e poi muori*; en latín, *videre Neapolim et Mori*) es en realidad un juego de palabras: Mori es un pueblo de los alrededores de Nápoles.

También le cuenta la historia de la pizza: un día, la reina Margarita, casada con el rey de Italia Umberto I, descubrió ese plato popular y lo hizo famoso en todo el país. En su memoria, hay una pizza que lleva su nombre, la que está hecha con los colores de la bandera: verde (albahaca), blanco (mozzarella) y rojo (tomate).

Por ahora, no ha hecho ninguna pregunta relativa a su mano.

Una camioneta Fiat blanca estaciona en doble fila.

Bianca se anima cada vez más. Empieza a hablar de política. Le reitera a Simon su odio a los burgueses que acaparan las riquezas y matan de hambre al pueblo. «¿Te das cuenta, Simon, de que hay burguesas que se gastan cientos de miles de liras en comprarse un bolso? ¡Un bolso de mano, Simon!»

Dos jóvenes se bajan de la camioneta blanca y vienen a sentarse en la terraza. Se les añade un tercero, un motero que aparca su Triumph en la acera. Bianca no puede verlos porque les da la espalda. Es el mismo grupo de los del pañuelo que estaba en Bolonia.

Si a Simon les sorprende verlos aquí, desde luego no se le nota lo más mínimo.

Bianca gimotea de rabia solo con pensar en los excesos de la burguesía italiana. Vierte sobre Reagan oleadas de insultos. Desconfía de Mitterrand porque, a ambos lados de los Alpes, los socialistas son siempre unos traidores. Bettino Craxi es una basura. Merecerían morir todos y si ella pudiera, se encargaría de ejecutarlos personalmente. Simon está convencido de que para ella el mundo es de una infinita perversidad y no le falta razón.

Los tres jóvenes han pedido ya una cerveza y encendido un cigarrillo, cuando de pronto llega otro personaje que no es ningún desconocido para él: su adversario de Venecia, el hombre que lo mutiló, flanqueado por dos guardaespaldas.

Simon inclina su cabeza sobre el babá al ron. El hombre estrecha manos, como si fuera una personalidad, un diputado y/o un camorrista importante (a menudo la diferencia no está muy clara, en esa región). Desaparece dentro del café.

Bianca escupe contra Florani y su gobierno pentapartito. Simon tiene la impresión de que a ella le va a dar un ataque de nervios. Desea calmarla y, al mismo tiempo que trata de apaciguarla con sus palabras —«venga, no todo es tan malo, mira Nicaragua...»—, avanza la mano bajo la mesa hasta ponerla sobre su rodilla, pero entre el tejido del pantalón de Bianca toca algo duro que no es de carne.

Bianca se sobresalta y recoge bruscamente las piernas bajo la silla. Deja de golpe de gimotear. Su mirada desafía e implora a Simon al mismo tiempo. Hay rabia, cólera y amor en sus lágrimas.

Simon no dice nada. Conque se trata de eso, de un *happy end*. El manco con la paticoja. Habrá que cargar con la culpabilidad, como en todas las buenas historias: si Bianca perdió su pierna en la estación de Bolonia, fue por culpa de él. Si ella no lo hubiera conocido, ella tendría sus dos piernas y podría seguir poniéndose faldas.

Pero entonces, en ese caso, no formarían esta parejita de minusválidos tan conmovedora que, amputada y todo, traería al mundo muchos pequeños izquierdistas.

Solo que esta no es la escena final que *él* ha previsto.

Sí, él ha querido aprovechar su paso por Nápoles para volver a ver a Bianca, la joven con la que folló en Bolonia sobre una mesa de disección, pero actualmente tiene otros proyectos.

Simon hace una señal imperceptible con la cabeza a uno de los jóvenes del pañuelo.

Los tres se levantan, se tapan la cara a la altura de la boca con el pañuelo y entran en el café.

Simon y Bianca intercambian una mirada prolongada por la que desfila una infinidad de mensajes, de relatos, de emociones; del pasado, del presente y, ya, del pasado condicional (el peor de todos, el tiempo de los pesares).

Se oyen dos detonaciones. Gritos de confusión.

La banda del pañuelo, con el rostro cubierto, sale del local empujando al adversario de Simon. Uno de los tres jóvenes lleva su P38 incrustada en los riñones del notable camorrista. Otro barre la terraza con la suya, apuntando a la clientela paralizada.

Al pasar por delante de Simon, el tercero pone algo encima de la mesa, que Simon cubre con su servilleta.

Meten al hombre en la camioneta y arrancan a toda velocidad.

La gente del café está aterrada. Simon oye los gritos del interior y comprende que los guardaespaldas están heridos. Cada uno con un tiro en la pierna, como debe ser.

Bianca está muy nerviosa; Simon le dice: «Ven conmigo».

La lleva hasta la moto del tercer hombre y le da la servilleta, dentro de la cual hay una llave de contacto. Le dice a Bianca: «Conduce».

Bianca protesta: ya tuvo una scooter una vez, pero no puede conducir una moto tan grande.

Simon masculla entre dientes, levantando su manga derecha: «Yo tampoco puedo».

Entonces Bianca se monta a horcajadas sobre la Triumph, Simon da un golpe al pedal de arranque, se sienta detrás de ella agarrándola por la cintura, ella gira el manillar del acelerador y la moto brinca. Bianca pregunta qué dirección debe tomar y Simon le responde: «Pozzuoli».

99

Es una escena lunar, una mezcla de spaghetti western y de crónicas marcianas.

En el centro de un inmenso cráter cubierto de arcilla blanquecina, los tres miembros de la banda del pañuelo rodean al notable barrigón, a quien han obligado a arrodillarse al borde de una charca de lodo en ebullición.

A su alrededor, columnas sulfurosas brotan de las entrañas de la tierra. Flota un fuerte olor a huevo podrido.

Simon había pensado primero en la cueva de la Sibila, en Cumas, donde nadie habría ido a buscarlos, pero desechó ese lugar por ser demasiado kitsch, con demasiado peso simbólico, y ya empieza a estar un poco harto de lo simbólico. Pero uno no se libra tan fácilmente de los símbolos: mientras pisan el suelo agrietado, Bianca le dice que, para los romanos, la Solfatara, ese volcán casi extinto, estaba considerado la puerta de los Infiernos. Pues ok.

—*Salve!* ¿Cómo te va, *compagno*?

Bianca, que no había reconocido a los tres hombres en el Gambrinus, abre los ojos como platos:

—¿Has contratado a las Brigadas Rojas de Bolonia?

—Creía que no eran *forzosamente* Brigadas Rojas. ¿No es lo que le discutías a tu amigo Enzo?

—Nadie nos ha contratado.

—*Non siamo dei mercenari.*

—No, es verdad, lo hacen de manera gratuita. Los he convencido.

—¿Para que secuestren a ese tío?

—*Si tratta di un uomo politico corrotto di Napoli.*

—Es el que reparte los permisos de construcción en la alcaldía. Por culpa de esos permisos que él vendió a la Camorra, cientos de personas murieron cuando el *terremotto*, aplastadas por los edificios podridos que la Camorra hizo construir.

Simon se acerca al político corrupto y le pasa el muñón por la cara. «Además, es un mal perdedor.» El hombre sacude la cabeza como un animal. «*Strunz! Sì mmuort!*»

Los tres brigadistas proponen pedir por él un rescate revolucionario. El francófono de la banda se vuelve hacia Simon: «¡*Ma*, quién va a pagar por un cerdo como este, ja, ja, ja!». Los tres hombres se ríen, y Bianca también, pero, aunque no lo diga, desea que lo maten.

Una incertidumbre a lo Aldo Moro: eso es lo que prefiere Simon. Tiene sed de venganza, pero le gusta la idea de que el azar tome las riendas. Atrapa el mentón del notable con su mano izquierda como si fuese una pinza. «¿Comprendes cuál es la disyuntiva? O te encuentran en el maletero de un 4L, o vuelves a tu casa a seguir con tus cabronadas. Pero no te atrevas a poner un pie en el Logos Club.» Le viene a la memoria su duelo de Venecia, el único en el que de verdad se sintió en peligro. «Y, además, ¿cómo es posible que un paleto como tú sea culto? ¿Tienes tiempo para ir al teatro, entre dos operaciones corruptas?». Pero lamenta al instante esta reflexión llena de prejuicios sociológicos muy poco *bourdieusamente* correcta.

Suelta la mandíbula del notable, quien se pone a hablar muy rápido en italiano. Simon le pregunta a Bianca:

—¿Qué está diciendo?

—Ofrece mucho dinero a tus amigos para que te maten.

Simon se echa a reír. Conoce la capacidad de persuasión del hombre que está arrodillado ya que se enfrentó a él, pero también sabe que entre un funcionario mafioso, probablemente democristiano, y unos Brigadas Rojas de no más de veinticinco años no hay ningún diálogo posible. Podría estar hablándoles durante todo el día y toda la noche, que no los persuadiría lo más mínimo.

Eso mismo debe de estar pensando su adversario, porque, con una elasticidad y una rapidez que su corpulencia no dejaba sospechar, salta sobre el brigadista más próximo con la intención de arrebatarle su P38. Pero la banda del pañuelo está integrada por jóvenes en muy buena forma física; el notable barrigudo recibe un culatazo y cae al suelo otra vez. Los tres brigadistas le apuntan y le gritan amenazas.

Por tanto, la historia va a terminar. Van a matarlo aquí y ahora, como castigo por esa tentativa de fuga tan estúpida, piensa Simon.

Restalla una detonación.

Pero el que cae muerto es uno de los brigadistas.

El silencio retumba sobre el volcán.

Todos respiran los vapores de sulfato que saturan el ambiente.

Nadie trata de ponerse a cubierto porque Simon ha tenido la brillante idea de este magnífico lugar de encuentro: sin ningún resguardo, en medio del cráter de un volcán de setecientos metros de circunferencia. Es decir, no hay ni un árbol ni un matorral donde esconderse. Simon busca con la mirada un potencial abrigo y ve un pozo y una pequeña construcción de piedras humeantes (un antiguo horno que representa la puerta del purgatorio y la del infierno), pero están fuera de su alcance.

Dos hombres trajeados avanzan hacia ellos, uno sostiene una pistola, el otro un fusil. Simon cree reconocer un Máuser alemán. Los dos brigadistas que aún viven han levantado las manos, saben que a esa distancia sus P38 no sirven de nada. Bianca mira el cadáver con una bala en la cabeza.

La Camorra ha enviado a alguien para recuperar a su notable corrupto. El *sistema* no se deja despojar tan fácilmente de sus criaturas. Y Simon cree saber que son también bastante quisquillosos cuando se trata de vengar un atentado a sus intereses, lo que significa que es muy seguro que a él lo ejecuten allí mismo, con el resto de la banda del pañuelo. Por lo que respecta a Bianca, debería seguir esa misma suerte, el «sistema» tampoco ha sido nunca muy permisivo con los testigos.

No tarda en tener la confirmación de sus sospechas cuando el notable se levanta, resoplando como una foca, y los abofetea, primero a él, luego a los dos brigadistas y por último a Bianca. La suerte de los cuatro está echada. El notable, rechinando los dientes, ordena a sus dos pistoleros: «*Acceritele*».

Simon piensa en ese momento en los japoneses de Venecia. ¿No habrá esta vez un *deus ex machina* que venga en su ayuda? En sus postreros instantes, Simon reanuda el diálogo con esa instancia transcendente que tanto le gusta imaginar: si estuviera atrapado en una novela, ¿qué economía narrativa se precisaría para que él muriera por fin? Simon hace recuento de varias razones narratológicas, todas discutibles en su opinión. Piensa en lo que le diría Bayard. «Acuérdate de Tony Curtis en *Los vikingos*.» Síiii. Piensa en lo que haría Jacques: neutralizaría a uno de los dos hombres armados y abatiría al segundo con el arma del primero, seguramente, pero Bayard no está allí y Simon no es Bayard.

El pistolero camorrista le pone el fusil en el pecho.

Simon comprende que no hay nada que esperar de ninguna instancia transcendente. Nota que el novelista, si es que existe, no es amigo suyo.

Su verdugo es un poco más mayor que los brigadistas. En el momento en que va a apretar el gatillo, Simon le dice: «Sé que eres un hombre de honor». El camorrista suspende el gesto y le pide a Bianca que se lo traduzca: *«Isse a ritto cà sìn'omm d'onore»*.

No, no se producirá ningún milagro. Pero, novela o no, que no sea por no haberlo intentado. Simon no cree en la salvación, no cree que tenga una misión en este mundo, pero cree, en cambio, que nada está escrito de antemano y que, aunque estuviera en manos de un novelista sádico y caprichoso, aún no se ha cumplido su destino.

Aún no.

Hay que hacer con ese novelista hipotético como con Dios: considerarlo como si no existiera, porque si Dios existe, es, en el mejor de los casos, un pésimo novelista que no merece ni respeto ni obediencia. Nunca es demasiado tarde para tratar de cambiar el curso de la historia. Si eso ocurre, es que el novelista imaginario no ha tomado todavía su decisión. Si eso ocurre, es que el final está en las manos de su personaje, y ese personaje soy yo.

Yo soy Simon Herzog. Yo soy el héroe de mi propia historia.

El camorrista se vuelve hacia Simon, que le dice: «Tu padre combatió a los fascistas. Era un partisano. Arriesgó su vida por la justicia y la libertad». Los dos hombres se vuelven hacia Bianca para que se lo traduzca al napolitano: «*Pateto eta un partiggiano cà a fatt'a guerra 'a Mussolini e Hitler. A commattuto p"a giustizia e 'a libbertà*».

El notable corrupto se impacienta, pero el camorrista le hace una seña para que se calle. El notable ordena al segundo pistolero que ejecute a Simon, pero el del fusil le dice muy calmado: «*Aspett'*». Al parecer, el que lleva el fusil es el jefe. Quiere saber cómo es que Simon conoce a su padre.

En realidad, no es más que una afortunada especulación: Simon ha reconocido el modelo de fusil, un Máuser, el arma de los tiradores de élite alemanes. (Simon ha sido toda la vida un fanático de las historias de la Segunda Guerra Mundial.) Ha deducido que el joven lo había heredado de su padre y, a partir de ahí, tenía dos hipótesis: o bien su padre se había hecho con el fusil alemán luchando con el ejército italiano al lado de la Wehrmacht, o bien, por el contrario, había combatido contra ella como partisano y se había apoderado del arma quitándosela al cadáver de un soldado alemán. La primera hipótesis no le pareció que fuese una buena ayuda, así que optó por la segunda. Sin embargo, cuidándose mucho de dar todas estas explicaciones y dirigiéndose a Bianca, le dice: «También sé que has perdido a tu familia durante el terremoto». Bianca traduce: «*Isse sape ca è perzo à coccheruno int"o terramoto...*».

El notable barrigudo patalea: «*Basta! Spara mò!*».

Pero el camorrista, *o zi*, «el tío», como el sistema designa a los jóvenes encargados de los trabajos sucios, escucha atentamente a Simon cuando este le explica cuál ha sido el papel que el hombre al que tienen que proteger ha desempeñado en la tragedia del terremoto que ha golpeado a su familia.

El notable protesta: «*Nun è over'!*».

Pero el joven «tío» sabe que es verdad.

Simon pregunta inocentemente: «Este hombre ha matado a miembros de tu familia. ¿La venganza tiene algún sentido entre vosotros?».

Bianca: «*Christo a acciso a figlieta. Nun te miette scuorno e ll'aiuta?*».

¿Cómo ha adivinado Simon que el joven «tío» había perdido a su familia en el terremoto? ¿Y cómo supo que, de una manera o de otra, sin tener pruebas, se creería a la primera que el notable pudiera tener alguna responsabilidad en ello? En su paranoia crítica, Simon no desea revelarlo. No quiere que, si hay novelista, el novelista comprenda cómo lo ha hecho. ¡Faltaría más que todo el mundo pudiera leer en él como en un libro abierto!

De todos modos, está demasiado ocupado elaborando su exordio: «Gente que tú amabas ha muerto sepultada».

No es necesario que Bianca siga traduciendo. No es necesario que Simon diga nada más.

El joven del fusil se da la vuelta hacia el notable, pálido como la arcilla del volcán.

Le atiza un culatazo en la cara y lo empuja por la espalda.

El notable corrupto, barrigudo y cultivado, se inclina hacia delante y cae en la charca de lodo en ebullición. «*La fangaia*», murmura Bianca, hipnotizada.

Mientras el cuerpo flota unos instantes emitiendo ruidos horribles, justo antes de ser engullido por el volcán, puede reconocer la voz de Simon, inexpresiva como la muerte, que le dice: «Lo que tenías que haberme cortado es la lengua».

Y las columnas sulfurosas siguen brotando de las entrañas de la tierra, suben hasta el cielo y apestan el ambiente.

ÍNDICE

booket